Strandgut

Max Zorn

Strandgut

Krimi

Weltbild

MIX
Papier | Fördert gute Waldnutzung
FSC® C083411

Besuchen Sie uns im Internet:
www.weltbild.de

Genehmigte Lizenzausgabe für Weltbild GmbH & Co. KG,
Ohmstraße 8a, 86199 Augsburg

Dieses Werk wurde vermittelt durch die litmedia.agency, Offenburg
Projektleitung und Redaktion: usb bücherbüro, Friedberg/Bay.
Umschlaggestaltung: Johannes Frick, Neusäß
Umschlagmotiv: © Johannes Frick unter Verwendung eines Motivs von
Trevillion Images (© Andy & Michelle Kerry)
Satz: Datagroup int. SRL, Timisoara
Druck und Bindung: CPI Moravia Books s.r.o., Pohorelice
Printed in the EU
ISBN 978-3-98507-785-4

Es heißt,
was sich das Meer holt, das gibt es so einfach
nicht wieder her, zieht es hinunter
in die Tiefe und
hält es fest durch den Gezeitenstrom.
Doch das stimmt nicht immer.
Manchmal will es die Dinge einfach nicht.
Dann schickt es sie mit dem Wind und den Wellen
zurück an den Strand.

Strandgut

Für Marliese

Prolog

Herbst 2019 …

Die Stürme würden immer bedrohlicher, warnten die Wetterforscher und die Klimatologen, doch das schien diese Welt nicht sonderlich zu interessieren. Zwar wurde viel darüber geredet, Klimaziele wurden vereinbart und kurz darauf widerrufen, doch niemand schien ein wirkliches und ehrliches Interesse daran zu haben, den Anstieg der Temperaturen nachhaltig zu bremsen.

Der Sturm des gestrigen Abends hatte es in sich. Es war der Schwerste und Längste, der bislang hier an der Küste gewütet hatte. Und sie hatte schon einige Stürme direkt an der Küste erlebt.

Der gesamte gestrige Tag war diesig und ungemütlich gewesen. Noch dazu herrschte kalter Nordostwind, und wenn der Wind mal abflaute, dann ergossen sich gewaltige Regenmassen aus den tiefen schwarzen Wolken.

Es war so gegen zehn Uhr am Abend, als sich das Rauschen des Windes in ein infernalisches Tosen verwandelte. Die Sturmfront peitschte das Meer auf und fiel mit all ihrer Macht über die Küste her. Der Regen wurde quer gegen die Mauern der Häuser getrieben, und hier und da wurde eine Abdeckplane oder eine Mülltonne vom Wind mitgerissen.

Das Radio brachte bereits den ganzen Tag Meldungen über die herannahende Sturmfront und riet dazu, das gesamte Hab und Gut zu vertäuen oder sicher unterzustellen und sich vor allem in den Abendstunden von der Küste fernzuhalten.

Ihr brauchte man das nicht zu sagen.

Nina kannte die Macht des Wetters und des Windes. Sie lebte schon lange in dieser Region, obwohl sie ursprünglich im Süden des Landes zur Welt gekommen war und das einzige Gewässer, das sie als Kind gekannt hatte, der kleine Badesee am Ende des

Dorfes war, dort wo der alte Förderturm stand. Die Liebe hatte sie in den Nordosten an die Küste verschlagen, doch das war beinahe schon eine Ewigkeit her. Die Liebe hatte sich abgekühlt und davongestohlen, es gab sie nur noch in ihren Büchern, die sie seit Jahren für ein und denselben Verlag schrieb und die sich auf dem Buchmarkt erfolgreich verkauften.

Das kleine Häuschen mit der weißen Fassade und den grün gestrichenen Holzläden am Ende von Putgarten, versteckt gelegen hinter hohen Bäumen, die schon unzähligen Stürmen getrotzt hatten, war alt, aber bezahlt, und auch das Segelboot, das in ihrem Schuppen stand, hatte sie sich von den Honoraren gegönnt.

Sie hatte sich kurz nach Mitternacht zu Bett begeben, nachdem das Fernsehprogramm und kurz darauf sogar der Strom ausgefallen war. Das mächtige Tosen nahm kein Ende und flaute erst in den Morgenstunden ab. Unruhig hatte sie in ihrem Bett gelegen, doch als der Wind nachließ, schlief sie endlich ein.

Die kalte Hundeschnauze ihres Labradorrüden Lord weckte sie zu Beginn der Dämmerung.

»Du willst wohl raus?«, fragte sie ihn und streichelte ihm zärtlich über den Kopf, als er seinen Kopf auf die Bettdecke legte und sie mit großen Augen ansah.

»Also gut«, knurrte sie, schob die Decke zurück und schälte sich langsam aus dem Bett. Sie stöhnte, als sie sich rekelte und streckte. Schließlich erhob sie sich und ging ins Badezimmer. Lord und auch Tommy, der schwarze Kater, folgten ihr in freudiger Erwartung auf einen leckeren Happen. Sie beschwerten sich beinahe zeitgleich mit einem Fiepen und einem strengen Maunzen, als sie ihnen die Badezimmertür vor der Nase zuschlug.

»Ich komme ja gleich«, rief sie durch die geschlossene Badezimmertür.

Als sie frisch geduscht und angezogen den Kaffeeautomaten in der Küche startete, schaltete sie auch das Radiogerät ein.

… zu mehreren Vorfällen auf hoher See. Sogar die Fähre aus Trelleborg musste umkehren und den sicheren Hafen anlaufen. Mehrere Schiffe gerieten in Seenot…

Das Mahlwerk des Kaffeeautomaten setzte sich in Bewegung und übertönte die Stimme des Radiosprechers. Nina beugte sich zu ihrem Kater herab und strich ihm über das weiche Fell. »War wohl ordentlich was los da draußen«, murmelte sie, doch Kater Tommy war scheinbar nur an seinem Frühstück interessiert und schaute sie mit bettelnden Augen an.

»Also gut, komm mit!«

Sie füllte das kleine Schälchen im Flur mit Trockenfutter und schaute ihrem Kater einen kurzen Moment beim Fressen zu, ehe sie einen Blick durch das Fenster nach draußen warf. Die ersten Sonnenstrahlen bahnten sich ihren Weg durch die brüchigen Wolkenfetzen; Überbleibsel der vergangenen Nacht. Ein Blick auf die halb verwelkten Blätter der Bäume verriet ihr, dass nur noch ein schwacher Wind wehte. Dennoch griff sie nach ihrem kuschelig gefütterten gelben Friesennerz, schlüpfte in die ebenfalls gelben Gummistiefel und nahm die Hundeleine von der Garderobe. Lord hatte offenbar nur darauf gewartet. Freudig wedelte er mit dem Schwanz, als er sich durch den Türspalt nach draußen zwängte.

»Langsam!«, rief sie ihm nach, nahm den Schlüssel vom Schlüsselbord und wandte sich noch einmal ihrem Kater zu. »Und du passt auf das Haus auf, verstanden!«

Als sie nach draußen trat, blickte sie sich erst einmal um. Ihr Grundstück hatte die Sturmnacht scheinbar unbeschadet überstanden, und auch die Kastanie hatte dem Wind getrotzt, obwohl die Blätter längst schon einen Braunton angenommen hatten. Aber die drei Birken, die ein paar Meter neben der Gartentür einträchtig nebeneinanderstanden, waren kahl bis auf eine Handvoll gelber Blätter. Dafür war die Hecke, die ihr Grundstück umschloss, mit herabgefallenen Blättern übersät.

Nina betrachtete die Bescherung. »Na, dann weiß ich ja, was ich später zu tun habe.«

Ein kurzer Pfiff, und Lord eilte vom anderen Ende des Grundstücks herbei. Sicherheitshalber lehnte sie ihn an. Die Dorfstraße lag still vor ihr, dennoch traute sie dem Frieden nicht, denn Lords

Bewegungsdrang war manchmal grenzenlos, und auch wenn nur wenige Autos um diese Zeit unterwegs waren, so wollte sie dennoch nichts riskieren. An der Leine ging ihr Labrador bei Fuß, ohne dass sie ihn kurzhalten musste. Jahrelanges Training war erforderlich gewesen, doch die investierte Zeit hatte sich gelohnt.

Sie sah sich auf der Straße um: Außer herumliegenden Blättern hatte wohl auch das Dorf den Sturm unbeschadet überstanden. Als sie den Feldweg erreichten, der zum alten Pegelturm am Kap Arkona führte, gönnte sie Lord seine Freiheit. Kaum war die Leine gelöst, hetzte der braune Labradorrüde über die Wiesen davon.

Noch nicht einmal einen Kilometer war die Steilküste entfernt, doch sie wusste, dass es unklug war, die steilen und nackten Felsen aufzusuchen. Immer mal wieder kam es dort in den kalkigen Felsen zu Erdrutschen und Abbrüchen, deshalb steuerte sie lieber den Siebenschneiderstein am Nordufer an, der flacher und mit Gräsern und Sträuchern bewachsen war. Außerdem führte ein angelegter Steig hinunter zum Strand.

Vielleicht würde sie heute sogar Bernstein im angespülten Seetang finden, der nach Stürmen wie in der vergangenen Nacht oft den Strand bedeckte.

Unweit der Ruine des alten Pegelturms parkte ein weißer Kombi, der an den Türen die Aufschrift des Fischereiamtes trug. Sie schwenkte nach Norden und erreichte kaum zehn Minuten später den Aussichtspunkt, der an schönen Tagen von unzähligen Touristen bevölkert war. Heute, so früh am Morgen und nach dieser wilden Nacht, konnte sie den Ausblick allein genießen. Die Ostsee lag vor ihr, und das Wasser kräuselte sich in der leichten Brise.

Sicherheitshalber leinte sie ihren Labrador wieder an, als sie in das nahe Wäldchen eintauchte und vorsichtig dem Steig nach unten folgte. Die Gummistiefel mit ihrer grobstolligen Sohle gaben ihr einen guten Halt im aufgeweichten Boden, zusätzlich hielt sie sich am Geländer des ausgebauten Steigs fest. Lord trottete artig neben ihr her, ohne an der Leine zu ziehen.

»Erziehung ist eben alles«, sagte sie zu ihm, als sie den Steig hinter sich gebracht hatten. Sie tätschelte Lord den Kopf und steckte ihm eine Leckerei zu, die er in einem Happs verschlang.

Sie blickte sich um. Weit und breit war niemand zu sehen, und auch mit dem Seetang hatte sie sich getäuscht. Außer jeder Menge Schaum, der von der unruhigen See auf den Kieseln zurückgelassen worden war und sich jetzt langsam wieder auflöste, war nichts zu sehen. Sie befreite ihren Hund von der Leine und blickte ihm nach, als er freudig in Richtung Wasser davonstob.

Sie schlug den Weg zum Nordstrand ein und lief in der Nähe der Wasserlinie. Ab und zu umspülte der Ausläufer einer sanften Welle ihre Gummistiefel. Auch hier hielt sich das Vorkommen von Seetang in Grenzen, dafür hatte der Sturm allerlei Unrat angespült. Mehrere Plastikflaschen, hier und da Schwemmholz und sogar eine Klobrille aus Kunststoff trieben im seichten Ufergewässer. Endlich fand sie einen angeschwemmten Haufen Seetang. Sie kniete sich hin und durchwühlte ihn mit ihren Händen, an denen sie Handschuhe übergestreift hatte. Vielleicht hatte sie Glück und würde einen großen Brocken des fossilen Harzes finden.

Das laute, ungestüme Bellen von Lord riss sie aus ihren Gedanken. Sie richtete sich auf und blickte über den Strand. Lord war einige hundert Meter entfernt und umrundete wild bellend ein weißes Etwas, das oberhalb der Wasserlinie hinter einem mächtigen Stein lag.

Sie richtete sich auf. »Lord, bei Fuß!«, rief sie ihrem Hund zu, doch der schien sich der guten Erziehung zum Trotz nicht darum zu kümmern. Offenbar hatte er etwas gefunden, was weitaus interessanter war als das Rufen seines Frauchens. Nina lief in seine Richtung. Je näher sie kam, desto klarer erkannte sie, dass dieses weiße Etwas ein Boot war, ein kleines Ruderboot, das sich wohl irgendwo in einem Hafen losgerissen hatte und vom Sturm an Land gespült worden war.

Lord setzte immer wieder seine Vorderpfoten auf den Rand des Bootes, bellte laut und schaute zu ihr herüber, als wollte er ihr etwas Wichtiges mitteilen. Sie lief schneller und war ganz außer Atem, als sie das kleine Boot erreichte, das zum Großteil mit Wasser gefüllt und an manchen Stellen leckgeschlagen war.

»Lord, hierher!«

Diesmal gehorchte der Hund. Langsam ging sie auf das Boot zu, und als sie nahe genug war, sah sie, was Lords Aufmerksamkeit erregt hatte und warum er sich wie verrückt gebärdete, ohne auf ihre Ansprache zu reagieren.

Angewidert wandte sie sich ab. Im Boot lag der Körper eines Mannes. Der Oberkörper war beinahe nackt und mit Wunden übersät. Die Haare am Kopf fehlten, und auch das Gesicht war eine einzige große Wunde.

Sie würgte, doch sie riss sich zusammen. Feuer, dachte sie bei sich, Feuer verursacht solche Verletzungen.

»Wir müssen Hilfe holen«, stammelte sie und wandte sich um. Doch noch bevor sie ihren ersten Schritt getan hatte, hörte sie ein leises Jammern. Dann folgte ein Schrei. Der Schrei eines kleinen Kindes. Doch sie wagte sich nicht mehr an das Boot heran. Der Anblick des Toten war zu viel für sie. Sie zitterte am ganzen Leib, als sie den alten Pegelturm erreichte und lauthals um Hilfe schrie. Ihr Handy hatte sie zu Hause gelassen, doch sie hoffte inständig, dass irgendjemand ihr Rufen hörte.

Es dauerte kaum eine Minute, bis ein Mann im roten Overall aus dem nahen Wäldchen kam und auf sie zurannte.

»Was … was ist denn passiert?«, fragte er atemlos und blickte argwöhnisch auf den braunen Hund.

Nina wies in Richtung Siebenschneiderstein. »Am Strand liegt ein Toter. In einem Boot … rufen Sie die Polizei, bitte, schnell!«

»Ein Toter?«, wiederholte der Mann im Overall des Fischereiamtes ungläubig.

Nina nickte. »Und … Ich glaube … Ich glaube, da ist noch ein Kind. Schnell, rufen Sie die Polizei, ich hab kein Handy dabei …«

Der Mann nickte und griff nach seinem Mobiltelefon.

1

Vier Jahre später

Der Mann trieb bäuchlings im brackigen Wasser am nördlichen Ufer des Kooser Sees, unweit des Vogelbeobachtungspunktes. Seine ausgebreiteten Arme und Beine wiegten sich im Rhythmus des leichten Wellengangs.

Eine Vogelkundlerin hatte ihn in ihrem teuren Spektiv entdeckt und sofort die Polizei und den Rettungsdienst verständigt. Dass es ein Mann war, war von Weitem zu erkennen, und auch, dass ihm nicht mehr zu helfen war, stand außer Frage, doch weder die Vogelkundlerin noch die beiden Streifenpolizisten sowie die Rettungssanitäter wagten sich in das schlammige, eiskalte Wasser.

Ein Selbstmörder, mutmaßten die beiden Polizeibeamten, die vom Polizeihauptrevier Greifswald an den Fundort der Leiche beordert worden waren. Erst als die zusätzlich alarmierte Feuerwehr aus Neuenkirchen mit einem Schlauchboot am See eingetroffen war, konnte der Tote geborgen werden.

Die beiden Schusswunden am Hinterkopf und in der Schulter des Toten widerlegten die anfängliche These eines Selbstmordes.

Der Anblick war grauenhaft, denn das Projektil am Hinterkopf war auf der anderen Seite wieder ausgetreten und hatte Teile des Gesichts weggerissen, sodass eine Identifizierung nicht so leicht möglich war. Papiere hatte der Tote nicht bei sich, was die Sache noch schwieriger machte.

Innerhalb kurzer Zeit trafen weitere Streifen ein und sicherten die Umgebung bis zum Eintreffen der zuständigen Kriminalpolizei aus Anklam ab.

»Haben Sie schon die Umgebung nach einem Fahrzeug abgesucht?«, fragte Kriminalhauptkommissarin Greta Claasen den verantwortlichen Einsatzleiter der Schutzpolizei, Hauptkommissar Graf, der sie durch eine mit Stangen und Flatterband abgesteckte Gasse ans Ufer zu der Leiche führte. Das Quaken unzähliger Enten mischte sich mit dem Schnattern der Wildgänse, die das nördliche Seeufer bevölkerten.

»Wir sind dabei, es stehen mehrere Fahrzeuge auf den Parkplätzen und im Ort herum. Viele nutzen den Weg zum Wampener Riff und führen ihre Hunde aus.«

»Alles klar, informieren Sie mich bitte, sobald sich was ergibt.«

Der uniformierte Kollege nickte, wandte sich um und ging zurück zur Inselstraße.

Der Tote lag auf einer ausgebreiteten Leichendecke. Zwei Kollegen in weißen Spurensicherungsanzügen hatten sich zu ihr niedergekniet, ein weiterer fotografierte. An der Wasserlinie zogen zwei neugierige Schwäne ihre Bahn und beobachteten aus sicherer Entfernung die Szenerie am Strand.

»Moin«, grüßte die Kommissarin laut, den Lärm der Vögel übertönend, strich sich eine ihrer dunkelblonden Strähnen aus dem Gesicht und blieb ein paar Schritte entfernt von der Leiche stehen. Die Männer schauten auf und nickten kurz, bevor sie sich an der Hose des Toten zu schaffen machten. Der Kollege mit dem Fotoapparat, beinahe zwei Meter groß, breitschultrig und von kräftiger Statur, ging ein paar Schritte auf sie zu. Sein massiger Bauchansatz war in dem engen weißen Anzug kaum zu verbergen.

»Greta, du bist hier, ich dachte Anja kommt?«

»Wir haben getauscht«, antwortete die Hauptkommissarin knapp. »Allerdings wusste ich da nicht, was auf mich zukommt. Was habt ihr bis jetzt?«

Carlo Meinhardt, Mitte fünfzig und Leiter der Spurensicherungsabteilung des Anklamer Kriminalkommissariats, atmete tief ein. »Nicht viel bis jetzt. Leiche, männlich, Anfang fünfzig. Wurde erschossen, Selbstmord können wir aufgrund der Lage der Schusswunden definitiv ausschließen. Trieb hier an, wurde vermutlich am anderen Ufer erschossen, bevor man ihn ins Wasser warf.«

»Papiere, Ausweis, Geldbeutel?«

Carlo Meinhardt schüttelte den Kopf. »Die Taschen sind leer, noch nicht mal ein Autoschlüssel.«

Greta trat einen Schritt näher und warf einen nachdenklichen Blick auf die Leiche. Das Gesicht war entstellt, Teile des Unterkiefers fehlten.

Carlo folgte ihrem Blick. »Tja, Einschuss am Hinterkopf, beim Austritt des Projektils wurde ihm das halbe Gesicht weggerissen. Mit Fotos kann ich deshalb leider nicht dienen. Außerdem hat er noch eine Schusswunde hinten in der rechten Schulter. Wenn du mich fragst, wollte er weglaufen, wurde mit dem ersten Schuss niedergestreckt und dann aus nächster Nähe hingerichtet.«

»Irgendwelche Tattoos oder eine Halskette, mit der man etwas anfangen kann?«

Carlo zuckte mit der Schulter. »Keine Tattoos und keine Kette, aber eine teure Armbanduhr von Heuer, eine atmungsaktive und wasserdichte Outdoorjacke von Mammut und Schuhe von Asolo, ich würde sagen, die Uhr alleine ist mehr als tausend Euro wert. Sucht deshalb nicht nach einem Kleinwagen, ich tippe auf BMW, Audi oder Mercedes.«

»Sonst noch was?«

»Der Notarzt meinte, er ist seit etwa vier bis fünf Stunden tot.«

Greta schaute auf ihre Armbanduhr. »Tatzeit zwischen sieben und acht.«

»So in etwa«, bestätigte Meinhardt. »Der Rest meiner Leute sucht das Südufer bis zum Streng ab, es kommen noch Hunde aus Greifswald, vielleicht finden wir den Tatort, bevor zu viele Leute dort herumlatschen.«

»Alles klar. Ich bin vorne am kleinen Parkplatz bei der Anruferin, falls du mich suchst.«

»Bist du allein?«

»War keiner sonst da, Jürgen kommt erst am Mittag, er hat noch einen Zahnarzttermin.«

Ein heftiger Windstoß strich über den See, und Greta zog ihren Mantelkragen höher.

»Da möchte ich nicht mit ihm tauschen«, entgegnete Carlo Meinhardt und nahm den Fotoapparat wieder zur Hand.

Greta ging auf dem abgesteckten Pfad zurück zum Hochstand, vor dem ein VW-Bus der Kollegen aus Greifswald stand, in dem Annemarie Mechler, die Vogelkundlerin aus Sundhagen saß, die den Toten im Wasser entdeckt und den Notruf getätigt hatte.

Eine uniformierte Kollegin betreute die Frau mit den hochgesteckten blonden Haaren, die im Fond des VW-Busses saß und wortlos aus dem Seitenfenster starrte.

»Frau Mechler«, sagte Greta, als sie sich an der Kollegin vorbeischob. »Greta Claasen, Kripo Anklam. Wir müssen uns unterhalten.«

Die Frau nickte der Polizistin zu, die in dem zum Büro ausgebauten Fond des Busses auf der gegenüberliegenden Sitzbank Platz nahm. »Ich hab doch schon alles erzählt«, entgegnete sie.

»Trotzdem, wir bearbeiten den Fall, und Ihre Angaben sind wichtig.«

Greta griff in ihre Jackentasche und stellte ein Diktiergerät vor der Zeugin auf den ausgeklappten Tisch. Sie wies auf das kleine Fernrohr, das neben der Frau auf der Sitzbank lag.

»Sie haben ihn damit entdeckt?«

»Ja, das ist ein Spektiv von Bresser«, bestätigte die Frau. »Ich beobachte die Vögel hier. Möwen, Eiderenten, hier und da mal ein Kormoran, Rallen, Gänse und Höckerschwäne. Vor drei Tagen hatte ich ein paar Nilgänse vor der Linse und wollte sehen, ob sie noch da sind.«

»Nilgänse, gehören die nicht nach Afrika?«

»Ja, Nilgänse, sie haben sich mittlerweile auch in Mitteleuropa ausgebreitet und gehören wie der Waschbär zu den invasiven Arten. Hier bei uns kommen sie nur selten vor, doch ab und zu verirren sich welche hierher, und sie stören unsere heimische Vogelwelt, weil sie sich ihre Reviere auf sehr aggressive Weise sichern und heimische Vogelarten vertreiben. Bislang findet man sie mehr im Westen und an der Nordsee.«

»Sie kommen jeden Tag hierher?«

»Ich wohne in Sundhagen, das sind zwanzig Kilometer. Ich bin jede Woche dreimal hier und erfasse alle Besonderheiten für den Nabu. Heute kam ich, um noch mal nach den Nilgänsen Ausschau zu halten, und dabei habe ich den Toten entdeckt.«

»Wissen Sie noch, wann das war?«

»Ich kam gegen zehn, ging auf die Plattform und baute mein Spektiv auf. Schon beim ersten Blick sah ich ihn dort hinten in der Dünung treiben. Ich rief sofort die Polizei, Sie können ja in Ihren Akten nachsehen.«

»Das glaube ich Ihnen«, bestätigte Greta. »Andere Leute haben Sie nicht gesehen?«

Annemarie Mechler schüttelte den Kopf. »Nicht am Wasser«, sagte sie und wies in Richtung Karrendorf. »Da hinten, kurz vor dem Dorf, lief jemand mit einem Hund, einem kleinen Pinscher. Eine Frau, vermute ich. Ihr Anorak war rosa, das würde ein Mann kaum tragen. Aber sie war schon kurz vor dem Dorf. Sonst war hier niemand.«

»Und Fahrzeuge?«

»Der blaue Ford gehört mir, sonst stand da niemand.«

»Was haben Sie gemacht, nachdem Sie den Notruf abgesetzt hatten? Sind Sie runter zum Strand gegangen?«

Die Frau schüttelte vehement den Kopf. »Ich bin hiergeblieben und habe auf die Polizei gewartet. Da gehe ich nicht ohne Gummistiefel runter, alles voller Schlamm und Vogelkot, ehe man sich versieht, steht man knöcheltief in Vogelkacke.«

Greta nickte.

»Warum passiert das immer mir?«, beschwerte sich die Frau.

»Was meinen Sie damit?«

»Das ist jetzt schon mein zweiter … nein, mein dritter Toter«, jammerte die Frau. »Vor drei Jahren saß ich schon mal dort oben und sah eine Leiche auf dem Wasser treiben. Ein junger Kerl, beinahe an derselben Stelle, an der der Mann heute trieb. Der hatte sich offenbar umgebracht. Und ein Jahr zuvor starb Herbert.«

Sie zeigte auf den Parkplatz, auf dem ihr blauer Ford Focus stand. »Ich kam hier an, und Herbert saß noch in seinem Wagen. Es sah aus, als ob er schlief, doch er war tot. Herzinfarkt.«

»Herbert?«

»Ein Freund aus der Naturschutzgruppe«, erklärte die Vogelkundlerin. »Stammte aus Greifswald. Wir waren oft zusammen hier. Herbert war schon über achtzig.«

»Ein gesegnetes Alter«, entgegnete Greta und griff nach ihrem Diktiergerät. Sie hatte genug gehört, die Frau hatte nichts gesehen und würde ihr wohl kaum weiterhelfen können.

»Es kann sein, dass wir noch einmal miteinander sprechen müssen«, erklärte Greta und zog eine Visitenkarte aus ihrer Manteltasche. »Falls Ihnen noch etwas einfällt, rufen Sie mich einfach an.«

»Kann ich jetzt gehen?«

»Ja, das können Sie.«

»Kann ich auch noch einmal auf die Plattform, ich meine, wegen der Nilgänse, deswegen bin ich ja eigentlich gekommen.«

Greta schüttelte den Kopf. »Tut mir leid, verschieben Sie das bitte auf morgen, damit unsere Kollegen ihre Arbeit machen können.«

2

Kooser See, Südufer

Der Wind hatte gegen Mittag gedreht und blies mit steifer Brise aus Nordost über die See. Hohe Wellen brandeten gegen das seewärts liegende Ufer der Insel, und die aufsteigende Gischt wurde vom kalten Wind mitgenommen und über das Land geweht.

Sie hatten Glück gehabt. Mit Hilfe der Suchhunde aus Greifswald und der Rettungshundestaffel aus Stralsund konnte der vermeintliche Tatort, knapp einen Kilometer östlich der kleinen Gemeinde Leist, am Südufer ausgemacht werden. Ein belgischer Bloodhound der Rettungshundestaffel hatte eine Blutspur entdeckt, die von einem Trampelpfad entlang des Ufers bis zur drei Meter entfernten Wasserlinie reichte.

»Hier muss es passiert sein«, erklärte Carlo Meinhardt und wies auf eine größere Blutlache, die bereits von der wasserdurchdrungenen Luft verdünnt worden und nur noch schwach sichtbar war. »Eine Stunde später hätten wir vielleicht nichts mehr gefunden.«

Greta Claasen kniete sich hin und warf einen intensiven Blick auf den Punkt, der durch eine nummerierte Kenntafel sowie ein ausgeklapptes Metermaß markiert worden war.

»Wir haben sogar einen Schlüsselbund samt Autoschlüssel gefunden«, fuhr Carlo fort. »Der lag dort unten zwischen den Kieseln.«

»Ein Mercedes«, wiederholte Greta.

»Ja, das würde zu unserer Leiche passen. Ich sagte doch, BMW, Audi oder Mercedes. Wer eine Heuer am Handgelenk trägt, der kann sich auch einen Mercedes leisten.«

»Wo ist der Schlüssel jetzt?«

»Wir haben ihn abgepinselt und dann an Graf weitergegeben. Das ist einer mit einer Fernbedienung. Ich bin sicher, der Wagen steht irgendwo in der Nähe. Die Kollegen haben bloß auf der falschen Seite gesucht.«

Greta richtete sich wieder auf. »Gut, hoffentlich finden sie den Wagen, damit es endlich vorangeht. Wie sieht es mit Spuren aus?«

Carlo zuckte mit der Schulter. »Nur noch spärlich, und die Zuordnung bereitet uns Probleme. Bevor wir absperren konnten, sind schon drei oder vier Leute mit ihren Kötern hier durchspaziert.«

Greta atmete tief ein. »Was meinst du, was ist hier passiert?«

Carlo wies auf das Gras, in dem sich der Trampelpfad hinunter zum Ufer abzeichnete. Er räusperte sich. »Wenn du mich so fragst: Es sieht so aus, als hätte sich unser Toter hier an dieser Stelle mit seinem Mörder getroffen. Ich weiß nicht, ob es zu einem Streit kam oder was dahintersteckt, auf alle Fälle ist unser Mann dann weggelaufen. Der andere schoss ihm in den Rücken, und genau hier stürzte das Opfer zu Boden. Dann hat der Täter ihn erschossen, den Trampelpfad entlanggezogen und ins Wasser geworfen. Dabei verlor das Mordopfer den Autoschlüssel.«

Greta schaute sich um. Der Trampelpfad führte eine kleine Böschung hinunter, bis er auf dem schmalen Kieselstrand endete. Die Wasserlinie war kaum zwei Meter entfernt.

»Vermutlich sollte die Leiche nicht sofort entdeckt werden.«

»Schau dich um, überall Wiese und flaches Land. Der Mörder ist bestimmt nicht mit dem Wagen hierhergefahren.«

Greta nickte. »Das wäre zu auffällig gewesen, aber die Schüsse müssen doch gehört worden sein.«

»Sieben, acht Uhr, da sind bestimmt noch nicht viele unterwegs. Und die Ortschaft liegt etwas mehr als einen Kilometer entfernt.«

»Warum trifft man sich hier in dieser verlassenen Gegend?«, murmelte Greta und blickte sich nachdenklich um.

»Es wird schon seine Gründe haben«, mutmaßte Carlo Meinhardt. »Möglicherweise sollte niemand von diesem Treffen etwas mitkriegen.«

»Du meinst, dunkle Geschäfte?«

»Rauschgift, Hehlerei oder eine Abrechnung unter Konkurrenten, was immer du willst. Wir wissen mehr, wenn wir seine Identität kennen.«

Greta ging ein paar Schritte auf das Ufer zu, ehe sie sich abwandte und ihre Hände in die Manteltaschen steckte. »Verdammt kalt hier.«

»Ja, deswegen müssen wir weitermachen. Auch der Wind nimmt zu, am Abend soll es regnen.«

Greta nickte. »Dann will ich nicht länger stören.«

Sie ließ Carlo und seine Spurensicherungseinheit am Südufer zurück und ging auf dem Trampelpfad zum befestigten Feldweg, der nach Leist und weiter in Richtung Karrendorf führte.

Ein silberner Audi kam ihr entgegen. Der Wagen stoppte auf ihrer Höhe. Oberkommissar Kachel, ihr Kollege aus dem Dezernat, saß hinter dem Steuer und ließ die Seitenscheibe herunter.

»Ich hab dich schon gesucht«, sagte er.

»Endlich! Wie war es beim Zahnarzt?«

»Frag nicht, ich muss nächste Woche noch mal hin. Der Zahn ist gebrochen und muss raus.«

Greta umrundete den Audi und stieg auf der Beifahrerseite ein. »Scheißkalt hier.«

»Ja, und regnen soll es auch noch.«

Kachel legte den Gang ein und fuhr bis an das östliche Ende des Weges, der aus zwei Betonplatten bestand, in deren Mitte das Gras wucherte. Vorher gab es keine Wendemöglichkeit.

»Du weißt, was hier passiert ist?«

»Hanna hat mich informiert. Ihr habt den Tatort gefunden?«

Greta wies durch die Seitenscheibe. »Dort hinten ist es passiert. Die Strömung hat den Körper ans andere Ufer getrieben. Jetzt müssen wir rausfinden, wer der Tote ist. Graf und seine Leute suchen nach dem Fahrzeug.«

»Graf hat mich gebeten, dich abzuholen.«

»Haben Sie den Wagen?«

Kachel nickte. »Er steht in der Einfahrt einer Villa in Neuenkirchen. Aber nicht nur das, sie haben auch einen Hund entdeckt, der vor der Tür der Villa saß und seine Leine hinter sich herzog. Der arme Kerl ist ganz verstört, und außerdem hat er Blut an seinen Pfoten. Aber es stammt nicht von ihm.«

Greta runzelte die Stirn. »Ein Hund, sagst du?«

»Ein heller Labrador«, bestätigte der Kollege. »Von Neuenkirchen bis hierher sind es gerade mal drei Kilometer.«

»Hat Graf am Haus geklingelt?«

»Da macht niemand auf. Graf wollte auf dich warten, bevor sie reingehen.«

»Gut, dann gib Gas«, entgegnete Greta.

Ein Hund, dachte sie bei sich, das änderte natürlich so einiges. Sie hatte gar nicht daran gedacht, dass der Mann aus Neuenkirchen sein konnte. Sie war natürlich gespannt darauf, wer der Tote war. Doch änderte es nichts an der Tatsache, dass er erschossen oder besser gesagt, kaltblütig hingerichtet worden war. Die Leiche war inzwischen abtransportiert und in das Pathologische Institut der Universitätsmedizin Greifswald gebracht worden. Greta erhoffte sich, von dort Näheres zu den Todesumständen zu erfahren. Und wenn der Tote zu Lebzeiten irgendetwas mit Rauschgift zu tun gehabt hatte, dann würden es die Spezialisten in Greifswald schon herausfinden.

Als Kachel den Dienstwagen direkt vor einer weißen, im Landhausstil erbauten Villa mit unzähligen Türmchen und Erkern anhielt, wurde Greta jäh aus ihren Gedanken gerissen. Ein silberner Mercedes SUV mit Stralsunder Kennzeichen stand in der Einfahrt.

»Wir sind da«, knurrte Kachel und schnallte sich ab. Sie hielten direkt hinter einem silber-blauen Caddy der Greifswalder Polizeihundestaffel. Hauptkommissar Graf von der Schutzpolizei kam auf ihren Wagen zu.

»Er scheint hier gewohnt zu haben«, erklärte er. »Der Hausbesitzer heißt Roger Helmich, nach Beschreibung der Nachbarn ist das unser Toter. Er hat gegen halb sieben das Haus verlassen und ist mit dem Hund in Richtung Kooser See gegangen. Das macht er offenbar jeden Tag, wenn er hier ist. Seine Frau hat wohl mehrere Läden und handelt mit Schmuck und Mode. Die sind erst vor einem halben Jahr hier eingezogen.«

»Woher weißt du das?«

Graf wies auf das gelbe Haus nebenan. »Wir haben nachgefragt. Die Leute vom Haus auf der anderen Seite sind nicht da.«

»Sind es gute Bekannte des Toten?«

Graf schaute Greta fragend an.

»Die Nachbarn, mit denen du gesprochen hast.«

Graf schüttelte den Kopf. »Ein freundliches Hallo, ein höfliches Guten Tag, und Kern der Unterhaltung ist meist das Wetter. Das Übliche eben.«

Greta nickte. »Wo ist der Hund?«

»Um den kümmern sich die Hundeführer. Sie fahren ihn ins Tierheim. Er ist ziemlich verstört, meinen sie.«

»Okay, dann gehen wir jetzt rein«, beschloss Greta.

»Übrigens, der Mercedes ist auf eine Firma ModePlus GmbH in Stralsund in der Badenstraße eingetragen.«

»Mode, das würde durchaus zum Outfit unseres Toten passen«, bemerkte Greta, als sie auf das Haus zugingen. Die Haustür, vielmehr das halbrunde verglaste und in weiß gehaltene Portal, wurde von einem Rundbogenarrangement umrahmt. Der Schlüssel am Schlüsselbund passte. Graf musste die Haustür aufschließen. Die in grau gehaltenen Bodenfliesen glänzten, als Graf das Licht einschaltete. Im Foyer standen ein runder Tisch und zwei Ledersessel, nach einem weiteren Rundbogen führte eine breite Treppe nach oben. Geradeaus lag das Wohnzimmer. Die Möbel waren zweifellos neu und teuer gewesen, es roch nach frischem Holz.

»Es hält auch innen, was es von außen verspricht«, sagte Graf und blickte sich neugierig um.

»Und es riecht nach Geld, hier wohnen keine armen Leute«, pflichtete Kachel dem Schutzpolizisten bei.

»Schaut euch um, ob ihr etwas Brauchbares findet, das uns hilft, den Toten zu identifizieren«, ermahnte Greta ihre Kollegen.

Sie schwärmten aus. Greta ging geradeaus ins Wohnzimmer, während sich Kachel nach oben verzog. Graf und sein Kollege folgten dem nach rechts abzweigenden Flur.

In dem geräumigen Wohnzimmer standen nur wenige, aber geschmackvolle Möbel. Eine weiße Ledercouch dominierte den Raum. Auf einer Kommode entdeckte Greta zwei Fotografien in goldenen Rahmen. Eines zeigte ein Pärchen mittleren Alters, das sich umarmte. Der Mann auf dem Bild sah dem Toten sehr ähnlich, die Frau wirkte sehr adrett und gepflegt. Auf dem anderen Foto war die Frau nochmals abgelichtet, diesmal mit einem hellen Labrador.

Greta öffnete eine Schublade der Kommode, doch darin fand sie nur ein paar Kerzen und dazugehörige Kerzenständer.

»Schaut mal her!«, tönte Grafs Stimme durch den Flur. Greta wandte sich um und ging zurück in den Flur. Graf stand neben der Treppe und hielt ein blaues Hemd in die Höhe. *Polizei*, war auf dem Wappen am Ärmel des Kurzarmhemdes zu lesen. Darunter im gelben Feld prangte ein schwarz gewebter Bundesadler.

»Polizist?«, fragte Greta überrascht.

»Erster Polizeihauptkommissar«, war die Stimme von Kachel im Flur zu hören. »Bundespolizeiinspektion Stralsund, Direktion See. Ich habe hier seinen Dienstausweis gefunden. Er war noch aktiv.«

3

Neuenkirchen, Grüner Weg

»Wir haben auch den Geldbeutel gefunden, der lag im Wagen versteckt unter dem Fahrersitz«, meldete Graf. »Zweihundert Euro sind darin, Ausweis, Führerschein, Scheckkarten, scheint alles da zu sein. Ein Raubmord war das wohl nicht.«

Greta stand im Flur und nickte stumm.

»Im Wagen lag auch ein Ladekabel für ein Handy, aber das Handy haben wir nicht gefunden«, fuhr Graf fort.

»Kann man feststellen, zu welcher Handymarke das Ladekabel gehört?«

»Müsste ein Apple sein, die haben diesen kleinen, schmalen Stecker. Ich hab selbst eins. Tausend Mal hab ich schon verflucht, dass sich die Hersteller nicht auf einen Standard einigen und jeder seinen eigenen Stecker bastelt.«

Greta nahm den Geldbeutel an sich, der in einer Plastiktüte steckte. »Gut, sucht weiter, vielleicht hat er das Handy ja auch im Wagen versteckt.«

Bevor Graf antworten konnte, quietschten draußen die Reifen eines bremsenden Fahrzeugs. Lautes Gebrüll war zu hören, es folgte das Klackern von Stöckelschuhen auf den Steinplatten.

»Bleiben Sie stehen!«, rief ein Kollege. Plötzlich tauchte eine elegant gekleidete Frau mittleren Alters mit schulterlangen, gewellten rötlichen Haaren am Eingang auf. Abrupt blieb sie stehen, als sie Greta und ihren uniformierten Kollegen sah.

»Was ist hier los!«, schrie sie außer Atem.

Greta trat einen Schritt auf die Frau zu. Ein Polizist erschien in der Tür. »Sie ist einfach an mir vorbeigerannt«, sagte er zu seiner Entschuldigung.

Hinter dem Polizisten tauchte eine weitere Frau in beigefarbenem Kostüm und mit blonden kurz geschnittenen Haaren auf.

»Ich will wissen, was hier los ist!«

Greta hob abwehrend die Hand. »Beruhigen Sie sich«, sagte sie mit ruhiger Stimme. »Sagen Sie uns erst einmal, wer Sie sind.«

»Das ist Ulla Helmich, und das ist ihr Haus«, antwortete die blonde Frau.

»Ist was mit Roger?«, stammelte die Rothaarige. Sie atmete heftig, und ihre Gesichtszüge verrieten ihre sorgenvolle Anspannung.

Greta ging auf sie zu und legte den Arm um ihre Schulter. »Kommen Sie, wir sprechen drinnen. Ich bin Hauptkommissarin Greta Claasen von der Kripo Anklam.«

Die Frau wehrte die Umarmung ab und trat einen Schritt zurück. »Was ist mit Roger?«, fragte sie energisch.

Ihre blonde Begleiterin, offenbar eine Freundin, trat auf sie zu, nahm sie in den Arm und redete beruhigend auf sie ein. Sie führte Frau Helmich ins Wohnzimmer und bugsierte sie zu der weißen Ledercouch. Greta folgte und wartete, bis die beiden Frauen nebeneinander Platz genommen hatten.

»Ich möchte jetzt endlich wissen, wo Roger ist!«, jammerte Ulla Helmich. Tränen liefen über ihre Wangen und verwischten die Schminke um die Augen.

»Darf ich fragen, wer Sie sind?«, wandte sich Greta der blonden Frau zu.

»Eva Hollenbeck. Ulla und ich sind Schwägerinnen, und wir arbeiten zusammen.«

Greta atmete tief ein. »Frau Helmich, es tut mir leid. Wir haben Grund zu der Annahme, dass Ihr Mann am Kooser See einem Verbrechen zum Opfer gefallen ist.«

Jetzt war es heraus. Ulla Helmich riss die Augen auf und schüttelte den Kopf. »Das kann nicht sein, das kann nicht sein …«, stammelte sie, bevor sie einfach zur Seite sank und in Ohnmacht fiel.

Eva Hollenbeck hielt sie umklammert, und auch Greta sprang hinzu. Gemeinsam legten sie Ulla Helmich in stabiler Seitenlage auf dem Teppich vor der Couch ab und kontrollierten ihren Puls und ihre Atmung.

Zehn Minuten später trafen die herbeigerufenen Sanitäter und ein Notarzt im Haus ein. Inzwischen war die Frau wieder zu sich gekommen. Doch ihr Blick blieb apathisch.

»Wir nehmen sie mit in die Klinik, sie muss unter ärztlicher Beobachtung bleiben«, entschied der Notarzt.

Als sie auf einer Liege zum Rettungswagen transportiert wurde, fragte Greta ihre Schwägerin, ob sie noch kurz bleiben würde und zu einer Befragung zur Verfügung stehe. Eva Hollenbeck nickte und wartete, bis Ulla Helmich in den Rettungswagen gebracht worden war. Greta blieb noch stehen, bis der Wagen mit eingeschaltetem Blaulicht davonfuhr.

»Unterhalten wir uns drinnen!«

Eva Hollenbeck folgte ihr ins Wohnzimmer und nahm auf der Couch Platz. Greta setzte sich ihr gegenüber auf einen Sessel.

»Was ist denn überhaupt passiert?«, fragte Eva Hollenbeck.

Greta räusperte sich. »Wir haben Roger Helmich tot aus dem Kooser See geborgen. So wie es aussieht, wurde er erschossen.«

»Erschossen«, wiederholte die Frau fassungslos und hielt sich die Hand vor den Mund.

»Sie kannten Ihren Schwager gut?«

Eva Hollenbeck nickte. »Wir verbrachten sehr viel Zeit miteinander und sind auch schon mehrmals zusammen in den Urlaub gefahren. Wie kann das sein … Wissen Sie schon, wer …?

Greta schüttelte den Kopf. »Wissen Sie, was er dort draußen am Kooser See gemacht hat?«

Die Frau überlegte kurz. »Ich gehe davon aus, er hat Lucky ausgeführt, seinen Hund. Das machte er immer, wenn er frei hatte. Wo ist der Hund überhaupt?«

»Wir mussten ihn einfangen und in ein Tierheim bringen«, erklärte Greta. »Er arbeitete als Polizist, richtig?«

Eva Hollenbeck nickte. »Bei der Grenzpolizei. Früher ist er zur See gefahren, aber jetzt macht er nur noch Innendienst in Stralsund. Diese Woche war er zu Hause, weil er Überstunden abfeiern wollte.«

»Und Sie arbeiten zusammen mit Ihrer Schwägerin?«

»Hollenbeck, das müsste Ihnen doch etwas sagen, oder?«

Greta überlegte kurz, schließlich schüttelte sie den Kopf.

»Kleidung und Schmuck gehobener Qualität«, erklärte die blonde Frau. »Wir haben mehrere Filialen in Rostock, Wismar, Stralsund und Lübeck. Und wir haben ein paar Geschäfte mit Freizeitkleidung, Schuhen und Accessoires an der Küste, die firmieren unter *Dies und Das*. Ulla, ihr Bruder Rüdiger, also mein Mann, und ich sind gleichberechtigte Geschäftsführer.«

»Tut mir leid, ich komme aus Anklam.«

»Wir haben auch ein Geschäft in Greifswald.«

Greta lächelte die Bemerkung einfach weg. Gehobene Kleidung war nicht ihr Ding; wenn sie etwas brauchte, dann bestellte sie meist im Internet und schickte alles, was nicht passte oder nicht gefiel, einfach wieder zurück.

»Woher wusste Sie eigentlich, dass die Polizei hier im Haus ist?«

Eva Hollenbeck schaute aus dem Fenster hinaus auf die gemähte Wiese. »Die Nachbarn haben bei Ulla angerufen, und daraufhin sind wir aus Rostock sofort hierhergefahren. Die haben auch berichtet, dass wohl etwas nicht stimmt und Lucky mit seiner Leine hier herumstromerte.«

»Wissen Sie, ob Roger Helmich Feinde hatte?«

»Feinde, wie meinen Sie das?«

»So wie es bislang aussieht, wurde er gezielt getötet.«

»Feinde«, wiederholte Eva Hollenbeck nachdenklich und blickte zu Boden. »Sie sind doch selbst Polizistin. Da wissen Sie ja, wie das ist. Sicher musste er den einen oder anderen betrunkenen Bootsführer anzeigen, und bestimmt hat er auch ein paar Leute hinter Gitter oder vor Gericht gebracht, aber Feinde, also Todfeinde, die ihm nach dem Leben trachteten, das kann ich mir nicht vorstellen. Er hat auch nie viel über seine Arbeit gesprochen.«

»Was war er denn für ein Mensch?«

»Roger?«, fragte Eva Hollenbeck und schwieg einen kurzen Augenblick. »Wie soll ich das beschreiben? Er war witzig, fürsorglich und liebevoll, und er war ein sehr angenehmer Gesprächspartner. Wir waren gerne mit ihm zusammen. Ich kann mir nicht vorstellen, wer ihm etwas angetan haben könnte.«

Greta schlug ihre Beine übereinander. »War er denn auch in die Firma involviert?«

Frau Hollenbeck schüttelte den Kopf. »Da hielt er sich immer raus, aber dennoch schätzten wir seine Ratschläge. Wissen Sie, mein Mann und Ulla sind mit dem Geschäft aufgewachsen und mussten früh helfen. Schon während ihres Studiums waren sie in der Firma tätig. Ihr Großvater verdiente mit Mode sein Geld, wenngleich auch damals in der DDR unter ganz anderen Voraussetzungen. Nach der Wende haben Rüdigers Eltern expandiert und neue Filialen eröffnet. Es war eine gute Zeit dafür, denn die Wirtschaft boomte, und der Aderlass war hier an der Küste nicht so groß wie im Binnenland. Viele Leute blieben nach der Wende hier, und dazu kamen etliche Firmen aus dem Westen. Wenn es einen Hafen in der Nähe gibt und der Tourismus floriert, dann geht es voran. Rüdiger studierte Bekleidungsingenieur und Ulla Design in Hamburg und in Italien. Ihnen blieb eigentlich gar nichts anderes übrig, als in die Fußstapfen der Eltern zu treten. Ihr Vater war es damals, der aus den zwei Filialen in Rostock und Wismar eine Firma machte, die hier an der Küste weit verbreitet ist und einen guten Namen hat. Zuletzt spezialisierte man sich auf Arbeitskleidung für den See- und Hafenbereich, auch im Onlinehandel, das wurde zu einem wichtigen Standbein in der Krise.«

»Sie sind auch aus der Branche?«

Eva Hollenbeck schüttelte den Kopf. »Ich bin Webdesignerin und betreue das Onlinegeschäft. Immer mehr Leute kaufen ihre Kleidung von zu Hause aus. Während dieser unseligen Seuche hielt uns das einigermaßen über Wasser.«

Greta horchte auf. »Das heißt, die Geschäfte gingen in letzter Zeit nicht so gut?«

Eva Hollenbeck atmete tief ein. »Welche Geschäfte litten nicht unter der Pandemie? Auch wir mussten einige Filialen zeitweise schließen. Vor allem der Lockdown war ein Schlag für alle Gewerbetreibenden. Ich kann nur hoffen, dass sich so etwas nicht wiederholt.«

»Das heißt, der Firma geht es gerade nicht so gut, oder wie muss ich das verstehen?«, hakte Greta nach.

»Wir hatten das Glück, dass die Immobilien mit unseren Filialen bis auf wenige Ausnahmen in unserem eigenen Besitz sind. Wenn wir ausschließlich Pachtverträge hätten bedienen müssen, dann wäre es ganz eng geworden. Aber jetzt beruhigt sich die Lage, und vor allem der Tourismus beflügelt die Kauflaune wieder.«

»Das heißt, die Geschäfte laufen wieder, und Schulden gibt es keine.«

»Falls Sie glauben, dass die Firma etwas mit dem Tod von Roger zu tun hat, da kann ich Ihnen sagen, dass wir gute Zahlen schreiben und er überhaupt nichts mit der Firma zu tun hat, außer, dass er mit Ulla verheiratet ist. Er war ja bereits Polizist, als die beiden sich kennenlernten. Unseren Versuchen, ihn als weiteren Gesellschafter in die Firma zu holen, hat er eisern widerstanden, obwohl das einmal ernsthaft zur Diskussion stand.«

Greta betrachtete nachdenklich die blonde Frau, die ihr gegenübersaß, und ging in Gedanken die Liste der üblichen Mordmotive durch. Geldprobleme, abgrundtiefer, aufgestauter Hass und Eifersucht waren die Top drei der tragischen Hitparade. Roger Helmich war ein attraktiver Mann gewesen, und Eva Hollenbeck, geschätzt Anfang der Vierzig, war ein hübsche Frau.

»Ist Ihr Mann auch hier in Rostock?«

»Rüdiger ist auf Geschäftsreise«, entgegnete sie. »Er ist in Asien unterwegs, um neue Verträge mit unseren dortigen Partnern zu schließen. Ich habe gestern Abend zwei Stunden mit ihm gesprochen. Online über Skype, bei uns war es beinahe Mitternacht, und dort war es am frühen Morgen. Er machte sich anschließend auf den Weg nach Port Klang zu einem unserer Partner. Er kommt erst in zwei Wochen wieder zurück. Wobei, jetzt werde ich ihn anrufen müssen. Er muss wissen, dass Roger tot ist. Aber wieso fragen Sie nach Rüdiger?«

Greta runzelte die Stirn. »In einem solchen Fall müssen wir uns ein umfassendes Bild über das Opfer machen, wie sonst sollen wir in unseren Ermittlungen weiterkommen?«

Eva Hollenbeck nickte. »Ich verstehe. Rüdiger ist am letzten Mittwoch nach Bangkok geflogen, von Hamburg aus. Das können Sie gerne nachprüfen, und nein, Roger und ich hatten keine Affäre, falls Sie das annehmen sollten.«

Greta überging den sarkastischen Seitenhieb. »Was würden Sie sagen, war die Ehe von Roger und Ulla Helmich glücklich?«

Eva Hollenbeck rümpfte die Nase. »Das sind sehr persönliche Fragen, die Sie hier stellen.«

»Ist ein Mord nicht auch eine sehr persönliche Sache?«, entgegnete Greta.

Die Frau nickte. »Ja, da haben Sie recht, und natürlich wollen wir alle wissen, wer es getan hat und warum. Und wir wollen, dass derjenige bestraft wird. Aber glauben Sie mir, Sie suchen am falschen Ende. Ulla und Roger führten eine gute Ehe, es war harmonisch, und sie zogen am gleichen Strang …«

»Gibt es Kinder?«

Eva Hollenbeck schüttelte den Kopf. »Es war Ulla nie vergönnt. Sie erkrankte als Jugendliche und leider … Sie hätten sehr gerne welche gehabt und dachten auch ein paar Mal über eine Adoption nach, aber so weit kam es nie. Man hört so viel Negatives darüber. Ich habe ihnen auch abgeraten, obwohl ich zwei Töchter habe und weiß, was einem fehlt, wenn man keine Kinder hat.«

»Soweit ich hörte, sind die beiden erst vor Kurzem nach Neuenkirchen gezogen, gab es dafür einen Grund?«

»Was meinen Sie damit?«

»Ärger mit der Nachbarschaft oder so etwas?«

Die blonde Frau lächelte. »Sie wohnten in einem Reihenhaus in Wendorf, aber Ulla wollte immer ein eigenes Reich. Dann gab es dieses Schnäppchen hier. Sie haben es komplett umgebaut und den Garten neu angelegt. Vor sieben Monaten sind sie umgezogen. Sie hatten es auf diese Weise zwar etwas weiter zur Arbeitsstelle, aber bei uns läuft inzwischen vieles über Homeoffice, das ist wohl das einzige, was positiv an der Pandemie war. Und Roger machte es nichts aus, er hatte ja keinen Schichtdienst mehr, und auch die Überstunden hielten sich in Grenzen, seit er die neue Stelle angetreten hatte. Wie gesagt, wenn Sie innerhalb unserer Familie nach dem Mörder suchen, dann sind Sie auf dem Holzweg. Es hat sicherlich mit seiner Arbeit zu tun, da bin ich absolut sicher.«

»Wissen Sie, was er bei der Grenzpolizei auf dieser neuen Stelle gearbeitet hat?«

Eva Hollenbeck zuckte mit den Schultern. »Irgendwas mit einem Planungsstab, aber wie gesagt, er sprach nicht oft über die Arbeit. Da müssen Sie seinen Chef fragen.« Eva Hollenbeck warf einen Blick auf ihre Armbanduhr. »Kann ich jetzt zu Ulla ins Krankenhaus fahren?«

»Eine Frage hätte ich noch«, sagte Greta. »So wie es aussieht, ist alles vorhanden, seine Papiere, seine Geldbörse … Nur ein Handy haben wir nicht gefunden. Dafür aber ein Ladekabel. Er hatte doch ein Handy, richtig?«

Die Frau nickte. »Er hatte ein iPhone, und eigentlich trug er es immer bei sich, vor allem, wenn er spazieren ging. Da war so ein Schrittzähler integriert, und er sagte immer, unter zehntausend Schritte ist Lucky nicht richtig ausgelastet. Er müsste es eigentlich bei sich gehabt haben.«

»Wir haben es nicht gefunden, haben Sie seine Nummer?«

Eva Hollenbeck zog ihr Handy aus der Hosentasche. »Klar habe ich die, aber ich könnte es anrufen oder noch besser, ich könnte es sogar tracken. Ich sagte ja schon, wir waren oft gemeinsam im Urlaub, da haben wir uns so ein Trackingprogramm draufgeladen, damit wir uns wiederfinden, sollten wir uns einmal verlieren. Das funktioniert normalerweise sehr gut.«

»Tracken, das wäre natürlich optimal«, entgegnete Greta.

Eva Hollenbeck entsperrte das Display ihres Handys und startete das entsprechende Programm.

»Nein, leider ist es vom Netz«, sagte sie nach einem kurzen Moment. »Aber ich habe den letzten Standort. Moment noch.«

Greta wartete geduldig. Beinahe eine Minute verstrich. Greta befürchtete schon, dass das Handy aus der Hosentasche gerutscht war, nachdem man den Mann in den Kooser See geworfen hatte. Wenn es so war, lag es womöglich unweit des Ufers auf dem Grund des Gewässers.

»Da habe ich es. Zuletzt online, 9.27 Uhr, letzter Standort, Kolberg.«

»Kolberg?«, wiederholte Greta.

»Ja, Kolberg, genau«, bestätigte Eva Hollenbeck. »Kołobrzeg. Das liegt in Polen. Etwa in der Mitte zwischen Danzig und Swinemünde, direkt an der Ostseeküste. Ich würde schätzen, gut hundertfünfzig Kilometer Luftlinie von hier; mit dem Auto ist es natürlich weiter.«

4

RMZ, Lokalbüro Wismar

Die letzten Fischer von Timmendorf, titelte die mit etlichen Fotos garnierte Reportage, die morgen eine Sonderseite der RMZ-Ausgabe füllen sollte. Pia war zufrieden. Vier Tage war sie bei diesen herbstlichen Temperaturen mit den letzten Fischern des Ortes hinausgefahren. Ein schwieriges, kaltes, nasses und kräftezehrendes Handwerk, hatte sie feststellen müssen und war gottfroh, dass sie den heutigen Tag zum Schreiben in ihrem Büro zubringen durfte. Denn der kalte Wind, der draußen den feinen Nieselregen gegen die Fensterscheiben trieb, wäre für einen echten und eingefleischten Ostseefischer kein Grund gewesen, nicht hinauszufahren. Die Fänge waren schon seit einiger Zeit immer spärlicher geworden, und wenn dieser Beruf nicht mit Tradition und Herzblut verbunden wäre, dann gäbe es längst schon keine Fischerboote mehr auf der Ostsee.

Pia war fast fertig mit ihrer Arbeit. Ein paar kleine Anpassungen, ein paar Rechtschreibkorrekturen noch, und dann ab an die Redaktion.

Sie warf einen Blick auf die Uhr an ihrem PC: zehn nach sechs am Abend, und draußen war es ungemütlich, kalt und regnerisch. Genau das richtige Wetter für einen Kinobesuch mit ihrer Mutter.

Als das Telefon klingelte und die Nummer von Chefredakteur Albert Scheu auf dem Display zu sehen war, fluchte sie insgeheim. Ein Anruf vom Boss und noch dazu um diese Zeit, das bedeutete nichts Gutes. Sie nahm den Hörer ab.

»RMZ, Lokalredaktion Wismar, Stein am Apparat«, meldete sie sich förmlich. »Im Augenblick ist unser Büro leider nicht besetzt. Sollten Sie ein dringendes Anliegen haben, dann hinterlassen Sie Ihre Nachricht und Ihre Erreichbarkeit nach dem Piepton, wir rufen zurück.«

»Guter Versuch, meine Liebe, aber glaub bloß nicht, dass ich darauf reinfalle«, drang die sonore Stimme von Albert Scheu aus dem Hörer. »Wie sieht es mit dem letzten Fischer von Poel aus, bist du soweit?«

»Das fragst du nicht im Ernst.«

»Hör mal, ich bin Chefredakteur und muss schauen, dass die Dinge laufen. Zeitungen zu verkaufen ist ein hartes Geschäft, da muss man ausgeschlafen sein, auch wenn es schon Abend wird.«

Pia verzog ihre Mundwinkel. »Was willst du wirklich?«

»Hast du die Nachtausgabe des Greifswalder Grenzlandboten schon gelesen?«

»Wie sollte ich, ich habe gearbeitet.«

»Man sollte mit der Konkurrenz immer auf Augenhöhe sein«, konterte Scheu. »Jede verkaufte Ausgabe des Boten ist eine RMZ mehr im Regal, schon vergessen?«

»Sagst du mir jetzt, was du von mir willst?«

»Heute hat die Polizei eine Leiche aus dem Kooser See gezogen«, erklärte Scheu. »Ein Mann, der erschossen … nein, regelrecht hingerichtet wurde. Der Mann war Grenzpolizist und arbeitete bei den Grenzern in Stralsund.«

»Kooser See, Stralsund, das ist überhaupt nicht meine Region, das sind hundertdreißig Kilometer, da ist ja Rostock näher dran.«

»So wie es aussieht, führt die erste heiße Spur hinüber nach Polen. Dort soll es eine Art Bandenkrieg um die Küstenregion in Sachen Rauschgift und Prostitution geben. Zumindest schreiben das die Leute vom Boten.«

»Und warum kümmert sich Menke vom Stralsunder Büro nicht darum?«, fragte Pia, während sie an ihrem Text die letzten Korrekturen vornahm.

»Weil Menke seit Sonntag im Krankenhaus liegt«, antwortete Scheu. »Der Blödmann musste sich ja beim Fallschirmspringen beide Beine brechen.«

»Ich wusste gar nicht, dass Menke Fallschirm springt.«

»Tut er auch nicht«, fuhr Scheu fort. »War so ein Tandemsprung. Ein Jubiläumsgeschenk der Redaktion. Ich habe schon immer gesagt, schenkt Eintrittskarten für den Zoo oder für das Kino, nicht so einen Blödsinn. Aber auf mich hört ja keiner.«

»Ich wüsste nicht, was ich in Stralsund zu suchen hätte. Wismar reicht mir voll und ganz.«

»Du hörst mir anscheinend nicht zu«, entgegnete Scheu scharf. »Wir haben dort niemanden, aber wir haben einen heißen Fall, der uns Quoten bringen kann. Ich will, dass du nach Stralsund fährst und das Büro dort übernimmst. Hotelkosten bis einhundert Euro und Verpflegungspauschale von dreißig Euro pro Tag werden übernommen, aber liefere mir genug Material, um daraus eine Serie zu machen.«

»Und ich frage dich, wieso ich?«

»Die Spur führt nach Polen, und dort gibt es einen Drogenkrieg. Es würde mich nicht wundern, wenn der tote Polizist in die Sache verwickelt war. Zumindest mutmaßt das der Bote, und die haben ausgezeichnete Informationen aus erster Hand.«

»Ich kenne dort niemanden, und meine Kontakte werden mir kaum weiterhelfen.«

»Die ermittelnde Kommissarin von der Kripo Anklam heißt Claasen, die arbeitet quasi nur halbtags, und der Fall ist natürlich von hoher Brisanz, deswegen hat das Innenministerium entschieden, dass das LKA die weiteren Ermittlungen führt. Und ein Name kursiert dort ganz oben auf der Liste, und damit haben auch wir einen Fuß in der Tür.«

»Aber ich …«

»Keine Widerrede, ich brauche dort jemanden, der Ergebnisse liefert, und wenn ich mich hier in Rostock umschaue, dann möchte ich am liebsten meine Augen schließen, hast du verstanden?«

Pia atmete durch und seufzte.

»Das habe ich gehört.«

»Wann soll es losgehen?«

»Morgen früh, es soll gegen acht eine Pressekonferenz im Kommissariat Anklam geben, und da musst du dabei sein.«

»Aber ich wollte mit Mutter ins Kino!«, wandte Pia ein.

»Du musst dort hin, ich habe sonst niemanden«, entgegnete Scheu barsch. »Und plan schon mal ein paar Tage ein, ich will, dass wir bei dieser Story auf Augenhöhe sind. Also nutze deinen Kontakt, verstanden!«

Pia war zum Weinen zumute. Am liebsten hätte sie einfach aufgelegt, aber Albert Scheu war nun mal ihr Chef, und ein Wiedersehen mit Vito war immerhin ein kleiner Lichtblick in all dem Desaster.

»Ich höre, wie du überlegst. Ich gebe dir hinterher auch ein paar Tage frei.«

»Okay, aber nur unter Protest.«

»Gut, du kannst jetzt nach Hause und die Koffer packen, ich habe soeben ein Zimmer für dich gebucht. Hotel Am Stadtwall in Anklam. Da bist du mitten im Zentrum des Geschehens. Ich schicke dir die Adresse, den Artikel des Boten und die Buchung auf dein Handy. Der Tote wohnte übrigens in Neuenkirchen. Die Daten schicke ich dir ebenfalls.«

LKA Mecklenburg-Vorpommern, Leezen bei Schwerin

»Wie man es dreht und wendet, uns bleibt keine andere Möglichkeit, der Innenminister hat nun einmal so entschieden«, wies Kriminaldirektorin Hanna Pauli Vitos Einwand zurück. »Ein Polizist als Mordopfer, und die Spur führt nach Polen, wo ein Bandenkrieg im Milieu ausgebrochen ist, das macht die Herren in den weißen Hemden nun mal nervös.«

»Das wäre doch eigentlich ein Fall für das BKA.«

»Red keinen Blödsinn, du weißt genau, dass das BKA nur bei politischen oder terroristischen Taten zuständig ist.«

»Aber warum ich und warum mit Ehrlich?«

»Das ist nicht meine Entscheidung, das hat Hagner so entschieden, und Hauptkommissar Ehrlich ist ein sehr guter Beamter, der seinen Weg in den höheren Polizeidienst schon machen wird. Stell dich gut mit ihm, in drei oder vier Jahren ist er vielleicht dein Vorgesetzter.«

»Ehrlich ist ein Trottel, der sich seine Sporen erst noch verdienen muss«, entgegnete Vito, ließ sich im Stuhl zurücksinken und legte seine Beine auf den Schreibtisch. »Der hat beim Staatsschutz bislang nur den Bückling gemacht und keinerlei Erfahrungen bei richtiger Ermittlungsarbeit.«

»Dann bring es ihm bei.«

»Verstehe: Ich soll einen Mord an einem Kollegen aufklären, der möglicherweise in dunkle Geschäfte mit der polnischen Mafia verstrickt ist, und obendrein auch noch Kindermädchen für einen Halbwüchsigen spielen …«

»Ehrlich ist dreißig und beinahe zwei Meter groß, der wird schon selbst auf sich aufpassen können. Und morgen früh um acht ist Pressekonferenz beim Kommissariat in Anklam. Da musst du dabei sein.«

»Diese Hauptkommissarin, Greta Claasen, die kenne ich überhaupt nicht, hat die was auf dem Kasten?«

Hanna Pauli zuckte mit den Schultern. »Sie ist immerhin Chefin des Fachbereichs im Kommissariat. Sie teilt sich den Job mit ihrer Kollegin Andrea Seitzinger und arbeitet zu sechzig Prozent in Teilzeit wegen der Kinder. Sie ist alleinerziehend.«

Vito Falk lachte laut auf. »Sechzig Prozent, wie soll das gehen?«, gluckste er. »Das ist gerade mal die halbe Woche, wie will ich da einen Mordfall aufklären?«

»Wir sind nun mal in der modernen Zeit angekommen, und da ist Teilzeit üblich.«

»Bald kann man es sich aussuchen, gehe ich halbtags zur Polizei und ermittle ein bisschen mit, oder setze ich mich an die Aldi-Kasse.«

»Ich hab die Regeln nicht gemacht, und es arbeiten eben immer mehr Frauen bei der Polizei. Wir können doch froh sein, dass es überhaupt noch Leute gibt, die bei uns arbeiten wollen. Außerdem teilt sie sich die Stelle mit ihrer Kollegin.«

Falk winkte ab. »Aber eines ist wohl auch dir klar, sechzig Prozent und vierzig Prozent sind keine hundert Prozent.«

Hanna Pauli seufzte. »Beschwer dich nicht bei mir, beschwer dich bei der Politik. Die Vereinbarkeit von Familie und Beruf steht nun mal auf der Agenda. Außerdem wusste ich gar nicht, dass du so ein Frauenfeind geworden bist.«

Falk richtete sich auf und grinste breit. »Ich, ein Frauenfeind? Ganz und gar nicht. Ich erachte Frauen in unserem Beruf für sehr wichtig und unersetzlich, aber man hätte sie nicht einfach auf vorhandene Planstellen setzen dürfen, sondern die Anzahl der Stellen entsprechend erhöhen müssen.«

»Die Polizei ist ein Spiegel der Gesellschaft.«

»Lass die frommen Sprüche, die bringen uns nicht weiter. Ach, übrigens, weißt du eigentlich, was aus unserem Genie Koller geworden ist?«

Hanna Pauli erhob sich. »Es wird langsam Zeit für dich, deine Koffer zu packen. Vergiss nicht, das Hotel heißt Anklamer Hof, und Ehrlich kommt mit, basta. Koller leitet übrigens derzeit die Arbeitsgruppe Polizeigewalt im Innenministerium. Das hätte dir Steffi sicher auch sagen können.«

»Zu Befehl«, entgegnete Falk und salutierte. »Ach, hast du vielleicht auch schon über einen Halbtagsjob nachgedacht?«

Hanna Pauli warf Falk einen bösen Blick zu. »Du wirst vorbildlich mit der Claasen zusammenarbeiten. Ich will keine Klagen hören. Und Ehrlich wird dein Schatten in diesem Fall, lass ihn über deine Schulter schauen, und benimm dich, ich will keinen Ärger, so wie im letzten Fall.«

»Um acht, hast du gesagt?«

»Um acht. Ehrlich weiß Bescheid und wartet auf deinen Anruf.«

»Er hat seine Koffer wohl schon gepackt.«

Hanna Pauli lächelte. »Er freut sich sogar darauf.«

»Siehst du, er ist nicht nur ein Trottel, er ist ein Volltrottel.«

Hanna Pauli wandte sich zu Falk um. »Wie kommst du darauf?«

»Wenn es um den Tod eines Kollegen geht, und es überdies noch den Verdacht gibt, dass er möglicherweise korrupt war oder sogar in ein Verbrechen verstrickt ist, dann sitzt man meist zwischen den Stühlen. Wenn das Mordopfer kein komplettes Arschloch war, werden seine Kollegen aus Stralsund hinter ihm stehen, und auch die Kollegen aus Anklam werden kaum begeistert sein, wenn man in deren Gewässern fischt. Das bedeutet, dass wir uns dort oben nur sehr wenige Freunde machen werden. Kein Grund zu Freude also.«

Hanna Pauli zuckte mit den Schultern. »Das müsste dir doch eigentlich ganz gut gefallen, schließlich kennst du das Gefühl, keine Freunde zu haben. Und der Streichelzoo ist doch auch nicht dein Ding.«

»Schreibst du das auch in meine nächste Beurteilung?«

»Unter ›Sozialverhalten nach innen‹, aber du bist ja sowieso am Ende deiner Karriere angekommen.«

Bevor Vito antworten konnte, war seine Chefin schon durch die Tür entschwunden.

Seufzend erhob er sich. Ein toter Kollege und eine Spur, die nach Polen führte. Gab es denn keine einfacheren Fälle,

oder hatte man ihn längst zum Steinklopfer der Dienststelle auserkoren?

5

Kriminalkommissariat Anklam, Friedländer Straße

Vito traf pünktlich am Kommissariat in Anklam ein und parkte im Innenhof neben dem Gebäude eines benachbarten Zweiradhändlers. Er hatte sogar noch Zeit, einen Kaffee aus einem Automaten zu ziehen, bevor er, mit einem Besucherausweis ausgestattet, über die neonlichtdurchfluteten Flure den Weg zum großen Lehrsaal einschlug, in dem die heutige Pressekonferenz stattfinden sollte. Frieder Ehrlich, sein zugeordneter Kollege auf Zeit, hatte selbst fahren müssen. So früh am Tag hatte er keine Lust auf Gesellschaft, noch dazu auf Gesellschaft, die er sich nicht selbst aussuchen konnte. Als offiziellen Grund hatte er dem jungen und aufstrebenden Kollegen erklärt, dass es sinnvoll sei, ohne Abhängigkeit von den Anklamer Kollegen beweglich zu bleiben und einen zweiten Dienstwagen vor Ort vorzuhalten. Ehrlich gab Vito natürlich Recht; er hatte auch gar nichts anderes erwartet.

Als er den geräumigen Lehrsaal betrat, mischte er sich unter die zahlreichen Journalistinnen und Journalisten, die sich im Raum aufgeteilt hatten. Im hinteren Bereich waren zwei Fernsehkameras aufgebaut, eine gehörte dem MDR, die andere war mit dem Emblem vom Kabelkanal ausgestattet. Er stieg über die am Boden verklebten Kabel und suchte sich im hinteren Bereich einen freien Stuhl. Noch bevor er sich setzte, traute er seinen Augen kaum. Zwei Reihen vor ihm saß Pia Stein, die Beine übereinandergeschlagen und einen Schreibblock in der Hand. Was hatte Pia, über hundert Kilometer entfernt, von ihrem eigentlichen Jagdrevier zu suchen?

Einen Augenblick lang überlegte er, sich auf einen der freien Stühle neben ihr zu setzten, doch er verwarf den Gedanken und nahm in der hintersten Reihe Platz, in der noch fast alle Stühle frei waren.

Im vorderen Bereich waren mehrere Tische zusammengeschoben, hinter denen die Fahne des Landes Mecklenburg-Vorpommern und eine weitere mit dem Stadtwappen von Anklam standen, da waren alle acht Plätze noch frei. Lediglich zwei uniformierte Polizisten wiesen weiteren ankommenden Journalisten freie Plätze zu.

Als sich die Tür im hinteren Bereich des Saales öffnete und eine kleine Personengruppe den Raum betrat, verstummten die Gespräche. Vito schaute auf die Armbanduhr: Es war bereits zehn Minuten nach acht. Die Personengruppe ging zielstrebig auf die Tische zu und nahm Platz. Sie bestand aus zwei uniformierten Polizisten, einer uniformierten Polizistin sowie zwei weiteren Frauen in Zivil, einem großgewachsenen und kräftigen Mann mit deutlichem Bauchansatz, einem kleinen, schmächtigen Herrn mit Stirnglatze, und dahinter lief der hochaufgeschossene Kollege Ehrlich in einer blauen Jeans und einem karierten Hemd.

»Sieh an, sie haben ihn schon für sich vereinnahmt«, murmelte Vito leise.

»Bitte?«, fragte die Frau mit den schulterlangen gewellten Haaren, die inzwischen neben ihm Platz genommen hatte.

Die uniformierte Polizistin erhob sich und trat vor das Rednerpult, das rechts neben den Tischen aufgebaut worden war. Sie richtete das Mikrofon, im Lautsprecher knackte es.

»Guten Morgen, meine Damen und Herren«, begrüßte sie die Anwesenden. »Mein Name ist Silke Fischer, ich bin die Pressesprecherin der hiesigen Polizeiinspektion. Am Tisch haben Platz genommen der Leitende Polizeidirektor und Chef der Inspektion Hans Werner Gärtner, Revierleiter des Polizeikommissariats Polizeidirektor Klaus Döring, Herr Dr. Kahl, Oberstaatsanwalt der Staatsanwaltschaft Neubrandenburg, die Kolleginnen Hauptkommissarin Claasen und Hauptkommissarin Seitzinger, Oberrat Flüger von der Stabsstelle, und vom LKA ist Hauptkommissar Ehrlich zu uns gestoßen. Er wird die Ermittlungen zusammen mit einem weiteren Kollegen unterstützen.«

Die junge Kollegin mit dem blonden Kurzhaarschnitt machte eine Pause und musterte die Anwesenden. Vito schätzte ihre Zahl auf etwa sechzig. Die Kameras im Hintergrund waren allesamt auf die Frau gerichtet.

»Wie sie sicherlich alle wissen, wurde am gestrigen Morgen die Leiche eines achtundvierzigjährigen Mannes aus dem Kooser See geborgen. Der Mann wurde ersten Untersuchungen nach erschossen. Wir gehen von einem Tötungsdelikt aus und bitten Sie, meine Damen und Herren, um Ihre Mithilfe. Uns interessiert vor allem, ob es Zeugen gibt, die in den gestrigen Morgenstunden ungewöhnliche Beobachtungen in der Nähe des Kooser Sees gemacht haben. Wurden dort Personen oder Fahrzeuge gesehen, und wurden Geräusche wahrgenommen, die man möglicherweise als Schüsse deuten könnte?«

Wiederum machte die Polizistin eine Pause und schaute sich im Saal um. »Bislang steht fest, dass der Getötete dort am Kooser See seinen Hund, einen beigefarbenen Labradorrüden, ausführte. Der Hund wurde im Anschluss vor dem Wohnhaus des Opfers in Neuenkirchen aufgefunden, er muss während des Tathergangs wohl weggelaufen sein. Uns würde interessieren, ob jemand einen freilaufenden Hund dieser Beschreibung in der Nähe des Kooser Sees und Neuenkirchens gesehen hat.

»Stimmt es, dass der Tote Polizist war?«, ertönte eine helle Stimme aus den vorderen Reihen. Falk suchte nach dem Zwischenrufer und machte einen jungen Mann mit hellblonden Haaren aus, der sich auf seinem Stuhl aufgerichtet hatte.

»Das ist richtig, der Getötete war Angehöriger der Bundespolizei und verrichtete Dienst bei der Bundespolizeiinspektion See in Stralsund«, bestätigte die Pressesprecherin.

»Wie oft wurde geschossen?«, fuhr der junge Mann fort.

Vito beugte sich zu seiner Nachbarin. »Wer ist das?«, flüsterte er leise.

»Der verrückte Lieb vom Grenzlandboten«, entgegnete die Frau kurz und knapp. »Die haben schon in der Abendausgabe darüber berichtet, der muss wohl einen Informanten an oberster Stelle haben.«

»Fixer Junge«, bemerkte Vito.

»Aus ermittlungstaktischen Gründen können wir darüber keine Angaben machen, aber ich kann bestätigen, dass mehrmals geschossen wurde«, entgegnete die Pressesprecherin.

»Sein Handy wurde nach der Tat in Polen geortet, stand in der Abendausgabe des Grenzlandboten?«, kam die nächste Frage aus dem Auditorium. Diesmal war es Pia, die die Frage gestellt hatte.«

»Aus ermittlungstaktischen Gründen …«

»Müssen sich die Menschen hier im Grenzland Sorgen machen?«, fiel der junge Reporter des *Grenzlandboten* der Pressesprecherin ins Wort. »Die polnische Grenze liegt vor unserer Haustür, und wir alle wissen, dass es dort drüben offenbar einen Bandenkrieg gibt und bereits zwei Menschen unweit von Karszno umgebracht wurden. Außerdem gab es vor zwei Monaten einen Sprengstoffanschlag auf eine Bar in Stettin. Hängen diese Fälle etwa zusammen?«

»Wir haben keine Anhaltspunkte…«

»Ist es möglich, dass der Tote vom Kooser See mit diesem Bandenkrieg in Verbindung steht?«, schoss Lieb seine nächste Frage ab, ohne die Pressesprecherin ausreden zu lassen.

Gemurmel breitete sich im Raum aus; die Kollegin versuchte vergeblich, die Gemüter der anwesenden Journalisten zu beruhigen. »Meine Dame, meinen Herren …«, versuchte sie die Unruhe einzufangen, doch die Theorie, dass der tote Polizist irgendwie mit den Morden und dem vermeintlichen Anschlag auf der anderen Seite der Grenze zusammenhing, schien den Anwesenden zu gefallen, und Lieb tat alles dafür, die Stimmung noch mehr aufzuheizen.

»Meine Damen, meine Herren«, ertönte schließlich die tiefe Stimme des schmächtigen Oberstaatsanwalts aus den Lautsprechern an der Decke. Falk hätte diesem Mann ein solch lautes Organ gar nicht zugetraut.

»Ich bitte um Ruhe, sonst werden wir diese Pressekonferenz auf der Stelle beenden«, ertönte es erneut. Allmählich beruhigten sich die Gemüter, und im Saal wurde es leiser.

»Herr Lieb, wir haben wohl alle den Grenzlandboten gelesen«, fuhr Oberstaatsanwalt Kahl fort. »Allerdings muss ich sagen, dass ihr Artikel jeglicher Grundlage entbehrt und lediglich auf Spekulationen aufgebaut ist.«

»Stimmt es etwa nicht, dass man das Handy des Toten in Polen geortet hat, bevor das Signal verloren ging?«

Lieb hatte wohl kein Interesse daran, die aufgeheizte Stimmung abkühlen zu lassen.

»Es ist richtig, das Handy wurde in Polen geortet und ist wohl jetzt nicht mehr am Netz …«

Lieb erhob sich und wandte sich dem Publikum zu. Er grinste überheblich. »Also stimmt es doch!«

»Lassen Sie mich dennoch Folgendes klarstellen«, fuhr der Oberstaatsanwalt unbeirrt fort. »Es gibt überhaupt keine Indizien, dass die Tat am Kooser See und diese vermeintliche Auseinandersetzung von Drogendealern an der Küste zwischen Szczecin und Gdańsk zusammenhängen. Und der vermeintliche Anschlag auf eine Bar in Szczecin stellt sich wohl als untauglicher Versuch einer Geldautomatensprengung dar. Die Bar wurde nur zufällig in Mitleidenschaft gezogen. Wir stehen im regen Austausch mit den polnischen Kollegen und sind diesbezüglich auf Augenhöhe.«

Erneut erhob sich lautes Gemurmel im Saal, sodass der Oberstaatsanwalt kurz pausieren musste, bevor er fortfahren konnte.

»Außerdem wird das Landeskriminalamt die Ermittlungen zum Todesfall am Kooser See leiten, und die Kolleginnen und Kollegen aus Anklam und Stralsund werden die Zuarbeit übernehmen. Es gilt in solchen Fällen das Neutralitätsgebot, schließlich war der Getötete hier im Bereich Stralsund tätig.«

»Warum übernimmt das BKA den Fall nicht?«, ertönte es erneut aus den vorderen Reihen.

Der Oberstaatsanwalt strich sich über die hohe Stirn. »Das Bundeskriminalamt ist in solchen Dingen nicht zuständig, allerdings wird es bei grenzüberschreitenden Ermittlungen unterstützen.«

»Gibt es denn überhaupt schon eine Spur?«, meldete sich Pia zu Wort.

»Die Ermittlungen stehen noch am Anfang«, antwortete Oberstaatsanwalt Kahl. »Es ist noch zu früh, um über konkrete Ansätze sprechen zu können. Dennoch wären wir Ihnen allen dankbar, wenn Sie unsere Fragen an die Bevölkerung weitergeben könnten. Ich danke Ihnen.«

Mit einer kurzen Verbeugung verließ er das Rednerpult und ging zurück zu seinem Stuhl. Die Pressesprecherin übernahm seinen Platz.

»Die wissen gar nichts«, bemerkte Vitos Nachbarin lakonisch.

»Ist ja nicht einmal ein Tag vergangen«, wandte Vito ein.

»Meine Damen, meine Herren«, ergriff die blonde Kollegin erneut das Wort. »Wir haben eine Meldung für Sie alle vorbereitet und werden sie am Ausgang verteilen. Ich bitte Sie um Ihre Mithilfe und bedanke mich für Ihr Kommen.«

»Keine Fragen mehr?«, beschwerte sich Lieb.

»Zum augenblicklichen Zeitpunkt können wir Ihnen keine weiteren Informationen zukommen lassen.«

»Mit wie vielen Schüssen wurde der Polizist getötet?«

»Ich sagte schon, darüber können wir keine Auskunft geben.«

»Wo wurde er getroffen, und war er schon tot, bevor man ihn ins Wasser geworfen hat?«

»Herr Lieb, es tut mir leid …«

Der leitende Polizeidirektor erhob sich und gab seiner Kollegin ein Zeichen. Sie nickte kurz und schaltete das Mikrofon ab. Schließlich erhoben sich alle hinter ihren Tischen und gingen wieder auf die Tür am Seitenflügel zu. Auch die übrigen Anwesenden standen auf. Vito warf einen kurzen Blick in Pias Richtung, doch die war bereits in der Menge verschwunden, die sich in Richtung Hauptausgang bewegte. Vito schlug die Gegenrichtung ein und tastete sich an der Wand entlang, bis er die Tür erreichte, durch die Ehrlich und die anderen den Saal verlassen hatten. Bevor er die Türklinke niederdrücken konnte, eilte ein uniformierter Kollege herbei.

»Bitte benutzen Sie den anderen Ausgang«, sagte der junge Polizist.

Vito griff in seine Jackentasche. »Falk, LKA«, sagte er und zeigte seinen Dienstausweis vor.

»Herr Falk«, wiederholte der Kollege. »Wir haben bereits auf Sie gewartet.«

Vito wies mit dem Kopf über die Schulter. »Keine Angst, ich war rechtzeitig hier und habe das Spektakel mitbekommen. Wo finde ich die Kollegin Claasen?«

Der junge Kollege öffnete die Tür. »Zweiter Stock, Zimmer zweihundertsechs, das ist auf der anderen Seite des Gebäudes.«

Falk lächelte. »Danke«, sagte er, bevor er über die Seitentür das Kommissariat betrat.

6

Anklamer Stadtpark, Leipziger Allee

Pia hatte Falk bei der Pressekonferenz vermisst. Sie hatte sich mehrmals nach ihm umgesehen, ihn jedoch nicht entdeckt. Das war überhaupt nicht seine Art. Dafür war ein gewisser Hauptkommissar Ehrlich vom LKA anwesend gewesen. War Albert einer Fehlinformation auf den Leim gegangen, und Vito war gar nicht an diesem Fall beteiligt?

Die Zusammenarbeit mit einem Kollegen war nicht sein Stil; er war ein Einzelgänger und hatte stets Wert daraufgelegt, dass sich daran nichts änderte. Und jetzt hatte dieser blasse, große Kerl mit dem breiten Scheitel und dem unsicheren Blick auf dem Platz des LKA-Ermittlers gesessen und die gesamte Zeit geschwiegen.

Sie schüttelte enttäuscht den Kopf. Diese Pressekonferenz hätte sie sich sparen können, denn die Informationen der Polizei waren mehr als mager und standen überdies allesamt in der Presseerklärung. Allerdings hatte sie auf diesem Weg Lieb vom *Grenzlandboten* kennengelernt, der offenbar eine Sensation witterte und natürlich sofort die Verbindung zwischen dem Mord an dem Grenzpolizisten und den Vorfällen in Polen hergestellt hatte. In Polen waren vor Kurzem ebenfalls zwei Leichen mit Schussverletzungen aufgefunden worden; die Opfer gehörten zu einer Drogengang. Aber woher hatte Lieb gewusst, dass es Verbindungen nach Polen gab? Hatte er einen Informanten innerhalb der Polizei?

Ohne Falk würde es schwer werden, in diesem Fall voranzukommen. Die Polizei hielt sich bedeckt, und noch dazu saß ihr ein junger, dynamischer Reporter mit guten Verbindungen im Nacken, der offenbar mehr wusste als sie und all die anderen

Journalisten, und der eine große Story hinter diesem Kriminalfall witterte.

Die Oktobersonne hatte sich inzwischen über die Bäume des Stadtparks erhoben und schien direkt auf ihre dunkle Jacke, die sich bei den milden Temperaturen sehr schnell aufheizte. Sie zerknüllte den leeren Karton, in dem sich die Pommes befunden hatten, die sie sich aus einem nahen griechischen Lokal geholt hatte, erhob sich von der Parkbank und warf ihn in einen nahen Papierkorb.

Kurz überlegte sie, ob sie Albert Scheu anrufen sollte, um ihn über die Sachlage zu informieren und ihn um Hilfe zu bitten. Schließlich hatte ihr Chefredakteur ausgezeichnete Verbindungen. Doch sie verwarf den Gedanken und schlenderte über den geschotterten Weg in Richtung der Parkallee davon, in der sie ihren Wagen abgestellt hatte.

»Pia Stein von der RMZ?«, hörte sie eine junge Stimme in ihrem Rücken, die ihren Namen rief. Sie blieb stehen und wandte sich um. Lieb kam auf sie zugelaufen.

»Pierre Lieb vom Grenzlandboten«, sagte der junge Mann mit dem blonden Kurzhaarschnitt und der hellen Gesichtsfarbe.

»Kennen wir uns?«, fragte Pia.

Der junge Mann blieb vor ihr stehen und atmete erst einmal kräftig durch. Sie musterte ihn von unten bis oben. Er war kaum älter als zwanzig und trug einen schwarzen Hoodie, Jeans und Turnschuhe, so wie junge Leute in diesem Alter eben gekleidet waren.

»Ja … nein, ich meine, ich kenne Sie von den Berichten aus der RMZ.«

Pia lächelte. »Gratuliere zu dem Artikel, war gute Arbeit. Vor allem die Verbindung nach Polen. Ist das überhaupt sicher?«

Lieb grinste. »So sicher, wie das Amen in der Kirche.«

»Woher bekommt man solche Informationen? Von der Polizei sicher nicht, oder?«

Lieb lächelte die Frage weg und zuckte kurz mit den Schultern. »Betriebsgeheimnis«, sagte er verschmitzt. »Allerdings ist es natürlich von Vorteil, wenn man die Familienverhältnisse kennt.«

»Und Sie kennen die Familienverhältnisse.«

Er nickte. »Mein Vater wohnt in derselben Straße wie das Mordopfer. Er meinte schon immer, dass da etwas nicht stimmt. Die Helmichs leben auf großem Fuß. Sie haben mehrere Häuser, fahren teure Autos und gönnen sich mehrere Urlaubsreisen im Jahr. Und da meine ich nicht die Nordsee oder das Allgäu. Dubai, Südafrika oder auch schon mal eine Kreuzfahrt zu den Lofoten. Von dem Gehalt eines Hauptkommissars bei der Bundespolizei, Direktion See, ist das bestimmt nicht zu stemmen.«

»Daher haben Sie also die Informationen.«

»Neuenkirchen ist ein kleines Nest, und manche Dinge sprechen sich schnell herum.«

»Gut, Herr Lieb«, wechselte Pia das Thema. »Weshalb unterhalten wir uns?«

Der junge Mann fuhr sich über den Flaum seines Dreitagebarts – oder war er einfach nur schlecht rasiert? »Ich habe damals die Reportage über den Frauenmörder verfolgt und war sehr angetan.«

»Danke.«

»Ich dachte, der Grenzlandbote und die RMZ sind nicht wirklich Konkurrenten. Wir haben unterschiedliche Einzugsgebiete, und unsere Auflage lässt sich natürlich nicht mit dem Rostocker Morgen messen …«

»Und das heißt im Klartext?«, fragte Pia bestimmt.

»Ich dachte, nein ich denke, vielleicht sollten wir zusammenarbeiten. Informationen austauschen und uns nicht als Konkurrenten sehen. Gemeinsam könnten wir vielleicht mehr erreichen. Ich glaube nämlich nicht, dass wir uns gegenseitig etwas wegnehmen, wie gesagt, die Auflage …«

Pia griff in ihre Tasche und zog eine Visitenkarte hervor, die sie Lieb reichte. »Ich lass es mir mal durch den Kopf gehen, aber jetzt muss ich los. Ich muss noch einchecken und mir dann mal den Tatort ansehen. Rufen Sie mich doch heute Abend gegen acht Uhr einfach mal an.«

Kriminalkommissariat Anklam, Friedländer Straße

Falk war über das Treppenhaus in den zweiten Stock des Kommissariats gelangt und hatte durch die Glastür den Flur betreten. Die Tür am Konferenzraum, unmittelbar nach dem Zugang, stand offen. Jemand hatte offenbar in aller Eile Bilder der Spurensicherung vom Tatort und von der Leiche an eine der drei Pinnwände an der Stirnseite gepinnt. Eine der Fotografien war heruntergefallen. Falk trat näher und hob das Foto auf, das einen See zeigte. Er pinnte es mit drei Nägeln in den Kork und zog sein Handy hervor. Eingehend betrachtete er sich die Bilderserie. Ein großformatiges Foto des Getöteten in blauer Galauniform mit den Schulterstücken eines Polizeihauptkommissars hing direkt neben den Leichenbildern. Helmich machte auf dem farbigen Foto mit seinem Vollbart, den blauen Augen und dem wachen Blick einen sehr gepflegten Eindruck. Auch auf den Leichenbildern, auf denen er in Bauchlage auf einer schwarzen Leichendecke lag, war er gut gekleidet.

Falk hob das Handy und visierte mit der Foto-App eines der Leichenfotos an, als eine Stimme in seinem Rücken ertönte. »Was machen Sie da? Geben Sie mir Ihr Handy!«

Er wandte sich um. Hauptkommissarin Seitzinger stand dort und musterte ihn mit strengem Blick.

»Die Pressekonferenz ist vorbei. Sie dürften gar nicht hier sein. Welcher Idiot hat Sie hier hereingelassen?«

Fordernd streckte sie ihre Hand nach Falks Handy aus.

Falk lächelte. »Ich fürchte, das ist ein Missverständnis«, sagte er.

»Ihr Handy!«

»Frau Seitzinger, wenn ich Ihren Namen noch richtig in Erinnerung habe.«

»Die Presse hat hier keinen Zutritt!«

Falk griff in seine Jackentasche und zog seinen Dienstausweis hervor.

»Falk, LKA«, sagte er und reichte ihr den Ausweis.

Die Frau warf einen langen Blick darauf. »Sorry, ich dachte …«

Falk winkte ab. »Schon gut, ich bin hier, um Sie bei der Arbeit zu unterstützen.«

Andrea Seitzinger gab den Ausweis zurück. »Hauptkommissarin Claasen sitzt im Büro am Ende des Ganges auf der rechten Seite. Ich muss leider los.«

Sie warf einen Blick auf ihre Armbanduhr. »Ich bin schon viel zu spät dran.«

»Termine?«

»Ich muss meinen Jungen von der Kita abholen. Gehen Sie zu Kollegin Claasen, ihr Kollege Hauptkommissar Ehrlich ist auch dort. Ich muss jetzt wirklich weg.«

Falk nickte und steckte seinen Dienstausweis wieder zurück in die Jackentasche. »Einen schönen Tag.«

»Ja, bis morgen«, entgegnete sie eilig und wandte sich um.

Falk verweilte noch einen Augenblick im Raum und betrachtete sich Bild für Bild. Von einigen, die ihm besonders erschienen, fertigte er Aufnahmen mit seinem Handy, ehe er den Raum verließ und den Flur entlangging. An Claasens Büro blieb er stehen und klopfte. Das »Herein« ließ nicht lange auf sich warten. Er öffnet die Tür und betrat das Büro.

Hauptkommissarin Claasen saß an ihrem Schreibtisch und blickte angestrengt auf den Bildschirm ihres Computers. Ehrlich stand hinter ihr.

»Ah, Herr Falk«, grüßte er lächelnd. »Wohl ein klein wenig verschlafen? Die Pressekonferenz ist schon beendet.«

Falk ignorierte Ehrlichs Anspielung, trat neben den Schreibtisch und reichte Greta Claasen die Hand. »Falk, LKA«, sagte er.

Greta Claasen ergriff die Hand. »Ja, stimmt. Wir haben Sie vermisst.«

»Ich war anwesend«, entgegnete Falk.

Claasen warf Ehrlich einen kurzen Blick zu.

»Pressekonferenzen in diesem frühen Stadium sind nicht unbedingt mein Fall. Viel mehr als Vertröstungen der Journalisten gibt es ja sowieso nicht zu verkünden. Und so war es ja auch in diesem Fall. Also, wo stehen wir?«

Claasen berichtete von dem Leichenfund, der aufwändigen Bergung und dem bisherigen Ermittlungsstand. Auch die Handyortung durch Helmichs Schwägerin im polnischen Kolberg ließ sie nicht aus.

»Dann hat die Presse die Kenntnis darüber wohl über die Familie bekommen?«

»Von uns ist in dieser Sache nichts nach draußen gelangt. Oberstaatsanwalt Kahl hat eine Nachrichtensperre angeordnet.«

»Ich weiß, aber die Information ist nun einmal draußen, und die Presse stürzt sich natürlich auf solche Nachrichten. Jetzt müssen wir damit klarkommen. Gibt es denn irgendwelche Hinweise darauf, dass Helmich in illegale Aktivitäten verstrickt gewesen sein könnte?«

Greta Claasen atmete tief ein. »Es ist noch zu früh, um dazu etwas sagen zu können. Wir haben in zwei Stunden einen Termin bei seinem Vorgesetzten in Stralsund.«

»Er war ausgesprochen gut gekleidet«, bemerkte Falk. »Wenn er nur den Hund ausführen wollte, dann hatte er danach noch etwas vor, oder er war einfach kein Fan des Jogginganzugs.«

»Seine Frau hat eine Modekette mit mehreren Geschäften, unter anderem auch in Stralsund und Rostock. Die haben sogar ein eigenes Label. ModePlus, wenn Ihnen das was sagt. Er hatte an dem Tag dienstfrei und hätte erst am Montag wieder arbeiten müssen.«

»Wurde eine Funkzellenauswertung angeordnet?«

»Wir sind noch dabei, auch die Verifizierung des letzten Standorts in Kolberg läuft. Wenn wir Glück haben, liegen uns die Daten morgen vor.«

»Dann hoffen wir mal, dass wir Glück haben, denn wir sollten schnell ein paar Ergebnisse erzielen, bevor die Gerüchteküche so richtig hochkocht.«

»Da ist noch was«, sagte Greta Claasen und drehte den Bildschirm des Computers in Falks Richtung. Ein Bild war zu erkennen, auf dem die entkleidete Leiche Helmichs bäuchlings auf dem Seziertisch lag. Die beiden Schusswunden waren klar zu erkennen.

Falk hob die Augenbrauen an, als Greta Claasen auf die Wunde am Hinterkopf deutete. »Diese Schussverletzungen sind tatsächlich nahezu identisch mit der Leiche von Stanisław Kuchar, der am fünfzehnten September unweit von Karszno in Polen zusammen mit seinem Komplizen Batsch erschossen aufgefunden wurde. Die beiden gehörten zum Volkan-Clan, der Rauschgift und Prostitution an der Küste von Swinemünde bis Danzig kontrolliert. Batsch wurde mit drei Schüssen niedergestreckt, aber auch er wurde durch Kopfschuss getötet.«

»Woher …«

»Wir haben mit den Polen telefoniert, und wenn man diese Informationen in Betracht zieht, wäre es durchaus denkbar, dass es eine Verbindung gibt.«

»Die Geschosse…«

»Die Obduktion ist heute am späten Nachmittag angesetzt.«

»Hülsen?«

»Haben wir keine gefunden«, entgegnete Greta Claasen. »Entweder hat der Täter sie mitgenommen oder in den See geschmissen. Es könnte aber auch sein, dass sie noch irgendwo in der Gegend liegen, deswegen sind Carlo und sein Team nochmals mit Metallsuchdetektoren an den Tatort gefahren.«

»Carlo Meinhardt?«, fragte Falk verdutzt. Meinhardt war der einzige Carlo, den er bei der Polizei kannte. Bis vor fünf Jahren hatte der Kollege beim LKA gearbeitet, bevor er sich wegen unüberbrückbarer Differenzen mit Kriminaloberrat Reutter, dem Leiter der technischen Abteilung, wegbeworben hatte. Falk hatte das damals gut verstanden, denn auch er hatte seine Probleme mit dem narzisstisch veranlagten Dienststellenleiter gehabt, bevor er von Referatsleiterin Pauli die Stelle in seinem eigenen Ein-Mann-Dezernat, der Operativen Fallanalyse, zugewiesen bekommen hatte, um nicht noch mehr Porzellan zu zerschlagen.

»Ja, genau. Carlo ist bei uns in Anklam gelandet, er war vorher beim LKA. Sie kennen ihn?«

Falk nickte. Damit erübrigte es sich, Pauli um Unterstützung durch Brunner zu bitten. Meinhardt war ihm als ein sehr kompetenter Vertreter der Spurensicherungsabteilung in Erinnerung geblieben.

»Gut, dann hoffe ich, dass er etwas findet. Aber wir sollten uns jetzt auf den Weg nach Stralsund machen. Wir müssen Helmichs Leben durchleuchten; das Handy unseres Opfers und diese Schusswunden sind mir ein paar Zufälligkeiten zu viel. Wir müssen herausfinden, wer Roger Helmich wirklich war.«

Greta Claasen erhob sich und griff nach ihrer Jacke.

»Ich komme mit«, entschied Ehrlich, der schweigend zugehört hatte.

»Irrtum, Ehrlich, Sie bleiben hier«, entgegnete Vito. »Ich möchte, dass Sie alles über diese polnischen Mordopfer und den Volkan-Clan herausfinden, deshalb rufen Sie in Polen an und lassen nicht locker, verstanden?«

»Aber ich spreche überhaupt kein Polnisch.«

»Dann gehen Sie runter zum Revier«, mischte sich Greta Claasen ein. »Oberkommissar Graf vom Ermittlungsdienst spricht polnisch, russisch, bulgarisch und sogar ein paar Brocken finnisch. Der wird Sie sicher gern unterstützen. Sagen Sie ihm einen schönen Gruß von mir. Inspektor Milik leitet bei den Polen die Ermittlungen. Er kennt ihn, und er weiß, wie man mit Milik umgehen muss, damit man etwas erfährt. Die Zusammenarbeit ist nämlich nicht immer leicht.«

Falk räusperte sich. »Also, Sie haben Frau Claasen gehört. Und lassen Sie sich nicht abwimmeln, Ehrlich, es ist wichtig, verstanden?«

Der junge Mann nickte stumm.

7

Bundespolizeiinspektion Stralsund auf Dänholm

Sie waren über den Rügendamm hinüber nach Dänholm gefahren und fanden einen freien Parkplatz neben dem Hauptzollamt. Zu Fuß legten sie bei herrlichem Sonnenschein, blauem Himmel und Temperaturen um die 20 Grad den kurzen Weg zur Bundespolizeiinspektion zurück, wo der Ermordete Roger Helmich seinen Dienst versehen hatte.

Falk war gespannt, welcher Tätigkeit Helmich bei der Bundespolizei nachgegangen war und ob diese Tätigkeit einem polnischen Drogenkartell von Nutzen hätte sein können, so wie die Gerüchte lauteten. Zum Glück hatte man in der heutigen Ausgabe des *Grenzlandboten* eher sachlich über den Leichenfund am Kooser See berichtet, doch Falk machte sich keine Illusionen: Das war sicher nur die Ruhe vor dem Sturm.

Das Dienstgebäude der Bundespolizei ähnelte im Baustil zahlreichen anderen Behördenbauten und war nicht mehr als ein mehrstöckiger viereckiger und nüchterner Betonklotz, dem jeglicher Charme und jegliche Ausstrahlung fehlte. Auf einem Schild neben dem Zugang prangte der Bundesadler.

An der Pforte mussten sie zunächst warten, bis ein junger Polizeihauptmeister sie abholte und in ein Besprechungszimmer im oberen Stock führte. Auch dort war die Einrichtung eher nüchtern; sie bestand aus weißen Möbeln mit metallenen Füßen. Einziger Farbklecks war das großformatige Poster über den hüfthohen Aktenschränken, das ein Polizeiboot in heftigen Wellen zeigte.

Falk und seine Anklamer Kollegin wurden von dem jungen Bundespolizisten an einem runden Tisch platziert. Auch ein Kaffee war im Angebot, den Falk nicht ausschlug. Dennoch mussten sie noch eine knappe Viertelstunde warten, bis Helmichs Dienstvorgesetzter, Polizeidirektor Lars Wigge, endlich Zeit für sie hatte. Der stämmige und großgewachsene Mann mit graumeliertem Vollbart und tiefschwarzen, vollen Haaren trug die blaue Uniform der Bundespolizei mit blauen Schulterklappen und vier goldenen Sternen auf der Jacke. In seiner Hand trug er ein Bündel Akten, das er auf dem Tisch platzierte, bevor er seine Besucher mit kräftigem Handschlag begrüßte.

»Eine tragische Sache«, seufzte er. »Und noch dazu diese Anspielungen der Presse, die natürlich auch in unserem Haus für viel Unruhe sorgen. Ich hoffe nur, dass Sie den Fall schnellstmöglich aufklären, damit endlich Klarheit herrscht.«

Er wies auf die Stühle, wartete, bis Falk und Greta Claasen sich gesetzt hatten, und nahm dann selbst Platz.

»Ich habe schon mal die Personalakte und die Einsatzpläne mitgebracht, der Kollege ist ja erst seit drei Jahren in unserem Haus tätig. Gibt es denn schon erste Erkenntnisse?«

Falk warf seiner Anklamer Kollegin einen kurzen Blick zu, ehe er die Initiative ergriff und sich in seinem Stuhl aufrichtete. »Was war Ihr erster Gedanke, als Sie vom Mord an Kollegen Helmich erfuhren?«, fragte er. Schließlich war er nicht hierhergekommen, um Fragen zu beantworten, selbst wenn ihm ein Kollege gegenübersaß.

Lars Wigge schaute zum Fenster. »Ich saß in meinem Büro, als mich einer meiner Mitarbeiter darüber informierte«, erzählte der Polizeidirektor nachdenklich. »Ich war schockiert über die Nachricht und dachte an seine arme Frau.«

»Das war alles, mehr nicht?«

»Wie meinen Sie das, Herr … Herr …«

»… Falk ist mein Name. Haben Sie nicht an den Dienst gedacht? Nur an Helmichs Frau? Oder sind Ihnen noch weitere Gedanken durch den Kopf gegangen?«

Der Polizeidirektor räusperte sich. »Hören Sie, Herr Falk, Hauptkommissar Helmich war ein überaus angenehmer Kollege. Er war korrekt, pflichtbewusst und hatte stets ein Ohr für die Kollegenschaft.«

Falk lächelte. »Ich bin nicht hierherkommen, um seine Personalakte zu studieren.«

»Ich verstehe nicht, was Sie meinen, Herr Falk.«

»Nun, wir alle wissen, nirgendwo auf der Welt wird mehr gelogen als bei Jubiläen oder auf Beerdigungen. Ich bin hier, um den Menschen hinter der Akte kennenzulernen, sein Leben, seine Gedanken und auch seine Fehler. Lobhudeleien bringen uns nicht weiter, deshalb konkret: Dachten Sie, der Mord könnte irgendwie mit seinem Dienst zusammenhängen?«

Wigge kratzte sich nachdenklich am Kinn. »Sehen Sie, ich war erschüttert, als ich es erfuhr, und natürlich sind mir einige Gedanken durch den Kopf gegangen …«

»Im Zusammenhang mit seinem Dienst als Bundespolizist?«, unterbrach Falk.

Der Polizeidirektor nickte kurz.

»Im Zusammenhang mit der Grenze zu Polen?«, schob Falk nach.

Diesmal schüttelte Wigge den Kopf. »Nein, nicht was Sie meinen oder was dieser Schmierfink in seiner Zeitung andeutet. Helmich war ja nicht mehr im Ermittlungsdienst, er gehörte dem Referat Einsatz hier im Haus an und schrieb Einsatzpläne und Dienstanweisungen. Ich wüsste nicht, wie er auf diese Art und Weise einem Drogenring dienlich sein könnte.«

»Er wusste zumindest über die Einsätze und die Routen der Patrouillenboote Bescheid«, meldete sich Hauptkommissarin Claasen zu Wort.

»Das mag sein«, entgegnete Wigge. »Aber eigentlich dachte ich im ersten Moment mehr an den Grund, weshalb er hierher versetzt wurde.«

»Und der wäre?«, fragte Falk.

»Er war in Rostock und Kapitän der *Eschwege*«, erklärte der Polizeidirektor. »Das ist ein Kreuzer der Bad Bramstedt-Klasse, eines unserer größeren Schiffe. Und dann bewarb er sich auf die Ausschreibung, was eher ungewöhnlich ist. Einen echten Seemann, den zieht es eigentlich nur selten an Land. So kam er zu uns. Und hier hatte er keinen dienstlichen Kontakt mehr zur Außenwelt, verstehen Sie?«

Falk verdrehte die Augen. »Ein Seebär, ich verstehe schon, aber Sie haben uns den Grund für seine Versetzung nach Stralsund immer noch nicht genannt.«

Wigge druckste herum und fuhr sich über den Bart. »Es ist … Hören Sie, es ist nur ein Gerücht, und ich weiß nicht, wie viel Wahrheit dahintersteckt, aber … Wie soll ich sagen, es hieß, er habe eine Affäre mit der Frau eines Kollegen.«

»Vom selben Schiff?«, fragte Greta Claasen.

Wigge schüttelte den Kopf. »Nein, von einem Kollegen, der Schichtführer am Flughafen in Laage ist.«

Andrea Claasen atmete tief ein. »Kennen Sie auch den Namen des Kollegen?«

Wigge schlug die Akte auf, die vor ihm auf dem Tisch lag, und suchte eine Weile darin. »Ja, ein Kollege Seiffert, Hauptkommissar Marius Seiffert vom Standort Kopernikusstraße.«

»Ein Gerücht, sagen Sie«, mischte sich Falk ein. »Und steckt etwas dahinter?«

Wigge zuckte mit den Schultern. »Keine Ahnung. Aber das war mein erster Gedanke, der im Zusammenhang mit seinem Tod und dem Dienst stand. Diese Geschichte mit der Polenmafia halte ich für absoluten Humbug, da ist sicher nichts dran. Aber wir kennen ja unsere Presse. Ein korrupter Polizist, der mit Verbrechern klüngelt, ist eben ein Verkaufsschlager für die Zeitungen.«

Falk räusperte sich. »Eine andere Frage, Herr Wigge: Womit war Kollege Helmich aktuell beschäftigt?«

Wigge wiegte den Kopf hin und her. »Ich sagte schon, Kollege Helmich verrichtete Stabsarbeit und war aktuell in keine Ermittlungen eingebunden. Derzeitig arbeitete er an einem Kontrollplan für die Einsatzkonzeption Sicherer Seeweg.«

»Sicherer Seeweg, was heißt das?«

»Wissen Sie, auch auf See gibt es vielbefahrene Routen, analog zu den Straßen hier an Land. Nicht jeder Schiffsführer verhält sich korrekt. Es gibt Kapitäne und Steuermänner aus manchen Ländern, die oft und gerne zu tief ins Glas schauen …«

»Ich verstehe«, fiel ihm Falk ins Wort. »Alkoholkontrolle auf hoher See.«

Wigge lächelte. »Natürlich innerhalb unserer Zwölf-Meilen-Zone, aber doch, Alkoholkontrollen, wenn Sie so wollen. Nur sind die auf See natürlich etwas aufwändiger.«

»Gab es sonst noch irgendwelche Großereignisse, an denen er in letzter Zeit beteiligt war?«

Wigge winkte ab. »Wissen Sie, Herr Falk, Stabsarbeit ist natürlich weniger spektakulär als die Einsätze auf einem Schiff. Dennoch muss die Arbeit getan werden, und Helmich war ein sehr guter Mitarbeiter.«

Falk warf seiner Anklamer Kollegin einen kurzen Blick zu, ehe er sich erhob. »Nun gut, können wir seinen Arbeitsplatz sehen?«

Polizeidirektor Wigge schüttelte den Kopf. »Das ist leider nicht möglich. Herr Helmich bearbeitete auch Verschlusssachen, und das geht Außenstehende natürlich nichts an. Das verstehen Sie sicher.«

»Herr Helmich wurde ermordet, und wir bearbeiten den Fall«, widersprach Falk. »Wir sind ebenfalls zur Geheimhaltung verpflichtet.«

»Das ist mir klar, aber Sie sind keine Angehörigen der Bundespolizei, und als solche gelten Sie nun mal als Außenstehende. Da kann ich leider nichts machen. Ich habe meine Vorschriften.«

Falk nickte. »Gut, wir werden uns einen richterlichen Beschluss besorgen, dann ist beiden Seiten gedient. Aber eine Frage hätte ich noch. Mit welchen Kolleginnen und Kollegen arbeitete Helmich zusammen?«

Wigge kratzte sich an der Stirn. »Herr Helmich arbeitete alleine in seinem Büro. Zwar gibt es weitere Mitarbeiter im Stab, aber er hatte sein eigenes Referat zu betreuen. Nur seine Sekretärin, Frau Habermann, ging ihm dabei zur Hand.«

»Ist Frau Habermann im Haus und zu sprechen?«

Wigge lächelte. »Ich werde sie holen lassen, Sie können diesen Raum zur Befragung nutzen.«

Zehn Minuten später saßen Falk und Greta Claasen der Frau gegenüber, die sichtlich mitgenommen wirkte. Sie war bereits über fünfzig, ihre Haut war blass, und ihre dunkelblonden Haare hatte sie zu einem Zopf gebunden.

»Ich war erschüttert, als ich es erfuhr«, sagte sie nur, nachdem Falk sie begrüßt hatte. Doch zur Sache selbst konnte sie nicht viel beisteuern. Sie und Helmich waren tatsächlich nicht mehr als Arbeitskollegen gewesen und hielten ihr Privatleben aus ihrer Arbeit heraus. Anke Habermann beschrieb Helmich als freundlichen und korrekten Ressortleiter, bei dem man immer wusste, woran man war, und der immer ein aufmunterndes Wort übrig hatte. Es gab in letzter Zeit weder gehäufte Anrufe, noch hätte sie bemerkt, dass er ein Problem mit sich herumgetragen habe. Er sei in den letzten Wochen so wie immer gewesen, und von Aktivitäten, die über ihre Arbeit hinausgingen, hatte sie nichts bemerkt. Nach einer halben Stunde entließen sie die Zeugin aus der Befragung.

Bevor sie das Dienstgebäude verließen, trat Wigge nochmals an Falks Seite. »Diese unschönen Gerüchte bringen natürlich unsere gesamte Organisation in Misskredit, aber Sie sehen ja selbst, dass Kollege Helmich hier sicher keiner Schmugglerbande von Nutzen gewesen wäre, deshalb ist dieser Verdacht vollkommen aus der Luft gegriffen. Ich hoffe, dass Sie den Fall rasch lösen können und sich dieses Gerücht in Wohlgefallen auflöst. Damit wäre uns allen gedient.«

Falk lächelte. »Wir tun, was wir können.«

Als sie vom Dienstgebäude zurück auf den Parkplatz gingen, klingelte Falks Handy. Er warf einen kurzen Blick auf das Display und drückte den Anruf weg. Pia hatte versucht, ihn zu erreichen. Das hatte sie am gestrigen Abend und am heutigen Morgen vor der Pressekonferenz schon ein paar Mal versucht, doch Falk hatte das Gespräch nicht angenommen. Es war klar, was sie wollte. Doch diesmal ging es möglicherweise um interne Ermittlungen in Kreisen der Polizei, und da waren Kontakte zur Presse ein absolutes Tabu, auch wenn er Pia sehr viel zu verdanken hatte.

»War wohl nicht so wichtig?«, fragte Greta Claasen, nachdem Falk das Handy wieder weggesteckt hatte.

»Unwichtig, richtig«, bestätigte Falk.

»Wie sehen Sie Helmichs Rolle in diesem Fall?«, fragte Greta Claasen.

Sie näherten sich dem Dienstfahrzeug. Falk betätigte die Fernbedienung, und sie stiegen ein. »Er hat zwar Stabsarbeit geleistet und war nicht mehr an der Front, aber er wusste, wo die Kontrollen stattfinden und die Boote kreuzen. Deswegen betrachte ich die Sache anders als Wigge. Diese Informationen sind für Schmuggler sicher sehr wertvoll.«

Falk nickte. »Dem kann ich nur zustimmen, wir müssen auf alle Fälle einen Blick in seinen dienstlichen Computer werfen.«

»Und ein Blick in die Schubladen seines Schreibtisches könnte ebenfalls nicht schaden. Ich rufe Kahl gleich an, ich denke, ein Durchsuchungsbeschluss ist reine Formsache.«

»Richtig«, bestätigte Falk, ehe er den Motor startete.

8

Neuenkirchen, Grüner Weg

Pia steckte das Handy zurück in ihre Handtasche. Falk hatte den Anruf wieder nicht angenommen. Das hieß, dass er ganz sicher in diesen Fall involviert war und keine Lust auf eine Aussprache hatte. Aber was nicht ist, kann ja noch werden, dachte sie, als sie noch einmal kräftig durchatmete und anschließend die Treppen zum Eingang hinaufging. Es fiel ihr im Grunde nicht leicht, Frau Helmich aufzusuchen, die vor noch nicht einmal 24 Stunden vom Tod ihres Mannes erfahren hatte. In diesem Haus herrschte sicher tiefe Trauer. Dennoch hatte sich Pia entschlossen, ein Interview mit Helmichs Ehefrau zu versuchen. Schließlich musste auch die Witwe von dem ungeheuerlichen Gerücht erfahren haben, das über diesem Mord schwebte. Und vielleicht wäre sie sogar daran interessiert, ein anderes Bild ihres Mannes in der Presse zu zeichnen und dem Gerücht entschieden entgegenzutreten.

Pia klingelte und horchte an der Tür des schmucken Einfamilienhauses. Die Tür wurde geöffnet, und eine Frau mit blonden Haaren stand vor Pia und musterte sie misstrauisch. »Was wollen Sie?«, fragte sie unfreundlich.

»Pia Stein, Rostocker Morgen Zeitung«, stellte sich Pia vor. »Ich bin hier, um mit Frau Helmich zu sprechen.«

»Das ist eine bodenlose Unverfrorenheit«, polterte die Blonde sofort los. »Es ist wohl noch nicht genug damit, dass man ein Mordopfer durch den Dreck zieht, jetzt soll auch noch die Ehefrau ihr Fett abbekommen. Verschwinden Sie, bevor ich die Polizei rufe!«

Pia hob beschwichtigend die Hände. »Entschuldigen Sie, ich bin nicht hier, um jemanden durch den Dreck zu ziehen. Ich bin von der RMZ und nicht vom Grenzlandboten. Ich dachte, vielleicht hätte Frau Helmich ein Interesse daran, ihren Mann so zu beschreiben, wie er wirklich war. Ein treusorgender und liebender Ehemann und niemand, der gemeinsame Sache mit Verbrechern macht.«

»Ihr von der Presse seid doch alle gleich«, wetterte die Frau weiter. »Ihr verdreht einem die Worte im Mund und schreibt das, was ihr wollt, ganz egal, was man sagt.«

Pia schüttelte den Kopf. »Es tut mir leid, dass Sie einen so schlechten Eindruck von uns Journalisten haben. Ich für meinen Teil schreibe das, was man mir erzählt. Entschuldigen Sie die Störung, und mein Beileid an Frau Helmich, es tut mir leid, dass Sie Ihren Mann auf diese grausame Art verlieren musste.«

Pia wandte sich um.

»Moment«, hielt sie die blonde Frau zurück.

Pia blieb stehen.

»Ich kann vor der Veröffentlichung lesen, was gedruckt wird?«

Pia lächelte. »Das ist kein Problem, ich gebe Ihnen mein Wort, wenn … Aber zuerst müsste ich wissen, wer Sie überhaupt sind?«

Die Blonde reichte Pia die Hand. »Eva Hollenbeck, die Schwägerin von Ulla Helmich.«

Pia ergriff die Hand. »Pia Stein, RMZ.«

»Das sagten Sie bereits«, entgegnete Eva Hollenbeck. »Aber nicht länger als zwanzig Minuten! Ulla, ich meine, Frau Helmich ist noch sehr mitgenommen.«

Pia nickte und folgte der Frau, die sie in das geräumige Wohnzimmer führte und ihr dort Platz anbot. »Warten Sie kurz, ich muss zuvor mit Ulla sprechen.«

»Kein Problem«, entgegnete Pia und versuchte, ihre Ungeduld zu verbergen. Ein Interview mit Helmichs Ehefrau war bestimmt nach dem Geschmack ihres Chefredakteurs.

Sie musste knapp zehn Minuten warten und schaute sich in dem nobel und teuer eingerichteten Wohnzimmer um. Ihr Blick fiel auf die Fotos auf der Kommode. Einen kurzen Augenblick überlegte sie, einen Schnappschuss mit ihrem Handy anzufertigen, doch sie verwarf den Gedanken. Wenn das Gespräch gut verlief, würde es wohl kein Problem werden, mit Zustimmung der Ehefrau ein Foto zu schießen.

Eva Hollenbeck stützte Ulla Helmich, als sie die sichtlich mitgenommene und leicht zitternde Frau ins Zimmer führte. Pia erhob sich und stellte sich vor, bevor sie ihr Beileid aussprach und wieder auf der weißen Couch Platz nahm.

»Ulla ist noch schwach und steht immer noch unter Beruhigungsmittel. Rogers Tod hat ihr schwer zugesetzt.«

»Es tut mir außerordentlich leid, was passiert ist«, sagte Pia, als sie sich Helmichs schwer gezeichneter Ehefrau zuwandte. »Noch dazu diese üblen Gerüchte über Verbindungen zu einer polnischen Schmugglerbande. Das muss noch mehr wehtun, wenn man weiß, dass nichts an der Sache dran ist.«

»Wir haben uns geliebt«, stammelte Ulla Helmich. »Ich weiß nicht, wie es weitergehen soll.«

»Frau Helmich, ich bin hier, damit Sie der Welt mitteilen können, wie groß ihr Verlust ist und wie sehr es Sie schmerzt, dass Ihr Mann mit dieser polnischen Bande in Verbindung gebracht wird.«

Ulla Helmich winkte ab. »Das ist vollkommener Quatsch, mein Mann hatte nie Verbindungen nach Polen. Das hätte ich doch merken müssen …«

»Ja, das denke ich auch«, bestätigte Pia und blickte sich um. »Sie hatten wohl nicht nur das Einkommen Ihres Mannes, wenn ich mich hier umsehe.«

»ModePlus, das dürfte Ihnen etwas sagen«, mischte sich Eva Hollenbeck ein. »Ulla hat Roger mehrfach bekniet, seinen Job bei der Polizei zu kündigen und ins Unternehmen einzusteigen. Er war absolut firm in Sachen Buchführung und hätte jederzeit in der Firma einsteigen können. Er hätte das Doppelte verdient wie bei der Polizei, doch er wollte nicht. Er wollte Polizist bleiben. Er sagte immer, er habe einen Eid geleistet und geschworen, diesem Land zu dienen. So etwas gibt man nicht einfach auf, weil man ein besseres Angebot hat. So war Roger, nicht so, wie ihn dieser Schmierfink darzustellen versucht.«

»Ich verstehe«, entgegnete Pia. Sie hatte ihren Block und einen Kuli gezückt und machte sich Notizen. »Was war er denn für ein Mensch?«

»Er war lustig und immer gut gelaunt«, antwortete Eva Hollenbeck. »Wir waren immer sehr gerne mit ihm zusammen und sind sogar gemeinsam in den Urlaub gefahren. Das tut man nicht mit einem übel gelaunten und bärbeißigen Menschen, glauben Sie mir.«

»Ich kann es nicht fassen, Roger … Es ist … es ist …«, stammelte Ulla Helmich. Tränen liefen ihr über die Wangen.

»Hat er sich denn in letzter Zeit anders verhalten als sonst?«

Ulla Helmich schüttelte den Kopf. »Er hatte sich ein paar Tage frei genommen und wollte sich um Lucky kümmern. Er besucht mit ihm die Hundeschule. Am Samstag wäre eine Prüfung gewesen, und die wollte er auf alle Fälle mit Lucky schaffen.«

»Lucky?«

»Lucky ist unser Hund, ein Labradorrüde«, erklärte die Frau und wischte sich mit einem Taschentuch die Tränen aus dem Gesicht. »Unser Kind, wenn Sie so wollen, er gehört zur Familie …«

»Sie haben keine gemeinsamen Kinder?«

Ulla Helmich schüttelte den Kopf. »Es war mir nicht vergönnt«, antwortete sie knapp.

»Ist der Hund hier?«

Eva Hollenbeck wies nach oben. »Er trauert ebenfalls. Er frisst nicht und weicht nicht von Rogers Bettkante. Er ist traumatisiert. Kein Wunder, er musste ja alles miterleben.«

»Ist Roger, wenn ich ihn so nennen darf, oft am Kooser See spazieren gegangen?«

»Sie dürfen«, entgegnete die Ehefrau. »Ja, das war seine Strecke, beinahe täglich. Wenn er arbeiten musste, dann eben am Abend. Er meinte immer, mindestens zehntausend Schritte müssten es schon sein, sonst sei Lucky nicht ausgelastet.«

Ein Weinkrampf schüttelte die Frau.

Pia wartete einen Augenblick, bis Ulla Helmich sich wieder beruhigt hatte. »Hatte er noch andere Hobbys?«

»Er war Mitglied im Yachtclub Dänholm und hat eine Segelyacht im Hafen liegen. Eine große Yacht, mit der man auch mehrtägige Touren machen kann. Wir waren damit schon auf Bornholm, in Trelleborg, auf Gotland und in Nyborg. Roger liebte das Segeln, und er reiste gern. Erst im letzten Jahr machten wir eine Karibikkreuzfahrt, und in diesem Jahr wollten wir das zweite Mal zum Nordkap.«

»Ist das nicht teuer?«

»Ich sagte schon, Geldprobleme gab es nicht, die Firma läuft ordentlich, und selbst in der Coronazeit waren wir durch den Onlinehandel gut ausgelastet«, mischte sich Eva Hollenbeck erneut ein. »ModePlus ist ein Qualitätslabel und hat einen guten Stand in der Branche. Er hätte sich also nicht mit irgendwelchen Verbrecherbanden zusammentun müssen, um seine Hobbys und seine Reisen zu finanzieren. Wer das behauptet, der weiß nicht, wovon er spricht.«

»Ich verstehe«, antwortete Pia und warf einen Blick auf die Kommode. Dort stand ein Bild, dass Roger Helmich und seine Ehefrau lachend und Arm in Arm auf der Segelyacht zeigte. Die geblähten Segel waren ein idealer Hintergrund. »Dürfte ich ein Foto dieses Bildes zur Veröffentlichung machen? Natürlich werden die Personen durch die üblichen Balken unkenntlich gemacht, aber es wäre für unsere Leser sicher gut, wenn sie ein Bild vor Augen hätten.«

Ulla warf ihrer Schwägerin einen fragenden Blick zu, und als diese nickte, stimmte sie zu. Pia erhob sich. »Wann hat er denn zuletzt gearbeitet?«, fragte sie beiläufig.

»Am Montag, dann nahm er sich für den Rest der Woche frei«, antwortete Ulla Helmich. »Er hatte noch Überstunden, die er bis zum Jahresende abbauen musste.«

»Hatte er sonst irgendwelche Verpflichtungen, ich meine, war er schon einmal verheiratet oder …«

»Wir kannten uns schon als Kinder«, schnitt ihr Ulla Helmich das Wort ab.

»Die Jugendliebe also.«

»Ja, wir verloren uns nur aus den Augen, als er seine Ausbildung und seine Seefahrtschule machte, aber wir hielten selbst da Kontakt.«

»Da waren sie ebenfalls zusammen?«

Ulla Helmich schüttelte den Kopf. »Nein, natürlich hatte er auch andere Freundinnen damals, aber nichts Ernstes. Als er zurückkam und in Rostock stationiert wurde, trafen wir uns wieder, und seit der Zeit sind wir zusammen. Wir heirateten im Mai 2001, nach meinem Unfall.«

»Sie hatten einen Unfall?«

Ulla nickte. »Mit dem Motorrad, ich lag beinahe ein halbes Jahr in der Klinik, bis ich wieder laufen konnte. Roger war Tag und Nacht an meiner Seite. Und jetzt …«

Sie wandte den Kopf ab und weinte.

»Können Sie deshalb keine Kinder …«

»Das hat andere Gründe!«, sagte Eva Hollenbeck barsch.

»Verzeihung, ich wollte nicht indiskret sein.«

»Roger wusste, dass ich in meiner Jugendzeit erkrankt war und keine Kinder bekommen kann; dennoch ist er bei mir geblieben. Das alleine sagt doch, was für ein Mensch er ist.«

»Es tut mir wirklich unsäglich leid. Darf ich das verwenden?«, fragte Pia, nachdem sie drei Fotos von den Bildern gemacht hatte und sich zur Couch zurückbegab.

Eva Hollenbeck räusperte sich. »Sie können schreiben, dass Roger ein liebevoller Mensch und guter Ehemann und überaus korrekt und pflichtbewusst bei seiner Arbeit war. Er hat weder Verbindungen nach Polen, noch hätte er aufgrund seiner finanziellen Lage Grund gehabt, gemeinsame Sache mit Verbrechern zu machen. Das hätte er nie getan. Es gibt nur eine Erklärung: Er muss einem Wahnsinnigen begegnet sein.«

»Hatte er denn schwierige Einsätze, ich meine, könnte jemand Rache geübt haben, weil er einen Deal vereitelt hat oder weil er jemanden festnahm, der zu langjähriger Haftstrafe verurteilt wurde?«

»Glauben Sie mir«, richtete sich Ulla Helmich im Sessel auf. »Stundenlang habe ich schon darüber nachgedacht, aber da war nichts. Er hätte mir sicher davon erzählt, wenn er so einen spektakulären Einsatz gehabt hätte. Oft waren es einfache Kontrollen. Betrunkene Skipper oder Rettungseinsätze, denn das Boot, das er kommandierte, gehörte ja zur Küstenwache, und es gibt genug unvernünftige Laien, die draußen auf See vom Wetter überrascht werden und in Seenot geraten. Ich glaube nicht, dass sich jemand rächen will, weil er seinen Bootsführerschein durch eine Kontrolle verloren hat.«

»Für manche stehen Existenzen auf dem Spiel«, widersprach Pia. »Ein Frachterkapitän ohne Lizenz steht vor den Scherben seines Lebens. Glauben Sie mir, es gibt Menschen, die in solchen Fällen nicht rational denken.«

»Das mag sein«, mischte sich Eva Hollenbeck ein, »aber ich denke, es ist jetzt genug. Ulla braucht Ruhe. Ich hoffe, Sie halten sich an das Versprechen und lassen mir den Text vor dem Druck zukommen.«

»Heute Abend«, versprach Pia, während Eva Hollenbeck ihr eine Visitenkarte mit E-Mail-Adresse übergab.

»Ich wünsche Ihnen viel Kraft«, verabschiedete sich Pia von der Ehefrau und wartete, bis Eva Hollenbeck sie zur Tür führte. »Dürfte ich mich noch mal melden, wenn ich noch Fragen habe?«

»In ein paar Tagen, wenn die Beerdigung vorbei ist. Jetzt braucht Ulla erst einmal Ruhe und Abstand. Die beiden haben sich wirklich sehr geliebt, das müssen Sie mir glauben.«

9

Rechtsmedizin Greifswald, Schützenstraße

Auf dem Rückweg nach Anklam hatte Falk erfahren, dass die Obduktion von Roger Helmichs Leiche für den frühen Abend vorgesehen war, und beschloss, daran teilzunehmen, auch wenn Carlo Meinhardt von der Spurensicherung dafür vorgesehen war. Die näheren Umstände des Todes mit eigenen Augen gesehen zu haben, war weitaus hilfreicher, als sämtliche Informationen aus einem Bericht zu entnehmen, selbst wenn dieser mit Hochglanzfotos versehen war. Greta Claasen hatte zähneknirschend zugestimmt, ebenfalls teilzunehmen, nachdem sie ein paar Anrufe mit ihren Angehörigen führen musste, um einen Babysitter für den Abend zu engagieren.

Das Institut lag im Norden der Stadt und gehörte zur Universität. Carlo Meinhardt war überrascht, als Falk und Greta Claasen den langen, von Neonlicht durchfluteten Flur entlang auf ihn zukamen.

»Mensch, Falk!«, sagte er überrascht und drückte ihn fest, als wären sie ein altes Ehepaar. »Hätte ich mir denken können, dass die dich hierherschicken, wo es doch vor Fettnäpfen nur so wimmelt.«

»Ich war auch überrascht, als ich hörte, dass du in Anklam gelandet bist. Wolltest du nicht nach Güstrow?«

Carlo winkte ab. »Schon, aber dann bin ich hier gelandet«, antwortete er, ehe er sich Greta zuwandte. »Wir waren einmal Kollegen beim LKA.«

»Ich weiß«, sagte sie.

»Aber was macht ihr hier, ich hätte die Sache doch übernommen.«

»Ich will die Leiche sehen, damit ich ein besseres Bild habe«, entgegnete Falk.

»Ah, immer noch der Alte«, scherzte Meinhardt. »Das war

schon früher so. Was man nicht mit eigenen Augen sieht, das kann man schlecht beurteilen, stimmt's?«

Falk nickte. »Du bist auch noch der Alte, immer noch ein paar Gramm zu viel.«

Meinhardt lachte laut auf. »Wir sind quasi Leidensgenossen«, sagte er wie zur Erklärung zu Greta Claasen. »Unser damaliger Boss war ein Riesenarschloch, deswegen bin ich aufs Land gegangen. Und wie ist es dir beim LKA ergangen?«, wandte er sich wieder an Falk. »Ich habe gehört, du hast einige spektakuläre Fälle gelöst, und dabei dachte ich, der wird auch nicht alt beim LKA, zumindest nicht unter Reutter.«

»Ich bin jetzt mein eigener Boss und leite das Referat OFA, Operative Fallanalyse. Ich bin nur der Pauli unterstellt, die leitet jetzt die Kriminaltechnik und ist an Reutter vorbeigezogen. Der hatte nämlich ein Problem mit Alkohol und hat im Suff eine Verkehrsinsel mitten in Schwerin abgeräumt.«

»Respekt!«

»Ich bin allerdings auch der einzige Mitarbeiter in diesem Referat.« Carlo grinste. »Das ist toll, ich bin mein eigener Herr und habe keine nervenden Mitarbeiter, was will man mehr. Und die Pauli, die hatte es damals schon drauf. Kein Wunder, dass sie an diesem Idioten vorbeigezogen ist. Als ich hörte, dass Reutter seine Karre besoffen an einen Baum gesetzt hat, habe ich mir eine Flasche Schampus gegönnt.«

»Tja, und jetzt stehen wir hier und haben ein richtig faules Ei an der Backe«, seufzte Meinhardt. »Helmich wird gerade vorbereitet. Wir müssen noch ein paar Minuten …«

Noch bevor er ausgesprochen hatte, wurde die Tür zum Obduktionsraum geöffnet. Ein junger Mann mit schwarzen, zu einem Zopf gebundenen Haaren schaute heraus. »Wir sind soweit, wenn ihr kommen wollt.«

»Das ist Steffen, er ist schon ewig hier«, erklärte Carlo Meinhardt.

»Und bislang hat sich noch niemand beschwert«, ulkte der junge Helfer.

Steffen führte Falk und die anderen in den Sektionsraum, in dem Helmich, mit einem weißen Tuch abgedeckt, auf dem metallenen Tisch lag. Der Rechtsmediziner mit weißem Mantel und Plastikschürze war unter seiner Mütze und dem Mundschutz kaum zu erkennen.

»Das ist Frau Dr. Vogel«, stellte Meinhardt die Rechtsmedizinerin vor. Falk wäre nie auf die Idee gekommen, dass eine Frau unter dieser Verkleidung steckte.

»Mein Kollege Falk vom LKA«, stellte Meinhardt seinen Begleiter vor. »Und Greta ist ja bekannt.«

»Guten Abend«, grüßte die Rechtsmedizinern. »Dann fangen wir mal an, Steffen, alles bereit?«

»Mikro läuft, Foto ist klar«, meldete der Angesprochene.

Dr. Vogel deckte die Leiche auf und begann mit der äußeren Begutachtung der Leiche. Der Kopf war im Bereich des Unterkiefers nur noch eine fleischige Masse. Erst als die Leiche umgedreht wurde, sah man die Einschusslöcher.

Schweigend verfolgten Falk und die anderen die Arbeit. Hin und wieder fertigte Steffen, aber auch Carlo Meinhardt, Fotos und Nahaufnahmen der Leiche. Immer wieder unterbrach die Rechtsmedizinerin ihre Arbeit und diktierte ihre Feststellungen in das Mikro, das von der Decke hing.

Als sie zum Skalpell griff und den ersten Schnitt am Rücken ausführte, um den Schusskanal der Schulterwunde freizulegen, sagte sie mehr zu sich, als für ihre Zuseher bestimmt: »Hab ich mir gedacht.«

Dann führte sie einen langen runden Stab in die Wunde am Hinterkopf ein. Dasselbe Prozedere wiederholte sie an der Wunde in der Schulter. Während der Stab im Rücken nahezu senkrecht verlief, bildete der Stab in der Wunde am Hinterkopf einen Winkel.

»Da sehen Sie selbst«, wandte sich die Rechtsmedizinerin den Polizisten zu. »Der erste Schuss traf die Schulter, da stand das Opfer noch aufrecht. Beim Schuss in den Kopf muss es bereits gelegen haben. Es gibt auch ein paar Anzeichen, dass der Mann geschlagen wurde, sehen Sie. Außerdem habe ich bei einem Abstrich reichlich Schmauchspuren am Kopf festgestellt, aber auch nur da. Das heißt, Schuss Nummer eins kam aus einer Entfernung von über einem Meter und traf die Schulter. Das Opfer stürzte zu Boden. Der Täter trat an den Mann heran, schlug auf ihn ein und vollendete die Tat aus kurzer Entfernung. Ich tippe, etwa achtzig bis hundert Zentimeter, der Konzentration der Schmauchspur entsprechend. Schuss zwei war auf alle Fälle tödlich.«

»Das deckt sich mit den Spuren vor Ort«, entgegnete Meinhardt.

Die Rechtsmedizinerin nickte zufrieden und setzte die Untersuchung fort. Als sie die Leiche zur routinemäßigen Leichenöffnung wieder auf den Rücken legten, hüstelte Greta Claasen künstlich. »Ich müsste mal dringend nach draußen«, sagte sie.

Meinhardt lächelte. »Wohl etwas zart besaitet«, unkte er.

»Quatsch, mein Handy vibriert, ich muss dringend zu Hause anrufen.«

»Wenn du nach Hause musst, kannst du meinen Wagen nehmen, ich fahre dann mit Falk. Ihr seid doch mit seinem Wagen hier, richtig?«

Greta Claasen nickte ihm dankbar zu, bevor sie den Raum verließ.

»Sie ist alleinerziehend, habe ich gehört«, flüsterte Falk seinem Kollegen zu.

Meinhardt nickte. »Arbeitet sechzig Prozent. Als ihr Macker erfuhr, dass sie schwanger ist, hat er sich einfach auf und davongemacht.«

»Ein Kollege?«

»Nee, irgend so ein Ingenieur«, entgegnete Meinhardt. »Soll jetzt in Qatar arbeiten.«

»Meine Herren«, meldete sich die Rechtsmedizinerin zu Wort. »Ich möchte euch darauf aufmerksam machen, dass hier alles aufgezeichnet wird. Das Mikro ist sehr sensibel.«

Ein paar Minuten später präsentierte Dr. Vogel das Projektil, das sie aus dem Rücken entfernt hatte. »So klein und doch so tödlich«, sagte sie, nachdem sie es in eine Schale gelegt hatte. »Das zweite hat den Kopf durchschlagen, das müsst ihr am Tatort suchen.«

»Wir sind dabei, sogar mit Metalldetektor, aber bislang Fehlanzeige. Wer weiß, wohin es geflogen ist.«

»Oder es hat sich tief in den Boden eingegraben.«

Carlo trat an den Tisch heran und betrachtete lange und aufmerksam das Projektil. »Scheiße«, kommentierte er seine Feststellung.

»Was ist?«, fragte Falk.

»Ein gefundenes Fressen für die Hyänen von der Presse«, antwortete er. »Das ist ein Neun Millimeter Makarow, wenn ich mich nicht irre. Wird aus einer PM verschossen, eine IZ siebzig, würde ich sagen.«

»Und das heißt?«

»Dieselbe Tatwaffe wurde in Polen bei den Morden verwendet«, erklärte Carlo Meinhardt. »Es ist noch unklar, ob die Pistole sogar einem der getöteten Bandenmitglieder gehörte, denn der andere trug eine Ceska bei sich, die noch im Halfter steckte. Aber dazu müssten wir die Akten genauer kennen.«

»Darauf habe ich meinen Kollegen angesetzt.«

»Diesen Ehrlich?«

Falk nickte. »Würde mich wundern, wenn die Polen ihm mehr erzählen würden als uns. Sie lassen sich nicht gerne in die Karten schauen.«

Eine halbe Stunde später verließen sie das Institutsgebäude. Greta saß neben dem Wagen und hielt ihr Telefon in der Hand.

»Wie ist es gelaufen?«, fragte sie.

»Ich dachte, du musst nach Hause?«, fragte Carlo Meinhardt.

»Meine Mutter passt auf die Kleine auf. Wieder mal. Ich wollte meine Schwester fragen, aber die musste zu ihrem Chor. Wie lief es da unten?«

»Ich glaube, wir haben ein Problem«, seufzte Carlo Meinhardt. »Ich sage nur, neun Millimeter Makarow.«

»Verdammt!«, fluchte Greta Claasen.

10

Hotel Anklamer Hof, Steinstraße

Falk war müde, als er nach dem Besuch in Greifswald zurück ins Hotel fuhr. Zuvor hatte er noch Greta Claasen vor der Dienststelle abgesetzt. Ehrlich hatte sich nicht mehr gemeldet, wahrscheinlich war auch er bereits zurück ins Hotel gegangen. Einen kurzen Augenblick dachte er daran, an die Zimmertür des Kollegen zu klopfen, doch dann verwarf er den Gedanken, suchte sein Zimmer auf, zog Jacke und Schuhe aus und warf sich so, wie er war, auf das Bett. Der Fall schien eine unangenehme Wendung zu nehmen, der Bezug nach Polen war nicht mehr von der Hand zu weisen.

Er war kurz vor dem Einnicken, als es an seiner Zimmertür klopfte. Er wischte sich die Müdigkeit aus den Augen und erhob sich. Als er die Tür öffnete, zuckte er überrascht zusammen. Er hatte mit Ehrlich gerechnet, doch Pia Stein stand vor der Tür, lächelte ihn an und präsentierte eine Weinflasche in ihrer Hand, als sie sich an ihm vorbeidrängte und das Zimmer betrat.

»Du hast hoffentlich ein paar Gläser hier«, sagte sie und hielt zielstrebig auf die Kommode zu, die eine Minibar enthielt.

»Du?«, fragte er überrascht. »Woher weißt du, dass ich hier bin?«

Pia lächelte. »Bei der Anzahl von Hotels in dieser Stadt war es nicht sonderlich schwer, dich zu finden. Der Rest ist Berufsgeheimnis.«

Falk fuhr sich über die Stirn. »Eigentlich bin ich hundemüde und will schlafen.«

»Eigentlich will ich auf den Malediven am Strand liegen und meine Millionen genießen«, entgegnete sie, nahm zwei Gläser aus der Bar, öffnete die Weinflasche und schenkte ein. »Aber das

Dumme ist, dass ich keine Millionen habe. Übrigens habe ich dich heute auf der Pressekonferenz vermisst.«

Falk schloss die Tür und ging zurück zum Bett, wo er sich auf den Bettrand setzte. »Ich war da, und ich habe dich gesehen. Aber warum bist du überhaupt hier? Ist nicht Wismar dein Revier?«

Pia winkte ab. »Unser Vertreter aus Stralsund hat sich beide Beine gebrochen«, erklärte sie. »Und Albert meinte, nach allem, was der Grenzlandbote so verbreitet, würde es nicht schaden, wenn wir einen Fuß in der Tür hätten. Er wusste, dass du die Ermittlungen übernimmst. Du weißt, er hat …«

»… ausgezeichnete Kontakte«, vervollständigte Falk Pias Satz. »Aber diesmal ist es anders, es ist ein Polizist in den Fall verstrickt, da sind alle nervös, und Kontakte zur Presse sind absolutes Tabu.«

»Hast du mich deshalb auf dem Handy weggedrückt?«

»Pia, du musst doch verstehen, bei dem Verdacht, der in dieser anderen Zeitung geäußert wurde, kann ich nichts machen.«

Pia reichte Falk eines der Gläser und stieß mit ihm an, bevor sie sich im Sessel niederließ. »Wer sagt denn, dass ich dich besuche, weil ich etwas über den Fall erfahren will?«

»Bitte, Pia. Mach es mir doch nicht noch schwerer, als es ohnehin schon ist.«

Pia warf einen nachdenklichen Blick auf ihr Glas. »Ich war heute bei Helmichs Ehefrau. Sie ist vollkommen fertig und am Boden zerstört. Ich glaube, sie hat ihn wirklich geliebt.«

»Ich dachte, dein Besuch hat nichts mit dem Fall zu tun?«

»Ich habe ein Interview mit ihr geführt. Es steht morgen in der RMZ. Sie stammt aus einem Modeimperium, Geld ist da überhaupt kein Thema. Gibt es denn schon sichere Indizien dafür, dass Helmich etwas mit dieser Polenbande zu tun haben könnte?«

Falk zuckte mit den Schultern.

»Warum macht ein Polizist gemeinsame Sache mit einer Verbrecherorganisation, wenn es um Geld nicht gehen kann?«, sinnierte Pia laut vor sich hin. »Er konnte sich alles leisten, seine Frau verdient das Drei- bis Vierfache, und ein Vermögen ist ebenfalls vorhanden. Unseren Recherchen nach schätzt man das Vermögen von Ulla Helmich auf zehn bis zwölf Millionen. Alleine in Stralsund besitzt sie vier Eigentumswohnungen.«

Falk schüttelte den Kopf. »Du wirst mich nicht aufs Glatteis führen.«

»Ein anderer Grund könnte sein, dass man ihn in der Hand hatte«, fuhr Pia mit ihren lauten Überlegungen fort. »Eine Affäre vielleicht. Er sah zumindest nicht danach aus, als müsste er ins Bordell gehen, um etwas mit einer Frau zu haben.«

Falk nahm einen Schluck Wein. »Lass es sein, du klopfst mich nicht weich.«

»Ansonsten fällt mir nur eine Dienstpflichtverletzung ein. Vielleicht hat er mal zugeschlagen, wo er besser ruhig geblieben wäre.«

»Keine Chance«, entgegnete Falk. »Außerdem gibt es Männer, die nicht von der Ehefrau abhängig sein, sondern eigenes Geld verdienen wollen.«

Pia lächelte. »Ganz so schlecht wird ein Hauptkommissar auch wieder nicht bezahlt.«

»Schlecht nicht, aber im Vergleich zu seiner Ehefrau …«

»Vollkommen egal«, fiel ihm Pia ins Wort. »Lieb vom Grenzlandboten wird Helmich in die Pfanne hauen. Diese Story mit dem polnischen Gangsterclan lässt er sich nicht entgehen.«

Falk stellte sein Glas auf dem Nachttisch ab. »Es könnte auch purer Zufall gewesen sein«, sagte er. »Helmich führt seinen Hund aus und platzt mitten in einen Deal. Er erkennt die Leute und muss deshalb zum Schweigen gebracht werden.«

»Opfer sind manchmal Zufall«, widersprach Pia. »Aber bei Mord verfolgt der Mörder meist einen Plan. Zumindest sind das meine Erfahrungen.«

Falk ließ sich auf sein Bett zurückfallen. »Ich bin hundemüde und will nur noch schlafen«, seufzte er.

»Dieser Volkan-Clan hat ein paar Clubs an der Küste und kontrolliert den Rauschgifthandel. Außerdem soll er Einfluss auf die Schmugglerrouten nach Schweden haben. Jemand will ihnen in die Suppe spucken. Es heißt, dass ein paar Russen dahinterstecken sollen.«

»So heißt es«, bestätigte Falk. »Es gibt zwei Tote in Polen, und es gab einen Sprengstoffanschlag auf einen der Clubs.«

»Das war ein Molotowcocktail, der in der Nacht durch eines der Fenster geschleudert wurde«, widersprach Pia. »Außer Scherben ist nicht viel passiert, das Ding hat nicht gezündet.«

Falk richtete sich wieder auf und runzelte die Stirn. »Woher weißt du das?«

»Ich habe mit Velkovic vom DPV gesprochen«, erklärte Pia, erhob sich und stellte ihr Glas auf die Kommode. »Er ist freier Korrespondent und arbeitet auch mit der RMZ zusammen. Sag bloß, das weißt du nicht?«

»Ich bin heute den ersten Tag hier und muss mich erst in den Fall einarbeiten«, entgegnete Falk säuerlich.

»Gut, dann will ich nicht länger stören. Ich melde mich, und wenn du nicht abnimmst, dann weiß ich ja, wo ich dich finde.«

Noch bevor Falk die passende Antwort gefunden hatte, verließ sie das Zimmer und winkte ihm noch einmal zu.

Kriminalkommissariat Anklam, Friedländer Straße

Neun Uhr, und außer Ehrlich, mit dem er hierhergefahren war, Hauptkommissarin Seitzinger und Oberkommissar Kachel, der den gestrigen Nachmittag als Zeuge in einem Totschlagsdelikt vor Gericht in Greifswald zugebracht hatte, war niemand da. Greta Claasen und Carlo Meinhardt waren unauffindbar.

Falk saß an dem langen Konferenztisch und hatte die Beine übereinandergeschlagen. Mit seinen Fingern trommelte er ungeduldig auf der Tischplatte. Schließlich richtete er sich auf. »Es nutzt nichts«, seufzte er. »Fangen wir eben ohne die beiden an.«

Die Kollegin Seitzinger hielt ihr Handy in die Höhe. »Ich habe es jetzt das dritte Mal versucht. Vermutlich hat sie verschlafen.«

»Okay, also, wo stehen wir?«, fragte Falk in die Runde.

Oberkommissar Kachel hielt ein Papier in die Höhe. »Der Beschluss zur Durchsuchung von Helmichs Haus und seinem Büro ist gekommen. Er erstreckt sich allerdings nur auf persönliche Schriftstücke und Gegenstände. Da müssen wir vorsichtig sein. Verschlusssachen sind von der Beschlagnahme ausgenommen.«

»Gut«, antwortete Falk. »Und was hast du gestern noch von den Polen erfahren, Friedrich?«

»Frieder, ich heiße Frieder«, wehrte sich Ehrlich. »Und die Polen lassen nicht mehr heraus, als in dem Bericht steht. Ich habe mit einem Inspektor Milik gesprochen. Er meint, solange die Verbindung unseres Falles mit dem Volkan-Clan nicht feststeht, geben sie keine weitere Auskunft. Und telefonisch schon gar nicht.«

»Hat er wenigstens gesagt, ob ihre Ermittlungen vorankommen?«

Ehrlich schüttelte den Kopf. »Er nicht, aber die Kollegin, mit der ich zuvor sprach. Sie tappen im Dunkeln. Volkan ist übrigens seit ein paar Wochen untergetaucht. Allerdings ist die Lage derzeit ruhig in Danzig.«

Die Tür zum Besprechungsraum wurde geöffnet, und Carlo Meinhardt kam herein. Er hielt eine Akte in der Hand, ging auf Falk zu und warf sie vor ihm auf den Tisch. »Jetzt ist die Kacke voll am Dampfen«, sagte er.

»Du kommst spät«, kommentierte Hauptkommissarin Seitzinger Meinhardts Erscheinen. »Halb neun war ausgemacht.«

»Ich bin schon seit sieben Uhr hier«, stellte Carlo Meinhardt klar. »Ich war oben unter dem Dach im Labor. Freundlicherweise hat mir mein Kollege von der Spurensicherung der Danziger Kriminalpolizei heute Morgen per Mail ein Vergleichsbild der Projektile gesandt, mit denen Batsch und Kuchar erschossen wurden. Und siehe da, wir haben eine hundertprozentige Übereinstimmung.«

»Das heißt, wir suchen im Fall Helmich nach demselben Täter«, stellte Kachel nüchtern fest.

Erneut ging die Tür auf. Greta Claasen eilte herein. »Sorry, aber ich musste mit Klara zum Arzt. Sie hat fast vierzig Grad Fieber.«

»Wo ist sie jetzt?«, fragte ihre Kollegin.

»Meine Mutter passt bis um vier auf sie auf, aber dann muss ich nach Hause«, antwortete Greta Claasen.

»Verdammt, ich muss heute um zwölf weg«, fluchte Andrea Seitzinger. »Ole hat heute Sonderdienst, die haben ein paar Kranke auf der Schicht.«

Falk rollte mit den Augen.

»Gibt es was Neues?«, fragte Greta Claasen.

Falk wies auf Meinhardt. »Das Projektil, mit dem Helmich erschossen wurde, stimmt mit denen aus Polen überein. Wir müssen also davon ausgehen, dass es tatsächlich eine Verbindung zwischen Helmich und dem Volkan-Clan gegeben haben könnte.«

Erneut wurde die Tür geöffnet. Diesmal war es der Dienststellenleiter Polizeidirektor Döring, der das Besprechungszimmer betrat.

Falk fühlte sich wie auf einem Bahnhof. Noch nicht einmal eine Dienstbesprechung war hier ohne Unterbrechung möglich! Vielleicht wäre es doch besser gewesen, wenn das LKA jemand anderen mit der Leitung der Ermittlungskommission beauftragt hätte und er im Hintergrund für sich alleine recherchierte. Doch er schluckte den aufkeimenden Ärger herunter und hielt sich vornehm zurück. Döring kam auf ihn zu und reichte ihm die Hand. Falk erhob sich und erwiderte den Gruß.

»EKHK Falk vom LKA, richtig?«, fragte Döring und griff fest zu. »Wir haben Sie bei der Pressekonferenz vermisst.«

»Ich war anwesend, saß in der letzten Reihe«, erklärte Falk.

Dörings fragender Blick war nur kurz, ehe er sich Meinhardt zuwandte. »Ich habe gehört, wir haben tatsächlich einen objektiven Beweis für einen Zusammenhang des Mordes an Helmich mit dem Bandenkrieg in Polen?«

»Die Projektile stimmen überein«, bestätigte der Spurensicherungsbeamte.

»Dann haben wir ein echtes Problem«, erklärte Döring. »Ich gehe davon aus, dass sich hier alle der Brisanz dieser Nachricht bewusst sind. Wir müssen vorsichtig sein. Oberstaatsanwalt Kahl wird sicher nicht erfreut sein. Also, Nachrichtensperre, und alles läuft über den Tisch der Pressestelle. Ich möchte nicht, dass diese Nachricht nach draußen dringt.«

»Viel schlimmer kann es wohl nicht werden«, meldete sich Kachel zu Wort. »Die heutige Ausgabe des Grenzlandboten lässt keinen Zweifel mehr daran, dass die Sache in Polen und der Mord an Helmich zusammenhängen. Dieser Journalist spricht sogar von einer Hinrichtung; er muss erfahren haben, dass Helmich in den Hinterkopf geschossen wurde.«

Döring machte große Augen. »Woher kann er das wissen?«, murmelte er.

»Die Feuerwehr war im Einsatz, eine Vogelbeobachterin hat ihn gefunden«, meldete sich Greta Claasen zu Wort. »Er braucht nur einen von denen zu fragen, und schon erfährt er, was er will.«

Döring atmete tief ein. »Ich hoffe, dass wir schnell vorankommen und dass wir diesen Verdacht in die Welt der Fabeln verweisen können. Also, Herr Falk, dann will ich nicht weiter stören. Arbeiten Sie schnell und arbeiten Sie gründlich.«

Falk nickte. Döring wandte sich um und verließ den Raum. Falk wartete, bis der Polizeidirektor die Tür geschlossen hatte. »Ihr habt den Boss gehört, schnell und gründlich hat er gesagt«, seufzte er. »Dann machen wir uns mal an die Arbeit. Kollegin Claasen, es wäre gut, wenn du zusammen mit den Kollegen Ehrlich und Kachel die Durchsuchung übernehmen könntest, und Frau Seitzinger …«

»Andrea«, unterbrach ihn die Kollegin.

»Also gut, Andrea, schau dir mal die Finanzen der Familie Helmich genauer an. Vielleicht stoßen wir da auf Unregelmäßigkeiten.«

Er wandte sich Carlo Meinhardt zu. »Ihr habt sicher noch am Tatort zu tun. Unterdessen fahre ich nach Danzig und spreche mit diesem Inspektor. Jetzt haben wir die zweifelsfreie Verbindung zu seinem Mordfall, und Milik wird mit uns sprechen müssen.«

11

Policja kryminalna Gdańsk, Nowe Okrody (Danzig)

Falk hatte sich nach der Besprechung in ein Büro zurückgezogen und hinter den Schreibtisch gesetzt. Ehrlich hatte ihm Inspektor Miliks Telefonnummer gegeben und ihn gleichzeitig gewarnt, dass der Inspektor sehr abweisend und schroff mit ihm umgegangen sei und außerdem nur polnisch spreche. Doch diesmal konnte Falk mit eindeutigen Tatsachen aufwarten, die bewiesen, dass die Morde im polnischen Karszno und der Mord an Hauptkommissar Helmich zusammenhingen. So leicht würde er sich nicht abwimmeln lassen.

Er wählte die Nummer, die er von Ehrlich erhalten hatte, und wartete eine geraume Zeit, bis das Gespräch angenommen wurde.

»Dzien dobry, czy mogę być z Inspektorem Milik rozmawiac?«, sagte er, nachdem eine männliche Stimme ein leises *Tak proszę* in den Hörer gehaucht hatte. Nicht umsonst hatte Falk früher beim militärischen Nachrichtendienst gearbeitet und für Fremdsprachen ein besonderes Talent. Polnisch war nicht die einzige Sprache, die er beherrschte.

»Kto mówi proszę?«, fragte der Teilnehmer am anderen Ende.

»Nazywam się Falk z Państwowego Urzędu Kryminalnego, zajmuję się sprawą zabójstwa Helmicha. Pewnie o tym słyszałeś?.«

»Mówisz po polsku?«

»Staram się«

»Wir können auch gerne in Ihrer Sprache sprechen, wenn Ihnen das lieber ist«, antwortete der Kollege. »Ich bin Inspektor Milik.«

»Bez problemu«, entgegnete Falk und fuhr auf Deutsch fort.

»Das Projektil, mit dem der deutsche Polizist erschossen

wurde, stammt zweifelsfrei aus der Waffe, mit der auch Ihre beiden Opfer getötet wurden.«

»Das ist sicher?«

»Zu einhundert Prozent«, stellte Falk klar.

»Falk«, sinnierte der Inspektor am anderen Ende des Telefons. »Ich glaube, ich habe schon von Ihnen gehört. Waren es nicht Sie, der vor zwei Jahren diesen Serienmörder namens Gorski festgenommen hat, der bei uns in der Nähe von Krakau seinen Stiefvater ermordete?«

Falk lächelte. »Sie haben ein gutes Gedächtnis, Pan Milik.«

Einen kurzen Augenblick herrschte Schweigen. »Gut, dann sollten wir uns einmal persönlich kennenlernen«, antwortete Milik. »Es ist allerdings ein langer Weg, den Sie da auf sich nehmen wollen, Pan Falk.«

Falk zuckte mit der Schulter. »Wenn es der Wahrheitsfindung dient … Ich werde gegen Abend dort sein. Gibt es in der Nähe ein gutes Hotel?«

»Wenn es Ihnen nichts ausmacht und Sie auf Hotelkomfort verzichten können, dann hätte ich auch ein freies Bett für Sie, Kollege.«

Falk hatte für die Fahrt beinahe acht Stunden gebraucht, als er kurz nach achtzehn Uhr in die Nowe Ogrody abbog. Unmittelbar neben dem hellblauen Dienstgebäude, das aus dem vorigen Jahrhundert stammte, gab es mehrere freie Parkplätze. Nachdem er ausgestiegen war, streckte er erst einmal alle Glieder. Anschließend begab er sich zum Portal des Polizeikommandos. Zuvor macht er noch an dem Kiosk halt, der direkt neben dem Parkplatz stand, kaufte sich dort eine Cola und aß in aller Eile eine Grillwurst, die sehr pikant schmeckte. Anschließend klingelte er an der Pforte und wartete geduldig, bis ein uniformierter Beamter erschien, dem er sein Anliegen in bestem Polnisch schilderte und der ihn anschließend in den vierten Stock führte, wo Inspektor Milik und die Sonderkommission untergebracht waren.

Miliks Begrüßung war kühl und distanziert. Der polnische Kriminalbeamte bot ihm den Stuhl vor dem Schreibtisch an und fragte ihn auf Polnisch, ob er eine gute Fahrt gehabt habe.

Falk antwortete auf Polnisch und beklagte sich lediglich ein klein wenig über die Fahrtdauer, aber der Verkehr sei erträglich gewesen.

»Es ist ein langer Weg von Stralsund bis nach Danzig«, stimmte ihm Milik zu.

Nach kurzem Smalltalk schwenkte Falk sehr schnell zu seinem eigentlichen Anliegen über, das ihn in die große Stadt in der Danziger Bucht geführt hatte, und legte Milik das Vergleichsfoto des Projektils vor, mit dem Roger Helmich erschossen worden war. Milik griff danach und betrachtete es lange und ausgiebig, ehe er es mit einem leisen Seufzer zurück auf seinen Schreibtisch legte.

»Wir sind schon seit vier Jahren hinter Volkan her«, erklärte Milik in beinahe akzentfreiem Deutsch. »Er kontrolliert mit seiner Bande die Bars und die Clubs hier oben an der Küste und natürlich auch die Schmugglerrouten nach Schweden und in das Baltikum.«

»Rauschgift und Prostitution«, warf Falk ein.

»Und Glücksspiel, nicht zu vergessen«, bestätigte Milik. »Er hat mehrere Bars und Clubs …«

»… und jetzt machen ihm die Russen das Geschäft madig«, fiel ihm Falk ins Wort.

»Es wäre einfach, wenn es Russen wären«, entgegnete Milik. »Die hätten wir schon längst eingesperrt und abgeschoben. Boris Ivanov Junior ist aber leider kein Russe; er ist Bulgare und gehört quasi jetzt irgendwie zu uns, was die Sache nicht gerade einfacher macht. Sein Vater, Boris Ivanov Senior, führte die Bande an, doch vor etwa einem Jahr wurde er verhaftet und sitzt jetzt in Piotrków ein.«

»Lenkt aber aus dem Knast immer noch die Geschäfte«, ergänzte Falk, doch Milik winkte ab.

»Er sitzt in Sicherheitshaft, da hat er keinen Kontakt nach draußen. Bei uns ist das nicht so einfach wie bei Ihnen, was man so hört. Nein, sein Sohn hat die Geschäfte übernommen und denkt an Expansion.«

»Ich verstehe.«

Milik erhob sich und forderte Falk mit einer Handbewegung auf, ihm zu folgen. Er führte ihn in den Nebenraum, in dem an mehreren großen Pinnwänden Bilder hingen. Vor dem Bild eines Mannes mit langen blonden Haaren blieb er stehen.

»Das ist Pjotr Volkan oder der Szef, wie ihn alle nennen«, erklärte Milik. Unmittelbar darunter hingen Fotos von zwei Leichen, die jeweils auf einer schwarzen Decke lagen und deren Köpfe von Schusswunden verunstaltet waren. »Der rechte ist Wacńaw Batsch, und daneben der heißt Stanisław Kuchar und war so etwas wie die rechte Hand von Volkan.«

Falk trat näher und betrachtete sich die Fotos. »Zwei Schüsse, nehme ich an«, sagte er. »Einer in die Brust, der andere in den Kopf, so wie bei Helmich.«

»Bei Kuchar waren es drei Schüsse«, widersprach Milik. »Er wurde auch noch von hinten in den Allerwertesten getroffen. Außerdem gab es Spuren eines Kampfes. Aber ansonsten stimmt ihre Annahme.«

»Waren die beiden ebenfalls bewaffnet?«

»Kuchar nicht. Bei Batsch steckte eine Ceska im Schulterhalfter, doch er kam wohl nicht mehr dazu, diese zu ziehen.«

»Könnte die Makarow nicht auch von Kuchar stammen?«

»Bei Kuchar deutet nichts darauf hin, dass er bewaffnet war«, antwortete Milik. »Außer einem Springmesser hatte er nichts bei sich.«

»Wie weit sind Sie inzwischen mit den Ermittlungen vorangekommen?«

Milik zuckte mit den Schultern. »Wir gehen davon aus, dass der Täter aus dem Umfeld der Ivanovs stammt, aber sicher sind wir nicht. Niemand hat etwas gesehen, niemand hat etwas gehört.«

»So wie bei uns in Deutschland, auch wir tappen im Dunkeln.«

Milik zog sich einen Stuhl heran, setzte sich und wies mit der Hand auf einen zweiten freien Stuhl. Er wartete, bis sich Falk ebenfalls gesetzt hatte.

»Wissen Sie, Kollege«, sagte er nachdenklich. »Wir waren an Volkan dran, ganz nah sogar. Wir hatten seinen Steuerberater und Anwalt festgenommen, als er versuchte, zwei Millionen schmutzige Euros über die Grenze zu schmuggeln. Das Geld war für eine Bank in Luxemburg bestimmt. Wir haben Stojewicz Tag und Nacht bearbeitet, bis er bereit war, gegen Volkan auszusagen. Doch als er vor dem Richter saß, schwieg er und nahm alle Schuld auf sich. Erst hinterher erfuhren wir, dass der Anwalt eine Tochter hatte, die in Posen studiert und drei Tage lang spurlos verschwunden war. Als sie wieder auftauchte, meinte sie nur, sie habe Abstand vom Studienstress gebraucht. Aber uns war natürlich sofort klar, was da gelaufen ist.«

»Volkan hatte sie als Druckmittel benutzt«, folgerte Falk.

Milik nickte. »Vor etwa einem Jahr wurden im Danziger Hafen zwei Männer brutal zusammengeschlagen. Sie mussten ins Krankenhaus eingeliefert werden. Es stellte sich heraus, dass sie zu Ivanovs Bande gehörten und im Hafen wohl ein wenig herumschnüffelten. Sie gaben an, mit russischen Seeleuten wegen einer Frau aneinandergeraten zu sein, aber das stimmt nicht. Wir nahmen Kuchar einen Tag später fest, weil sein Wagen in der Nähe des Tatorts in den Aufzeichnungen einer Überwachungskamera auftauchte. Er hatte Spuren einer Schlägerei an seinen Händen, doch er schwieg, und wir mussten ihn wieder laufen lassen. Ein paar Monate später wurde Nikola Ivanov unweit von Łódź von einem Geländewagen angefahren und schwer verletzt. Er ist ein Cousin von Boris Junior. Der Wagen entkam. Kurze Zeit später hatten zwei von Volkans Dealern einen bedauerlichen Unfall und kamen beinahe zu Tode, und vor einem halben Jahr etwa wurde ein Molotowcocktail in das Seven-Up geworfen. Glücklicherweise gab es nur Scherben.«

»Und jetzt die beiden Leichen.«

»Jetzt die beiden Leichen, es wird offenbar ernst«, stimmte Milik zu.

»Gab es denn bei den Ermittlungen Hinweise, dass Volkan Hilfe von außen hatte, einem deutschen Grenzpolizisten etwa?«

Milik lächelte. »Natürlich ist es für Schmuggler immer hilfreich, wenn man weiß, wo sich die Patrouillenboote aufhalten, aber konkrete Hinweise haben wir nicht.«

»Was ist mit Volkan?«

Milik zuckte mit der Schulter. »Der ist seit etwa zwei Wochen untergetaucht. Unsere Fahndung hat ihn aus den Augen verloren. Aber er hat ein paar schwere Jungs angeheuert, die auf seine Clubs und auf seine Bars aufpassen.«

»Und die Waffe?«

»Eine Makarow«, murmelte Milik leise und wies auf ein weiteres Foto an der Pinnwand. »Sie ist nicht das erste Mal aufgetaucht. Vor sieben Jahren wurde damit ein Frachtzentrum in Nowograd überfallen. Zwei Täter. Auf der Flucht kam es zum Schusswechsel mit der Polizei. Einer der Täter, ein gewisser Ivan Andric, wurde dabei getötet. Der zweite Täter, Artur Wojwoda, wurde Tage später auf dem Bahnhof in Sczcecinek festgenommen. Die Waffe will er weggeworfen haben.«

»Wo ist dieser Wojwoda jetzt?«

»Er sitzt ebenfalls in Piotrkow ein und hat noch ein paar Jahre vor sich.«

»Dann sollten wir mit ihm reden«, entgegnete Falk kurz entschlossen.

»Den Weg können wir uns sparen«, widersprach Milik. »Das haben wir schon getan, und Wojwoda bleibt bei seiner Aussage. Er hat die Waffe nach dem Überfall bei Swinemünde in die See geworfen.«

Falk schaute auf das Foto, das direkt neben dem von Wojwoda an der Pinnwand hing. »Wer ist die Frau neben Wojwoda?«

Milik erhob sich und nahm das Bild der rothaarigen Frau von der Pinnwand. »Sie heißt Anna Grec und war damals mit Wojwoda zusammen. Sie hausten zusammen in Świnoujście, aber sie sind inzwischen getrennt.«

»Hat man auch schon mit ihr gesprochen?«

»Mehrmals«, bestätigte Milik und hängte das Bild zurück an die Pinnwand.

An der letzten Wand hing ein einziges Foto: die Vergrößerung des Ausweisbildes eines Mannes mit einem auffallend dunklen Teint. Milik trat davor. »Das ist derzeit unsere einzige Spur«, sagte er. »Daniel Stepaniak.«

»Gehört er zur Ivanov-Gang?«

Milik schüttelte den Kopf. »Stepaniak arbeitet auf eigene Rechnung. Er war aber schon ein paar Mal im Auftrag des alten Ivanov unterwegs. Ein ganz übler Bursche, ausgesprochen gerissen. Er wird wegen dreifachen Mordes mit internationalem Haftbefehl durch die moldawischen Behörden gesucht und erledigt schmutzige Aufträge. Lange Jahre hat er sich als Söldner in Afrika verdingt und wird dort ebenfalls wegen mehrfachen Mordes gesucht. Er ist in Narewka geboren, einer kleinen Stadt an der Grenze zu Belarus. Er war bei der Armee und wurde unehrenhaft entlassen. Eigentlich, so heißt es, soll er sich noch immer im Ausland aufhalten und für die Wagner-Gruppe kämpfen, doch die Kollegen aus Łódź haben ihn vor drei Tagen auf einem Überwachungsvideo aufgenommen, als er aus einer Bar mitten in der Innenstadt kam.«

»Und diese Bar gehört den Ivanovs«, folgerte Falk.

Milik nickte.

»Kann ich einen Blick in die Ermittlungsakte werfen?«, fragte Falk nach einer kurzen Weile des Schweigens.

Milik zuckte mit den Schultern. »Tut mir leid, der Staatsanwalt hat das abgelehnt. Die Ermittlungen sind Verschlusssache, da sind mir leider die Hände gebunden.«

»Wir suchen denselben Täter, und wir leben in einem vereinten Europa, sollten wir da nicht auch eng zusammenarbeiten?«

Milik lachte laut auf. »Wenn Geld zu verdienen ist, dann gelten die Regeln des vereinten Europas, aber wir bekämpfen die Kriminalität. Das ist etwas ganz anderes. Da sind die Polen die Polen, die Deutschen die Deutschen, und in Frankreich sagen die Franzosen, wo es langgeht. Tut mir leid, Herr Kollege. So ist es nun einmal, auch ich muss mich an die Anweisungen meiner Vorgesetzten halten.«

»Dann habe ich den ganzen weiten Weg vollkommen umsonst gemacht«, seufzte Falk.

»Nicht ganz umsonst«, widersprach Milik. »Wir wissen jetzt, dass unsere Fälle zusammenhängen und was dahintersteckt. Außerdem haben Sie die Ehre, uns bei unseren Ermittlungen über die Schulter zu schauen. Wir werden den Druck auf Volkan erhöhen, deswegen sollten wir jetzt Feierabend machen, noch etwas essen gehen und dann schnell einschlafen, um vier Uhr ist die Nacht um.«

»Wie darf ich das verstehen?«

»Wir werden morgen früh um sieben dem Club Sunshine in Szczecin einen Besuch abstatten, und Sie dürfen als Beobachter an der Razzia teilnehmen. Es schadet auch nicht, wenn die Angestellten im Club erfahren, dass die deutsche Polizei mit von der Partie ist.«

Falk runzelte die Stirn. »Was hoffen Sie dort zu finden?«

»Ein paar Illegale und zwei Kilo Rauschgift, wenn uns unsere Informanten die Wahrheit erzählt haben. Aber kommen Sie jetzt, es ist Zeit, ich kenne ein ruhiges Lokal gleich um die Ecke.«

Milik ging zur Tür, ehe er sich noch einmal umwandte. »Ich muss ganz dringend noch einmal auf die Toilette, warten Sie hier auf mich.«

Falk nickte. Er wartete knapp zehn Minuten auf seinen polnischen Kollegen. Doch er nutzte die Zeit und zückte sein Handy. Zum Glück war die Adresse von Anna Grec mit Bleistift auf dem unteren Bildrand vermerkt. Vielleicht war ein Gespräch mit ihr doch noch hilfreich, denn an die Geschichte mit dem Söldner, der sich als Profikiller verdingte, glaubte er keine Sekunde. Ein Profikiller benutzte sein eigenes Werkzeug, um seine schmutzige Arbeit auszuführen, und war nicht auf eine weggeworfene Pistole angewiesen.

12

Hotel Am Stadtwall, Anklam

Vor ihr lag die heutige Ausgabe des *Grenzlandboten*, der auf seiner ersten Seite aufreizend titelte: *Deutscher Polizist in Bandenkrieg in Polen verstrickt?*

Schon allein die Frage als Überschrift zu nutzen, war Pia zuwider, denn sie wusste genau, was Lieb vom *Grenzlandboten* damit bezweckte. Und offensichtlich hatte er Erfolg damit, denn Albert Scheus Stimme klang nicht amüsiert, als sie sich am Telefon meldete. Sie hatte ihren Artikel über den Tod des Polizisten einfach nur mit »Polizistenmord bei Anklam« überschrieben und war in erster Linie auf den Schmerz der hinterbliebenen Ehefrau eingegangen.

»Bei der Konkurrenz ist die Auflage um siebzehn Prozent gestiegen, und bei uns herrscht Schweigen im Karton«, beschwerte sich Scheu. »Solch rührseligen Geschichten über im Schmerz zurückgebliebene Ehefrauen schaffen es maximal ins Vorabendprogramm! Wenn du die Abendunterhaltung gewinnen willst, dann brauchen wir mehr.«

»Bislang ist aber nicht mehr bekannt, und die angebliche Verbindung Helmichs zu dieser Bande ist reine Spekulation«, widersprach Pia.

»Ich habe dich aber nicht nach Anklam geschickt, damit du Boulevard machst, sondern Fakten berichtest, und du weißt genauso gut wie ich, Good News verkaufen sich eindeutig schlechter als Bad News. Die Leute wollen in der Zeitung nichts über die heile Welt lesen, sondern den Duft des Bösen atmen, verstehst du!«

»Ich bin nicht wie Lieb und spekuliere ins Blaue. Bislang gibt es kein Indiz dafür, dass Helmich in die Polengeschichte verstrickt ist.«

»Und was ist mit seinem Handy in Polen?«

»Das kann ein ganz normaler Überfall gewesen sein, oder er ist mitten in einen Deal gestolpert, hat die Leute erkannt und musste deswegen zum Schweigen gebracht werden.«

»Was sagt Falk?«

»Er redet nicht mit mir.«

»Was heißt das, er redet nicht mit dir? Nach allem, was er dir zu verdanken hat, was soll der Blödsinn?«

»Er hat mir nichts zu verdanken, was ich nicht auch ihm zu verdanken hätte«, entgegnete Pia schroff. »Außerdem hat die Staatsanwaltschaft eine Nachrichtensperre verhängt.«

»Das tut sie doch immer, wenn sie nicht weiterweiß«, fiel er ihr ins Wort. »Rede noch mal mit Falk!«

»Er sagt nichts, er meint, wenn man ihn mit der Presse in Verbindung bringt, dann kann er seinen Kittel ausziehen. Falk ist nicht blöd, er hält sich erst einmal daran. Ich werde es in ein paar Tagen noch einmal versuchen, wenn er mehr über die Sache weiß.«

»Und uns der Grenzlandbote ganz aus der Region verdrängt hat«, fuhr ihr Scheu in die Parade.

»Was soll ich tun, wenn er nicht mit mir redet?«

»Dann machen wir es anders«, seufzte Scheu. »Weißt du eigentlich, dass es neben den drei Toten und dem Sprengstoffanschlag auf diesen Club noch mehrere Verletzte gibt und dieser Krieg schon seit einem Jahr tobt?«

»Das in dem Club war ein Molotowcocktail, und mehr als Scherben gab es nicht.«

»Zwei Kerle aus Łódź wurden im Hafen beinahe zu Tode geprügelt, der Cousin des anderen Clans wurde angefahren und so schwer verletzt, dass er wohl nie wieder gehen kann, und zwei Dealer kamen im Hafengebiet auf sonderbare Weise zu Tode. Einer stürzte bei eisigen Temperaturen ins Hafenbecken und ertrank, und der andere fiel in eine drei Meter tiefe Grube und liegt jetzt im Koma. Da steckt viel mehr dahinter, als wir ahnen. Ich will, dass du aktiv wirst, und wir brauchen Drama, Baby, und keine Gutenachtgeschichten, hast du mich verstanden?«

»Okay, was soll ich tun?« Pia verdrehte die Augen.

»Für die nächste Ausgabe machst du den Tatort und redest mit dieser Vogelkundlerin, die den toten Polizisten entdeckt hat, und wir machen über den DPV den Hintergrund. Abgabetermin heute Abend, achtzehn Uhr, ist das klar?«

»Klar!«

»Ich verlasse mich auf dich!«

»Sicher.«

»Und dein Bericht wird mit der Spekulation enden, mit der uns gerade der Grenzlandbote den Rang abläuft. Ich will, dass die Leute nachdenken und im Unklaren bleiben. Sie sollen sich die Dinge selbst zusammenreimen. Und schau zu, dass du endlich diesen Falk zum Reden bringst. Sag ihm, dass es nur noch schlimmer wird, wenn sich die Ermittler und die Justiz mit Auskünften zurückhalten.«

Pia schüttelte den Kopf. Diese Art der Berichterstattung war ihr zuwider, doch was konnte sie schon tun. Scheu war ihr Boss, er bestimmte, was in der Zeitung zu lesen war, und sie war nur ein kleines Rädchen im Getriebe, das zu funktionieren hatte.

»Okay, mache ich. Hast du die Adresse dieser Frau …«

»Ist schon bei dir im Chat, und jetzt an die Arbeit, Mädchen, ich habe dich nicht für eine Urlaubsreise auf Spesen nach Anklam geschickt. Zeig, was du kannst, und leg dich ins Zeug. Wir haben siebzehn Prozent aufzuholen.«

Pia knurrte etwas Unverständliches und beendete das Gespräch mit ihrem Chefredakteur. Anschließend wählte sie Falks Nummer, doch sie wartete vergeblich darauf, dass er sich meldete.

Bundespolizeiinspektion Stralsund auf Dänholm

Wie erklärte man einer Witwe, die vor kaum einer Woche ihren geliebten Ehemann verloren hatte, dass eine Durchsuchung auch zugunsten des Verdächtigen ausfallen konnte, wenn man nichts oder sogar entlastende Umstände fand? Hauptkommissar

Frieder Ehrlich fühlte sich nicht wohl in seiner Haut angesichts des Umstandes, dass er in den intimsten Lebensbereich der Familie eindringen musste.

Helmichs Laptop hatten sie schon bei ihrem ersten Besuch mitgenommen. Ein altes Handy, das Helmich vor seinem neuen iPhone benutzt hatte, beschlagnahmte man ebenfalls, dazu noch ein paar Bankauszüge und Versicherungsunterlagen. Mehr gab es im Hause Helmich nicht zu holen. Er fühlte sich mies, als er die weinende Ehefrau den Beschlagnahmebescheid unterschreiben ließ, bevor er zusammen mit Greta Claasen und der siebenköpfigen Durchsuchungsmannschaft wieder abrückte.

In Stralsund hoffte er auf mehr Verständnis für die angeordnete Maßnahme; schließlich wussten die Kollegen der Bundespolizei über die Systematik und die Rechtmäßigkeit der prozessualen Maßnahmen Bescheid, doch weit gefehlt: Polizeidirektor Wigge zeigte Ehrlich und Claasen die kalte Schulter und ließ sie einfach in der Wache stehen, um beim Polizeichef Rücksprache zu halten.

Ehrlich blickte seine Anklamer Kollegin fragend an, doch diese schüttelte unmerklich den Kopf, als er gegen die Behandlung in der Inspektion protestieren wollte. Schließlich hatte ein Richter den Beschluss ausgefertigt. In solch einem Fall hatte selbst das Wort eines Polizeipräsidenten kein Gewicht.

Murrend kehrte Wigge nach einer Weile zurück und ließ das Durchsuchungskommando ein.

»Ich werde genau darauf achten, dass alles im Rahmen des Beschlusses verläuft«, knurrte er, als sie Helmichs Büro betraten.

»Das kann ich Ihnen nicht verwehren«, entgegnete Greta Claasen. »Glauben Sie mir, es macht mir auch keinen Spaß, aber es gibt Umstände, die diesen Schritt notwendig machen.«

Wigge runzelte die Stirn. »Was soll das heißen?«

Greta Claasen zuckte mit den Schultern. »Darüber kann ich im Augenblick leider nicht sprechen.«

»Sie wissen schon, dass Sie mit diesem Säbelrasseln das Andenken unseres verstorbenen Kollegen verunglimpfen«, wandte er ein, während sich die Kolleginnen und Kollegen des Durchsuchungskommandos an ihre Arbeit machten, Schreibtischschubladen aufzogen, Aktenschränke öffneten und den Computer starteten.

Ehrlich, der Erfahrungen im Computerbereich hatte, setzte sich an den Schreibtisch und wartete, bis der Computer hochgefahren war.

»Da werden Sie kein Glück haben, der Account ist passwortgeschützt«, sagte Wigge fast ein wenig belustigt.

»Kein Problem«, entgegnete Ehrlich, zog einen Zettel aus seiner Hosentasche und tippte Helmichs Kennung sowie das Passwort in die Eingabemaske. »Ihr Präsidium war ein klein wenig kooperativer und hat uns Passwort und Anmeldedaten übermittelt.«

Wigge atmete tief ein und wandte sich Greta Claasen zu, die in einem Aktenordner blätterte.

»Was hoffen Sie hier zu finden?«, sagte er zu ihr. »Sie glauben doch nicht ernsthaft, dass Kollege Helmich etwas mit dieser Polenbande zu schaffen hatte?«

»Glauben ist was für die Kirche«, entgegnete Greta Claasen gelassen. »Wir sind hier, um eine richterlich angeordnete Durchsuchung durchzuführen, das hat nichts mit Glauben zu tun.«

Wigge trat einen Schritt näher. »Das sind Dienstpläne.«

»Ich weiß, was das ist.«

»Die zählen bei uns als Verschlusssachen und sind nur…«

»Herr Polizeidirektor, erklären Sie mir bitte nicht, wie ich meine Arbeit zu machen habe. Sie haben den Beschluss doch gelesen.«

Wigge merkte langsam, dass es hier nichts zu ernten gab, und wandte sich um.

»Michels!«, brüllte er durch den Flur.

Ein Oberkommissar eilte herbei und blieb in angemessenem Abstand vor seinem Chef stehen.

»Michels, achten Sie hier darauf, dass die nichts durcheinanderbringen«, befahl er schroff, ehe er sich erneut Greta Claasen zuwandte. »Ich will sehen, was Sie mitnehmen.«

Greta lächelte. »Kein Problem, ich wäre sowieso zu Ihnen gekommen, um den Beschlagnahmebeschluss zu unterzeichnen. Oder würden Sie die Unterschrift verweigern?«

Ohne ein weiteres Wort verschwand der Polizeidirektor.

»Was die sich immer einbilden«, sagte sie zu Ehrlich, der konzentriert die Dateien im Computer durchsuchte.

Die Durchsuchung dauerte knapp eine Stunde, doch weder in den Schränken oder im Schreibtisch, noch im Computer fanden sie Hinweise auf eine Verbindung nach Polen . Zwar hatte Ehrlich in Helmichs Account ein paar private E-Mails und zwei Schreiben entdeckt und ausgedruckt, doch eines davon war an eine Versicherung gerichtet, und das andere Schreiben im privaten Ordner sollte wohl eine Glückwunschkarte zu einem Dienstjubiläum zieren. Im Mailverkehr waren auch nur wenige Besonderheiten festzustellen, lediglich eine einzige E-Mail erweckte Ehrlichs Interesse. Sie war von einer privaten Mailadresse mit der Kennung *bekkaseiff1978* über das Mailprogramm von iCloud vor etwa einem Monat abgesandt worden und enthielt weder ein Betreff noch eine Anrede.

Der Text lautete:

So weit hätte es nicht kommen müssen …

Gruß, Bekka

Ehrlich druckte die Mail aus, die im Juli des vorangegangenen Jahres abgesandt und nicht beantwortet worden war.

»Hast du sonst noch was gefunden?«, fragte Greta, die Ehrlich über die Schulter schaute.

»Nichts«, antwortete er. »Es sei denn, dieses Schreiben an die Versicherung oder der Spruch zum Jubiläum sind versteckte Nachrichten.«

»Vielleicht sollten wir Wigge fragen, ob er weiß, wer diese Bekka sein könnte, aber ich habe da schon eine Idee.«

»Du meinst, es ist eine Frau?«

»Na ja, da bin ich mir ziemlich sicher.«

Ehrlich nickte. »Ich glaube nicht, dass uns Wigge weiterhelfen würde, selbst wenn er könnte. So wie es aussieht, ist er ganz schön angefressen.«

Bevor sie die Dienststelle verließen, unterzeichnete Wigge das Beschlagnahmeformular. Auch er wusste nicht sicher, um wen es sich bei der Absenderin der E-Mail handelte, doch er gab immerhin zu, dass sich sein Verdacht mit dem von Greta Claasen deckte.

13

Club Sunshine in Szczecin, Hafengebiet an der Parnica

Die Nacht war verdammt kurz gewesen, dennoch hatte Falk in Miliks Gästezimmer gut geschlafen. Kurz nach drei Uhr, mitten in der Nacht, hatte Milik ihn geweckt. Nach einer kurz gehaltenen Besprechung mit dem Einsatzteam und zwei Sondereinheiten gingen sie gemeinsam in den Hof. Milik setzte sich zu Falk in den Wagen, bevor sich der Tross aus mehreren schwarzen VW-Bussen und zwei weiteren Zivilfahrzeugen in Gang setzte.

»Folgen Sie einfach den Wagen, Kollege!«

»Szczecin werde ich schon finden.«

»Wir bleiben schön am Ende der Kolonne«, entgegnete Milik trocken. »Hauptmann Kaczinsky und die Sondereinheit übernehmen den Zugriff, er weiß, was er tut. Das ist die dritte Razzia, die wir zusammen durchführen.«

Falk nickte, als er den Motor startete und den ersten Gang einlegte. »Ich weiß, ich bin nur Zaungast.«

Milik lächelte.

Über die Schnellstraße S6 dauerte die Anfahrt dennoch fünf Stunden. Unterwegs legten sie bei Koszalin eine kleine Rast ein, bevor es weiterging. Kurz nach neun Uhr endete die Fahrt auf einem Freigelände unweit des Kohlehafens.

»Und was machen wir jetzt?«, fragte Falk.

Milik blickte auf seine Armbanduhr. »Wir warten.«

Milik öffnete die Beifahrertür und ging zu einem der Busse, bei dem die Besatzung, sechs Kollegen in schwarzen Einsatzanzügen und Schutzwesten, ebenfalls ausgestiegen war. Falk wartete einen kurzen Moment, nahm sich einen Schokoriegel aus dem Handschuhfach, um den leichten Anflug von Hunger zu bekämpfen, bevor auch er ausstieg und sich die Beine vertrat.

Ein paar Minuten später kehrte Milik zurück. »Es kann nicht mehr lange dauern, der Transporter fährt gerade über die Langebrücke, er wird in zehn Minuten hier sein.«

»Transporter?«, fragte Falk ratlos.

»Herr Kollege, glauben Sie, wir wären nicht vorbereitet?«

Falk lächelte. »Ich verstehe: Sie haben einen Informanten eingeschleust, und diese Razzia ist ein gezielter Einsatz. Was befindet sich in diesem Transporter?«

Milik nickte. »Frischfleisch für die zwielichtigen Bars im Hafengebiet. Er kommt aus Lida, das liegt in Belarus.«

Falk blickte Milik fragend an. »Das ist aber nicht alles, oder?«

Milik zuckte mit den Schultern. »Ich denke, es ist an der Zeit, den Druck auf Volkan zu erhöhen, und wenn wir Glück haben, dann geht uns heute ein ganz besonderer Fisch ins Netz.«

»Ein ganz besonderer Fisch, das wäre?«

»Robert Lupin«, erklärte Milik. »Er steht an zweiter Stelle in der Rangordnung.«

Falk runzelte die Stirn. »Ich dachte, Kuchar war Volkans rechte Hand?«

»Kuchar war der Mann fürs Grobe«, entgegnete Milik. »Lupin ist das Hirn der Organisation. Normalerweise hält er sich aus allen dunklen Geschäften heraus, aber die besondere Lage erfordert besondere Maßnahmen. Sein Mercedes steht seit etwa einer Stunde auf dem Parkplatz hinter dem Sunshine-Club. Wenn wir ihn dabei erwischen, wie er die Ware in Empfang nimmt, dann hätten wir einen guten Grund, ihn festzunehmen. Das würde unsere Ermittlungen sicher ein ganzes Stück voranbringen.«

»Dieser Informant …«, fragte Falk zögernd. »Er hat nicht zufällig erwähnt, dass Volkan Informationen von einem Polizisten aus Deutschland erhält?«

Milik winkte ab. »Tut mir leid, darüber liegen mir keine Informationen vor.«

»On tam jest!«, rief ein uniformierter Beamter mit vier silbernen Sternen auf den Schulterstücken zu Milik herüber.

»Ich glaube, es geht los«, sagte Milik und wies zum Wagen.

Gemeinsam stiegen sie ein. Erst jetzt bemerkte Falk das kleine durchsichtige Kabel, das zu Miliks Ohr führte.

»Aha, wir sind vernetzt«, sagte er.

Milik klopfte mit seinem Zeigefinger auf sein rechtes Ohr. »Technik aus den USA, funktioniert ausgezeichnet«, entgegnete er süffisant.

Es dauerte noch weitere zehn Minuten, bis Milik offenbar das Signal zum Einsatz erhielt. Er öffnete seine Jacke, zog ein kleines Funkgerät hervor und drückte die Sendetaste. »Misja ... Misja ... Misja«, sagte er laut. Kurz darauf setzten sich die Fahrzeuge in Bewegung.

Falk fasste zum Zündschlüssel, doch Milik legte seine Hand auf Falks Arm. »Wir warten noch.«

Sie warteten noch weitere zwanzig Minuten, bevor Milik ihn anwies, den Wagen zu starten. Über die Glowny Brücke und die Eskadrowa dirigierte Milik Falk in ein Industriegebiet. Die Bar Sunshine befand sich im ehemaligen Verwaltungsgebäude einer Firma mit zwei Industriehallen im Anschluss. Das Verwaltungsgebäude und die erste Halle waren zusammengebaut. Dort trafen sie erneut auf das Sonderkommando, das die Lage offenbar im Griff hatte. Ein grauer Fiat Ducato stand umrahmt von VW-Bussen der Einsatzgruppe auf dem Areal, und auf dem kalten Betonboden direkt daneben lagen vier Männer, mit Plastikfesseln verschnürt und von Sicherungsposten bewacht. Im Bus saßen junge Frauen, Mädchen eher wohl noch, die skeptisch und verängstigt die Szenerie betrachteten. Als Milik aus dem Wagen stieg, kam der uniformierte Einsatzleiter auf ihn zu.

»Alles unter Kontrolle«, meldete der Hauptmann auf Polnisch. »Sie ließen sich ohne Widerstand festnehmen.«

»Wo ist Lupin?«

Der Uniformierte zeigte auf den weißen Audi mit der geöffneten Fondtür, der neben den Treppen stand, die ins Lokal führten. Ein Mann mit gepflegtem Kurzhaarschnitt, im grauen Anzug mit weißem Hemd und grüner Krawatte saß darin, die Arme hinter dem Rücken verschränkt.

»Er hatte zwölftausend Dollar bei sich«, berichtete der Hauptmann und wies auf die Männer, die noch immer gefesselt am Boden lagen. »Zwei gehören zu Volkans Truppe, die beiden anderen sind aus Belarus. Den Mädchen hatte man ein Fotoshooting versprochen. Aber nicht jede kann Supermodel werden.«

»Hat Lupin etwas gesagt?«

»Er sagte nur, er habe nichts mit der Sache zu tun, und will einen Anwalt, aber wir haben die Verhandlungen auf Video, damit kommt er uns diesmal nicht davon.«

Milik lächelte zufrieden. »Sehr gut«, lobte er den Einsatz. Langsam schlenderte er auf den weißen Audi zu. Falk folgte ihm. Auf der Treppe saßen zwei leicht bekleidete Frauen, daneben eine Blondine, die einen beigefarbenen Mantel trug. Zwei Polizisten mit Maschinenpistolen in der Hand bewachten die Damen.

Milik blieb vor der geöffneten Fondtür des Audis stehen. »Hallo, Lupin«, sagte er auf Polnisch. »So schnell sieht man sich wieder.«

»Milik, was wollen Sie überhaupt von mir?«, entgegnete Lupin. »Ich war nur zufällig hier in der Gegend und habe nichts mit der Sache zu tun.«

»Erklären Sie das nicht mir, erklären Sie das dem Richter. Menschenhandel wird hart bestraft. Ich schätze, bei Ihrem bisherigen Lebenslauf dürften fünf Jahre drin sein.«

»Hören Sie auf, Milik, sie bluffen doch.«

»Wir werden sehen.«

Falk trat an die Wagentür heran. »Robert Lupin, schön, Sie kennenzulernen. Ich soll Ihnen Grüße aus Deutschland übermitteln.«

Falk beobachtete Lupins Reaktion, doch der blieb unbeeindruckt. Zu Milik gewandt fragte er: »Wer ist denn dieser Clown?«

»Das ist mein Kollege Falk aus Deutschland, er hat vielleicht später noch ein paar Fragen, aber zuerst will ich wissen, wo sich Volkan versteckt.«

»Piotr hat sich nicht versteckt, er macht einen ausgedehnten Urlaub«, entgegnete Lupin. »Ich führe seine Clubs weiter.«

»Und jetzt müssen Sie sich für den feigen Boss auch noch die Finger schmutzig machen«, fuhr Milik fort. »Während sich Volkan aus lauter Angst vor den Bulgaren in irgendeiner Jauchegrube versteckt, wandern Sie für ihn in den Knast.«

»Ich muss mich nicht mit Ihnen unterhalten, Milik.«

»Das ist richtig«, stimmte der Inspektor zu. »Aber denken Sie an Kuchar, der wollte auch nicht mit uns kooperieren. Doch wenn man sich die Sache jetzt so betrachtet, dann wäre es für ihn vielleicht besser gewesen.«

Lupin wandte den Kopf zur anderen Seite und schwieg.

Ein blauer Fiat und zwei Streifenwagen bogen in das Gelände ein und bremsten scharf vor einem der schwarzen Busse. Ein schlaksiger Hüne mit blonder Stoppelfrisur stieg aus dem Fiat und blickte sich erbost um. Als er Milik entdeckte, stürmte er unter lauten Flüchen auf ihn zu.

»Das hat mir gerade noch gefehlt«, seufzte Milik.

»Was ist passiert?«, fragte Falk verdutzt.

»Die Kollegen aus Szczecin, und so wie es aussieht, sind Sie nicht gerade begeistert, dass wir in ihrem Revier unterwegs sind.«

Milik ging auf den Hünen zu, und schon war ein lautes Streitgespräch im Gange. Falk wandte sich um. Lupin hatte wohl jegliches Interesse an einer Unterhaltung verloren, und die beiden leicht bekleideten Damen auf der Treppe waren von den Kollegen in einen der Busse gebracht worden. Nur noch die blonde Frau im beigefarbenen Mantel, wohl Mitte Zwanzig, saß noch dort und rauchte eine Zigarette. Falk ging auf sie zu.

»Sie hat man wohl vergessen«, bemerkte er beiläufig, als er sich neben sie setzte und einen weiteren Schokoriegel aus seiner Jackentasche zog, den er ihr anbot.

»Ich gehöre nicht zu denen, ich arbeite nur hier«, antwortete sie kopfschüttelnd.

»Tun das Ihre Kolleginnen nicht auch?«

Die junge Frau schmunzelte. »Ihr Polnisch ist gut, aber Sie sind nicht von hier, ich tippe auf Deutschland.«

Falk gab ihr keine Antwort. »Und Sie arbeiten hier im Club?«, fragte er weiter.

Sie nickte. »Nicht so, wie Sie denken. Ich arbeite im Service, ich gehe aber nicht auf die Zimmer.«

Falk nickte. »Verstehe.«

»Sie glauben mir nicht.« Ihre Augen funkelten wild.

»Wieso sollte ich Ihnen nicht glauben?«

»Meine Papiere sind in Ordnung, ich heiße Anastasia Rutikowa, komme aus Russland und habe ein gültiges Visum.«

»Das bezweifle ich nicht.«

»Ich arbeite schon drei Jahre hier, Ihre Kollegen aus Szczecin kennen mich.«

»Auch das bezweifle ich nicht.«

Sie schnippte die Zigarette in hohem Bogen davon. »Weshalb schauen Sie mich dann so an?«

»Wie schaue ich denn?«

Sie wies auf den grauen Lieferwagen. »Sie glauben mir nicht und halten mich für eine Nutte, so wie die da drüben.«

Falk lächelte. »Mir sagte man, die Mädchen wären zum Fotoshooting hier. Ich glaube nicht, dass die wussten, was sie hier erwartet.«

»Dann sind sie dumm.«

»*Sie* sind aber nicht dumm«, entgegnete Falk. »Und trotzdem arbeiten Sie hier für Volkan und seine Bande und wollen mir sagen, Sie wüssten nicht, was sich hier abspielt?«

»Ich halte mich aus allem heraus«, antwortete Anastasia. »Ich stecke meine Nase nicht in fremde Angelegenheiten, und Volkan zahlt gut. Es ist ein guter Job. Ich mache die Bar, kaufe ein, bereite alles vor, und alles andere ist mir egal.«

»Es ist Ihnen egal, was Volkans Kerle mit diesen Mädchen treiben?«

Sie schaute entsetzt, so als hätte man sie bei einer Untat ertappt. »So habe ich das nicht gemeint.«

»Wie haben Sie es denn gemeint?«

»Ich arbeite fleißig und gut, und für die Kerle bin ich tabu, das wissen die auch genau. Volkan ist immer gut zu mir gewesen. Er braucht jemand, der den Laden ordentlich führt, und bei mir gibt es keinen Ärger. Wenn die Gäste mal zu tief ins Glas geschaut haben, dann werfen wir sie raus, und was sich hinten in den Zimmern abspielt, das ist nicht meine Sache, verstehen Sie.«

»Ich denke schon.«

»Woher sind Sie eigentlich, denn aus Polen sind Sie nicht, ich sagte ja schon, ich tippe auf Deutschland.«

»Sie haben mich durchschaut:«

»Ein Polizist aus Deutschland, sieh an.«

»Kennen Sie auch andere Polizisten aus Deutschland?«

Sie schüttelte den Kopf. »Ich war mit meinem Freund schon in Deutschland, auf Rügen und in Stralsund. Aber die Deutschen sind meist überheblich und arrogant uns gegenüber. Deshalb bleibe ich lieber hier.«

»Sind ab und zu auch Deutsche hier im Club?«

Anastasia nickte. »Sicher, Geschäftsleute. Die haben einen dicken Geldbeutel und sind sehr spendabel, wenn sie was getrunken haben.«

Falk griff in seine Jackentasche und zog sein Handy hervor. Er entsperrte es und öffnete Helmichs Foto. »War dieser Mann schon mal hier?«

Anastasia griff nach dem Handy und betrachtete das Foto. Schließlich schüttelte sie den Kopf. »Den hab ich hier noch nicht gesehen. Was ist das für ein Mann, ist das ein Verbrecher?«

Falk nahm das Handy wieder an sich. »Der Mann ist tot«, sagte er. »Er wurde offenbar von denselben Leuten getötet, die auch Batsch und Kuchar auf dem Gewissen haben.«

Anastasia starrte vor sich auf den Boden. »Stani und Wacław waren Schweine«, sagte sie leise. »Es tat mir nicht leid, als ich hörte, was mit ihnen passiert ist.«

»Der Mann auf dem Foto war Polizist«, fuhr Falk fort.

»Er sah gut aus.«

Falk nickte. »Ja, aber wie gesagt, jetzt ist er tot.«

»Das tut mir leid.«

»Gab es denn hier in der Bar einen Zwischenfall, ich meine mit Kuchar oder Batsch, als die noch am Leben waren?«

Sie überlegte einen Augenblick, schließlich schüttelte sie den Kopf. »Hier war es nicht anders als sonst, Ärger gibt es natürlich immer mal wieder, aber da kann ich mich auf Damian und Jakub verlassen, die werden mit allem fertig.«

»Damian und Jakub?«

Sie wies auf die Männer, die immer noch am Boden lagen. Zwei davon waren athletisch gebaut und sicher keine Kinder von Traurigkeit.

»Sie werden wohl nicht mehr für Sicherheit im Club sorgen können«, entgegnete Falk.

»Ich weiß, der Club bleibt geschlossen, wurde mir gesagt.«

»Was machen Sie jetzt?«

»Es gibt noch weitere Clubs hier in der Stadt, ich werde schon was finden.«

Sie erhob sich und ging auf die Tür zu. Schließlich wandte sie sich noch einmal um. »Vor vier Wochen war mal einer hier, der war mir nicht geheuer«, sagte sie. »Der fragte nach Piotr und nach Stani und ließ sich nicht abweisen. Er wurde sehr aufdringlich, da bekam ich Angst und rief nach Damian.«

»Hat er gesagt, was er von denen wollte?«

Sie schüttelte den Kopf. »Noch bevor Damian da war, lief er davon.«

»Wie sah er denn aus?«

Sie zuckte mit den Schultern. »Er war fast einen Kopf größer als Sie, und er war sehr kräftig. Er sprach Englisch, aber nicht besonders gut. Er sah aus wie ein bulgarischer Zigeuner oder ein Araber, ich weiß es nicht, aber seine Jacke war alt und zerschlissen.«

»Haben Sie ihn noch einmal gesehen?«

Sie kam einen Schritt näher. »Ich weiß, dass Piotr Ärger mit ein paar Bulgaren hatte und er deswegen nicht … Ich meine, dass er deswegen einen langen Urlaub macht. Aber ich sagte ihm damals, dass der Typ im Club war. Er meinte nur, ich soll mich raushalten, und wenn der Kerl wieder auftaucht, dann soll ich ihm oder Stani sofort Bescheid geben. Aber er tauchte nicht mehr auf.«

Falk kratzte sich am Kinn. »Wäre es möglich, dass Sie ihn näher beschreiben könnten? Ein Phantombild vielleicht sogar?«

Sie schüttelte den Kopf. »Er hatte stechende schwarze Augen, wirre schwarze Haare und einen Dreitagebart, und er stank nach Mottenkugeln. Mehr kann ich nicht sagen, es war ja viel Betrieb an diesem Tag, es war ein Freitag, da ist die Bude meistens voll.«

Falk fragte die Frau noch nach ihrer Handynummer, bevor Milik bei ihm auftauchte und sich mit einem Seufzer auf der Treppe niederließ.

14

Hotel Anklamer Hof, Steinstraße

Pia befand sich in einer Zwickmühle. Die neueste Schlagzeile im *Grenzlandboten* hatte Albert Scheu, ihren Chefredakteur, auf die Palme gebracht. Die Morde an den Bandenmitgliedern des Volkan-Clans und der Mord an dem Polizeibeamten Helmich am Kooser See standen zweifelsfrei miteinander in Verbindung, behauptete das Konkurrenzblatt. Die Projektile, mit denen die drei Menschen erschossen worden waren, stammten offenbar eindeutig aus derselben Waffe. Pierre Lieb musste einen Informanten innerhalb der Polizei haben und war ihr damit eine ganze Nasenlänge voraus.

Sie hatte sich gestern am Fundort von Helmichs Leiche mit Annemarie Mechler, der Vogelkundlerin, getroffen, ein Interview mit ihr geführt und eine Fotostrecke des Kooser Sees sowie der Umgebung erstellt. Die Reportage, die sie vereinbarungsgemäß bis achtzehn Uhr in der Redaktion ablieferte, hatte es nur in den Regionalteil der Zeitung geschafft. Eine halbe Stunde vor Drucklegung hatte Albert Scheu angerufen und sie ordentlich zusammengestaucht. Angesichts der heutigen Schlagzeile im *Grenzlandboten* war er überhaupt nicht zufrieden mit ihrer Arbeit. Sie stand erheblich unter Druck, doch was sollte sie tun? Sie war fremd hier, kannte niemanden und hatte auch keine Ahnung von den örtlichen Gepflogenheiten und Eigenarten, noch dazu gab es eine Nachrichtensperre, und mehr als hinhaltende Plattitüden gab die Pressestelle der Polizei auf Anfrage nicht heraus. Außerdem hatte ihr Falk zu verstehen gegeben, dass er nicht mit ihr über den Fall sprechen würde, da die Sache von äußerster Brisanz sei und er sich als verantwortlicher Ermittler streng an die Vorgaben der Staatsanwaltschaft halten müsse. Schließlich waren alle Augen auf ihn gerichtet, und er saß bei diesen Ermittlungen ohnehin zwischen den Stühlen.

Trotzdem wollte sie sich nicht auf das Niveau von Starreporter Lieb herablassen, der eine Platzpatrone nach der anderen verschoss.

Sie hatte sich lange und intensiv mit Helmichs trauernder Witwe unterhalten, und eine Verbindung zwischen dem Grenzpolizisten und einer polnischen Verbrecherbande erschien ihr weit hergeholt. Helmichs Ehefrau verdiente in drei Monaten mehr Geld, als Helmich als Grenzer je hätte verdienen können, und nach allem, was sie bislang über den Ermordeten erfahren hatte, war er nicht der Typ, der unter Minderwertigkeitskomplexen litt und sich aus reiner Geltungssucht mit einem Verbrechersyndikat einlassen würde.

Es musste etwas anderes dahinterstecken. Wurde Helmich vielleicht erpresst, hatte er einen Fehler begangen und sich dadurch den Verbrechern ausgeliefert?

Auch dafür hatte sie weder bei ihren Recherchen über seine Zeit als Kapitän eines Seenotrettungskreuzers in Rostock, noch über seine Tätigkeit in der Stabsstelle in Stralsund Hinweise entdeckt.

Wenn Lieb recht hatte und die Projektile bei allen drei Taten übereinstimmten, dann musste sie etwas übersehen haben. Noch hatte die Polizei diese Information aber nicht bestätigt und sich mit dem Hinweis auf die laufenden Ermittlungen aus der Affäre gezogen.

Sie musste mehr über Roger Helmich herausfinden, und auf Falk war in dieser Geschichte kein Verlass.

Als sie beim Frühstück den Bericht im *Grenzlandboten* gelesen hatte, war ihr der Gedanke durch den Kopf geschossen, Scheu darum zu bitten, sie von diesem Fall abzuziehen. Einen kurzen Augenblick hatte sie sogar daran gedacht, sich einfach krankzumelden. Doch so etwas kam einer persönlichen Kapitulation gleich.

Nach dem Frühstück hatte sie sich in den Wagen gesetzt und war zum Anklamer Hof gefahren, wo Falk abgestiegen war. Noch einmal wollte sie versuchen, mit ihm in Kontakt zu treten, auch wenn es aussichtslos erschien. Zumindest wollte sie ihre Zweifel anmelden, was eine Verbindung zwischen Helmich und dem Volkan-Clan anging, und ihm eine geheime Zusammenarbeit anbieten, bei der in erster Linie Helmichs Lebensweg und mögliche andere Verknüpfungspunkte zwischen dem Grenzer und der polnischen Bande im Fokus standen. Eine solche Zusammenarbeit hatte sie schon bei der Suche nach dem Frauenmörder von Zurow weitergebracht. Sie war gespannt, was Falk dazu meinte.

Sie parkte ihren Wagen an der Steinstraße vor einem Optikergeschäft und legte die wenigen Meter zum Hotel zu Fuß zurück. Der junge Angestellte an der Rezeption lächelte ihr freundlich zu, als sie auf ihn zuging.

»Guten Morgen«, grüßte er freundlich. »Wie kann ich Ihnen helfen?«

»Ebenfalls einen schönen guten Morgen«, entgegnete Pia selbstsicher. »Ich möchte zu Herrn Falk, er bewohnt Zimmer vierundzwanzig und erwartet mich.«

Der junge Mann nickte und wandte sich dem Schlüsselbrett zu.

»Falk«, murmelte er. »Falk, vierundzwanzig. Tut mir leid, Herr Falk ist nicht mehr auf seinem Zimmer.«

Pia blickte verdutzt auf ihre Armbanduhr. Es war drei Minuten nach sieben. »Ist er schon beim Frühstück?«

Der Angestellte zuckte mit den Schultern. »Nein, ist er nicht, soweit ich weiß, logierte er außerhalb.«

»Aber er wohnt doch hier?«

Der junge Mann nickte. »Ja, das ist richtig, aber er war geschäftlich außerhalb, wurde mir gesagt.«

Pia runzelte die Stirn. Falk logierte »geschäftlich außerhalb«, was hatte das zu bedeuten?

»Wissen Sie, wo ich ihn finden kann?«

»Tut mir leid, da kann ich Ihnen leider nicht weiterhelfen.«

Świnoujście, Zamkowa, südwestliche Siedlung

Falk war auf dem Rückweg. Lupin hatte eine erneute Unterhaltung mit ihm abgelehnt und einen Anwalt gefordert. Bei der Durchsuchung des Clubs hatten die Spezialkräfte drei weitere junge Frauen aus Russland und Kasachstan aus einem Verlies im Keller befreit. Außerdem wurden insgesamt beinahe zwei Kilogramm Marihuana, fünfhundert Gramm XTC und eine Beretta sichergestellt. Die Ermittlungen dauerten noch an, doch Milik hatte keine Zeit mehr für Falk. Nur kurz hatte er mit ihm noch sprechen können und ihm von Rutikowas Beobachtungung erzählt.

»Ein bulgarischer Zigeuner oder Araber«, wiederholte Milik nachdenklich. »Sieht fast so aus, als wäre Stepaniak hier im Club gewesen. Ich spreche noch einmal mit der Dame und lege ihr das Foto vor. Vielleicht bringt uns das weiter.«

»Okay, und was ist mit Lupin?«

»Den nehmen wir in Gewahrsam. Falls er bereit ist, mit uns zu kooperieren, melde ich mich.«

Falk nickte.

Kurze Zeit später stieg er in seinen Wagen und fuhr vom Parkplatz. Auf dem Rückweg machte er einen Abstecher nach Swinemünde. Es schadete nicht, noch einmal mit dieser Anna Grec zu sprechen und sie zur Herkunft der Waffe zu befragen. Vielleicht war sie bei Falk kooperativer als gegenüber den polnischen Kollegen.

Nach knapp zwei Stunden fuhr er über den unbefestigten Feldweg aus der kleinen Grenzstadt in Richtung Süden. Das Navigationsgerät im Armaturenbrett hatte ihn längst im Stich gelassen und zeigte weder die Straße noch die Siedlung im Süden abseits der ehemaligen, leerstehenden Kaserne der polnischen Kriegsmarine an. Doch er war noch immer auf dem richtigen Kurs. Mitten durch einen Nadelwald führte ihn der Weg an eine Kreuzung. Das Navi lotste ihn auf einen weiteren Feldweg, der nach rechts führte. Er folgte der vorgeschlagenen

Strecke, und der Weg wurde immer schlechter. So langsam keimte in ihm das Gefühl auf, dass er sich verfahren hatte, doch Platz zum Wenden gab es hier nicht. Dann tauchten plötzlich rotbraune Dächer unterhalb des kleinen Hügels auf. Minuten später landete er in einer Siedlung, in der beinahe jedes zweite Haus einer gründlichen Renovierung bedurft hätte. Er fuhr weiter und kam an einen kleinen Bauernhof. Eine ältere Frau in blauer Schürze lief mit einer Schale über den Hof und fütterte freilaufende Hühner. Falk fuhr rechts heran, hielt an und stieg aus.

»Dobry dzień«, rief er der Frau zu. »Szukam Anna Grec?«

»Anna Grec«, wiederholte die Frau und zeigte die Straße hinunter.

»Ist es noch weit?«, fragte er auf Polnisch.

Die ältere Frau kam näher. »Anna Grec hat zwei Häuser weiter gewohnt, aber die lebt da jetzt nicht mehr.«

Aus dem nahen Stall kam ein kleiner untersetzter Mann in Gummistiefeln und blauer Latzhose herausgelaufen und gesellte sich an die Seite der Frau. Falk schätzte die beiden auf etwa siebzig.

»Guten Tag«, begrüßte er auch den Mann in polnischer Sprache, doch dieser blickte ihn nur misstrauisch an.

»Anna Grec wohnt dort nicht mehr?«

»Nein, sie …«

Der Mann im Blaumann legte der Frau die Hand auf den Arm, und die Frau verstummte.

»Wer sind Sie?«, fragte er skeptisch.

Falk griff in seine Jackentasche und zog seinen Dienstausweis hervor. »Ich bin Polizist aus Deutschland, und ich müsste dringend mit Anna Grec sprechen.«

»Weshalb wollen Sie mit ihr sprechen?« Der Mann griff nach dem Ausweis und musterte ihn argwöhnisch.

»Es geht um einen Mordfall, den ich bearbeite«, antwortete Falk wahrheitsgemäß. »Frau Grec könnte mir in dieser Sache weiterhelfen.«

Der Mann warf seiner Frau einen kurzen Blick zu, und als diese nickte, gab er den Ausweis zurück und klopfte Falk auf die Schulter.

»Ihr Polnisch ist sehr gut«, sagte er anerkennend und wies auf eine kleine Bank. Er ging voraus, und Falk folgte ihm.

»Anna hatte früher öfter Probleme mit der Polizei«, seufzte der Alte, als er sich auf der Bank niederließ. »Aber seit sie Mutter ist und Verantwortung trägt, hat sie sich wieder gefangen.«

»Sie kennen Anna wohl gut, sind Sie verwandt?«

»Verwandt nicht, aber wir haben ihr ein paar Mal geholfen.«

Die Frau kam des Weges und stellte einen Krug und zwei Gläser auf dem wackeligen Holztisch neben der Bank ab. Sie schenkte beide Gläser voll.

»Seit wann wohnt sie denn nicht mehr hier?«

»Seit einem Jahr«, entgegnete der Mann, der sich als Karol Kaminski vorstellte und in Richtung des Waldes zeigte. »Sie wohnte bis vor einem Jahr in einem kleinen Haus dort hinten, doch das haben wir abgerissen. Wir haben das Grundstück gekauft und eine Tannenschonung angepflanzt. Sie hat einen guten Preis von uns bekommen.«

»Wo wohnt sie jetzt?«

»Sie ist weggezogen«, entgegnete Kaminski. »Sie arbeitet jetzt in einem Hotel auf Rügen. Es ist das erste Haus im Ort, sagte sie.«

»Sie haben noch Kontakt?«

Der Mann lächelte. »Ich bin der Patenonkel der kleinen Aneta, sie ist jetzt drei Jahre alt.«

»Ist Artur Wojwoda der Vater des Kindes?«

Kaminski winkte ab. »Gott behüte, Wojwoda ist ein Verbrecher. Der kommt hoffentlich nie mehr hierher zurück und verrottet in seiner Zelle.«

»Sie kannten ihn?«

»Ja, ich kannte ihn, er wurde einen Tag nach dem Überfall hier in der Gegend mit einem Großaufgebot der Polizei gesucht. Er war kurz bei ihr, beichtete sie mir.«

»In Annas Haus?«

Er nickte und wies die Straße entlang. »Kurz wohl nur, dann ist er zur alten Kaserne geflüchtet. Doch sie haben ihn nicht erwischt.«

»Hat sie ihm bei der Flucht geholfen?«

Kaminski zuckte mit den Schultern. »Das glaube ich nicht. Aber das ist zum Glück vorbei. Das Kind ist von einem Deutschen. Anna lernte ihn in diesem Hotel kennen. Sie sind zusammen, und sie wollen auch heiraten.«

»Sie hat auch einen Bruder.«

Der Mann nickte. »Den Jozef, aber sie hat es nicht leicht mit ihm.«

»Wo lebt der Bruder?«

Er seufzte. »Ich habe ihr geraten, ihren Bruder zu vergessen. Er ist nicht gut für sie. Er ist derselbe Nichtsnutz, wie es Wojwoda war.«

»Das heißt, Jozef lebt nicht hier in der Gegend?«

Kaminski schüttelte den Kopf und griff nach dem Glas. »Das ist guter Most«, sagte er und prostete Falk zu. Falk griff nach dem zweiten Glas. Das Getränk war kalt und erfrischend.

»Jozef war das letzte Mal vor einem Jahr hier, als wir das Haus ausräumten. Er half gerade mal einen halben Tag, bevor er wieder verschwand. Er hat keine feste Adresse. Meist treibt er sich irgendwo in der Gegend um Szczecin herum. Aber er ist ein Dieb. Diese Drogen haben ihn zu dem gemacht, was er heute ist. Nur noch ein böser und dunkler Schatten.«

»Er half beim Ausräumen des Hauses?«

Kaminski nickte. »Ja, er hat auch ein paar Dinge mitgenommen, die er eigentlich nicht mitnehmen sollte, und verschwand ohne weiteres Wort. Aber ich sage ja immer, wer seine eigene Familie bestiehlt, dem ist nicht mehr zu helfen.«

»Und zu Wojwoda hatte Anna sicher keinen Kontakt mehr?«

Kaminski winkte ab. »Schon seit seiner Verhaftung nicht mehr. Zum Glück. Sie hat auf uns gehört, und sie hat ihr Leben in die Hand genommen. Im Hotel hat sie gearbeitet, in Ahlbeck, nach der Grenze. Zuerst hat sie geputzt, und dann machte sie die Zimmer. Das hat sie auch gelernt. Ihre Chefin war sehr zufrieden mit ihr. Sie hätte auch dort arbeiten können, aber es ist besser, wenn sie weiter weg von hier ist und die Vergangenheit hinter sich lässt. Sie ist ein braves Mädchen.«

»Ich verstehe«, entgegnete Falk.

Sie unterhielten sich noch eine Weile, und als er aufbrach, hatte er Anna Grecs neue Adresse in der Tasche. Er würde wohl noch einen weiteren Umweg in Kauf nehmen müssen, bevor er Anklam erreichte.

15

Rövershagen bei Rostock, Drosselring

Falk hatte Ehrlich angerufen und nachgefragt, ob sich bei der Durchsuchung des Hauses und auf der Dienststelle etwas ergeben hatte. Er würde noch eine Weile brauchen und erst am späten Abend nach Anklam zurückkehren. Ehrlich verneinte und erwähnte die Mail von Bekka, die sie auf Helmichs dienstlichen Rechner gefunden hatten. »Offenbar stammte sie von einer gewissen Rebekka Seiffert, meint Wigge.«

»Höchstwahrscheinlich die Ehefrau von Marius Seiffert, einem Kollegen von Helmich«, entgegnete Falk. »Wigge meinte, dass dieser Marius ein Grund dafür war, dass sich Helmich nach Stralsund versetzen ließ. Wie alt ist diese Mail?«

»Die kam vor einem Monat«, antwortete Ehrlich.

»Habt ihr das überprüft?«

»Wir dachten, wir warten, bis …«

»Worauf wartet ihr, findet heraus, wo sie wohnt, und sprecht mit ihr!«

»Was ist mit Polen, wir dachten …«

»Ich glaube, ihr denkt zu viel und tut zu wenig«, fiel ihm Falk ins Wort. »Sprecht mit der Frau! Über Polen reden wir morgen früh.«

Bevor Ehrlich antworten konnte, hatte Falk das Gespräch beendet.

»Wo ist er, und was hat er gesagt?«, fragte Greta, die neben Ehrlich am Tisch saß und ihn erwartungsvoll ansah.

Ehrlich seufzte. »Er pickt sich die Rosinen heraus und lässt uns malochen. So habe ich mir eine Zusammenarbeit nicht vorgestellt.«

»Was sagt er?«

»Er will, dass wir mit dieser Bekka sprechen, möglicherweise sind sie und ihr Ehemann der Grund dafür, dass sich Helmich nach Stralsund versetzen ließ.«

Zehn Minuten später wussten sie, wo Rebekka Seiffert wohnte, und fuhren mit dem Dienstwagen auf der B110 in Richtung Rostock.

Rövershagen lag etwa acht Kilometer vor Rostock. Dennoch dauerte die Fahrt beinahe zwei Stunden. Sie endete im Drosselring, einem Wohngebiet mit kleinen, beschaulichen Einfamilienhäusern.

»Das muss es sein«, sagte Greta, nachdem sie die Hausnummer an der Wand neben der Haustür erspäht hatte. Ehrlich bremste den Dienstwagen und stoppte am Straßenrand.

Das Grundstück und das Haus machten einen gepflegten Eindruck. Ein Dreirad stand auf dem gepflasterten Zugangsweg, die Gartentür quietschte ein wenig, als Ehrlich sie aufschob.

»Bender steht hier an der Klingel«, sagte Ehrlich verwundert, nachdem er auf die Klingel geschaut hatte.

»Das ist aber die Adresse aus dem Melderegister«, antwortete Greta.

Ehrlich zuckte mit den Schultern und klingelte. Es dauerte eine Weile, ehe ein älterer Mann mit Stirnglatze in grauer Weste und Hausschlappen öffnete.

»Ehrlich, Landeskriminalamt«, stellte er sich vor. »Mit wem habe ich das Vergnügen?«

Greta trat vor, um die Sache abzukürzen. »Wir würden gern mit Rebekka Seiffert sprechen, sie wohnt doch hier, richtig?«

Der alte Mann wandte sich um. »Bekka, hier ist jemand für dich!«, rief er in den Flur, dann wandte er sich um und ließ seine beiden Besucher einfach stehen. Ehrlich warf Greta einen fragenden Blick zu, doch kurz darauf erschien eine schlanke Frau mit blonden, zu einem Zopf gebundenen Haaren und einer weißen Kochschürze. Ihre Hände trocknete sie an einem Handtuch ab, dass sie in den Gürtel gesteckt hatte.

»Rebekka Seiffert?«, fragte Greta.

»Und Sie sind …?«

Greta zeigte ihren Ausweis vor. »Claasen, Kripo Anklam, wir ermitteln im Todesfall von Roger Helmich. Können wir mit Ihnen sprechen?«

Die Frau schlug ihre Augen nieder und trat einen Schritt zur Seite. »Eine schlimme Sache, wer tut so etwas?«

Greta betrat den Flur, Ehrlich folgte ihr.

»Ist das Essen schon fertig?«, rief der alte Mann aus der Stube.

»Du kannst dir schon nehmen, Papa, ich esse später«, antwortete Rebekka Seiffert, führte ihre Besucher in die Stube und bot ihnen Platz auf der Couch an.

»An der Tür steht Bender, ihren Namen haben wir dort nicht gefunden«, sagte Ehrlich, nachdem er Platz genommen hatte.

»Bender ist mein Geburtsname, ich bin erst vor Kurzem bei meinem Vater wieder eingezogen. Vor einem Jahr ist meine Mutter gestorben, und er lebt hier nun ganz alleine und ist auch nicht mehr der Jüngste.«

»Verstehe«, entgegnete Greta. »Sie haben sich von Ihrem Mann getrennt?«

»Ich habe wohl kein Glück mit Männern. Vor drei Jahren habe ich mich von Marius getrennt, und vor Kurzem … Ach, lassen wir das, weshalb sind sie hier?«

»Hatten Sie ein Verhältnis mit Roger Helmich?«, fragte Greta.

Die Frau machte große Augen. »Wie kommen Sie darauf?«

Ehrlich zog den Ausdruck der Mail aus seiner Jackentasche und breitete ihn vor Rebekka Seiffert aus. Sie warf einen kurzen Blick darauf, ehe sie sich auf einem Sessel niederließ.

»Ich muss zugeben, dass ich ihn vermisse«, seufzte sie. »Aber nicht so, wie sie denken. Er war einfach, wie soll ich sagen, man konnte gut mit ihm reden. Und er hörte einem zu. Das tun nur wenige Männer.«

»Sie waren befreundet?«, fragte Greta.

Rebekka Seiffert winkte ab. »Das ist eine lange Geschichte.«

»Wir sind hier, um diese Geschichte zu erfahren. Schließlich wurde Roger Helmich umgebracht.«

»Ach so, und Sie denken …«

»Wir denken in alle möglichen Richtungen. Im Moment sammeln wir Informationen, und anschließend bewerten wir sie.«

Ehrlich richtete sich auf. »In Stralsund sagte man, dass Ihre Beziehung zu Helmich der Grund für seine Versetzung nach Stralsund war.«

Rebekka Seiffert schlug die Hände vor die Augen. »Das … Das ist absoluter Blödsinn!«

»Dann erklären Sie uns doch einfach, was dahintersteckt«, mischte sich Greta ein.

Die blonde Frau überlegte einen kurzen Moment, schließlich räusperte sie sich. »Marius und Roger waren sehr gute Freunde. Sie kennen sich bereits seit der Ausbildung und teilten sich dort ein Zimmer. Gemeinsam kamen sie nach ihrer Ausbildung nach Rostock und hielten immer noch Kontakt. Wir waren oft zusammen, Marius und ich, Roger und Ulla, fuhren sogar ab und zu zusammen in Urlaub.«

»Und dabei kamen Sie und Roger sich näher«, mutmaßte Ehrlich, doch Rebekka schüttelte vehement den Kopf. »Das ist Schwachsinn. Roger war sehr verliebt in seine Ulla, in dieser Beziehung passte kein Löschpapier dazwischen, wenn Sie verstehen.«

»Doch dann kam es zum Bruch«, folgerte Greta.

»Eines Tages tauchte Roger bei mir auf und erzählte mir, dass Marius eine Affäre mit einer jungen Kollegin hat«, erklärte die Frau. »Er konnte es nicht mehr länger mit ansehen, wie Marius mich betrog.«

»Dann kam es zum Streit, richtig?«

»Natürlich«, seufzte Rebekka Seiffert. »Ich stellte Marius zur Rede, und der stritt es nicht einmal ab. Ein paar Tage später packte er seine Sachen und zog aus. Ließ mich einfach mit den beiden Kindern im Stich. Das Haus mussten wir verkaufen, es war noch nicht abbezahlt. Roger half mir durch diese Zeit, und ja, wir kamen uns näher. Er war da, wenn ich jemanden brauchte. Aber dann … es war mein Fehler. Ich war zu … Wie soll ich sagen … Ich fühlte mich tief verletzt, und er war einfach da, half mir, wo er nur konnte. Besorgte mir eine Wohnung, wickelte den Verkauf des Hauses ab und … Dann habe ich ihn wohl zu sehr bedrängt, mein Gott, ich fühlte mich einsam …«

»Sie hatten eine Liebschaft …«

Rebekka Seiffert schlug die Hände vor das Gesicht. »Nein, eben nicht! Er ist einfach gegangen, ich sagte doch schon, er war nicht so … Er liebte seine Ulla abgöttisch.«

Ehrlich räusperte sich. »Gegangen, das heißt?«

»Er kam immer seltener, und wenn, dann trafen wir uns in Cafés oder Restaurants. Zu mir in die Wohnung wollte er nicht mehr. Ich bin über das Ziel hinausgeschossen. Er wollte mir nur helfen.«

»Das heißt, eine Affäre gab es nie«, wandte Greta ein.

Rebekka Seiffert schüttelte den Kopf. »Die Treffen wurden weniger, er half mir aber immer noch, wo er nur konnte. Dann sagte er mir, dass er seine Versetzung nach Stralsund beantragt hatte. Drei Wochen später war er weg.«

»Und es gab keinen Kontakt mehr?«, fragte Ehrlich.

»Doch, ab und zu per Telefon oder Mail. Zwei oder drei Mal war er noch hier, und wir trafen uns im Park oder in einer Eisdiele, doch dann lernte ich Georg kennen, und der Kontakt schlief mehr und mehr ein. Nur hin und wieder schrieb ich ihm noch.«

Sie zeigte auf den Mailausdruck, der vor ihr auf dem Tisch lag.

»Georg, das heißt, Sie waren inzwischen wieder liiert?«

Rebekka lächelte skeptisch. »Ich zog mit Georg zusammen, ja, aber auch er hat mich betrogen. Seit drei Monaten lebe ich wieder hier bei meinem Vater, und ich kann Ihnen sagen, ich hab die Nase voll von den Männern. Sie sind alle gleich, alle bis auf einige wenige, so wie Roger. Aber das ist, als würde man nach Gold schürfen: Meist findet man nur Dreck und Staub, nur wenigen ist es vergönnt, auf eine Goldader zu stoßen.«

»Was meinte Ihr Ehemann damals dazu, als Helmich Ihnen von seiner Affäre erzählte?«, fragte Greta.

Die Tür zur Stube wurde geöffnet, und der alte Mann schaute herein. »Ich bin fertig mit dem Essen. Ich gehe jetzt ein wenig spazieren.«

»Aber zieh dich warm an, es ist ein kalter Wind draußen.«

Der Mann nickte kurz und zog die Tür wieder zu.

»Er ist schon achtzig, ich glaube, ich habe jetzt vier Kinder«, sagte Rebekka Seiffert mit einem Schmunzeln auf den Lippen.

»Vier?«

»Ich wurde noch einmal schwanger«, sagte sie. »Jonas kam zur Welt, und sein Erzeuger suchte das Weite. Diese Welt ist schon komisch.«

»Das heißt, nur zwei Kinder sind von ihrem Ehemann?«

»Richtig, und er kümmert sich überhaupt nicht um sie. Er lebt mit seiner Schickse in einer Penthouse-Wohnung in der Stadt, und wir sind ihm vollkommen egal. Offenbar will sie nichts mit den Kindern zu tun haben. Ich denke sogar, er war damals erleichtert, dass Roger mir von seiner Affäre erzählte und er es nicht selbst tun musste.«

»Sie sind aber noch immer verheiratet«, wandte Greta ein.

Sie nickte. »Ja, und das bleibt auch erst mal so. Ich lass mich nicht einfach so abspeisen, er soll schön bezahlen für mich und seine Kinder.«

Ehrlich kratzte sich am Kinn. »Jetzt mal direkt gefragt, würden Sie Ihrem Ehemann einen Mord zutrauen?«

Rebekka Seiffert lachte auf. »Sie glauben doch nicht im Ernst, dass Marius etwas mit der Sache zu tun hat? In der Zeitung stand doch, dass eine Polenbande hinter dem Mord steckt, wobei ich mir absolut nicht vorstellen kann, dass sich Roger mit irgendwelchen Verbrechern eingelassen haben soll. Aber Marius hat sicher nichts damit zu tun. Der ist jetzt glücklich. Seine Schickse ist fünfzehn Jahre jünger als er und hält ihn ganz schön auf Trab. Wissen Sie, wie oft er die Kinder abgeholt hat, obwohl ausgemacht war, dass er sich jedes zweite Wochenende um sie kümmert?«

Ehrlich zuckte mit den Schultern.

»Ganze zwei Mal«, fuhr Rebekka Seiffert fort. »Sie wollen aber auch nicht zu ihm, das macht es leichter.«

»Haben Sie noch Kontakt zu ihm?«, fragte Greta.

»Nur das Nötigste, und dann nur telefonisch. Ich will diesem Idioten nicht mehr begegnen. Soll er doch glücklich werden mit seiner Schickse. Ich bin deswegen auch hierhergezogen. Ich arbeite hier in der Bäckerei, und all die Kerle da draußen können mir gestohlen bleiben.«

»Es sei denn, es käme jemand wie Roger, richtig?«

Sie lächelte. »Dann wäre ich auf die Goldader gestoßen.«

Sie sprachen noch eine Weile miteinander, bevor sie sich verabschiedeten. Als Ehrlich und Greta im Wagen Platz genommen hatten, schauten sie sich fragend an.

»Was hältst du von ihrer Geschichte?«, fragte Greta.

»Klingt glaubwürdig«, entgegnete Ehrlich.

»Wenn man die Frau so hört, dann muss Roger Helmich ein ganz besonderer Mensch gewesen sein.«

»Ein Frauenversteher eben.«

»Ja, ein Frauenversteher und ein absolut integrer Mensch, so jemand lässt sich doch nicht mit Verbrechern ein!«

»Wer weiß«, entgegnete Ehrlich. »Drei Jahre können einen Menschen verändern. Sollen wir uns jetzt Seiffert vornehmen?«

»Hast du seinen Dienstplan schon überprüft?«

Ehrlich schüttelte den Kopf.

»Dann sollten wir das zuerst tun, bevor wir unnötig Sprit verfahren und Falk uns noch einmal um die halbe Welt jagt. Seiffert arbeitet am Flughafen, da kann man nicht so einfach für ein paar Stunden verschwinden, das würde auffallen.«

»Das mache ich gleich, ich rufe Wigge an«, entgegnete Ehrlich und griff nach seinem Handy. Nach dem Gespräch steckte er das Handy ein und startete den Motor. Wigge hatte versprochen, sich darum zu kümmern und zurückzurufen.

Über die B105 fuhren sie zurück. Sie waren kurz hinter Pantelitz, als Wigge zurückrief. Ehrlich fuhr an den Straßenrand, bevor er das Gespräch annahm. Es dauerte nur kurz.

»Und, was sagt Wigge?«

»Seiffert hatte Frühdienst und war im Dienst.«

Greta atmete tief ein. »Womit wir ihn von der Liste streichen können. Bleiben uns also wirklich nur noch die Polen.«

Ehrlich legte das Handy in die Mittelkonsole. »Dann bin ich mal gespannt, was Falk uns morgen erzählen wird.«

16

Rügen/Garz, Lange Straße

Anna Grec hatte heute frei. Über die Meldedatei brachte Falk ihre Adresse in Erfahrung und fuhr auf gut Glück in die Lange Straße in Garz, wo sie zusammen mit ihrem Lebensgefährten eine Drei-Zimmer-Wohnung in einem Mehrfamilienhaus mitten im Ort bewohnte. Sicherheitshalber hatte Falk den Lebensgefährten im Polizeicomputer überprüft, doch gegen den jungen Mann lag aus polizeilicher Sicht nichts vor. Man wusste ja nie, was man in fremden Wohnungen zu erwarten hatte.

Falks Glückssträhne setzte sich fort, denn schon nach dem ersten Klingeln war die Stimme eines Kindes in der Sprechanlage zu hören. Falk stellte sich vor, nachdem sich Anna Grec meldete, und fragte, ob sie ein paar Minuten Zeit für ihn hätte. Der Türöffner schnarrte, und Falk trat ein. Anna Grec wohnte im zweiten Stock und erwartete ihn an der Wohnungstür.

»Falk, Landeskriminalamt. Ich müsste dringend mit Ihnen sprechen.«

Annas Tochter stand zwischen den Beinen der Mutter und schmiegte sich scheu an.

»Weswegen?«, fragte Anna Grec angespannt.

»Es geht um Artur Wojwoda«, nannte Falk den Grund.

»Tut mir leid, dazu kann ich Ihnen nichts sagen«, entgegnete sie. »Ich habe nichts mehr mit Artur zu tun, und ich will es auch nicht mehr. Außerdem hat die polnische Polizei schon mit mir gesprochen, und ich sagte auch denen, dass ich nichts weiß und nichts mehr mit dem damaligen Leben zu tun haben will, allein schon wegen ihr.«

Sie nickte in Richtung ihrer kleinen Tochter. Falk ging auf die Knie und lächelte das Mädchen freundlich an. »Und wer ist denn diese kleine Prinzessin hier?«

Das Mädchen lächelte verschämt und versteckte sich hinter ihrer Mutter.

»Das ist doch sicher die kleine Aneta.«

Anna Grec ging einen Schritt zur Seite, beugte sich herab und nahm ihre Tochter auf den Arm.

»Kommen Sie!«

Falk folgte ihr durch den aufgeräumten und ordentlichen Flur in das Wohnzimmer, in dem Puppen und eine Vielzahl von Plüschtieren in einer Ecke lagen.

»Das müssen die Leute im Haus nicht mitbekommen«, sagte sie in akzentfreiem Deutsch und bot Falk als Platz einen Sessel an. »Aber das alles ist schon so lange her, und ich bin froh, dass diese Zeit hinter mir liegt. Ich habe ein neues Leben angefangen und will mit all dem, was früher war, nichts mehr zu tun haben.«

Falk nickte verständnisvoll. »Daran soll sich auch nichts ändern, Frau Grec. Trotzdem muss ich mit Ihnen über früher reden, es ist sehr wichtig.«

Anna Grec brachte ihre Tochter in die Spielecke und flüsterte kurz mit ihr, ehe sie zurückkehrte und sich mit einem Seufzer auf dem Sofa niederließ. »Wenn es denn sein muss, was wollen Sie wissen?«

»Als damals Artur Wojwoda festgenommen wurde, hielten Sie da noch Kontakt zu ihm?«

Sie schüttelte den Kopf.

»Sie haben ihn nie besucht oder mit ihm telefoniert?«

Sie fuhr sich durch ihre langen braunen Haare. »Ich schrieb ihm einen Brief, darin sagte ich ihm, dass ich nichts mehr mit ihm und diesem Abgrund zu tun haben will, an dem wir tagtäglich wandelten. Er hatte mir versprochen, dass er nichts mehr anstellt, so oft hatte er mir das versprochen, doch daran gehalten hat er sich nie.«

»Ich verstehe, und wie reagierte er auf Ihren Brief?«

»Er wurde damals wegen des Raubüberfalls und wegen Mordes zu zwanzig Jahren verurteilt. Er hat noch dreizehn Jahre vor sich. Wenn er rauskommt, ist er ein alter Mann. Wahrscheinlich hat er mich längst vergessen. Er hat weder auf den Brief reagiert, noch sonst irgendwie versucht, mit mir Kontakt aufzunehmen.«

»Kannten Sie seinen damaligen Komplizen?«

»Natürlich kannte ich ihn, Artur hat sich sehr viel mit ihm herumgetrieben, aber warum interessiert Sie das alles? Das ist doch schon Jahre her.«

Falk nickte. »Sie haben es vielleicht in den Nachrichten gehört oder irgendwo in der Zeitung gelesen: Am Kooser See, unweit von Greifswald, wurde vor ein paar Tagen ein Polizist erschossen.«

»Und was hat das mit Artur zu tun?«

»Offenbar war es seine Waffe, mit der der Polizist erschossen wurde. Außerdem wurden in Polen zwei Männer damit getötet, die zu einer Drogenbande gehörten.«

»Volkan«, murmelte sie nachdenklich.

Falk war überrascht. »Sie kennen Piotr Volkan?«

»Kennen ist zu viel gesagt, aber ich weiß, dass Artur früher ab und zu ein paar kleine Jobs für ihn erledigte.«

»Wissen Sie auch, was für Jobs?«

»Botengänge meist, aber er hat mir nicht erzählt, um was es ging. Allerdings nehme ich an, dass er Rauschgift schmuggelte.«

»Der Überfall damals auf dieses Frachtzentrum, war das auch ein Auftrag von Volkan?«

Die kleine Aneta kam herbei und hielt ihrer Mutter eine Puppe hin, an der das Kleid verrutscht war. »Anziehen!«, sagte sie.

Anna Grec griff nach der Puppe und ordnete die Kleidung. »Ich glaube nicht, ich glaube, das war Arturs Idee. Vor dem Überfall saß er manchen Abend vor irgendwelchen Plänen, und wenn ich zu ihm ging, dann faltete er sie zusammen. Ich sollte nicht wissen, worum es geht.«

»Sie haben auch nicht gefragt?«

»Ich sagte ihm nur, dass er keinen Blödsinn machen soll, aber dann gab es immer gleich Streit, und meistens wurde er brutal.«

»Er hat Sie geschlagen?«

Sie nickte kurz, ehe sie Aneta die Puppe reichte und das kleine Mädchen, mit der Puppe in der Hand, in die Spielecke davonlief.

»Wissen Sie noch, wie das nach dem Überfall war? Ich hörte, er kam zurück zu Ihnen?«

»Er tauchte mitten in der Nacht auf«, überlegte sie. »Ich wusste sofort, dass etwas passiert ist. Er war zuvor im Schuppen und hat sich dort einen Rucksack geholt, dann packte er eine paar Lebensmittel ein, nahm mir das letzte Geld ab und sagte, er müsse verschwinden, und wenn die Polizei auftaucht, dann solle ich sagen, dass ich ihn nicht gesehen habe und auch nicht wisse, wo er ist.«

»Haben Sie ihn gefragt, was passiert ist?«

»Er stand so unter Strom, ich habe mich nicht getraut, ihn zu fragen.«

»Und dann?«

»Er war kaum mehr als zwanzig Minuten bei mir, dann verschwand er wieder in die Nacht.«

»Mit einem Auto?«

»Zu Fuß, von einem Auto weiß ich nichts.«

»Hatte er die Pistole noch bei sich, als er bei Ihnen war?«

Sie überlegte einen kurzen Moment, dann schüttelte sie den Kopf. »Er hat sich in aller Eile umgezogen, und dann war er auch schon wieder weg. Eine Pistole hätte ich wohl gesehen, aber da war keine.«

»Könnte er sie irgendwo versteckt haben?«

Sie zuckte mit den Schultern. »Weshalb fragen Sie ihn nicht selbst?«

Falk lächelte. »Er sagt, er habe sie weggeworfen.«

»Das kann schon sein. Es dauerte nicht mal eine Stunde, bis bewaffnete Polizisten ins Haus stürmten. Sie warfen mich zu Boden und nahmen mich mit. Sie haben das ganze Haus und auch den Schuppen durchsucht. Eine ganze Nacht und einen Tag schmorte ich in der Zelle. Laufend fragten sie mich, wo sie ihn finden können, doch ich wusste es ja nicht.«

»Haben Sie der Polizei erzählt, dass er in der Nacht nach der Tat kurz bei Ihnen auftauchte?«

»Zu Anfang nicht, aber dann hielt ich es nicht mehr aus, und da sagte ich, was ich wusste. Die Polizisten drohten mir, mich wegen Beihilfe zum Mord einzubuchten, und glauben Sie mir, irgendwie hatte ich mich damals in Artur verliebt, auch wenn er ein paar Jahre älter ist als ich. Aber so groß, dass ich für ihn in das Gefängnis gehe, so groß war die Liebe nicht mehr. Als ich dann ein paar Tage später hörte, dass man Artur verhaftet hat, war ich eigentlich ganz froh, dass der Spuk endlich vorbei war, denn mit Mord will ich nichts zu tun haben. Und jetzt, im Nachhinein betrachtet, muss ich sogar froh sein, dass es so gekommen ist. Artur war ein Versager. Alles, was er anpackte, ging schief und riss uns jeden Tag tiefer in den Abgrund.«

»Haben Sie auch deshalb Ihr Elternhaus in Polen verkauft?«

Sie nickte stumm. »Wenn damals Karol und Marianka nicht gewesen wären, wüsste ich nicht, wie ich die Zeit überstanden hätte.«

»Ihre Nachbarn, die Kaminskis?«

Anna Grec nickte. »Sie haben mir sehr geholfen und mich immerzu ermutigt, und jetzt bin ich hier.«

»Sie arbeiten im Schlosshotel?«

»Ich habe dort als Zimmermädchen angefangen; inzwischen teile ich die Schichten ein. Und Simon hat es inzwischen zum Sous Chef im Restaurant gebracht. Er kocht vorzüglich. Sie müssen einmal seinen geschmorten Rehbraten probieren. Hören Sie, niemand weiß etwas von meiner Vergangenheit. Noch nicht einmal Simon …«

»Und so wird es auch bleiben, darauf können Sie sich verlassen«, versprach Falk. »Als Sie ihr Haus verkauften, haben Sie es zuvor leergeräumt. Ihr Bruder half Ihnen dabei …«

»Pffh … Helfen, das ist wohl zu viel gesagt«, fiel sie ihm ins Wort und verzog spöttisch ihre Mundwinkel. »Er hat nur geschaut, ob es noch etwas zu holen gibt. Das, was er fand und was von Wert war, das hat er einfach eingesteckt, bevor er auf Nimmerwiedersehen verschwand. Sogar den Schmuck von der Oma hat er mitgenommen, obwohl ihn der nichts anging. Ich bin die Alleinerbin, Jozef wurde enterbt.«

»Das müssen Sie mir erklären.«

Sie atmete tief ein. »Jozef war einmal ein ganz lieber Junge, bevor er auf die schiefe Bahn geriet. Er schmiss die Schule und verschwand. Angeblich ging er nach Danzig, um dort in einer Werft zu arbeiten. Aber schon bei seinem ersten Besuch erkannte ich, dass er drauf war.«

»Drauf?«

»Rauschgift und Alkohol, ganz übel. Er hatte sich verändert, es wurde immer schlimmer. Ein paar Monate später tauchte er wieder auf und bettelte um Geld. Seinen Job hatte er hingeschmissen.«

»Wissen Sie, ob er Volkan kannte?«

Sie zuckte mit den Schultern. »Wir haben nicht mehr viel miteinander gesprochen. Als er wieder mal zu Besuch war und meine Mutter um Geld anbettelte, da wurde er sogar handgreiflich, als er nichts bekam. Wir schmissen ihn dann raus. Karol hat uns damals schon geholfen. Danach tauchte er nur hin und wieder auf.«

»Sie wussten, wo er steckte?«

Sie schüttelte den Kopf. »Nein, das nicht, aber als Mutter starb, war er plötzlich zur Beerdigung da. Er stand abseits und wollte nicht ans Grab. Ich stellte ihn zur Rede, und er sagte, es gehe ihm gut, und er würde einen Entzug machen. Er gab mir seine Handynummer, bevor er wieder verschwand. Als ich das Haus räumte, rief ich ihn an, und er meldete sich. Dann stand er plötzlich im Schuppen. Aber geholfen hat er nicht. Er packte alles zusammen, was er brauchen konnte, dann machte er den Abflug. Ich wusste, er war wieder drauf. Das mit dem Entzug war wohl gelogen. Seither habe ich keinen Kontakt mehr und will es auch nicht. Es ist so, wie Onkel Karol sagt, Jozef ist nicht gut für mich. Deshalb weiß auch er nicht, wo ich wohne, und so soll es auch bleiben.«

»Hat er damals erzählt, wo er sich herumtreibt?«

»Ich glaube, er ist immer noch in Danzig, aber wo genau, das weiß ich nicht, und das will ich auch nicht wissen.«

»Die Handynummer haben Sie aber noch, richtig?«

Sie nickte, ehe sie sich erhob und zum Schrank ging. Kurz darauf tauchte sie mit einem Notizzettel auf. »Ich habe inzwischen ein anderes Handy, und Jozef hat meine neue Nummer nicht. So soll es auch bleiben. Aber für alle Fälle habe ich seine Nummer aufgeschrieben. Er ist eben doch mein Bruder.«

Falk zückte sein Handy und fotografierte die Nummer ab. »Vielen Dank, Frau Grec. Ich wünsche Ihnen, dass Ihr Lebensplan aufgeht und Sie glücklich werden. Ich hörte, Sie wollen bald heiraten?«

Anna Grec lächelte und klopfte mit der flachen Hand auf ihren Bauch. »Ja, meine Kinder sollen mit einem leiblichen Vater aufwachsen und seinen Namen tragen.«

Falk erhob sich. Aneta kam angelaufen und präsentierte stolz ihre Puppe, die sie unbeholfen mit Farbe geschminkt hatte. »Deine Puppe geht wohl bald auf Modenschau«, scherzte Falk.

»Glauben Sie, dass Jozef etwas mit den Morden zu tun hat?«, fragte Anna Grec besorgt.

Falk zuckte mit den Schultern. »Bislang gibt es darauf keine Hinweise, aber er könnte natürlich an die Waffe von Artur Wojwoda gekommen sein, wenn der sie damals im Schuppen versteckt hat und die Polizei sie nicht gefunden hat.«

Anna Grec kratzte sich an der Stirn. »Als Jozef aus dem Schuppen kam, hatte er etwas in ein Tuch gewickelt. Ich habe nicht gesehen, was es war, aber er hatte es sehr eilig, es in seinen Rucksack zu stopfen. Ich habe nicht gefragt, und ich habe auch nichts gesagt, als er sich Omas Schmuck in die Taschen schob. Ich wollte keinen Ärger, denn ich weiß es noch gut von Artur, wie jemand austicken kann, wenn ihm der Alkohol und der Stoff das Hirn aufgeweicht hat. Ich war froh, als er wieder verschwand. Aber das könnte durchaus eine Pistole gewesen sein, wenn ich jetzt so darüber nachdenke.«

Falk nickte. »Das könnte schon sein. Auf dem Schwarzmarkt bekommt man dafür sicher zwei- bis dreihundert Euro. Wenn er Geld braucht …«

»Jozef steckt mitten in diesem Sumpf, ich glaube, er macht alles zu Geld, was er finden kann.«

»Haben Sie das auch den polnischen Kollegen erzählt?«

Sie schüttelte den Kopf. »Das Gespräch dauerte kaum mehr als drei Minuten, und nach solchen Dingen haben die gar nicht gefragt.«

Falk bedankte sich noch einmal bei Anna Grec und reichte ihr seine Visitenkarte, bevor er sich von ihr und der kleinen Aneta verabschiedete.

»Ich hoffe, dass Sie den Mörder fassen«, sagte Anna Grec, als Falk die Tür öffnete. »Und ich hoffe, dass mein Bruder nichts damit zu tun hat.«

17

Hotel Anklamer Hof, Steinstraße

Als Falk am frühen Abend von seinem Ausflug nach Polen ins Hotel Anklamer Hof zurückkam, war er müde und hungrig. Draußen dämmerte es bereits. Er ging direkt auf den Fahrstuhl zu, doch bevor er auf den kleinen silbernen Knopf drückte, ertönte eine ihm wohlbekannte Stimme in seinem Rücken.

»Na, wieder wohlbehalten zurück vom Ausflug nach Polen?«

Falk wandte sich um; Pia stand lächelnd vor ihm.

»Was machst du hier?«

»Ich wohne hier …«

»Ich dachte, du wohnst in einem anderen Hotel…«

»Dort hat es mir nicht mehr gefallen, und hier war ein Zimmer frei«, sagte sie schmunzelnd. »Außerdem, wenn der Berg nicht zum Propheten kommt … Du weißt schon.«

»Pia, es ist … Ich stecke mitten in den Ermittlungen.«

»Ich weiß, deshalb hast du vermutlich auch meine Anrufe nicht angenommen, aber jetzt bin ich ja hier.«

»Es ist schwierig.«

»Niemand sagt, dass es leicht ist.«

»Du weißt, wie ich das meine.«

»Weil möglicherweise einer aus euren Reihen korrupt war und mit einer Polenbande zusammenarbeitete?«

»Weil du von der Presse bist, es eine Nachrichtensperre gibt und ich die Ermittlungen leite. Ich komme in Teufels Küche, wenn ich mit dir rede. Allein schon, wenn man uns hier sieht …«

»Du schuldest mir einen Gefallen.«

Falk verzog seine Mundwinkel. »Ich schulde dir gar nichts.«

Pia schüttelte den Kopf. »Hast du denn überhaupt kein Vertrauen zu mir?«

Falk winkte ab. »Das hat nichts mit Vertrauen zu tun.«

»Hat es sehr wohl«, widersprach Pia. »Hast du meine Zeitungsberichte überhaupt gelesen?«

Falk zuckte mit den Schultern.

»Denn im Gegensatz zu meinen Kolleginnen und Kollegen habe ich nicht ein einziges Mal behauptet, dass Helmich ein Teil der Polenbande war und dem Bandenkrieg zum Opfer fiel. Ganz im Gegenteil: Ich versuche neutral an die Sache heranzugehen. Dafür macht mir Albert jeden Tag die Hölle heiß.«

»Ich kann nicht …«

»Morgen bringt der Grenzlandbote einen weiteren Bericht, außerdem macht er ein Feature über Korruptionsfälle innerhalb der Polizei und kramt lauter alte Kamellen aus. Was tut man nicht alles für die Auflage.«

»Pia, ich bin müde, ich will unter die Dusche und dann noch was essen, ich habe keine Zeit …«

»Wir könnten zusammen essen.«

Falk kratzte sich an der Stirn. »Du willst es nicht verstehen, oder?«

»Was ist dabei, ein Gespräch unter alten Leidensgefährten, außerdem ist niemand hier, der uns kennt.«

»Mein Kollege wohnt ebenfalls hier.«

Pia lächelte. »Um den brauchst du dir keine Sorgen zu machen, der wurde vor einer halben Stunde von einer Dame im Abendkleid abgeholt. Ich denke, die werden sich wohl ein wenig außerhalb der Stadt amüsieren, so aufgebrezelt, wie die beiden waren.«

Falk runzelte die Stirn. »Eine Kollegin?«

»Bestimmt, aber keine aus deiner Abteilung, mach dir keine Sorgen.«

»Ich *mach* mir keine Sorgen«, entgegnete Falk. »Ehrlich ist erwachsen.«

»Und du bist es auch!«

Er atmete tief ein. »Also gut, ich gehe duschen, und wir treffen uns in zwanzig Minuten in der Alten Post, aber nicht länger als eine Stunde. Ich muss ins Bett, ich war heute lange unterwegs.«

»Zwanzig Minuten passt«, entgegnete Pia und wandte sich um. »Ich empfehle dir zur Vorfreude schon mal das Reh, es soll überaus gut sein.«

Zwanzig Minuten später saß Falk frisch geduscht und in legerer Kleidung zusammen mit Pia an einem Tisch in einer Nische im hinteren Bereich des gut besuchten Restaurants. Sie hatte bereits einen Weißwein genossen und bestellte sich ein weiteres Glas, als der Kellner die Bestellung aufnahm.

»Hast du schon gegessen?«

Pia nickte. »Schau mal auf die Uhr, es ist bald wieder Zeit für das Frühstück. Außerdem soll man nach acht nichts mehr essen, das schadet der Figur.«

Falk wartete, bis sich der Kellner entfernt hatte, ehe er sich verschwörerisch über den Tisch beugte. »Ich werde dir keine Details aus den Ermittlungen erzählen, nur damit du das schon mal weißt.«

»Welche Ermittlungen?«, scherzte sie.

Mit Smalltalk ging es nur ein paar Minuten weiter. Pia erkundigte sich, wie es Steffi ging, und erzählte Falk, dass ihre Mutter den Zahnarztjob an den Nagel hängen wollte und mit einem alten Pferdegestüt unweit von Wismar liebäugelte, das derzeit zum Verkauf stand. Doch allzu lange dauerte die Abstinenz vom Kriminalfall nicht, denn kaum hatte der Kellner das Bier und den Wein serviert, war Helmich schon wieder Thema.

»Ich habe mit seiner Frau, seiner Schwägerin, etlichen Bekannten und Kollegen von ihm gesprochen«, sagte Pia, nachdem das Pferdegestüt abgehandelt war. »Ich weiß auch, dass er Probleme mit einem Kollegen in Rostock hatte und deswegen nach Stralsund versetzt werden wollte, aber bei allem, was ich bislang erfahren habe, kann ich mir nicht vorstellen, dass Helmich gemeinsame Sache mit einer Verbrecherbande machte.«

»Man sieht den Leuten eben nicht an, was sie denken und wie sie fühlen«, versuchte Falk der Frage auszuweichen.

»Blödsinn«, wehrte Pia Falks untauglichen Versuch ab. »Am Verhalten eines Menschen erkennt man sehr wohl, wozu er neigt, und Helmich ist … Ich meine, er war kein Verbrechertyp, so wie du.«

Falk zog die Augenbrauen hoch. »Verbrechertyp, ich, wie meinst du das?«

»Einer, der keine Regeln kennt oder sich zumindest nicht immer daran hält.«

»So, ich halte mich also an keine Regeln?«, fiel er ihr ins Wort.

Sie zeigte auf ihn. »Du sitzt hier mit mir am Tisch, das beweist es doch.«

Falk atmete tief ein. »Ich kann auch …«

Sie legte ihre Hand auf seinen Arm, als er andeutete, sich erheben zu wollen. »Jetzt spiel nicht den Beleidigten, du bist doch selbst Psychologe oder so was Ähnliches. Du weißt doch, jeder Polizist wäre gerne mal der Verbrecher, und umgekehrt ist es ebenso.«

Falk hob abwehrend die Hand. »Man wird Polizist, weil man sich vielleicht dazu berufen fühlt oder eben nichts anderes kann. Verbrecher wird man, wenn man auf dem Weg des Lebens in die falsche Richtung abbiegt und dann immer weitergeht, ohne es wirklich ändern zu wollen.«

»Oh, der Tiefenpsychologe spricht«, entgegnete sie spöttisch. »Bei Helmich was es anders, der hielt sich an Regeln, vielmehr sogar brauchte er Regeln, und wenn es keine gab, dann stellte er sie auf. Verstehst du, was ich damit meine?«

Falk nickte. Er wusste, worauf sie anspielte. »Trotzdem ist es eine Tatsache, dass er mit derselben Waffe getötet wurde, wie die beiden Ganoven aus Polen. Daran ändert auch deine Einschätzung nichts.«

»Das ist amtlich?«

Falk atmete tief ein. »Wenn ich das morgen in der RNZ lese, dann lasse ich dich verhaften.«

»Das wirst du nicht lesen«, antwortete sie schroff. »Ich bin vielmehr daran interessiert, wie du die Sache einschätzt.«

Der Kellner kam herbei und servierte das Reh mit Rotkohl und Kartoffelkloß. Sie warteten mit der Fortsetzung ihrer Unterhaltung, bis der Kellner wieder verschwunden war.

»Soweit ich erfahren habe, machte Helmich in Stralsund nur noch Innendienst und war vor allem in der Personalplanung aktiv. Wie sollte er da einer Schmugglerbande weiterhelfen können?«

»Er machte auch die Einsatzplanung.«

Pia fuhr sich über das Kinn. »Das heißt, er bestimmte, wo die Boote Streife fuhren?«

»Nein, so ist das nicht«, erklärte Falk. »Streife fahren sie, wo sie wollen. Manchmal gibt es Kontrollpunkte, die abgefahren werden müssen, aber grundsätzlich schippern sie dort, wohin der Kapitän steuern lässt. Manchmal jedoch gibt es vorher abgestimmte Kontrollaktionen, da werden tatsächlich die Kontrollpunkte oder auch die Routen festgelegt. Sogar die Zeiten stehen fest. Meist sind es Schwerpunktaktionen, die sich aus den Fallanalysen ergeben.«

»Wie oft kommt so was vor?«

»Es gibt eine Jahresplanung und eine Monatsplanung. Dahinter stehen oft Vorgaben aus der Direktion oder dem Ministerium.«

»Das findet aber nicht so oft statt, richtig?«

»Sieben, acht, oder auch zehn Mal im Jahr.«

Pia lachte auf. »Das ist nicht dein Ernst«, sagte sie. »Eine Schmugglerbande, die auf der Skandinavien-Route sieben bis zehn Mal Rauschgift, Menschen oder was auch immer schmuggelt, die müssten doch bei uns längst Harz IV beantragen, oder nicht?«

Falk kaute lustlos auf seinem Kloß herum, sein Hunger war irgendwie verflogen. »Ich gebe ja zu, als Skipper auf einem Boot wäre er einer Schmugglerbande weitaus dienlicher, aber ich habe nicht mehr, und ich kann vor der Tatsache, dass die Mordwaffe in beiden Fällen übereinstimmt, nicht die Augen verschließen.«

Pia schmunzelte. »Als Allrounder, oder nennt man das freier Spieler, bist du einfach besser, als wenn du die Kapitänsmütze trägst.«

»Ich habe es mir nicht ausgesucht.«

»Die Opferrolle steht dir nicht«, entgegnete sie. »Denk einfach richtig nach.«

Falk runzelte die Stirn. »Wie meinst du das?«

»Skipper war er in Rostock, da hatte er mit diesem Teil der See doch gar nichts am Hut.«

Falk legte die Gabel aus der Hand. Der Teller war noch nicht einmal zur Hälfte geleert.

»Was ist, keinen Hunger mehr?«

Falk schob den Teller beiseite. »Deine Fragerei schlägt mir ganz schön auf den Magen.«

»Oder ist es der Ärger über die eigene Unzulänglichkeit?«

Der Kellner näherte sich erneut und fragte, ob alles in Ordnung sei. Falk bestellte ein weiteres Bier.

»Was sagen eigentlich die Polen?«, fragte Pia, nachdem der Kellner wieder gegangen war.

»Was sollen die sagen?«, entgegnete Falk mit einem Achselzucken. »Die sind überzeugt, dass sie auf der richtigen Fährte sind.«

»Der Bandenkrieg also.«

»Ja, genau, der Bandenkrieg. Volkan und sein Clan kontrollieren die Häfen und die Küste, und eine Gruppe Bulgaren mit Stützpunkt in Łódź streckt ihre Fühler danach aus. Für Helmich interessieren sie sich nicht, das ist für sie ein Nebenstrang, um den sie sich nicht kümmern müssen. Den habe alleine ich an der Backe.«

»Gibt es da schon konkrete Hinweise?«

»Was soll ich sagen? Sie sind von ihrer Arbeit überzeugt und lassen sich nur ungern in die Karten schauen.«

»Konkret, fragte ich.«

»Sehr konkret würde ich sagen«, berichtete Falk. »Es begann damit, dass vor Monaten ein paar Bulgaren im Hafen krankenhausreif geprügelt wurden …«

»… von Volkans Männern?«

»Sie gaben an, dass es Seeleute waren.«

»Okay, und dann die beiden Toten.«

Falk nickte. »Hat sich aufgeschaukelt. Und jetzt haben die Bulgaren einen Killer geschickt.«

»Das glauben sie?«

»Ja, davon ist Milik und auch der polnische Staatsanwalt überzeugt. Sie haben den Mann bereits identifiziert und zur Fahndung ausgeschrieben.«

Pia betrachtete Falk eine ganze Weile, ehe sie den Kopf schüttelte. »Aber du bist davon nicht überzeugt, das sehe ich dir an.«

Falk lächelte. »Das sieht man mir an?«

»Ich kenne dich jetzt schon eine ganze Weile, und ich sehe, dass du mit der Sache haderst, also raus mit der Sprache, was stört dich daran?«

Falk beugte sich vor. »Alles, was wir hier reden, bleibt unter uns!«

»Ehrenwort!«

Falk räusperte sich. »Also gut, auch ich sehe diese Verbindung zwischen Helmich und der Polenbande irgendwie nicht. Weder hier noch in Rostock wäre er Volkan tatsächlich von Nutzen gewesen. Außerdem glaube ich zu wissen, woher die Waffe stammt, und das passt eben auch nicht wirklich ins Bild.«

»Das musst du mir erklären.«

»Mit der Waffe wurde vor sieben Jahren ein Raubmord in Polen verübt«, erklärte Falk. »Dem Täter gelang damals die Flucht, und er versteckte die Pistole wohl bei seiner Freundin im Schuppen. Der Bruder der Freundin, ein Junkie, hat sie möglicherweise vor Kurzem im Schuppen gefunden, an sich genommen und weiterverkauft. Schließlich braucht ein Junkie immer Geld.«

»Der Raubmörder sitzt?«

»Der hat noch mehrere Jahre vor sich.«

»Und was stört dich daran?«

»Ein Killer, ein Profikiller, wie Milik meint, würde wohl kaum irgendeine heiße Waffe an sich nehmen«, mutmaßte Falk. »Der ist meist selbst gut ausgestattet und verlässt sich lieber auf das, was er kennt.«

Pia nickte verständig. »Also war es vielleicht doch nur Zufall.«

»Zufall?«

»Helmichs Tod. Vielleicht war er eben nur zur falschen Zeit am falschen Ort.«

»Anfangs, als ich den Tatortbefund noch nicht kannte, dachte ich das auch. Vielleicht hat er einfach nur etwas gesehen, was er nicht sehen durfte, oder jemanden erkannt, den er besser nicht erkannt hätte. Aber nachdem ich die Bilder vom Tatort und der Leiche sah, war mir sofort klar, dass dies ein kaltblütiger und gewollter Mord war. Außerdem tragen die Morde an Helmich und an den beiden Polen dieselbe Handschrift. Irgendwo muss es eine Verbindung geben, nur wo die zu finden ist, da habe ich bislang keinen Schimmer.«

»Dann gib dir Mühe«, entgegnete Pia. »Du musst diesen Schnittpunkt finden, und er hat vielleicht überhaupt nichts mit Rauschgift und einem Bandenkrieg zu tun.«

Falk zog den Teller wieder zu sich heran und aß weiter. Der Kellner brachte das bestellte Bier und fragte Pia, die inzwischen ihr Weinglas geleert hatte, ob sie auch noch etwas trinken wolle. Sie lehnte dankend ab.

»Dein Appetit ist wohl zurückgekehrt«, scherzte sie an Falk gewandt.

»Ich muss zugeben, diese Unterhaltung tat gut.«

»Hast du dich denn mit deinen Kollegen im Büro noch nicht darüber unterhalten?«

»Wann denn?«, entgegnete Falk. »Die beiden Damen sind ja nie da, und Ehrlich ist … Wie soll ich sagen, er ist eher verhalten und still.«

»Vielleicht liegt es auch daran, dass du ihr großer Vorturner bist. Sie schauen zu dir auf und beobachten, in welche Richtung du gehst, und dann trotten sie einfach hinterher. So ist das vielleicht in einer Hierarchie.«

»So sollte es aber nicht sein.«

Pia streckte sich und gähnte. »Aber so ist es nun mal, ändere was dran. Du bist der Chef. Und jetzt iss, damit du ins Bett kommst. Ich gehe schon mal vor. Ich habe morgen früh einen Termin in Stralsund.«

»Und ich bleib jetzt hier alleine?«

»Genau so, wie der Herr es von Anfang an wollte«, antwortete Pia mit einem Lächeln. »Ich gehe davon aus, ich war eingeladen?«

Falk winkte ab. »Mach dir keinen Kopf.«

18

Kriminalkommissariat Anklam, Friedländer Straße

Falk war nach dem Gespräch mit Pia auf sein Zimmer gegangen, hatte sich ausgezogen, ins Bett gelegt und war sofort eingeschlafen. So entspannt hatte er sich die ganzen letzten Tage über nicht gefühlt. Die Unterhaltung hatte ihm tatsächlich gutgetan. Beim Frühstück hielt er nach Ehrlich Ausschau, doch leider vergebens. Beschwingt betrat er die Dienststelle, nachdem er über den Pulverturm durch den Stadtpark gelaufen war. Seinen Wagen hatte er am Hotel stehen lassen, die Sonne schien, und irgendwie fühlte er sich ein klein wenig freier, als er sich die letzten Tage gefühlt hatte.

Als er im zweiten Stock im Konferenzraum ankam, saß Greta Claasen vor der Pinnwand auf dem Tisch und hatte ihre Füße auf einem Stuhl abgestellt. Die Schuhe hatte sie ausgezogen. Frieder Ehrlich saß ihr gegenüber und aß eine Banane, während Oberkommissar Kachel in Dienstplänen blätterte, die sie am gestrigen Tag auf Helmichs Dienststelle beschlagnahmt hatten. Andrea Seitzinger fehlte, sie kam wohl erst am Mittag.

»Guten Morgen, alle zusammen!«, begrüßte Falk lautstark die kleine Gruppe. »Wie ich sehe, wird hier schon gearbeitet. Ich bin doch wohl nicht zu spät, oder?«

Ehrlich warf einen Blick auf seine Armbanduhr. »Noch drei Minuten bis acht«, sagte er schmatzend.

»Ich habe Sie heute beim Frühstück vermisst.«

»Hatte keinen Hunger.«

»Gut, eine Banane tut es ja auch. Dann schauen wir mal, wo wir stehen. Und eines noch, wenn wir schon als Team zusammenarbeiten, dann sollten wir Du zueinander sagen, hat jemand was dagegen?«

Niemand rührte sich. »Okay, ich bin Vito.«

»Jürgen«, entgegnete Oberkommissar Kachel und nahm die nächste Liste zur Hand.

»Ich heiße Frieder«, meldete sich Ehrlich zu Wort, ehe er sich erhob und seine Bananenschale entsorgte.

»Und ich bin Greta, aber so weit waren wir ja schon.«

Carlo Meinhardt kam durch die Tür. »Hab ich etwas verpasst?«, fragte er außer Atem.

»Wir sind gerade beim Du, aber wir beide sind ja eh schon so weit.«

Carlo nickte und suchte sich einen freien Stuhl. Seine Aktentasche legte er vor sich auf den Tisch. »Jetzt bin ich aber mal gespannt, was die Polen so alles wissen.«

Falk nickte. »Kommen wir zuerst zu dem, was die Durchsuchungen und die Befragungen ergeben haben.«

Kachel legte den Plan zu Seite. »Also, wenn ich es mal vorsichtig ausdrücken darf, dann war das ein Schlag ins Wasser.«

»Das heißt?«

»Kontrollpläne, Dienstpläne, Meier tauscht den Spätdienst mit Müller, die *Uckermark* muss zur Überholung in die Werft, und das Schiff der Küstenwache, die *Arkona*, übernimmt Schleppmissionen in der Kopenhagen-Rinne, alles Top-Secret, aber nichts, was eine Verbindung nach Polen vermuten lässt. Einfach nur banaler Schrott. Ich frage mich manchmal schon, womit sich unser Stab so alles beschäftigt.«

»Wie sah es bei Helmich zu Hause aus?«

»Dort sind wir tatsächlich auf ein Sparbuch gestoßen, auf dem exakt 28.233,21 Euro angehäuft waren«, berichtete Carlo. »Das Sparbuch gibt es seit drei Jahren. Mal zahlte er dreihundert, mal fünfhundert und zwei Mal sogar untere vierstellige Beträge ein.«

»Das klingt doch interessant.«

»Fanden wir auch, bis wir über die Ehefrau in Erfahrung brachten, dass Roger Helmich den Flugschein machen wollte. Er hatte sich sogar schon bei der Flugschule angemeldet und seinen Tauglichkeitstest bestanden.«

»Also können wir das vergessen.«

Carlo nickte stumm.

»Vergessen können wir auch die Beziehungstat«, meldete sich Greta zu Wort. »Wir haben mit Bekka gesprochen. Ich würde sagen, Roger Helmich rangiert irgendwo zwischen einem barmherzigen Samariter und einem Kreuzritter, auf alle Fälle war er eine Seele von Mensch.«

»Er konnte nicht mehr mit ansehen, wie sein damaliger bester Freund und Kollege seine Ehefrau mit einer jungen Kollegin betrügt, und hat es ihr gesteckt«, fügte Ehrlich hinzu. »Der Exfreund hatte zur Tatzeit übrigens in Rostock Frühdienst und war dort auch anwesend. Er lebt mit seiner neuen Flamme zusammen. Die gehörnte Ehefrau hat sich irgendwann in ihren Retter verliebt. Aber der ist treu wie Gold und wollte von einem Seitensprung nichts wissen.«

»Deswegen die Versetzung nach Stralsund«, beendete Greta das Kapitel.

Falk nickte. »Das heißt, wir stehen mit leeren Händen da.«

»Bezogen auf die Ermittlungen hier bei uns kann ich dem so zustimmen, aber was ist mit Polen?«, fragte Carlo.

Falk ging zum Drucker in der Ecke und gab dort den Druckbefehl ein. Das Gerät setzt sich surrend in Bewegung, und kurz darauf spuckte es ein Hochglanzfoto aus, das er an sich nahm und dort an die Pinnwand heftete.

»Das hier ist Daniel Stepaniak«, erklärte er. »Er ist fünfunddreißig und stammt aus Narewka an der Grenze zu Weißrussland. Er soll Söldner gewesen sein und kämpfte offenbar auch schon für diese Wagner-Gruppe. Es gibt sogar einen internationalen Haftbefehl gegen ihn wegen Mordes, ausgestellt von den moldawischen Behörden.«

»Einer aus Putins Privatarmee«, sagte Carlo.

»Er sieht aber nicht aus wie ein Pole, eher wie ein Araber«, sinnierte Ehrlich, als er das Bild betrachtete.

»Er hat einen auffallend dunklen Teint und trägt gerne Vollbart, das stimmt«, pflichtete Falk ihm bei. »Seine Vorfahren sollen

Tataren gewesen sein, und er gehört angeblich der Russka Roma an. Er ist gefährlich und offenbar ein Profikiller, der Aufträge für Geld erledigt. Dazu aber später mehr.«

»Ich verstehe das nicht, wie kommen die Polen da drauf?«, fragte Kachel.

Falk ließ sich auf einem Stuhl nieder und erklärte den Anwesenden detailliert, was er in Polen erfahren hatte. Im Raum war es ruhig, jeder hörte gespannt zu. Als Falk damit endete, dass Volkan inzwischen abgetaucht war und die Polen nun durch Razzien und Kontrollaktionen Druck auf die beiden verfeindeten Banden ausübten, räusperte sich Carlo Meinhardt. »Dann ist unser Fall ja geklärt, oder?«

Falk winkte ab. »So würde ich es nicht sagen«, widersprach er. »Inzwischen weiß ich ziemlich sicher, woher die Waffe stammt.«

Er erklärte den Kolleginnen und Kollegen, was er bei Anna Grec in Erfahrung gebracht hatte und welche Bedenken er bezüglich der Tatwaffe in Verbindung mit einem Profikiller hatte.

»Na ja, vielleicht ist dieser Stepaniak vorsichtshalber ohne Waffe nach Polen eingereist. Vielleicht kam er mit dem Flugzeug, und da ist es ja inzwischen nicht mehr ganz so leicht, eine Waffe an Bord zu schmuggeln.«

»Carlo hat recht«, pflichtete Jürgen Kachel dem Spurensicherungsbeamten bei. »Das ist zumindest denkbar.«

»Eine schmutzige Waffe, die zuvor bei einem Raubüberfall benutzt wurde?«, gab Falk zu bedenken, doch keiner der Anwesenden störte sich daran.

»Sei es, wie es will«, wandte Greta Claasen ein. »Wir haben bis jetzt keine Verbindung zwischen Helmich und der Polenbande, außer der Pistole, und das macht mich stutzig.«

»Zuletzt hat Helmich keine Sachbearbeitung mehr gemacht«, fügte Kachel hinzu und wies auf den Karton, der neben ihm stand und mit Akten angehäuft war. »Das war reine Stabsarbeit, und früher in Rostock war er Skipper, da hielt er sich ebenfalls größtenteils aus der Sachbearbeitung heraus. Ein paar betrunkene Bootsführer, der ein oder andere Verstoß gegen Umweltauflagen, mehr ist auch aus den Akten nicht ersichtlich. Ein paar illegale Grenzübertritte bei Schiffskontrollen kommen noch dazu, aber das war es auch schon.«

»Wir sind zumindest auf nicht viel mehr gestoßen«, pflichtete Greta ihrem Kollegen bei. »Nach großen aufgedeckten Schmugglerdeals sucht man in seiner Vita vergebens.«

»Und Zufall war dieser Mord nicht, das zeigt die Kaltblütigkeit, mit der er ausgeführt wurde«, meldete sich am Ende Carlo noch einmal zu Wort.

»Das sehe ich ebenso«, antwortete Vito. »Also haben wir einfach noch nicht gefunden, was wir suchen.«

»Und was suchen wir?«, fragte Greta überrascht.

Falk lächelte. »Ich glaube, das wissen wir erst, wenn wir es gefunden haben.«

Die Anwesenden schauten sich fragend an. Falk war nur wenig überrascht. Dieser Fall war ein einziges Rätsel, und Rätsel konnte man nur lösen, wenn man die richtigen Fragen stellte und die richtigen Puzzleteile zusammenfügte. Es lag noch viel Arbeit vor ihnen.

»Wie geht es jetzt weiter?«, fragte Ehrlich.

Falk trat vor den Flipchart und zeichnete mit dem Stift eine Linie darauf. An das vordere Ende schrieb er die Zahl 2018 und ans hintere Ende den 14. Oktober, Helmichs Todestag. Dann zeigte er auf die Linie.

»Das ist Helmichs Leben in den letzten Jahren, von 2018 bis heute. Wir müssen jeden Tag mit Leben anfüllen, damit diese Linie nicht leer bleibt. Dienstlich und privat, dann haben wir vielleicht Erfolg.«

Ein Seufzen war aus der Gruppe zu hören. »Das kann dauern«, sagte Greta.

»Ja, das stimmt, also fangen wir gleich an«, entgegnete Vito Falk.

Ozeaneum, Hafenstraße in Stralsund

Er hieß Olaf Jessen und war schon seit der frühesten Kindheit mit Roger Helmich befreundet gewesen. Zusammen hatten sie in Rostock im Sandkasten gespielt und anschließend die Schulbank gedrückt. Als Roger dann zur Bundespolizei ging und Jessen in Kiel studierte, verloren sie sich aus den Augen. Vor vier Jahren hatten sie sich wiedergetroffen, als Roger Helmich mit seiner Frau das Ozeaneum in Stralsund besuchte, in dem Olaf Jessen als wissenschaftlicher Berater und Biologe arbeitete.

Die Freundschaft lebte wieder auf, und mehr als einmal waren sie zusammen auf ein Bier in die Kneipe gegangen.

»Wissen Sie, eine Freundschaft lebt auch, wenn man sich nicht jeden Tag sieht. Aber ehrlich gesagt, in den letzten Wochen machte er sich ziemlich rar.«

Pia hatte ihren Notizblock gezückt und den Bleistift in die Hand genommen. Diese Unterhaltung war nur zustande gekommen, weil Eva Hollenbeck, Ulla Helmichs Schwägerin, zuvor mit Olaf Jessen telefoniert und das kleine Interview absegnet hatte.

»Und wissen Sie, weshalb er in den letzten Wochen keine Zeit mehr für ein Treffen hatte?«

Olaf Jessen nickte. »Klar weiß ich das, er hat es mir gesagt. Er wollte den Flugschein machen und hatte sich schon bei einer Flugschule angemeldet.«

»Den Flugschein, wozu?«

»Raus auf die See und hoch in die Luft«, entgegnete Jessen. »So war er eben. Wie ein Delfin im Wasser oder eine Möwe im Schwebeflug. Davon träumte er schon, als wir noch Kinder waren.«

»So ein Flugschein kostet aber eine Menge Zeit und Geld.«

Jessen runzelte die Stirn. »Was wollen Sie damit sagen?«

»Nichts, ich dachte bloß …«

»Wenn das hier genauso endet wie in den Artikeln dieser Schmierfinken, dann sind wir hier am Ende. Roger hatte nichts mit den Gangstern aus Polen zu schaffen, und wer das behauptet, der lügt.«

Pia hob abwehrend die Hand. »Schon gut, ich wollte nichts dergleichen andeuten.«

»Dann ist es ja gut, denn Geld hatte Roger genug, an was es mangelte, war die Zeit.«

»Ich verstehe.«

»Es ist ja so, dass er schon ausreichende Englischkenntnisse hatte, und auch Funken war kein Problem bei ihm. Dennoch ist der Lehrgang sehr aufwändig.«

»Das glaube ich Ihnen, Herr Jessen. Ich frage mich, wie war Roger als Mensch. Was waren seine Stärken und was seine Schwächen, verstehen Sie?«

Jessen schaute an die Decke. »Stärken waren seine Geduld und seine Ehrlichkeit, an Schwächen fällt mir nur ein, dass er manchmal nicht so richtig aus sich herauskonnte, wissen Sie?«

Pia sah ihn fragend an.

»Freude, als Beispiel«, fuhr Jessen fort. »Selbst wenn man ihm eine Freude machte, und ich wusste ja, was ihm gefiel, selbst dann konnte er nicht so richtig … Wie soll ich sagen, manchmal wirkte er wie ein Auto, das mit angezogener Handbremse fährt. Ich will ihm aber nicht unterstellen, dass es ihm egal war oder die Sache als selbstverständlich hinnahm, nein, ich glaube, in solchen Dingen war er sehr in sich gekehrt. In anderen Dingen, wenn es zum Beispiel um die Seefahrt ging, da sprudelte es nur so aus ihm heraus.«

Pia machte sich Notizen, ehe sie wieder aufsah. »Ich muss trotzdem noch einmal das Augenmerk auf Polen richten, schließlich gibt es Anhaltspunkte dafür, dass die Morde in Polen und der Mord an Roger Helmich irgendwie zusammenhängen. Gab es denn irgendwelche Verbindungen nach Polen? Einen Bekannten oder eine Bekannte, wer weiß, es kann ja sein, dass …«

Olaf Jessen schüttelte den Kopf. »Glauben Sie mir, ich habe mir schon mehrfach den Kopf darüber zerbrochen. Wir waren sehr gute Freunde, und ich könnte dieses Schwein, verzeihen Sie mir bitte die Ausdrucksweise, erwürgen, für das, was er getan hat, aber Roger hat nie über Polen gesprochen. Ich wüsste wirklich nicht, dass er Verbindungen dorthin hatte. Ich kann mir Rogers Tod nur so erklären, dass er wohl zufällig auf jemanden gestoßen ist, den er dienstlich kannte oder der noch eine Rechnung mit ihm offen hatte.«

Mit eigenen Händen erwürgen, dass würde Pia Olaf Jessen zutrauen, denn der Mann war beinahe zwei Meter groß, kräftig und wog geschätzt an die hundertfünfzig Kilo. Dennoch war er alles andere als fett.

»Es könnte ja auch ein Bekannter von ihm gewesen sein, der eine Beziehung nach Polen unterhielt, durch die Roger in die Sache hineingezogen wurde. Er hatte ja auch ein kleines Helfersyndrom, und nicht immer ist er mit seinen guten Taten hausieren gegangen.«

Olaf Jessen nickte. »Möglich, aber davon weiß ich nichts. Von damals, von seinem Kollegen hat er mir erzählt, das ging ihm ordentlich gegen den Strich.«

»Olaf, kommst du mal, du wirst gebraucht, mit Eurika stimmt etwas nicht«, schallte es durch den Raum.

»Verdammt, sie hat gestern schon nicht richtig gefuttert«, fluchte er.

»Eurika?«

»Unsere älteste Delfindame, leider glaube ich, dass es da zu Ende geht. Tut mir leid.«

»Danke, dass Sie mit mir gesprochen haben«, entgegnete Pia und blieb noch sitzen, während Olaf Jessen schnellen Schrittes davoneilte.

19

Bundespolizeiinspektion See, Warnemünde

Unmittelbar nach der Besprechung war Falk an seinen Schreibtisch gegangen und hatte Milik angerufen. Er musste ein wenig warten, bis sich der polnische Kollege meldete.

»Hallo, Milik, Falk hier, wie laufen die Ermittlungen?«

»Wir kommen Stück für Stück voran«, erklärte der polnische Kollege. »Es dauert noch ein wenig, bis wir Lupin weichgekocht haben, aber es geht vorwärts. Übrigens wissen wir inzwischen, dass Stepaniak am vergangenen Donnerstag unter falschem Namen eine Maschine der Air Moldova mit Ziel Chişinău bestieg und ausreiste. Er dürfte sich wohl nach Belarus oder nach Russland abgesetzt haben, und da haben wir leider keinen Zugriff. Wir haben ein Video von ihm beim Einchecken in die Maschine, er ist es, zweifelsfrei.«

»Hat Lupin etwas in Bezug auf den Tod von Helmich geäußert?«

»Ich sagte doch, wir brauchen noch ein wenig«, erklärte Milik. »Bislang haben wir ihn wegen Geldwäsche und Drogenbesitz dran, aber ich denke, wenn wir weitergraben, dann kommt noch mehr zum Vorschein.«

»Und Volkan?«

»Der ist noch immer verschwunden. Es gibt Gerüchte, er wäre irgendwo in der Tatra, dort hätte er ein Wochenendhaus, aber die Ermittlungen laufen noch.«

»Gut, und dann müsst ihr versuchen, Jozef Grec ausfindig zu machen«, kam Falk zu seinem eigentlichen Anliegen. »Vermutlich stammt die Waffe von ihm. Er muss sie gefunden haben, als Anna Grec den Schuppen räumte.«

»Schuppen, was meinen Sie damit?«

»Eure Kollegen waren bei der Befragung offenbar nicht besonders gründlich«, erläuterte Falk. »Ich habe mit ihr gesprochen. Sie lebt inzwischen in Deutschland, ist Mutter geworden und hat das Anwesen bei Swinemünde verkauft. Bei der Räumung ist ihr Bruder aufgetaucht und hat ihr ein wenig geholfen. Dabei hat er vermutlich die Waffe gefunden. Zumindest hat er etwas in seinen Rucksack gesteckt, das in einen Lappen eingewickelt war und der Größe und der Form nach eine Waffe gewesen sein könnte.«

»Wieso weiß ich davon nichts?«, fluchte Milik.

»Ich sagte doch, die Kollegen waren wohl nicht sonderlich motiviert«, entgegnete Falk. »Sie haben gerade mal ein paar Minuten mit ihr telefoniert, und das war es auch schon.«

»Wo treibt sich Grec herum?«

»Er ist ein Junkie und ordentlich drauf, und er soll sich in Danzig am Hafen aufhalten. Wo genau, weiß Anna nicht, aber ich habe seine Handynummer. Damit dürfte es wohl nicht schwerfallen, ihn ausfindig zu machen.«

Falk nannte die Nummer, und Milik schrieb sie auf. »Ich hole mir sofort die Genehmigung zur Ortung. Bei drei Toten dürfte das kein Problem sein.«

»Ich hoffe, du gibst mir Bescheid, wenn ihr ihn habt.«

»Sicher doch, sicher«, bestätigte Milik.

Sie beendeten das Gespräch, doch Falk würde sich nicht auf einen Rückruf verlassen, er würde morgen erneut anrufen. Eine offene Zusammenarbeit stellte er sich anders vor, aber daran ließ sich nun mal momentan nichts ändern.

Zusammen mit Greta stieg er in den Dienstwagen des Kommissariats; gemeinsam fuhren sie nach Warnemünde. Sie hatten sich in der Besprechung die Aufgaben eingeteilt. Carlo und Oberkommissar Kachel kümmerten sich um den Freundeskreis, Ehrlich und Andrea Seitzinger nahmen sich die Familie vor, und Falk würde sich zusammen mit Greta Claasen den dienstlichen Belangen widmen. Irgendwo hofften sie, auf einen Ansatzpunkt zu stoßen, der entweder eine Beziehung nach Polen offenbarte oder ein Motiv für eine Tat bot, die in Beziehung zu allen drei Mordopfern stand.

Falk wusste, dass dieses Vorgehen der Suche nach der Nadel im Heuhaufen gleichkam, aber was blieb ihnen anderes übrig? Man erwartete schnelle Ergebnisse; der Polizeichef hatte inzwischen auch schon mehrfach angerufen und sich nach dem Stand der Dinge erkundigt.

In Warnemünde wurden sie von Polizeidirektor Trabert erwartet, Helmichs früherem Dienststellenleiter, bevor er sich nach Stralsund beworben hatte. Da sich die Dienststelle im Areal des Marinestützpunkts befand, mussten sie erst einmal die Eingangskontrolle hinter sich bringen, bevor sie ihren Wagen auf dem Parkplatz neben dem Dienstgebäude abstellen konnten. Trabert erwartete seine Besucher bereits in seinem Büro, das einen herrlichen Ausblick auf den Schiffsanleger bot.

»Nehmen Sie Platz«, forderte Trabert die beiden auf, nachdem er sie begrüßt hatte. Ganz im Gegensatz zu Wigge, dem Chef in Stralsund, dem man den Seebären förmlich ansah, war Trabert schmal, klein und schmächtig, dafür aber wohl auch ein paar Jahre jünger. Er schob seine Brille auf der Nase zurecht und seufzte, als er sich auf seinem Sessel niederließ.

»Das ist eine sehr grausame Sache, und eines kann ich schon vorneweg sagen«, erklärte er. »Die mutmaßliche Verbindung zu einer Bande in Polen halte ich für vollkommenen Nonsens. Das passt nicht zu Roger. Der war immer voll dabei. Ein Vollblutpolizist, möchte ich sogar behaupten. Stets freundlich, kompetent und immer bei der Sache, das können sie mir glauben.«

»Dennoch gibt es tatsächlich eine Verbindung nach Polen«, erklärte Falk. »Die Mordwaffe bei den Morden in Polen und bei Helmich ist identisch. Haben Sie dafür eine Erklärung?«

Trabert räusperte sich. »Also, das ist mir ein Rätsel. Ich habe schon mit Franzen gesprochen, das war sein Erster an Bord, und die beiden waren dicke Freunde, aber auch ihm ist nichts aufgefallen. Außerdem sind Bornholm und das Schärengebiet überhaupt nicht mehr unser Bereich; ich wüsste also nicht, wie er hier bei uns einer polnischen Schmugglerbande von Nutzen gewesen wäre.«

»Ich gehe davon aus, Sie kennen die einschlägigen Routen?«

»Das tun wir, aber glauben Sie mir, die Leute sind erfinderisch, und für ein dichtes Kontrollnetz sind wir einfach zu wenige. Was glauben Sie, was heute nicht alles über die See befördert wird! Ob nach Schweden, nach Übersee oder ins Baltikum. Unzählige Frachter, Trawler, Personenschiffe und Tanker sind da unterwegs. Ab und zu machen wir gemeinsame Sache mit dem Zoll, dann nehmen wir ein verdächtiges Schiff genau unter die Lupe. Aber dazu braucht man Zeit, Manpower und Hunde, die was taugen. Es ist nicht leicht, auf einem Tanker, auf dem es überall nach Öl riecht, ein gutes Versteck zu entdecken.«

»Gab es denn während Helmichs Dienstzeit einmal Probleme?«, mischte sich Greta ein. »Er kam zu spät oder hatte Ärger mit Kollegen oder war nicht richtig bei der Sache?«

Trabert überlegte, schließlich schüttelte er den Kopf. »Davon weiß ich nichts. Aber eines kann ich Ihnen sagen: Schauen Sie nach draußen, da liegt gerade die *Eschwege* vor Anker. Von hier aus sieht das Boot groß und geräumig aus, aber wenn sie da drauf sind, mit der gesamten Besatzung, also fünfzehn Mann, da steht man sich schnell auf den Füßen. Eine Crew ist eine homogene Einheit, da müssen alle funktionieren. Wir sind auch bei Wind und Wetter draußen, auch wenn andere längst eingelaufen sind. Das schweißt zusammen. Wenn da einer querkommt, dann geht es schief. Da draußen ist man aufeinander angewiesen. Auf Leben und Tod. Die See macht keinen Unterschied zwischen arm und reich, alt und jung, gut und böse, verstehen Sie?«

Um seine Ansprache noch zu verdeutlichen, wies er auf ein Bild, das einen Seenotkreuzer in schwerer See auf einem hohen Wellenkamm zeigte.

»Es ist nämlich so«, fuhr er fort. »Wir hatten vor ein paar Jahren einen Bootsmann, der hatte private Probleme, deswegen schaute er ein wenig zu tief ins Glas. Heimlich natürlich, damit es niemand merkte. Es dauerte keine drei Stunden, bis der Skipper ihn zur Rede stellte. Wir haben ihm geholfen, und heute ist er »Erster« auf einem unserer Boote. Und ich kann sagen, man kann sich absolut auf ihn verlassen. So ist das nämlich da draußen. Da gibt es keine Masken, hinter denen man sich verstecken kann.«

»Ich verstehe«, entgegnete Falk. »Sie meinen, wenn Helmich damals Probleme gehabt hätte, eine außereheliche Beziehung zum Beispiel, die ihn erpressbar gemacht hätte, dann wäre es den Kollegen aufgefallen, dass etwas nicht stimmt.«

Trabert nickte. »Genau das meine ich«, bestätigte er. »Außerdem gab es so etwas bei ihm nicht, da bin ich sicher. Er und seine Frau waren ein Herz und eine Seele, und um Geld kann es auch nicht gegangen sein. Sie wissen sicher, dass seine Frau eine erfolgreiche Geschäftsführerin in der Modebranche ist.«

»Ja, das wissen wir. Dennoch müssen wir mit seiner alten Crew sprechen, so schnell es geht und am liebsten hier auf der Dienstelle, wenn es möglich wäre.«

Trabert nickte. »Kein Problem, das lässt sich einrichten. Zumindest bei denen, die noch hier sind.«

Er blickte an die Decke und überlegte eine Weile, schließlich kratzte er sich am Kinn. »Schubert und Brandt aus seiner alten Crew sind inzwischen versetzt worden, und Kramer ist schon seit Wochen krank, aber der Rest der Crew ist hier. Ich kann das für morgen arrangieren.«

»Das wäre nett«, entgegnete Greta.

»Gab es denn in seiner Zeit größere Einsätze gegen Drogenbanden?«, fragte Falk.

»Einsätze gab es sicher, aber größere Ereignisse sind mir nicht in Erinnerung. Ich könnte höchstens mein Geschäftszimmer darauf ansetzen. Wissen Sie, oft beschränken sich die Streifen auf Kontrollfahrten und Rettungsmissionen. Teile unserer Flotte übernehmen auch den Küstenschutz sowie die Fischereiaufsicht. Aber dank unserer EDV dürfte es kein Problem sein, Rogers Einsätze der letzten Jahre nachzuverfolgen.«

»Sagen wir, die letzten fünf Jahre oder wenn der Einsatz spektakulär war oder zu einer längeren Gefängnisstrafe führte. All das wäre interessant für uns.«

»Sie meinen, es könnte ein Racheakt gewesen sein?«

Falk atmete tief ein. »Zum jetzigen Zeitpunkt möchte ich nichts ausschließen. Die einzig konkrete Spur, die wir haben, das ist die Mordwaffe. Alles andere ist derzeit noch reine Spekulation.«

»Dann sind Sie noch nicht sehr weit mit Ihren Ermittlungen, Herr Falk.«

»Ehrlich gesagt, nein.«

»Gut, dann werde ich sehen, was ich für Sie tun kann. Allerdings wird das kaum bis morgen gelingen, ein klein wenig mehr Zeit brauchen wir schon.«

»Keine Frage.«

»Und wann wollen Sie morgen mit der Befragung beginnen?«

Falk warf Greta einen fragenden Blick zu.

»Um zehn, würde ich sagen«, antwortete sie schnell.

»Zehn Uhr, alles klar«, antwortete der Dienststellenleiter. »Sie können dann unser Vernehmungszimmer benutzen. Ich gehe davon aus, dass dienstliche Geheimnisse nicht in den Akten auftauchen.«

Falk lächelte. »Darauf gebe ich Ihnen mein Wort.«

Trabert erhob sich und reichte Falk die Hand. »Ihr Wort genügt mir«, sagte er, ehe er sich verabschiedete.

20

Warnemünde, Yachthafen bei Da Mario

Fragen, Fragen, Fragen, nichts als Fragen. Polizeiarbeit war manchmal mühselig und langatmig. Früh waren sie an diesem Tag nach Warnemünde aufgebrochen, um mit Helmichs ehemaliger Crew – zumindest denjenigen, die verfügbar waren – Gespräche zu führen.

Helmich war ein ausgezeichneter Skipper gewesen, ein Pfundskerl, fair zu jedem auf seinem Boot und der Vater der Crew. Zudem stand ihm auch manchmal der Schalk im Nacken, wenn man einem Neuen die erste Seetaufe zuteil werden ließ, indem man ihn im Laufschritt an den Bug schickte und dann plötzlich die Maschine drosselte, sodass er ins kalte Nass plumpste.

Keiner der Befragten fand auch nur ein böses Wort oder hatte sich jemals ungerecht behandelt gefühlt. Und die Einsätze liefen meist geordnet und koordiniert ab, selten gab es Schwierigkeiten. Nur bei Rettungsaktionen, wenn man besonders unter Stress stand, dann ging es schon mal drunter und drüber, und leider war das Bemühen nicht immer von Erfolg gekrönt.

Polnische Schiffe wurden genauso kontrolliert wie jedes andere, betonte einer der Kollegen und fügte hinzu, dass alles, was in der Zeitung stehe, ganz großer Bullshit sei, und sich niemand vorstellen könne, dass der Skipper mit einer polnischen Verbrecherbande kollaborierte.

Diese Aussage hörten Falk und Greta Claasen an diesem Tag mehrfach. Doch leider hörten sie nichts, was sie entscheidend weiterbrachte. Irgendwo musste es doch eine Verbindung zu den Verbrechen in Polen geben!

Falk war entnervt. Als operativer Fallanalyst begleitete er im Normalfall die Ermittlungen und hatte somit freies Spiel, doch als auserkorener Leiter dieser kleinen Ermittlungsgruppe musste er sich auch in die Tiefen der akribischen polizeilichen Kleinarbeit begeben, und das war zuweilen nervig, vor allem, wenn man buchstäblich keinen Millimeter vorankam.

Dienststellenleiter Trabert verabschiedete die beiden Ermittler am frühen Nachmittag, als sie die Befragungen hinter sich gebracht hatten, und sicherte zu, dass die Protokolle von Einsätzen in den letzten fünf Jahren, bei denen Helmich in irgendeiner Form beteiligt gewesen war, bis Anfang nächster Woche auf der Dienststelle in Anklam vorliegen würden. Natürlich nicht, ohne noch einmal nachdrücklich darauf hinzuweisen, dass die Dokumente der Verschwiegenheitspflicht unterlagen.

Die drei Kollegen, die sie heute nicht vernehmen konnten – zwei waren inzwischen zu anderen Dienststellen versetzt und einer mit einer Langzeiterkrankung zu Hause –, würden sie sich nächste Woche vornehmen. Für heute hatten sie genug von den Gesprächen.

Als sie das Areal verließen, stöhnte Greta und massierte sich die Schulter. Die Oktobersonne schien ihnen ins Gesicht, und eine leichte Brise wehte landeinwärts.

»Alles umsonst«, sagte sie und schaute auf die Uhr. »Fünf Stunden Gelaber und keinen Schritt weiter. Wenn man dem, was ich gehört habe, Glauben schenkt, dann wurde dort am Kooser See ein Engel in Menschengestalt ermordet.«

»Ja, kein dunkler Fleck auf der weißen Weste, noch nicht einmal der Hauch eines Fussels.«

»Dreihundert Kilometer und alles umsonst.«

»Nicht ganz«, sagte Falk, als sie auf die Hohe Düne abbogen und an einem Hinweisschild auf das Café am Yachthafen vorbeifuhren. »Ich möchte dich gerne auf einen Kaffee einladen. Wir wäre es, gleich hier im Hafen? Ich denke, nach der Plörre, die wir auf der Dienststelle vorgesetzt bekamen, haben wir uns das verdient.«

Greta Claasen lächelte. »Da sage ich nicht Nein.«

Falk steuerte den Yachthafen Hohe Düne an und stellte den Wagen auf dem dazugehörigen Parkplatz ab.

»Rein oder raus?«, fragte er, als sie vor dem Café Da Mario standen.

»Bei dem Sonnenschein und den milden Temperaturen wäre draußen ganz angenehm.«

Die Tische waren frei, nur ganz hinten saß ein junges Pärchen. Sie nahmen Platz, und es dauerte nicht lange, bis die Bedienung kam und die Bestellung aufnahm. Falk entschied sich für einen Doppio und einen Sahnekuchen, während Greta einen Cappuccino und einen Obstkuchen bevorzugte.

»Der Job muss nicht leicht sein, als Alleinerziehende«, bemerkte Vito beiläufig, während sie über die unzähligen Boote hinaus auf das Wasser schauten.

»Noch kriege ich es hin«, entgegnete Greta. »Meine Mutter und meine Schwester helfen mir, und irgendwann wird es auch leichter. Die Kinder werden ja groß.«

»Kinder?«

»Allgemein gesehen, ja. Ich habe eine Tochter, Sina, sie ist jetzt vier Jahre alt.«

»Wo ist sie heute?«

»Meine Schwester hat diese Woche Urlaub«, entgegnete Greta. »Sie hat eine Tochter im selben Alter, und glücklicherweise verstehen sie sich, und Sina geht gerne zu Maren, ihr gefällt es dort.«

Die Bedienung erschien und servierte den Kaffee und den Kuchen. Sie pausierten mit der Unterhaltung, bis die junge Frau wieder verschwunden war.

»Ich habe mir den Job als Inspektionsleiterin nicht ausgesucht«, fuhr Greta fort. »Aber bei der Personalsituation in unserer Inspektion sind sie wahrscheinlich froh, wenn überhaupt noch jemand kommt und arbeitet. Manchmal habe ich das Gefühl, dass man uns alleine lässt und dass richtige, ich meine tiefgreifende Ermittlungen, die Manpower und Geld verschlingen, gar nicht mehr gewünscht sind.«

»Ja, das Gefühl habe ich manchmal auch«, bestätigte Falk. »Es ist eben einfacher, den Einstellungsstempel auf eine Anzeige zu hauen, als seitenlange Begründungen zu schreiben. Deswegen weiß ich auch nicht, ob unser kompliziertes Schuldstrafrecht überhaupt noch zeitgemäß ist.«

»Was wäre denn die Alternative?«, fragte Greta.

»Katalogstrafrecht, so wie in Amerika«, erklärte Falk. »Da stellt das Gericht nur noch fest, ob der Beschuldigte schuldig ist oder nicht. Und wenn er es ist, ob es Gründe für eine Strafmilderung gibt. Ansonsten greift der Katalog, und die Strafe steht von vornherein fest.«

Greta nippte an ihrer Tasse. »Da kenne ich mich nicht so gut aus«, sagte sie. Weißer Schaum zierte ihre Oberlippe. »Sicher hatten wir das Thema mal auf der Polizeischule, aber das habe ich inzwischen schon verdrängt. Es gab so viele unnütze Dinge, die wir damals lernen mussten und die uns im täglichen Dienst kein Stück weiterbringen.«

»Verwaltungsrecht zum Beispiel«, pflichtete Falk ihr bei.

»Richtig, Verwaltungsrecht. Man könnte meinen, wir verwalten uns noch zu Tode.«

Falk zwinkerte mit den Augen. »Ich sage nur, die Diktatur der Bürokratie.«

»Deshalb wollte ich nach meiner Elternzeit auch wieder in den Außendienst und nicht auf irgendeinem Geschäftszimmer landen. Auch wenn geregelter Dienst in meiner Lage einfacher gewesen wäre.«

»Ja, das kann ich verstehen. Und jetzt sammelst du erst einmal Überstunden an.«

»Die baue ich ab, wenn wir den Fall gelöst haben, dann mache ich eine ganze Woche frei.«

Falk seufzte. »*Wenn* wir ihn lösen. Zur Zeit sieht es nicht gerade danach aus. Wenn wir nur den richtigen Schlüssel finden würden, um die Tür endlich aufzusperren!«

Greta schmunzelte. »Das Einfachste wäre , sich mit den Polen zu arrangieren und ihren Täter zu präsentieren, damit wären unsere Bosse für eine Weile ruhiggestellt, und wir könnten sagen, dass wir die Verbindung zwischen Helmich und dem

Volkan-Clan nur klären können, wenn dort drüben einer den Mund aufmacht oder dieser Killer gefasst wird.«

Falk winkte ab. »Das wäre es wohl, aber das ist nicht mein Stil. Ich will am Ende wissen und nicht nur vermuten, was hinter der Sache steckt.«

Flugschule Günthers, Pelsin

Frieder Ehrlich und Andrea Seitzinger hatten bei der gestrigen Frühbesprechung den Auftrag erhalten, im Umfeld des Mordopfers zu recherchieren. Wie sich nach etlichen Telefonaten herausgestellt hatte, war Helmich bereits mitten in der Ausbildung als Hobbypilot und hatte schon seine ersten Übungsflüge hinter sich.

Er hatte sich, den Ermittlungen nach, bei einer Flugschule in Pelsin angemeldet, die drei Übungsmaschinen auf dem Flugplatz Otto Lilienthal in Anklam betrieb und auch dort die Schulungen durchführte. Als sie ihren Wagen an der angegebenen Adresse der Flugschule in dem kleinen Ort Pelsin anhielten, waren sie überrascht, denn sie standen vor einem in die Jahre gekommenen Einfamilienhaus, an dem, außer zwei Windrädern in Flugzeugform und einem kleinen blauen Schild neben dem Grundstückszugang, auf dem in weißen Buchstaben der Name »Kaibling« stand, nichts auf die Existenz einer Flugschule hinwies.

»Sind wir hier falsch?«, fragte Andrea Seitzinger, nachdem sie sich ein wenig umgesehen hatten.

Ehrlich zuckte mit den Schultern. »Laut der Homepage ist das die Adresse.«

»Also gut, schauen wir einfach nach.«

Andrea Seitzinger öffnete die Gartentür, betrat das Grundstück und ging zur Tür. Ehrlich folgte ihr. Sie klingelte, kurz darauf öffnete eine junge Frau in einem blauen Overall, die ihre blonden Haare zu einem Zopf zusammengebunden hatte. Andrea Seitzinger schätzte die Frau auf Anfang, Mitte Dreißig.

»Guten Tag«, begrüßte sie die Frau und präsentierte ihre Dienstmarke. »Mein Name ist Andrea Seitzinger von der Kripo Anklam, wir sind auf der Suche nach der Flugschule Günthers.«

»Da sind Sie hier richtig, auch wenn es auf den ersten Blick nicht so aussieht«, entgegnete die Frau. »Es ist mein Unternehmen; eigentlich sind wir in Anklam am Flughafen, aber das Büro und die Schulungsräume befinden sich hier. In Anklam mussten wir räumen, der Club benötigte den Platz. Aber was will die Polizei von mir?«

»Frau Günthers, könnten wir …«

»Kaibling, seit meiner Heirat heiße ich Kaibling, Johanna Kaibling, Günthers ist mein Geburtsname. Ich habe die Schule von meinem Vater übernommen.«

Andrea Seitzinger nickte. »Gut, Frau Kaibling, könnten wir uns drinnen unterhalten?«

Die Frau trat zur Seite und lotste ihre Besucher in das kleine Büro im Erdgeschoss, wo es neben einem Schreibtisch nebst Computer auch eine Sitzecke gab. An der Wand auf der gegenüberliegenden Seite hingen Fotos von drei Flugzeugen – zwei einmotorigen Kleinflugzeugen und einem Segler –, die allesamt das Logo und die Aufschrift der Flugschule trugen.

»Darf ich Ihnen etwas anbieten?«

Ehrlich winkte ab, und auch Andrea Seitzinger verneinte.

»Dann bin ich mal gespannt, weshalb sie hier sind«, sagte die Frau und setzte sich neben Ehrlich in einen Sessel.

»Es geht um Roger Helmich, Sie haben sicher davon in der Zeitung gelesen«, erklärte Frieder Ehrlich.

»Ja, das habe ich, aber was hat das mit meiner Flugschule zu tun?«

»Unseren Ermittlungen nach wollte er bei Ihnen den Flugschein machen und war bereits in Ausbildung. Er soll auch schon ein paar Flüge absolviert haben.«

»Ja, das stimmt«, bestätigte Johanna Kaibling. »Ich habe sogar selbst den Vertrag mit ihm ausgehandelt. Wissen Sie, normalerweise schule ich auch selbst, aber in den letzten Wochen, nach dem Umzug aus Anklam, sammelte sich hier allerlei Papierkram an. Lukasz macht zur Zeit die Schulungen und die praktische Ausbildung, während ich mich um den Verwaltungskram kümmere, bis wieder alles am Laufen ist.«

»Lukasz?«, fragte Frieder Ehrlich.

»Lukasz Kroll, er arbeitet schon seit über fünf Jahren bei uns und hat alle Lizenzen. Weshalb fragen Sie?«

Ehrlich warf Andrea Seitzinger einen kurzen Blick zu. »Wo finden wir diesen Lukasz – wir müssten dringend mit ihm sprechen.«

Johanna Kaibling warf einen Blick auf ihre Armbanduhr. »Derzeit müsste er mit zwei Schülern auf der Piper unterwegs sein. Überlandflug, sie wollten nach Kiel. Er müsste heute Abend gegen fünf wieder zurück sein. Aber was wollen Sie von Lukasz?«

»Wir forschen im Umfeld des Getöteten, und da sprechen wir mit allen, die ihn kannten, damit wir uns ein Bild über sein Leben machen können«, erklärte Andrea Seitzinger.

»Lukasz ist ein anständiger Kerl, er arbeitet wie gesagt schon seit fünf Jahren bei uns.«

»Woher stammt er denn?«

»Lukasz wohnt in Postlow, ich glaube, da wohnte er schon, als er bei uns anfing. Zuvor arbeitete er als Frachtflieger in Rostock, aber das Geschäft wurde immer schwieriger, und die Gesellschaften verlangten immer mehr von ihren Piloten.«

»Lukasz, das klingt nach Polen.«

»Er wurde in Danzig geboren, kam aber schon als Kind mit seinen Eltern nach Deutschland. Da war er zehn Jahre alt. Sein Vater arbeitete auch am Flughafen.«

»Wie alt ist er denn?«, fragte Frieder Ehrlich.

Die Frau überlegte kurz. »Lukasz ist siebenundvierzig, wir haben im letzten Monat seinen Geburtstag gefeiert.«

»Dann bräuchten wir seine Adresse und seine Telefonnummer«, forderte Andrea Seitzinger. »Die Handynummer, wenn es geht.«

Kurz zögerte die Inhaberin der Flugschule, doch dann erhob sie sich, ging zu ihrem Schreibtisch und notierte die entsprechenden Daten auf einem Zettel.

»Es ist wirklich nur Routine«, beruhigte Andrea Seitzinger die Frau. »Wir sprechen mit allen, die Roger Helmich kannten und mit ihm Umgang hatten.«

»Das kann ich verstehen, aber glauben Sie mir, Lukasz hat damit überhaupt nichts zu tun, er ist absolut zuverlässig.«

Andrea Seitzinger griff nach dem Zettel. »Ich danke Ihnen, vielleicht kann er uns weiterhelfen. Wenn man so zusammen fliegt, dann kommt man doch sicherlich auch ins Erzählen, oder nicht?«

»Natürlich, wenn die Chemie zwischen dem Schüler und dem Fluglehrer stimmt.«

»Sehen Sie, deswegen ist es wichtig, dass wir mit ihm sprechen.«

21

Kriminalkommissariat Anklam, Friedländer Straße

Sie trafen sich gegen acht Uhr im Konferenzraum, um ihre gestrigen Ermittlungsergebnisse zu besprechen.

Während Falk und Greta Claasen sowie Carlo Meinhardt und Oberkommissar Kachel von ihren Ermittlungen im dienstlichen Bereich und im Freundeskreis keine großen Neuigkeiten zu berichten hatten, machte es Frieder Ehrlich spannend.

»Ich glaube, wir sind da auf etwas gestoßen«, sagte er und blickte in die Gesichter der Anwesenden. Andrea Seitzinger würde erst am Nachmittag zur Gruppe stoßen.

»Okay«, entgegnete Greta Claasen, nachdem Ehrlich seine rhetorische Pause wirken ließ.

»Ich weiß, es ist noch zu früh und nur wenig konkret«, fuhr Frieder Ehrlich fort. »Wir müssen zuerst noch ein paar Telefonate führen, aber möglicherweise …«

Falk hasste es, wenn man nicht auf den Punkt kam und um den heißen Brei herumredete. »… lässt du uns an deinen Erkenntnissen teilhaben?«, fiel er Ehrlich ins Wort.

»Wie gesagt, es ist noch nicht spruchreif, aber immerhin unsere erste sichtbare Verbindung nach Polen.«

»Komm endlich zur Sache!«, mischte sich nun auch Carlo Meinhardt ein.

Frieder Ehrlich nickte kurz. »Helmichs Fluglehrer ist Pole«, antwortete er leicht beleidigt.

»Erzähl!«, forderte Greta.

»Helmich hatte schon ein paar Flugstunden absolviert«, berichtete Ehrlich. »Sein Fluglehrer heißt Lukasz Kroll und wohnt in Postlow, gar nicht weit von hier. Aber ursprünglich stammt er aus der Gegend um Danzig und lebt schon seit seiner Kindheit hier.«

»Er könnte trotzdem noch Verbindungen in seine alte Heimat haben«, bemerkte Oberkommissar Kachel.

»Was weißt du bisher über ihn?«, überging Falk Kachels Einwand.

Frieder Ehrlich zuckte mit den Schultern. »Er ist siebenundvierzig und arbeitet seit fünf Jahren für die Flugschule. Zuvor war er Frachtpilot in Rostock, doch da hat er offenbar gekündigt.«

»Ist das alles?«

»Andrea und ich wollten ihm heute Mittag einen Besuch abstatten.«

Falk winkte ab. »Das lasst ihr mal schön bleiben«, sagte er. »Das ist bislang unsere einzige Verbindung nach Polen. Solange wir nicht mehr über ihn wissen, wo wuchs er auf, was hat er alles getan, Ausbildung, Beruf und vor allem seinen Leumund, treten wir erst einmal nicht an ihn heran.«

Frieder Ehrlich blickte etwas verstört drein. »Wie soll ich …«

»Stadtverwaltung, Einwohnermeldeamt, Polizeicomputer«, unterbrach Falk seine Gedanken. »Er hat am Flughafen gearbeitet, da gibt es sicher noch Leute, die ihn kennen.«

»Falk hat recht, wir sollten uns zuerst ein umfassendes Bild von ihm machen«, wandte Greta Claasen ein. »Wenn es so ist, wie wir mutmaßen, wird er bei uns wohl kaum freiwillig eine Lebensbeichte ablegen. Da sollten wir schon etwas in den Händen haben, um Druck auszuüben.«

»Und wir fahren nicht zu ihm, wir bestellen ihn zur Vernehmung ein«, pflichtete Falk bei. »Zu Hause fühlt er sich sicher.«

»Aber wir haben doch bislang noch gar nichts in der Hand«, stammelte Frieder Ehrlich.

»Eben«, bestätigte Falk. »Deswegen gilt das kleine Einmaleins des Ermittlungsdienstes: Schau erst mal, wen du vor dir hast, bevor du dich mit ihm einlässt.«

»Im Polizeicomputer steht er zumindest nicht«, entgegnete Ehrlich. »Zu mehr sind wir gestern nicht gekommen.«

»Das ist immerhin schon mal ein Anfang«, unkte Falk. »Und jetzt machen wir weiter. Carlo und Jürgen werden dich dabei unterstützen.«

»Und was macht ihr?«, fragte Carlo Meinhardt.

»Greta und ich werden uns heute trennen, wir haben noch Befragungen von Kollegen in Stralsund und in Rostock, dann sind wir durch. Wir treffen uns morgen früh wieder gegen acht und schauen, ob sich Neuigkeiten ergeben haben.«

Falk erhob sich. »Ach ja, bevor ich es vergesse«, sagte er zu Carlo. »Ruf Milik an und frag, ob ihm dieser Kroll schon einmal untergekommen ist oder ob es Hinweise darauf gibt, dass am Schmuggel der Bande auch ein Pilot oder ein Flugzeug beteiligt sein könnte.«

Carlo Meinhardt salutierte. »Wird gemacht, Boss!«, entgegnete er.

Dorfstraße in Karrendorf

Er hieß Heinz Kostelov, war über siebzig und mit einem so beträchtlichen Leibesumfang ausgestattet, dass Pia staunte, als er ihr erzählte, dass er mit seinem Jupp, einer reinrassigen und in die Jahre gekommenen Tiroler Bracke, jeden Morgen und jeden Abend von Karrendorf bis zum Wampener Riff und wieder zurück spazierte.

»Der Hund braucht Auslauf«, erklärte Kostelov. »Das ist schließlich ein Jäger, mein Jupp. Früher war ich oft mit ihm draußen, aber das Gewehr lasse ich mittlerweile zu Hause, da ist mein Verfallsdatum inzwischen abgelaufen.«

Er lachte auf, als hätte er einen tollen Witz erzählt. Pia schmunzelte. Sie hatte den Tipp von der Vogelkundlerin erhalten und war nach Karrendorf gefahren, um mit Kostelov persönlich zu sprechen. Er habe angeblich ein paar Tage vor dem Mord an Roger Helmich einen Wagen am Kooser See auf dem Parkplatz neben der Beobachtungsplattform stehen sehen, der ihm verdächtig vorkam. Es hatte möglicherweise überhaupt nichts mit dem Mord zu tun, und ein harmloser Tourist hatte Station am Kooser See gemacht, um die Zeit dort mit Vogelbeobachtungen zu verbringen, aber angesichts der dürftigen Informationslage aufgrund der Nachrichtensperre der Staatsanwaltschaft war dies besser als nichts. Der *Grenzlandbote* berichtete in seiner heutigen Ausgabe über Korruptionsfälle innerhalb der Polizei und hielt damit die Gerüchteküche ordentlich am Kochen. Sehr zum Leidwesen von Pia und Chefredakteur Scheu, die derzeit nur mit kleinen Randnotizen glänzen konnten. Die Quittung dafür waren stagnierende Verkaufszahlen, während der *Grenzlandbote* inzwischen drauf und dran war, der weitaus größeren und weiter verbreiteten RMZ den Rang abzulaufen.

»Es war ein blauer Golf, sagen Sie?«, wiederholte Pia die Aussage des in Ehren ergrauten Mannes, der früher einmal bei der Fischereiaufsicht gearbeitet hatte, bevor er in Pension ging.

»Ein blauer Golf, älteres Baujahr schon, aber da bin ich mir sicher«, bestätigte Kostelov. »Ich weiß es deshalb so genau, weil meine Tochter einen ähnlichen Wagen in Rot einmal fuhr. Das war ihr erster Wagen, ist schon lange her. Ich hingegen brauche inzwischen einen höheren Einstieg und habe mich für einen Jeep entschieden.«

»Das war am Montag, richtig?«

»Montag so gegen sechs Uhr, es war noch diesig. Zwei Tage später lag dann der Tote im See.«

»Das Kennzeichen des Wagens wissen Sie nicht mehr?«

Kostelov zuckte mit den Schultern. »Es war keines von hier. Zwar war es auch schwarz-weiß, aber es hatte zwei Buchstaben, und dann folgten Zahlen. Ich weiß noch, dass eine Acht und eine Vier vorkamen, mehr konnte ich mir nicht merken.«

Pia griff nach ihrem Handy und suchte im Browser nach polnischen Kennzeichen. Als sie auf Wikipedia eines fand, reichte sie dem alten Mann das Handy. Er griff danach und wiegte den Kopf hin und her. »Das mit den Buchstaben und den Zahlen könnte passen, aber diese Fahne vorne, die hatte es nicht.«

Er zeigte auf die Länderkennung des Nummernschildes. Pia nahm ihm das Handy aus der Hand und scrollte weiter. Ein weiteres älteres polnisches Kennzeichen erschien auf dem Bildschirm. Sie reichte das Handy erneut an Kostelov weiter, und der blickte einen längeren Augenblick auf das Display, wobei er sich mit der Zunge über die Unterlippe fuhr. Schließlich nickte er. »Das kommt schon eher hin«, bemerkte er nach einer Weile und reichte das Handy zurück.

»Ebenfalls polnisch, vor zweitausendsechs«, sagte Pia. »Das Auto war schon älter, sagen Sie.«

»Zwanzig Jahre vielleicht, ein klein wenig verrostet«, fuhr Kostelov fort. »Die neuen Golfs sind vorne flacher und haben auch andere Lichter. Meine Tochter fährt auch heute noch Golf. Einen Diesel, denn sie ist Lehrerin in Grimmen und wohnt in Stralsund. Das sind jeden Tag beinahe dreißig Kilometer einfach, da kommt ordentlich was zusammen. Sie braucht bald wieder einen Neuen.«

Pia lächelte. »Das glaube ich Ihnen. Welches Baujahr war denn dieser rote Golf, den sie zuerst fuhr, wissen Sie das noch?«

Kostelov überlegte. »Sie hat ihn damals als Jahreswagen gekauft. Ich war dabei. Es war ein Schnäppchen. Privat. Von den Händlern kriegt man so was ja nicht. Er war aus Lüssow, nein … Ich meine natürlich aus Steinhagen, der aus Lüssow war einen ganzen Tausender teurer. Das war vor neunzehn oder zwanzig Jahren. Da waren nur ganz wenige Kilometer drauf. Und der Motor, der war klasse. Ein Diesel. Mit einem Benziner zahlt man sich ja dumm und dusselig.«

»Okay, wenn Sie mir jetzt noch einmal schildern, was genau Sie gesehen haben«, bat Pia und zückte ihren Stift.

Heinz Kostelov beugte sich zu seinem Hund hinab, der neben dem Sessel saß und Pia nicht aus den Augen ließ. »Ich sagte schon, Jupp musste raus. Er kommt dann ans Bett, und dann gibt es kein Halten mehr. Ich bin aufgestanden, hab mich angezogen, die Leine geschnappt, und wir sind losgegangen.«

»Aus dem Ort in Richtung See, richtig?«

Kostelov nickte. »Wir sind den Inselweg entlang und dann am kleinen Parkplatz zum See abgebogen. Dort hat Jupp dann sein Geschäft erledigt. Wenn er anzeigt, dass er rausmuss, dann muss er auch. Ich hab natürlich alles fein säuberlich eingepackt. Seit ich ihn mit dem Trockenfisch füttere, macht er immer einen schönen ordentlichen Haufen. Zuvor kam es auch schon mal flüssig, das Rind hat er wohl im Alter nicht mehr so gut vertragen.«

»Gut, dann gingen sie zum See.«

»Ja, den Weg entlang, so wie jeden Morgen. Am Beek vorbei bis zum Beobachtungspunkt. Ich sah den Wagen schon von Weitem am Wegesrand stehen. Das war so ein dunkles, sattes Blau, wissen Sie? Ich war zuerst mal vorsichtig. Man hört ja so viel. Aber dann bin ich weitergegangen. Der Wagen war leer, aber ich konnte einen Mann auf dem Beobachtungsturm stehen sehen. Er schaute in Richtung Wampener Riff, deswegen konnte ich ihn nicht richtig sehen. Ich bin dann vorbeigegangen und blieb auf dem Weg. Der Weg macht wenig später einen Linksknick. Als ich da weiterging, die Wiesen waren mir noch zu feucht, da ist der Mann auf die andere Seite vom Turm gegangen. Ich dachte mir natürlich nichts dabei. Kann ja schon mal sein, dass man die gesamte Aussicht genießen will, aber wenn ich jetzt, nach allem, was passiert ist, darüber nachdenke, dann denke ich, der wollte bloß nicht, dass man ihn richtig sieht.«

»Ich verstehe«, sagte Pia und machte sich Notizen. »Das war alles so gegen sechs Uhr?«

»Es könnte auch schon halb sieben gewesen sein.«

»Als Sie zurückkamen und er schon weg war, wie spät war es da?«

»Halb acht, acht vielleicht. Manchmal schauen Jupp und ich noch gerne den Vögeln und den Schwänen zu, wenn das Wetter passt.«

»Und es passte an diesem Tag?«

Kostelov nickte. »Es war zwar noch frisch, aber trocken, und der Wind hielt sich in Grenzen.«

»Was können Sie mir denn zu diesem Mann sagen?«

Kostelov zuckte mit den Schultern. »Nicht viel, ich sagte ja schon, der hatte sich weggedreht.«

»Okay, dann das Wenige, das Sie gesehen haben.«

Er atmete tief ein. »Er hatte sich so nach vorne auf das Geländer gebeugt, aber trotzdem denke ich, dass er beinahe einen Kopf größer war als ich.«

»Sie sind …?«

»Eins siebzig hat man mal gemessen.«

Pia lächelte.

»Er hatte so eine Schmuddeljacke an, so einen Anorak mit den aufgesetzten Taschen. Beige oder dieses mintgrün, wie es mal Mode war. Und eine Mütze hatte er auf, die war schwarz.«

»Eine Mütze, oder war es eine Kappe?«

Er schüttelte den Kopf. »Nee, schon so eine Mütze, wie sie die Jogger tragen, so aus Wolle oder aus was man die so macht.«

Pia notierte. »Ich verstehe. Und das Gesicht?«

Kostelov kratzte sich an der Stirn. »Der war dunkel irgendwie, alles war dunkel, auch das Gesicht, und ich glaube, der hatte einen Vollbart.«

»Was meinen Sie mit dunkel, wie einer aus Afrika?«

Kostelov schüttelte vehement den Kopf. »Nicht so, dunkel eben, so wie diese Flüchtlinge, denke ich. Er hatte auch so einen Bart.«

»Sie meinen, ein Araber?«

»Könnte sein.«

»Gut, sonst noch ein Detail? Schuhe, Hose, trug er Handschuhe?«

»Keine Ahnung, das konnte ich nicht sehen«, antwortete der alte Mann. »Wissen Sie, ich war allein und kein anderer weit und breit. Dort ist eigentlich nie jemand um diese Zeit, außer Annemarie und ihren Gesellen.«

»Die Vogelbeobachter?«

»Ja, genau. Deswegen bin ich auch weitergegangen, und ehrlich gesagt, ich war froh, als ich die Rampe hinter mir hatte und er mir nicht nachkam. Man hat da schon ein mulmiges Gefühl. Man liest so viel in der Zeitung, und man weiß ja nie, wem man dort begegnet.«

»Sie gehen aber weiterhin diesen Weg, richtig?«

Kostelov nickte. »Ja, das schon, aber jetzt kann ich mich wehren, wenn da einer kommt.«

Pia zog fragend die Augenbrauen hoch.

Kostelov erhob sich von seinem Sessel, ging zum Schrank und öffnete eine Schublade. Dort zog er eine Metallkassette hervor, schloss sie auf und präsentierte eine kleine schwarze Pistole.

»Das ist meine Unique, Kleinkaliber, für den Fangschuss.«

»Die haben Sie legal?«, fragte Pia verwundert.

»Die und noch eine Beretta, dazu noch zwei hervorragende Büchsen aus Suhl«, erklärte der alte Mann stolz. »Ich sagte doch, ich bin Jäger. Auch wenn ich jetzt nicht mehr auf die Jagd gehe, meinen Jagdschein habe ich immer noch.«

Pia nickte. »Eine Frage hätte ich noch«, sagte sie, als er die Waffe wieder wegpackte. »Warum haben Sie das nicht alles schon der Polizei erzählt?«

Er seufzte. »Ach, wissen Sie, zu Anfang hieß es ja, der wäre von den Polen umgebracht worden, und da dachte ich, was hat ein Araber mit den Polen zu tun? Außerdem bin ich nicht gerade ein großer Freund der Polizei. Die lauern hinter jedem Gebüsch und haben es sowieso nur auf das Geld der Autofahrer abgesehen.«

»Ich verstehe«, entgegnete Pia und packte ihren Stift und ihren Block ein.

22

Bundespolizeiinspektion Rostock, Kopernikusstraße

Es war gegen halb drei, als Falk in der Kopernikusstraße auf einem freien Parkplatz vor dem Dienstgebäude parkte. Bei Helmichs früherem Kollegen namens Hannemann, der sich nach einem Herzinfarkt bereits seit fünf Monaten im Krankenstand befand und wohl nicht mehr so schnell zurück in den Dienst kommen würde, hatte es etwas länger gedauert. Zwar hatte Hannemann keine wesentlich anderen Angaben gemacht, als Falk gestern von Helmichs ehemaliger Crew erfahren hatte, doch wurde die Befragung wegen einer Behandlung durch den Pflegedienst für fast eine Stunde unterbrochen. Nur eines war als Neuigkeit hinzugekommen, von dem gestern nicht die Rede gewesen war: In manchen Dingen, vor allem, wenn es heiß herging, war Helmich manchmal bereit gewesen, mehr zu riskieren als der Rest der Mannschaft. So hatte er vor ein paar Jahren bei einem Schiffsbrand auf hoher See immer noch versucht, Menschen zu retten, indem er nahe an den brennenden Frachter heranschipperte, näher als alle anderen Hilfsboote, die dort inzwischen eingetroffen waren. Kurz darauf war die Ladung an Bord des Schiffes explodiert und hatte den Frachter in zwei Teile gerissen, die in Sekundenschnelle sanken. Hannemann machte keinen Hehl daraus, dass er damals mit dem Skipper derart aneinandergeriet, dass er sogar das Boot wechseln wollte. Nach mehreren Gesprächen innerhalb der Crew hatten sich die Wogen allerdings wieder geglättet, und Helmich versprach, künftig mehr auf seinen Bootsmann zu hören und vorsichtiger zu sein. Damit war der Fall erledigt, und Hannemann blieb an Bord. Eine zweite Aktion dieser Art hatte es dann auch nicht mehr gegeben; der Skipper achtete bei künftigen Einsätzen sehr auf die Eigensicherung seiner Crew.

Falk hörte zu und leistete dem kranken Beamten Gesellschaft, der den Besuch offenbar genoss und natürlich, wie alle anderen Kollegen, eine Beteiligung des Skippers an einer kriminellen Aktion ins Reich der Fabeln verwies.

»Dazu war Roger viel zu ehrlich«, hatte Hannemann noch einmal betont, als sich Falk verabschiedete.

Falk hatte gedacht, dass Marius Seiffert, der Exmann von Rebekka, auf dem Flughafen in Laage Dienst versah. Doch dann erfuhr er, dass Seiffert in Rostock anzutreffen war und dass der Flughafen nur ab und zu in seinen Kontrollbereich fiel, da es sich bei der Dienststelle um eine sogenannte mobile Fahndungsgruppe handelte, die auch im Bahnhofsbereich oder im Hafen zu Schwerpunktaktionen herangezogen wurde. Zum Glück hatte Falk zuvor bei der Bundespolizei angerufen, sonst wäre zu der Stunde Zeitverlust bei Hannemann noch eine weitere dazugekommen, denn er wäre dann noch einen weiteren Umweg gefahren.

Da er angemeldet war, wurde er nach der Einlasskontrolle in ein Büro geführt, in dem ihn Hauptkommissar Seiffert bereits erwartete.

Seiffert bot Falk nach der Begrüßung den freien Stuhl vor seinem Schreibtisch an, und Falk entschuldigte sich für die Verspätung.

»Das macht nichts, ich habe Dienst bis zwanzig Uhr«, entgegnete Seiffert, der mit seiner legeren Trageweise der Uniform und dem modischen Haarschnitt mit rasierten Seiten jünger erschien, als er tatsächlich war. »Ich habe damit gerechnet, dass Sie mit mir sprechen wollen. Nach allem, was man über Roger so schreibt … Aber eines kann ich Ihnen versichern, Roger hätte sich nie mit der anderen Seite eingelassen. Das hätte er nie getan, selbst wenn die etwas gegen ihn in der Hand gehabt hätten.«

Falk setzte sich und zog die Augenbrauen hoch. »So eine hohe Meinung von jemanden, mit dem Sie sich zerstritten haben?«, bemerkte er.

»Falls Sie jetzt fragen wollen, ob ich es war, der Roger umgebracht hat, dann muss ich das verneinen«, fuhr Seiffert fort. »Ich hatte Frühdienst, als es passierte, wir hatten eine Kontrollstelle am Flughafen eingerichtet. Da können Sie alle meine Kollegen fragen. Sechs Leute können das bestätigen.«

Falk spürte förmlich die Spannung, die zwischen ihm und dem uniformierten Bundespolizisten lag.

»Keine Sorge, Herr Seiffert, das haben wir längst getan«, entgegnete Falk. »Ich bin aus einem anderen Grund hier.«

Marius Seiffert lehnte sich in seinem Stuhl zurück und entspannte sich sichtlich. »Das ist wohl Ihre Pflicht.«

Falk nickte.

»Auch wenn es komisch klingt«, fuhr Seiffert fort. »Als das damals mit mir und Bekka war, da hätte ich ihm schon gerne eine gelangt, aber das war nur … Wie soll ich sagen … Ich bin glücklich, und Roger hat mir sogar, im Nachhinein betrachtet, einen Gefallen getan. Ich selbst hatte nicht den Mut, Bekka zu sagen, was los ist. Ich konnte es nicht. Ich konnte aber auch nicht so einfach bei ihr bleiben. Ich fühlte mich damals wie in einen Käfig gesperrt. Wissen Sie, was ich damit meine?«

Falk zuckte mit den Schultern. »Ich kann es mir vorstellen.«

»Eigentlich müsste ich ihm dankbar sein.«

»Hatten Sie noch Kontakt zueinander, ich meine, in der letzten Zeit, seit er in Stralsund war?«

Seiffert schüttelte den Kopf. »Privat nicht, dienstlich schon. Er machte ja Kontrollpläne, und wir sind eine Mobile Fahndungseinheit, da hatten wir Überschneidungen. Aber das war alles dienstlich korrekt. Ich gebe zu, dass ich in den letzten Monaten mal daran dachte, ihn zu besuchen und mich für alles zu entschuldigen. Aber irgendwie …«

»Als es zum Bruch kam, hatten Sie sich mit ihm gestritten oder ging es einfach so auseinander?«

»Oh, wir hatten einen handfesten Krach, wir schrien uns an, dass die Wände wackelten«, erklärte Seiffert. »Hier in diesem Büro.«

»Weshalb kam es zu diesem Krach, wenn ich fragen darf?«

Seiffert lächelte. »Sie dürfen, Sie haben es ja bestimmt auch schon längst erfahren. Ich habe Roger zuweilen als Alibi benutzt, ohne ihm Bescheid zu geben.«

»Und das flog auf?«

»Richtig«, bestätigte Seiffert. »Ich sagte damals Bekka, dass Roger und ich etwas trinken gehen und dass es spät wird. In Wirklichkeit war ich … Sie wissen schon. Als Roger davon erfuhr, stellte er mich zur Rede. Hier in diesem Büro. Da flogen die Fetzen, das können Sie mir glauben. Einen Tag später stellte er mir ein Ultimatum, und als ich es vor lauter Feigheit verstreichen ließ, sprach er mit Bekka. Aber ich glaube, Sie hatte es schon geahnt. Frauen haben ein Gespür dafür.«

»Was war danach, wie sind Sie miteinander umgegangen?«

»Unsere Dienststellen sind weit genug auseinander, und er fuhr ja zur See. Hin und wieder, bei gemeinsamen Fortbildungen, begegneten wir uns und beachteten einander nicht. Ich erfuhr, dass er Bekka half, weil sie ja allein in solchen Sachen aufgeschmissen gewesen wäre. Und dann hörte ich, dass er nach Stralsund geht. Ulla und er hatten eine Eigentumswohnung nahe Greifswald gekauft. Ich dachte damals, das ist der Grund.«

Falk schaute aus dem Fenster auf die Bäume, an denen noch vereinzelt braune Blätter hingen. »Sie kannten sich schon seit der Ausbildung, hörte ich.«

Marius Seiffert nickte. »Ja, wir waren beide in Neustrelitz und später in Lübeck und teilten uns dort ein Zimmer. Ich muss sagen, wir hatten vieles gemeinsam und haben uns sofort verstanden. Roger war ein dufter Typ, mit dem konnte man Pferde stehlen. Nach der Ausbildung machte er dann die nautischen Schulungen, und ich kam nach Rostock und arbeitete am Bahnhof. Kurze Zeit später war er auch hier und wurde sogar Erster auf einem Boot.«

»Sie wollten nicht zur See?«

Seiffert schüttelte lächelnd den Kopf. »Dieses Schaukeln vertrage ich nicht.«

»Dann waren Sie wieder zusammen?«

»Ja, ich an Land und er auf einem Boot«, bestätigte Seiffert. »Wir trafen uns mit Familie, wir zogen manchmal alleine los und dann, na ja, das habe ich ja schon erzählt.«

Falk nickte. »Ja, das haben Sie«, entgegnete Falk. »Sie haben ihn wohl von allen, mit denen wir bislang gesprochen haben, ich meine außerhalb der Familie, am besten gekannt. Gab es denn mal irgendetwas, was ihm auf die Füße hätte fallen können? Irgendein Blödsinn, betrunken gefahren, jemanden angefahren, mal die eine oder andere Dienstpflicht verletzt oder irgendetwas in der Art?«

»Sie meinen etwas, was ihn erpressbar gemacht hätte?«

»Ja! Eine Affäre, eine Liebschaft oder auch mal ein Ausraster im Suff, irgendwas, auch wenn es nicht wichtig erscheinen mag. Fällt Ihnen da gar nichts ein?«

Seiffert lachte laut auf. »Ich sagte zwar, man konnte mit ihm Pferde stehlen, aber natürlich nur im übertragenen Sinn. Krumme Dinger machte er nicht. Wenn wir getrunken hatten, bestellte er das Taxi. Wenn wir mal in einer Kneipe die Sau rausließen, dann war er derjenige, der kühlen Kopf bewahrte. Und Affären, ach was, für ihn gab es doch keine andere als seine Ulla! Schon damals, als sich die beiden als Teens kennenlernten. Er sagte mal, das ist meine Traumfrau, die werde ich heiraten. Ich glaube, da waren die gerade mal drei Wochen zusammen.«

»Wirklich nichts, womit man sich Feinde machen kann?«, wiederholte Falk seine Frage.

»Ich verstehe«, entgegnete Seiffert. »Sie suchen nach dem dunklen Fleck auf seiner weißen Weste, und wahrscheinlich hätte auch unsere Führung gerne, dass man endlich einen Haken unter die Sache machen kann. Sie würden sagen, sie wussten von nichts, und er wäre korrupt gewesen und gehöre nicht zu uns, aber da muss ich Sie leider enttäuschen.«

»Okay.«

»Ich weiß, Sie sitzen zwischen den Stühlen. Auf der einen Seite die Öffentlichkeit, die gerne einen Skandal hätte, auf der anderen Seite die Polizei, alle Kolleginnen und Kollegen, denen man jetzt automatisch unterstellt, dass sie krumme Dinger machen. Und jetzt kommen Sie und sollen in diesem Sumpf, wie es die Presse nennt, herumwühlen und die Wahrheit finden. Aber das werden Sie nicht, nicht an dieser Stelle. Sie werden dieser weißen Weste nichts anhaben können. Wenn Sie mich fragen, dann war Roger einfach zur falschen Zeit am falschen Ort. Das wird herauskommen, wenn Sie eines Tages tatsächlich auf die Lösung stoßen.«

Falk atmete tief ein, erhob sich und reichte Seiffert die Hand. »Ich danke Ihnen für Ihre Offenheit.«

»Keine Ursache«, antwortete Seiffert. »Ich bin genauso der Wahrheit verpflichtet wie Sie. Und die Sache damals mit Rebekka war falsch. Ich schäme mich noch heute dafür. Aber ich kann und will das alles nicht mehr rückgängig machen.«

Hotel Anklamer Hof, Anklam

Als Falk an diesem Tag zurück ins Hotel kam, dämmerte es bereits. Die junge Dame an der Rezeption sprach ihn im Vorübergehen an und bat ihn zu sich.

»Es wurde eine Nachricht für Sie hinterlegt«, sagte sie und reichte Falk ein Kuvert. Er riss es auf und betrachtete den hoteleigenen Notizzettel.

Abendessen, 19.30 Uhr in der Alten Post, Liebe Grüße, Pia

Er hatte noch eine halbe Stunde, die er zum Duschen und zum Umziehen nutzte, bevor er das Restaurant betrat. Pia saß bereits an dem Tisch, an dem sie vor Tagen schon gesessen hatten, und winkte ihm zu.

»Heute ist Fisch im Angebot«, sagte sie, als er sich zu ihr setzte.

»Fisch«, wiederholte Falk. »Gute Idee.«

»Und wie laufen die Ermittlungen?«

Falk streckte die Hand aus und wiegte sie hin und her.

»Hast du den heutigen Grenzlandboten schon gelesen?«, fuhr Pia fort.

»Ich lese keine Zeitung, da steht sowieso nur Blödsinn drin.«

»Die fahren jetzt eine regelrechte Kampagne gegen die Polizei. Korruptionsfälle aus den vergangenen hundert Jahren. Eine Großserie auf Seite zwei und Kurzauszüge auf der Titelseite. Das hebt den Absatz.«

»Ich glaube, auch schon bei Kaiser Wilhelm gab es korrupte Beamte, was soll so neu daran sein?«, erklärte Falk. »Wir sind Menschen, genauso wie bei der Bahn oder bei Aldi, und überall, wo Menschen sind, da werden Fehler gemacht. Steht nicht schon in der Bibel, dass die Menschen in manchen Dingen unzulänglich sind? Also gab es wohl schon früher korrupte Jäger, die das größte Stück für sich behielten.«

Falk griff zur Speisekarte. Lachs-Sahne-Gratin stand auf der Tageskarte. Er bestellte sich eine Portion und dazu einen Weißwein.

»Da du mich hierhergebeten hast, gehe ich davon aus, dass ich eingeladen bin?«

»So dick ist mein Spesenkonto nun auch wieder nicht«, entgegnete sie. »Und wenn du gehört hast, was ich heute erfahren habe, übernimmst du die Zeche möglicherweise freiwillig.«

»Also dann, schieß los, mal sehen, ob du einen kleinen gemischten Salat wert bist.«

Pia erzählte Falk in allen Einzelheiten von ihrem Besuch bei dem Rentner in Karrendorf, und Falk hörte aufmerksam zu. Er schüttelte verständnislos den Kopf, nachdem Pia von dem Mann auf der Vogelplattform und dem blauen Golf erzählt hatte. »Warum behält er das für sich und erzählt es uns nicht?«, regte er sich auf.

»Ihr seid ihm wohl zu oft auf den Schlips getreten«, entgegnete Pia. »Aber sag, ist diese Information nicht ein Essen wert?«

Der Kellner näherte sich und servierte zwei Mal den Fisch und dazu Falks Weißwein. Pia hatte ihr Getränk schon.

»Also gut, du bist eingeladen«, bestätigte Falk.

»Hattet ihr Glück, seid ihr weitergekommen?«

Falk schüttelte den Kopf. »Keine Anzeichen für Korruption. Helmich war ein Saubermann, da muss eher ich meine Akte verstecken.«

»Sag ich doch.«

»Und trotzdem führen alle Hinweise nach Polen.«

Sie nahm einen Bissen in den Mund und kaute vorsichtig. »Morgen bringe ich noch mal die Sache mit dem Mord und platziere einen ordentlichen Zeugenaufruf. Auch anonym an uns. Gibt es denn schon eine Belohnung?«

Falk zuckte mit den Schultern. »Wohl die üblichen Dreitausend.«

»Besser als nichts«, antwortete sie. »Und jetzt lass es dir schmecken.«

23

Kriminalinspektion Anklam, Friedländer Straße

Als Falk am frühen Morgen in die Inspektion kam, wurde er bereits sehnsüchtig von Greta Claasen erwartet.

»Der Oberstaatsanwalt hat schon zwei Mal für dich angerufen«, sagte sie. »Heute schon die Zeitung gelesen?«

»Habe ich«, knurrte Falk, der für den hektischen Überfall seiner Kollegin im Flur noch nicht ausgeschlafen genug war.

»Den Grenzlandboten?«

Falk schüttelte den Kopf. »Das Käseblatt lese ich nicht«, gab er einsilbig zurück.

»Der Reporter hackt wieder ganz schön auf uns herum«, fuhr Greta unbeirrt fort. »Untätigkeit wirft er uns vor und mangelndes Interesse an der Aufklärung des Falles. Er schreibt, dass sich die Polizei immer schwer mit Ermittlungen in eigenen Reihen tut und die Öffentlichkeit ein verbrieftes Grundrecht auf Informationsfreiheit hat. Die große Keule …«

Falk ging auf sein Büro zu. »Siehst du, deswegen lese ich dieses Käseblatt nicht, dann muss ich mich schon nicht aufregen.«

»Aber der Oberstaatsanwalt hat es gelesen, und er erwartet umgehend deinen Rückruf«, rief Greta ihm nach.

Falk legte erst einmal seine Jacke ab, startete seinen Computer und holte sich einen Kaffee aus der Teeküche, bevor er sich hinter seinen Schreibtisch setzte und bedächtig die Nummer von Oberstaatsanwalt Dr. Kahl wählte.

»Falk, endlich«, stöhnte der Mann am anderen Ende der Leitung. »Die Presse zerreißt uns in der Luft. Was gibt es für Neuigkeiten, die wir lancieren könnten?«

Falk lehnte sich bequem in seinem Stuhl zurück und klemmte den Hörer zwischen Schulter und Ohr. »Bislang haben wir keine

Anhaltspunkte gefunden, die auf eine Verbindung zwischen dem Mordopfer und dieser polnischen Schmugglerbande hinweisen. Die Ermittlungen dauern noch an.«

»Sie waren doch selbst in Polen«, fuhr der Oberstaatsanwalt fort. »Es muss doch einen gemeinsamen Nenner geben.«

Falk kratzte sich an der Wange. »Mein Instinkt sagt mir, dass Helmich nichts mit dieser Bande zu tun hat; es muss eine andere Verbindung geben. Wir sind gerade dabei, seinen Fluglehrer zu überprüfen, der gebürtiger Pole ist. Möglicherweise ergeben sich daraus neue Anhaltspunkte.«

»Möglicherweise und ihr Instinkt bringen mich nicht weiter«, beschwerte sich Dr. Kahl. »Mein Chef macht mir die Hölle heiß! Angesichts des Pressedrucks besteht er auf einer offiziellen Pressemitteilung.«

»Tja, was sollen wir schreiben?«, wandte Falk ein. »Dass die Ermittlungen auf Hochtouren laufen, dass wir uns hier jeden Tag die Hacken ablaufen, Vernehmung nach Vernehmung führen und so wie es aussieht, keinen Schritt vorankommen?«

»Gibt es nicht irgendetwas, was wir den Wölfen zum Fraß vorwerfen können?«, fragte Dr. Kahl. »Wissen Sie, Falk, ich bin auch nur ein Rädchen in diesem großen Getriebe, und auch ich habe Leute, die über mir stehen und eine Erwartungshaltung haben, die wir derzeit sehr strapazieren. Wenn es irgendetwas gäbe, womit wir den Druck erst einmal ein wenig senken könnten, verstehen Sie …«

Falk überlegte einen Augenblick, schließlich räusperte er sich. »Die Polen gehen davon aus, dass ein Auftragskiller die beiden Bandenmitglieder in Polen getötet hat. Sie haben auch schon einen konkreten Verdacht und fahnden nach dem Mann. Doch der hat sich offenbar nach Weißrussland abgesetzt. Er soll ein Söldner sein, ein Russka Roma mit einem auffallend dunklen Teint, der sogar schon für diese russischen Privat-Armee, diese Wagner-Gruppe gearbeitet hat. Nach ihm wird wegen mehrfachen Mordes international gefahndet. Vermutlich ist der längst in Russland untergetaucht.«

Der Oberstaatsanwalt hörte aufmerksam zu; für einen Augenblick herrschte Stille.

»Wir könnten einen entsprechenden Artikel lancieren und die intensive Zusammenarbeit mit den polnischen Behörden loben«, schlug Falk vor. »Weiterhin könnten wir davon ausgehen, dass Helmich den Mann erkannte, der sich nach den Morden in Polen nach Mecklenburg-Vorpommern abgesetzt hat. Schließlich war Helmich Polizist. Mit dieser Theorie könnten wir uns etwas Ruhe erkaufen.«

»Das ist überhaupt kein schlechter Vorschlag«, lobte Dr. Kahl Falks Idee. »Damit könnten wir dem Schmierfink von dieser Hinterlandzeitung tatsächlich ein Schnippchen schlagen.«

»Und es wäre nicht einmal so sehr weit weg von der Realität«, fuhr Falk fort. »Wir haben einen Zeugen ausfindig gemacht, der ein paar Tage vor dem Mord am Kooser See eine Person beobachtet hat, die diesem Auftragskiller sehr ähnlich sieht.«

»Na dann …«, entgegnete der Oberstaatsanwalt erfreut. »Vielleicht sollten wir in diesem Fall tatsächlich eine Öffentlichkeitsfahndung in Erwägung ziehen. Wenn es schon einen internationalen Haftbefehl gibt, dann ist das überhaupt kein Problem.«

»Schaden würde es auf keinen Fall«, bestätigte Falk.

»Gut, dann schicken Sie mir bitte bis heute Mittag einen Entwurf und die Daten des Mannes. Ich werde über unsere Pressestelle für eine entsprechende Mitteilung und natürlich auch für einen Fahndungsaufruf sorgen.«

Falk beendete das Gespräch mit dem offensichtlich sehr zufriedenen Oberstaatsanwalt und erhob sich. Es wurde Zeit, sich intensiv um Helmichs Fluglehrer Kroll zu kümmern. Vielleicht ergab sich ja über ihn eine Spur zum Danziger Volkan-Clan.

»Ich dachte schon, du kommst heute gar nicht mehr zu uns in die Heiligen Hallen«, wurde Falk scherzhaft von Carlo Meinhardt empfangen, als er den Soko-Raum betrat.

Greta Claasen und Frieder Ehrlich waren damit beschäftigt, Kopien der Protokolle zu sondieren, die heute Morgen in zwei großen Paketen angeliefert worden waren und sämtliche Einsätze dokumentierten, an denen Helmich oder sein Boot in den letzten fünf Jahren beteiligt gewesen waren.

»Konntest du den großen grauen Herrn im Hintergrund zufriedenstellen?«, fuhr Carlo fort.

»Erledigt«, entgegnete Falk. »Wir fahnden jetzt offiziell nach Helmichs vermeintlichem Mörder Stepaniak und gehen erst einmal davon aus, dass Helmich auf seinem privaten Spaziergang einen per internationalem Haftbefehl gesuchten Mörder erkannte und deshalb Opfer des Mordanschlages wurde.«

Greta schob einen Vermerk aus einer der angelieferten Akten zur Seite und stöhnte laut. »Dann können wir uns das hier ja schenken«, sagte sie scherzhaft.

»Irrtum«, antwortete Falk. »Es gibt ab heute eine offizielle und eine inoffizielle Version in diesem Fall, und wir arbeiten schön fleißig an der inoffiziellen Variante weiter. Was habt ihr über Kroll herausgefunden?«

Carlo wies mit dem Kopf in Richtung von Oberkommissar Kachel, der in einer Ecke vor dem Computer saß und angestrengt auf den Bildschirm starrte.

»Andere Baustelle«, bemerkte er lakonisch, bevor er zu einer weiteren Akte griff.

Falk trat an Kachels Seite.

»Einen Moment noch«, sagte der Oberkommissar, als Falk hinter seinem Rücken stehen blieb.

»Also, Lukasz Kroll«, begann Kachel mit seinem Vortag, sobald er das letzte Protokoll durchgesehen hatte. »Geboren am zweiten Mai fünfundsiebzig in Czaple, einem Vorort von Danzig. Kam mit seinen Eltern im Jahr neunzehnfünfundachtzig nach Rostock. Sein Vater arbeitete als Vertragsarbeiter, so nannte man die Gastarbeiter damals in der DDR, am Rostocker Flughafen. Lukasz besuchte die Grundstufe der Oberschule und lernte in speziellen Kursen Deutsch. Er schaffte es in kürzester Zeit zur Mittelstufe und kam dann in die Oberstufe, wo er dreiundneunzig ein ausgezeichnetes Abitur machte. Da hieß das dann schon

Gymnasium, und die DDR gab's nicht mehr. Anschließend besuchte er die Technikerschule und studierte Flugtechnik ...«

»Er wurde also zum Piloten«, versuchte Falk, den Vortrag etwas abzukürzen.

Kachel schüttelte den Kopf. »Er wurde nicht hier zum Piloten ausgebildet, sondern in Polen. Er wurde einberufen, als er neunzehn Jahre alt war, und diente nach seiner Ausbildung in Małbork, Krakau und Poznań, beim Zweiten Taktischen Geschwader. Dort flog er Kampfjets.«

»Kein Bezug zu Danzig?«

Kachel schüttelte den Kopf. »Nichts aus den Akten ersichtlich.«

»Schade.«

»Mit zweiunddreißig kehrte er wieder zurück nach Deutschland und heuerte bei der Air Cargo in Rostock an«, fuhr Kachel mit seinem Bericht fort. »Erneute Ausbildung und dann Frachtpilot, im Januar achtzehn dann die Kündigung.«

»Kündigung von seiner Seite?«

Kachel nickte. »Offenbar hielt sich die Fluggesellschaft nicht an die ausgehandelten Tarife und zahlte die Stunden und die Auslandsaufenthalte nicht mehr ordentlich. Er kündigte selbst und wurde Fluglehrer. Das macht er bis heute.«

»Gibt es einen dunklen Fleck auf seiner Weste?«, fragte Falk.

Kachel atmete tief ein. »Kein dunkler Fleck und auch keine offensichtliche Verbindung nach Danzig oder zu diesem Volkan-Clan. Auch für die Polen ist er ein unbeschriebenes Blatt, und bei uns im Computer gibt es nur zwei Einträge im Verkehrsregister. Offenbar hat er mal den TÜV an seinem Auto ordentlich überzogen, und einmal hat er überholt, wo er nicht hätte überholen dürfen. Ansonsten hat er einen lupenreinen Leumund und würde von der Bank jeden Kredit kriegen.«

»Familie?«

»Vater und Mutter sind gestorben«, erklärte Kachel. »Er lebt allein und ist seit über zehn Jahren geschieden. Die Ehe blieb kinderlos.«

»Schulden?«

»Er hat zwei Arbeitsstellen und verdient etwa drei-fünf im Monat. Mehrere Sparverträge. Sein Vermögen liegt bei etwa sechzigtausend. Alles ordentlich angegeben und versteuert.«

»Sonst noch was?«

Kachel zuckte mit den Schultern und schüttelte den Kopf. Falk zog sich einen Stuhl heran und ließ sich mit einem Seufzer nieder. »Wäre ja auch zu schön gewesen«, sagte er.

»Was machen wir jetzt mit ihm?«

»Wir reden trotzdem mit ihm«, entgegnete Falk. »Vielleicht ergibt sich noch was. Lade ihn für morgen vor. Man weiß ja nie.«

Carlo erhob sich und wies auf die beiden Kisten. »Ansonsten bleibt uns nur noch das hier. Du kannst dich gerne bedienen, ich brauch erst einmal einen starken Kaffee.«

»Bring mir einen mit«, rief Greta ihrem Kollegen nach, als der den Raum verließ. Sie erhob sich und kam auf Falk zu. »Sieht nicht gut aus«, sagte sie. »Aber vielleicht stimmt die offizielle Version sogar, und alles war nichts weiter, als ein tragischer Zufall.«

Falk schüttelte den Kopf. »Du hast die Leiche gesehen. Wenn der Mörder ihm einfach nur in den Rücken geschossen hätte, dann vielleicht, aber das war eine Hinrichtung. Außerdem wurde Helmich geschlagen, wie Dr. Vogel festgestellt hat. Klingt das nach einem tragischen Zufall?«

Greta schüttelte den Kopf. »Ich weiß es ja, aber wir haben nicht mehr. Und wir werden auch keine Verbindung nach Polen finden, schätze ich.«

Frieder Ehrlich trat an ihre Seite. »Wer weiß, vielleicht hat Helmich in seinem Job tatsächlich mal ein Geschäft der Bande vermasselt«, mutmaßte er und wies auf die beiden Kartons. »Irgendeinen Deal, bei dem es um sehr viel ging, und die wollten einfach nur ein Zeichen setzen. Dann finden wir vielleicht sogar die Lösung in diesen Einsatzprotokollen.«

Falk winkte ab. »Wenn Volkan oder sein Konkurrent ein Zeichen setzen will, dann muss er es so tun, dass es alle mitbekommen und die Warnung ihre Wirkung zeigt.«

»Ja, stimmt«, bestätigte der junge Kollege. »Wir können mit dem Mord nichts anfangen, aber derjenige, den es betrifft, schon.«

»Du meinst Volkan?«

»Vielleicht«, bestätigte Frieder Ehrlich. »Es ist zwar auch nur Spekulation, aber was, wenn Volkan seinen Widersachern zu verstehen gab, dass er einen Informanten bei der Polizei hat, und irgendwie Helmich mit hineinzog, obwohl das so überhaupt nicht stimmte?«

»Dazu müsste Volkan Helmich aber gekannt haben«, wandte Greta ein.

Frieder Ehrlich wiegte den Kopf hin und her. »Könnte ja sein, dass Helmich und Volkan oder einer seiner Mitarbeiter mal was miteinander zu tun hatten und Helmich der einzige Polizist war, den man dort drüben kannte.«

»Klingt gar nicht so doof«, bemerkte Greta.

Falk saß stumm auf seinem Stuhl und überlegte. Er wusste, was Frieder Ehrlich meinte. Diese Theorie war zwar genauso abenteuerlich wie ein Maulwurf der Bande bei der Polizei, doch Falk wusste aus langjähriger Erfahrung, dass es manchmal die abstrusesten Motive für einen Mord gab.

Bevor er antworten konnte, klingelte sein Handy. »Falk am Apparat«, meldete er sich, als er das Gespräch annahm. »Również«, antwortete er dann, um anschließend längere Zeit zu schweigen.

Das Gespräch dauerte ein paar Minuten, und Falk hörte aufmerksam zu, während die anderen schwiegen.

»Nie mogę w to uwierzyć«, sagte er nach einer Weile.

Nach einer Minute beendete er das Gespräch.

»Dziękuję do widzenia«, verabschiedete er sich und steckte das Handy wieder weg.

»Milik?«, fragte Carlo.

Falk nickte und fuhr sich über die Haare. »Jetzt ist auch noch unsere letzte Spur in Rauch aufgegangen.«

»Was ist passiert?«

»Jozef Grec wurde unweit des Danziger Hafens in einer Industriebrache tot aufgefunden«, erklärte Falk. »Vermutlich eine Überdosis. Dieser Ort gilt als Treffpunkt der Süchtigen.«

»Jetzt können wir ihn wegen der Waffe nicht mehr befragen«, seufzte Greta und schlug mit der flachen Hand auf den Tisch.

»Das stimmt«, bestätigte Falk. »Aber Milik sagte auch, dass man einen Rucksack neben der Leiche fand. Darin waren ein ölverschmiertes Tuch und eine kleine Bürste, die man zu der Reinigung einer Pistole nutzt. Damit dürfte die Herkunft der Pistole endgültig geklärt sein.«

»Ja, das denke ich auch«, stimmte Carlo zu.

»Doch jetzt glaube ich noch weniger an einen Auftragskiller vom Format Stepaniaks«, entgegnete Falk. »Stepaniak würde niemals eine Waffe von einem Süchtigen kaufen. Das wäre viel zu gefährlich.«

»Der Junkie könnte sie einem der beiden polnischen Opfer verkauft haben, und Stepaniak nahm sie an sich, bevor er die beiden tötete«, wandte Carlo ein.

»Auch das glaube ich nicht«, entgegnete Falk. »Versetz dich mal in Stepaniaks Lage. Er nimmt eine Waffe, die er nicht kennt und von der er nicht weiß, woher sie stammt und was mit ihr alles schon angestellt wurde. Sie könnte Ladehemmung haben, oder er könnte mit weiteren Taten in Verbindung gebracht werden, die er nicht begangen hat. Einmal benutzen, vielleicht, aber mitnehmen und behalten, das klingt nicht nach einem, der weiß, worauf es in diesem Gewerbe ankommt.«

Carlo kratzte sich an der Stirn. »Ich fürchte, du hast recht. Was machen wir jetzt?«

Falk ging auf eine der Kisten zu, griff hinein und zog mehrere Ordner heraus. »Aktenstudium«, sagte er. »Was sonst?«

24

Hotel Anklamer Hof, Anklam

Aktenstudium war langweilig, öde und ermüdend, dennoch war es Bestandteil jeder guten Ermittlung. Mit Kaffee und Pizza aus dem Restaurant an der Ecke hatten sie sich über Wasser gehalten, bis neun Uhr am Abend hatten sie durchgehalten, bevor sie die Dienststelle verließen, doch bislang schien alles vergebens. Und dennoch wartete ein weiterer Karton am nächsten Morgen im Büro auf Falk. Jetzt brauchte er erst einmal eine Mütze voll Schlaf. Er zuckte zusammen, als er den Flur zu seinem Zimmer entlangging und Pias helle Stimme in seinem Rücken ertönte.

»Na, stiehlt sich jetzt der große Chefermittler auf diese schäbige Art und Weise aus dem Fall?«

Falk blieb stehen und wandte sich um. Pia kam schnellen Schrittes auf ihn zu. »Ich habe eure Pressemeldung erhalten«, sagte sie. »Hatten wir nicht gestern erst darüber gesprochen, und warst du nicht der Meinung, dass Helmich nichts mit dieser Polenbande am Hut hat?«

Falk schüttelte erschöpft den Kopf. »Ich bin hundemüde und will nur noch ins Bett.«

Sie baute sich vor ihm auf und musterte ihn mit funkelnden Augen. »So leicht kommst du mir nicht davon. Wir hatten eine Absprache, wenn du dich noch erinnerst.«

Falk zeigte auf sein Zimmer, ging darauf zu und schloss auf. Pia folgte ihm. Er ließ sich mit einem Seufzer auf das Bett fallen. »Was willst du?«

Sie setzte sich zu ihm auf den Bettrand. »Ich will wissen, was das zu bedeuten hat. Gibst du jetzt so einfach auf? Helmich erschossen von einem Killer, nach dem weltweit gefahndet wird, und dem er wohl dort am See zufällig begegnete. So einfach.

Und jetzt fahren wir wohl wieder zurück nach Leezen, feiern den großen Erfolg und überlassen die Fahndung nach diesem Killer einfach den Polen.«

Falk seufzte. »Wir brauchten was, um den Rücken frei zu kriegen.«

»Soso, und dann so einen Bären, den ihr der Öffentlichkeit aufbinden wollt?«

»Diesen Bären hast du geliefert.«

»Ich?«

»Die Aussage deines Zeugen«, erklärte Falk. »Zufällig stimmt die Beschreibung des Mannes, den dieser Rentner auf dem Plateau gesehen hat, mit der Beschreibung des Mörders überein, nach dem die Polen fahnden.«

»Ach ja, und da dachtest du, klinken wir uns einfach bei den Polen ein, und schon ist die Sache für uns erledigt.«

Falk drehte sich auf den Bauch. »Du vergisst die Tatwaffe.«

»Quatsch, die habe ich nicht vergessen«, entgegnete Pia bissig. »Aber war es nicht der Superermittler Falk, der mir gestern noch erklärt hat, dass dieser Mord an Helmich nichts mit den Morden an den beiden Bandenmitgliedern aus Polen zu tun hat, oder irre ich mich da?«

»Vielleicht habe *ich* mich ja geirrt.«

»War es das, ist der Fall für euch tatsächlich abgeschlossen?«

Falk drehte sich wieder um und richtete sich auf. »Was willst du von mir? Ist das nicht ein gutes Ende? Helmich steht gut da und hat in Ausübung seines Berufes für Film, Volk und Vaterland sein Leben gegeben, um einen international gesuchten Schwerverbrecher dingfest zu machen, dem er auf einem privaten Spaziergang am Kooser See ganz zufällig begegnet ist. Alle sind zufrieden. Seine Frau muss nicht mit einem Makel leben, unsere Bosse erfreuen sich weiterhin an der sauberen und gut funktionierenden Polizei, und dieser Pressefuzzi aus Greifswald kann endlich mit seinen Kleckssereien aufhören. Ich finde, das ist eine Win-win-Situation für uns alle. Wenn du willst, dann gebe ich dir sogar ein Exklusivinterview, gleich morgen früh um zehn, bevor ich wieder nach Leezen fahre und mir meine Beförderung abhole. Aber jetzt will ich bitte erst einmal schlafen. Mach die Tür zu, wenn du gehst.«

»Ich gehe nicht, ich lass mich nicht so einfach abspeisen, nicht bevor du mir erklärt hast, was das soll.«

Falk seufzte. »Also gut, es bleibt aber unter uns, versprochen?«

Pia hob ihre Hand zum Schwur. »Kein Ding«, entgegnete sie.

»Und danach lässt du mich für ein paar Stunden in Ruhe.«

Pia nickte ernsthaft.

»Dieser Pressebericht ist die offizielle Verlautbarung, die mir den Staatsanwalt, den Polizeichef und die negative Presse vom Hals halten soll. Im Hintergrund gehen die Ermittlungen natürlich weiter. Aber diesen Zeugen müssen wir tatsächlich ernst nehmen. Er hat zwar nicht so viel gesehen, dass eine Lichtbildvorlage erfolgversprechend wäre, aber das, was er gesehen hat, deutet tatsächlich auf diesen polnischen Killer hin.«

Pia lächelte. »Das heißt, dieser Bericht ist nichts anderes als ein alter Gaunertrick, um euch den Rücken freizuhalten?«

Falk schnipste mit den Fingern. »Sie hat es verstanden. Vielleicht kriege ich jetzt endlich meine Ruhe.«

»Ich will, dass du mich auf dem Laufenden hältst«, erwiderte sie. »Albert meint nämlich, dass die Sache langsam ausgelutscht ist, und wenn es sich so darstellt wie in eurer Pressemeldung, dann ist die Luft raus, und ich kann wieder nach Wismar zurück.«

Falk zuckte mit den Schultern. »Da hat dein Chef aber so was von recht. Wann fährst du?«

Wenn Blicke töten könnten … »So leicht wirst du mich nicht los«, sagte sie. »Ich habe Albert vorgeschlagen, ein Feature über die grenzüberschreitende Polizeiarbeit und die Zusammenarbeit der deutschen und polnischen Polizei zu schreiben. Er war ganz angetan.«

Falk atmete tief ein und ließ sich wieder auf das Bett zurückfallen. »Schade«, sagte er leise.

Pia erhob sich. »Übrigens, wusstest du, dass Helmich sogar Filmstar war und mehrfach auf der Mattscheibe zu sehen war?«

Falk richtete sich wieder auf. »Was sagst du da?«

Die einzige Antwort, die er erhielt, was das Zuschlagen der Zimmertür. Das war typisch für Pia. Zuerst gackern, aber dann kein Ei legen. Eine Weile dachte er daran, ihr nachzugehen und sie zur Rede zu stellen, doch dann drehte er sich auf die Seite und schlief ein.

Rostock, Yachthafen Mittelmole

Vor ein paar Wochen hatte er seinen fünfundsechzigsten Geburtstag gefeiert. Seit drei Jahren lebte er hier in Rostock und war glücklich in der Stadt an der Ostsee. Hilda war das Beste, das ihm in den letzten Jahren passieren konnte, und wegen ihr, besser gesagt, wegen der Liebe zu ihr, war er unmittelbar nach seiner Pensionierung von Ystad hierhergezogen. Sein Haus in Schweden hatte er verkauft und war bei Hilda eingezogen. Nur die *Trollslända*, seine Segelyacht, hatte er mitgebracht. Alles andere, Auto, Möbel und sogar die Grundstücke in den Schären, hatte er verkauft und dem Land, in dem er geboren und aufgewachsen war, in dem er gelebt und gearbeitet hatte, den Rücken gekehrt. Mit Hilda war er wieder glücklich. Dabei hätte er nie gedacht, sich nach Linas Tod vor zehn Jahren erneut unsterblich zu verlieben. Auf der Fähre hatten sie sich kennengelernt und auf Anhieb gut verstanden. Nach ein paar Besuchen hier in Rostock und einer gemeinsamen Kreuzfahrt in der Karibik hatte er gewusst, dass Hilda genau das war, was er brauchte, um seinen Lebensabend glücklich zu verbringen.

Er schaute auf seine Armbanduhr, während er nochmals die Sicherungstaue an der Yacht überprüfte. Es war kurz nach acht Uhr, Hilda würde bereits mit dem Abendessen auf ihn warten. Dunkel und kalt war es inzwischen geworden; er hätte nie gedacht, dass sich die Reparatur am Motor seiner Yacht so lange hinziehen würde. Um sieben hatte er Hilda per Handy Bescheid gegeben, dass es länger dauern könnte, als ursprünglich geplant, und sie hatte gesagt, dass sie mit dem Essen auf ihn warten würde, denn zum Wochenende sollte auf dem Boot für die kleine Ausfahrt, die letzte wohl in diesem Jahr, wieder alles funktionieren.

Die Taue saßen fest, und er wiegte zufrieden den Kopf hin und her. Es war Zeit für den Aufbruch. Der Yachthafen war menschenleer. In diesen grauen Monaten war ohnehin nicht viel Betrieb. Dennoch gab es ein paar echte Seebären, denen auch das herbstliche Wetter nichts ausmachte und die auch bei Wind hinausfuhren, um ein paar Stunden auf dem Wasser zu verbringen.

Als Kind der Schären war er mit dem Wasser und der See aufgewachsen. Sie bestimmten schon seit frühester Kindheit sein Leben und den Rhythmus, denn sein Vater war einer der letzten Fischer gewesen, die es in den Schären gab. Auch er hatte sich eine Weile mit dem Gedanken getragen, in die Fußstapfen seines Vaters zu treten. Doch der Fischfang ernährte die Familie schon lange nicht mehr. Es waren mehr die Bilder und Fotografien, die Vater von seinen Ausflügen mitbrachte und an einen Verlag in Stockholm für gutes Geld verkaufen konnte. Und Mutter schneiderte: Sie nähte Kleider, Blusen und Röcke, und stets war das Summen der Nähmaschine aus dem kleinen Zimmer neben der Küche zu hören gewesen. Man muss zusammenhalten, wenn man durchs Leben kommen will, hatte Vater immer gesagt.

Er hatte sich schließlich für einen anderen Weg entschieden, hatte die Schären hinter sich gelassen und war in die große Stadt am Öresund gezogen, wo er studierte und eine Zeitlang auch wohnte, doch sein Herz war immer in den Schären geblieben. Die Liebe zu Hilda musste schon sehr groß gewesen sein, damit er seiner Heimat den Rücken kehrte. Und jetzt lebte er hier, war glücklich und zufrieden und genoss jeden Tag auf Erden, den Gott ihm und seiner neuen Liebe schenkte.

Noch einmal betrachtete er seine weiße Segelyacht, die mit zusammengerollten Segeln an der Mole festgemacht war und im Takt der stillen See dümpelte.

Den Vergaser hatte er ausbauen und reinigen müssen, denn der Motor hatte schon ein hohes Alter, so wie die Yacht eben auch. Der Ausbau verlief auch glatt, die Reinigung ebenfalls, doch der Einbau zog sich in die Länge, sodass es jetzt richtig dunkel war. Als er auf dem Anleger zurückging, fuhr in weiter Entfernung die Fähre aus Trelleborg in den Hafen ein. Auf diesem Schiff hatte er Hilda kennengelernt. Oft genug hatte er darüber nachgedacht, was wohl geschehen wäre, wenn er nicht die erste Fähre verpasst hätte oder einen Tag später zurück nach Schweden gefahren wäre. Er hätte Hilda wohl nie getroffen, und das Schicksal hätte ihm einen großen Strich durch die Rechnung gemacht.

Zum Glück hatte damals sein Volvo einen kapitalen Elektronikschaden, sodass er erst am Abend des nächsten Tages die Fähre nach Trelleborg erwischte. Manchmal spielte einem der Zufall einfach in die Karten.

Auch Hilde hatte ihren ersten Mann verloren und seither alleine gelebt. Doch scheinbar gab es auch die Liebe auf den zweiten Blick.

Hilda hatte Kalops gekocht, und dazu gab es Kartoffelknödel. Sie kochte oft schwedische Rezepte, sodass sich Viktor manchmal wie zu Hause in den Schären fühlte. Er freute sich darauf und hatte einen Bärenhunger. Er hätte nicht gedacht, dass es so spät werden würde, doch morgen konnte er erst einmal ausschlafen. Hilda arbeitete nachmittags bei der Stadt, den Morgen hatte sie frei. Eigentlich war seine Pension vollkommen ausreichend für ein gemeinsames Leben, doch es war ihr wichtig, ihr eigenes Geld zu haben. Dabei gehörte ihr ohnehin das kleine Einfamilienhäuschen in Bentwisch, in dem sie zusammen wohnten.

Als er am Tor ankam, zog er seinen Schlüssel aus der Tasche und schloss auf. »Es ist wichtig, dass hier immer abgeschlossen wird«, hatte der alte Hafenwart zu ihm gesagt, als er damals sein

Boot hier einstellte. Und er hatte recht, denn wenn man an Bord seines Bootes war, dann sah man weder den Zugang noch die Anleger, und es wäre nicht das erste Mal, dass ein Boot aufgebrochen wurde. Idioten, die keinen Respekt vor dem Besitz anderer hatten, gab es in allen Teilen der Welt. Selbst in den Schären. Er erinnerte sich noch gut, wie sein Vater eines Morgens voller Ärger aus den Schären zurückkehrte, obwohl er eigentlich zum Fischen hinausfahren wollte. Doch irgendwelche Idioten hatten seine Ruder geklaut, sodass er unverrichteter Dinge umdrehen musste.

Er verließ den Yachthafen, schloss ab und prüfte noch einmal, ob das Tor auch wirklich verriegelt war. Warmes Licht der Gasdampflampen empfing ihn auf dem Vorplatz. Sein Wagen stand heute auf dem Parkplatz des nahen Hotels, da die Parkplätze neben der Mole mit zwei großen Containern zugestellt worden waren. Er passierte die Sportschule des Yachthafens, ging am Bootsverleih vorbei, wechselte die Straßenseite und lief über den Parkplatz zum Wagen, den er im hinteren Bereich abgestellt hatte. Kurz bevor er ihn erreichte, hörte er ein leises Scheppern. Für einen Moment blieb er stehen und schaute sich um, doch weit und breit war niemand zu sehen. Er ging weiter, zwischen zwei geparkten Wagen durch, und blieb erneut stehen, als er dieses leise Scheppern erneut vernahm. Kurz verharrte er, blickte sich um und schüttelte den Kopf. Als er weiterging, dachte er bei sich, dass bei Dunkelheit manche Dinge zu einem Abenteuer wurden, die bei Tag nichts weiter als Banalitäten waren. Er erreichte den Volvo und öffnete schon von Weitem die Türen. Im Aufflammen des Scheinwerfers erkannte er aus dem Augenwinkel einen Schatten, der sich auf ihn stürzte. Er fiel zu Boden und wollte schreien, doch schon traf ihn ein harter Schlag in den Nacken. Ein gurgelnder Laut kam über seine Lippen, als er in die Ohnmacht eintauchte.

Als er wieder zu sich kam, lag er auf einer feuchten Wiese. Die Scheinwerfer eines Autos erhellten die Szenerie. Sein Kopf schmerzte, und ein rötlicher Nebel umgab ihn. Er wusste nicht, was passiert war und wo er sich befand, er fühlte nur den Schmerz in seinem Kopf.

»Wo ist er?«, hörte er eine Stimme durch den Nebel fragen.

»Was … Wie … Wer sind Sie?«, stammelte er.

»Wohin habt ihr ihn gebracht?«

Die Stimme klang dumpf. Ein Mann, der unbeholfen schwedisch sprach. Eine grausame Kälte lag in dieser Stimme.

»Wo?«

Schon traf ihn ein Schlag im Gesicht.

»Ich weiß nicht … Wer sind…«

Ein weiterer Schlag erwischte ihn mitten im Gesicht; er krümmte sich.

»Sag es!«

Ein weiterer Schlag folgte, heftiger und schmerzhafter noch als zuvor. Er bäumte sich auf, da brach ein Schuss. Wie Feuer brannte es in seinem Oberschenkel. Die Ohnmacht kehrte zurück und löschte den Schmerz.

Eine Stunde später lag Viktor Swanberg tot in den Wiesen bei Hinrichshagen, etwa zehn Kilometer vom Yachthafen entfernt.

25

Kriminalinspektion Anklam, Friedländer Straße

Die Nacht war um sieben Uhr zu Ende; Falk hatte geschlafen wie ein Stein. Am Frühstückstisch griff er zum *Grenzlandboten* und las die Schlagzeile.

Polizeibeamter am Kooser See bei privater Dienstausübung erschossen, titelte die Zeitung an diesem Morgen. Man hatte den Pressebericht wohl im Original übernommen und nur noch etwas ausgeschmückt. Pierre Lieb höchstpersönlich hatte den Artikel verfasst. Falk schmunzelte insgeheim. Damit war diesem unangenehmen Gesellen hoffentlich endgültig der Zahn gezogen. Sogar ein Bild des international gesuchten Mörders war über dem Artikel abgebildet.

Dies sollte die Gemüter einstweilen beruhigen und den Ermittlern eine Zeitlang den Rücken freihalten. Fröhlich gestimmt betrat er die Dienststelle, wo ihn Oberkommissar Kachel bereits erwartete. Lukasz Kroll saß im Vernehmungsraum und wartete auf seine Einvernahme.

»Wie ist er drauf?«, fragte Falk.

»Er wirkt zumindest äußerlich gelassen und weiß nicht, weshalb er vorgeladen wurde«, entgegnete Kachel. »Er meint, es hätte zu Helmich nur oberflächlichen Kontakt gegeben, deswegen weiß er nicht, was wir von ihm wollen.«

»Alles klar, dann schauen wir mal.«

Falk holte sich noch schnell einen Kaffee, bevor er zusammen mit Jürgen Kachel den Vernehmungsraum betrat.

»Guten Morgen«, erwiderte Kroll die Begrüßung. »Ich weiß überhaupt nicht, was ich hier soll.«

Falk lächelte ihm freundlich zu, bevor er sich neben Kachel auf den Stuhl setzte. »Das werden wir schon sehen.«

Nachdem Kachel zuerst die persönlichen Daten mit dem vorgeladenen Zeugen durchging und ihn hinterher natürlich ordnungsgemäß als Zeugen belehrte, fragten sie ihn nach den Umständen des Kennenlernens und der persönlichen Beziehung zu Helmich. Kroll antwortete bereitwillig. Natürlich hatten sie sich im Rahmen der Flugausbildung kennengelernt und zuvor keinerlei Berührungspunkte gehabt. Kroll beschrieb Helmich als freundlichen und aufgeschlossenen Menschen mit einer sehr raschen Auffassungsgabe und einem konzentrieren Umgang mit der Technik. Ihr Verhältnis beschrieb er als sachlich und professionell, denn Helmich war ein versierter Seemann mit einer ausgezeichneten nautischen Ausbildung und jahrelang als Kommandant auf einem Boot gefahren. Kroll hatte keine Zweifel daran gehabt, dass Helmich die Prüfung mit einer minimal erforderlichen Stundenzahl an Flugstunden und Alleinflügen auf Anhieb bestehen würde. Die Flugstrecke hätte sie einmal an die Küste, einmal ins Landesinnere geführt. Zwei Nachtflüge waren nötig gewesen, dazu ein Langstreckenflug, der bis nach Jena führte und wieder zurück. Alle Routen wären, wolle man sie überprüfen, durch das Routenbuch und entsprechende Einträge der Flugaufsicht zu belegen.

Falk hörte den Ausführungen des Fluglehrers aufmerksam zu und beobachtete vor allem die Mimik und Gestik des Befragten, doch daraus ließ sich weder eine Unsicherheit noch mangelnde Glaubhaftigkeit mancher Angaben ersehen. Für Falk sprach dieser Mann die Wahrheit.

»Kurze Landung in Jena, auf einen Kaffee, dann sind wir wieder zurückgeflogen«, beendete Kroll seine Auskunft auf Kachels Frage nach der weitesten Flugstrecke.

»Ausflüge nach Polen waren auch darunter?«

»Über die Grenze?«, entgegnete Kroll verwundert. »Das darf ich gar nicht mit einem Flugschüler. Da hätte ich sofort meine Scheine verloren.«

»Das heißt, Sie waren mit Helmich nur im Inland unterwegs?«

»Das sagte ich doch, schauen Sie in das Logbuch der Maschine.«

Kachel winkte ab. »Was da drinnen steht, tragen doch Sie selbst ein, richtig?«

Kroll nickte. »Wollen Sie mir etwa unterstellen …«

»Herr Kroll«, mischte sich Falk in die Vernehmung ein. »Wir wollen Ihnen überhaupt nichts unterstellen, aber wir müssen fragen. Für Sie mag die Fliegerei Routine sein, aber ich habe ehrlich gesagt keine Ahnung davon. Blauäugig könnte man meinen, man setzt sich einfach in eine Maschine und fliegt dorthin, wo es einem gefällt. Verstehen Sie, was ich meine?«

Kroll nickte. »Ja, das verstehe ich. Und grundsätzlich ist das auch kein Problem, wenn Sie Route und Zeitpunkt rechtzeitig angeben. Aber vergessen Sie nicht, auch dort oben ist es zuweilen recht eng. Deswegen muss man sich bei der zuständigen Luftaufsicht anmelden, wenn man in verschiedene Zonen mit Luftverkehr einfliegt, und mit einem Flugschüler ist jeder Flug anzumelden.«

»Sonst kriegt man Ärger?«

»Manchmal kommt dann auch schon mal ein Jagdflieger und schaut nach dem Rechten, bevor etwas passiert«, erklärte Kroll. »Eine kleine Runde über den Flugplatz in geringer Höhe, also unterhalb der Jetzone, ist kein Problem, aber alles darüber und über die Region hinaus ist zu melden. Da versteht die Luftaufsicht keinen Spaß. Ein zweites Überlingen wird es in Europa nicht mehr geben.«

Falk nickte. »Das haben wir jetzt kapiert. Aber eine Frage hätte ich noch: Wann waren Sie zuletzt in Polen?«

»Wieso interessiert Sie das?«

»Ich sagte doch, wir stellen Fragen, die uns ein umfassendes Bild liefern sollen, und dazu gehört eben auch diese Frage.«

Kachel hatte sich inzwischen in seinem Stuhl zurückgelehnt und betrachtete Kroll genau.

Kroll überlegte. »Vor drei oder vier Jahren.«

»Und wo waren Sie dort?«

»Skifahren in Zakopane, dort ist es noch erschwinglich. In Österreich bezahlt man ja schon mehr für ein Ski-Wochenende als anderswo für einen dreiwöchigen Sommerurlaub. Von der Schweiz will ich gar nicht reden.«

»In Danzig waren Sie länger nicht mehr?«

Kroll schüttelte den Kopf. »Ich habe noch eine Stiefschwester, die in Danzig wohnt. Wir haben nicht das beste Verhältnis, deswegen möchte ich Begegnungen mit ihr gerne vermeiden. Es zieht mich auch nicht dorthin. Ich war zehn Jahre alt, als ich nach Deutschland kam. Für mich war Danzig immer nur Dreck, Lärm und Härte. In der Schule, zu Hause, einfach überall.«

»Sagt Ihnen der Name Piotr Volkan etwas?«, mischte sich Kachel ein.

Kroll blickte zur Decke. »Volkan … Volkan … Ehrlich gesagt, der Name kommt mir irgendwie bekannt vor, nur weiß ich gerade nicht aus welcher … Doch, Moment, der Laden, in dem ich für meine Mutter die Wolle kaufen musste, weil wir damals zu arm waren, um uns die Pullover in den Läden zu kaufen, der trug diesen Namen. Volkan, ja, der war an der Ecke zur Marschall Rossokowski-Allee, aber heute ist dort alles neu gebaut, und die Straße gibt es natürlich auch nicht mehr.«

»Woher wissen Sie das?«, fragte Falk interessiert.

»Als ich in Polen diente, da besuchte ich natürlich die Stadt. Da war das Viertel, in dem wir gewohnt hatten, schon abgerissen. Heute stehen dort moderne Wohnhäuser. Kann man auf Google anschauen.«

Falk nickte.

Die Sprechanlage an der Tür zum Vernehmungszimmer meldete sich mit einem kurzen Ton zu Wort. Normalerweise galt die eiserne Regel, Vernehmungen auf keinen Fall zu unterbrechen, es sei denn, es wäre dringend und wichtig. Carlos Stimme dröhnte aus dem kleinen Lautsprecher. »Falk, du wirst hier dringend benötigt.«

Falk räusperte sich und warf Kachel einen kurzen Blick zu. »Ich denke, das genügt, machst du hier noch fertig?«

»Klar«, bestätigte der Kollege.

Hinrichshagen in der Rostocker Heide

Ein Jogger hatte den Toten am frühen Morgen entdeckt und umgehend die Polizei gerufen. Die beiden Kollegen von der Polizeistation in Gelbensande waren als Erste vor Ort.

Am frühen Morgen, noch bevor sie hinausfuhren, um ihren Revierbereich zu überprüfen, hatten sie die aktuellen Meldungen des vergangenen Tages gelesen. Aus diesem Grunde war es für sie einfach, eins und eins zusammenzuzählen, denn es lag eine Vermisstenmeldung vor. Viktor Swanberg aus Bentwisch war von seiner Lebensgefährtin kurz nach dreiundzwanzig Uhr als vermisst gemeldet worden. Die Streife hatte in der Nacht noch den Yachthafen überprüft und den verschlossenen Volvo des Vermissten auf einem Parkplatz hinter dem Hotel Wirotel vorgefunden. Weder auf dem Boot noch im Yachthafen war jemand anzutreffen, und Spuren eines Überfalles oder einer Straftat gab es nicht.

Doch jetzt sah es deutlich anders aus. Der Mann dort im hohen Gras war eindeutig der Vermisste. Er lag auf dem Rücken, und seine Verletzungen waren unmissverständlich. Die Kripo wurde verständigt, denn hier lag ein Tötungsdelikt vor.

»Was haben wir hier?«, fragte Hauptkommissarin Schneider ihren Kollegen Kiesling von der Spurensicherungsabteilung, nachdem sie am Tatort eingetroffen war und sich einen ersten Überblick verschafft hatte.

Kiesling atmete tief ein und breitete die Arme aus. »Mord, eindeutig. Mord und Misshandlung. Schläge ins Gesicht und drei Schüsse. Einmal in den rechten Oberschenkel, einmal in den linken Unterarm, und der dritte traf das Herz. Er dürfte, der Wunde nach, aus kurzer Entfernung abgegeben worden sein.«

»Das Opfer?«

»Viktor Swanberg«, berichtete der Spurensicherungsexperte. »Ist jetzt absolut sicher und durch die Lebensgefährtin verifiziert.«

Hauptkommissarin Schneider runzelte die Stirn. »Swanberg, das klingt …«

»… schwedisch, ja, er ist Schwede«, fiel ihr der Kollege ins Wort.

»Zog vor drei Jahren nach Bentwisch. Stammt ursprünglich aus Ystad und hat sich nach Deutschland verliebt.«

»Aha, und weiß man auch schon, was er gearbeitet hat?«

Kiesling lächelte. »Ich mache zwar ungern deinen Job, aber die Kollegin aus Rostock war schon schwer aktiv. Es liegt nämlich eine Vermisstenmeldung vor. Gestern Abend um dreiundzwanzig Uhr hat Swanbergs Lebenspartnerin Anzeige erstattet. Man hat ihn im Yachthafen gesucht und nur den Wagen gefunden. Dort war er nämlich auf seiner Yacht.«

»Oh, eine Yacht, okay, dann war bei ihm sicher auch was zu holen, oder?«

Kielsling schüttelte den Kopf. »Geldbörse samt Inhalt lagen im Wagen. Hundert Euro waren darin. Und das einzig Wertvolle, das er bei sich hatte, ist seine Armbanduhr. Eine Skagen mit Gravur. Wohl ein Geschenk seines Arbeitgebers. Aber alles in allem ist sie nicht mehr als zweihundert Euro wert und befindet sich außerdem immer noch an seinem Handgelenk. Nur sein Handy fehlt, aber das war ein altes Samsung. Noch nicht mal ein Smartphone.«

Hauptkommissarin Schneider fasste sich an den Kopf. »Sein Arbeitgeber, wer war das denn?«

»Du meinst, wer schenkt eine Kaufhausuhr mit Widmung?«, fragte Kiesling. »Das kann doch wohl nur der Staat machen. Egal, wo auch immer man dient, die haben offensichtlich überall kein Geld mehr in den Kassen, selbst in Schweden nicht. Er war Richter am Tingsrätt in Ystad.«

Die Hauptkommissarin verzog ihre Mundwinkel. »Was zum Teufel ist ein Tingsrätt?«

Kiesling lächelte. »So was wie das Zivilgericht bei uns. Private Streitigkeiten, Familien und Sorgerechtssachen in erster Instanz. Eigentlich mehr so eine Art Schiedsgericht, damit sich die ordentlichen Gerichte nicht mit jedem Senf befassen müssen. Aber er war natürlich Volljurist, hat Jura mit Abschluss in Malmö studiert.«

»Was du alles weißt.«

»Ich gebe zu, ich habe gegoogelt, als mir das die Rostocker Kollegin mitteilte.«

»Aber das ist ja sehr interessant«, sagte die Hauptkommissarin nachdenklich. »Wenn es kein Raubmord war, dann vielleicht eine Sache aus der Vergangenheit, die ihn eingeholt hat.«

Kiesling zuckte mit den Schultern. »Gut, Spekulationen sind dann eher deine Sache. Ich halte mich an die Fakten. Todeszeitpunkt war zwischen dreiundzwanzig Uhr und Mitternacht. Er wurde, wie gesagt, geschlagen, angeschossen und dann letztlich, ich möchte sagen, hingerichtet.«

»Was habt ihr sonst noch?«

Kiesling zeigte auf den knapp zehn Meter entfernten Feldweg. »Eine frische Reifenspur, Ganzjahresprofil, etwa hundertfünfundneunziger Größe, und was kurios ist, wir fanden nur eine Patronenhülse. Die anderen fehlen.«

»Das ist seltsam.«

»Ja, in der Tat. Sie muss beim Auswerfen aus dem Patronenlager abgelenkt worden sein. Möglicherweise von dem kleinen Busch dort drüben, denn sie stammt aus einer Makarow PM, neun Millimeter, und die wirft ja bekanntlich nach rechts aus. Die Hülse lag jedoch links.«

»Makarow, das kommt mir bekannt vor.«

»Genau, daran habe ich auch schon gedacht.«

»Vielleicht sollten wir diesen Falk verständigen. Bei dem Mordfall mit dem Bundespolizisten, das war dieselbe Tatwaffe, und auch die Tatumstände ähneln sich.«

Kiesling nickte. »Und dort hat der Täter ebenfalls die Hülsen mitgenommen. Die hier, links von der Leiche, hat er vermutlich nicht mehr gefunden.«

»Ich rufe sofort beim LKA an«, entschied die Rostocker Hauptkommissarin. »Die wollen bestimmt die Leiche noch vor Ort sehen.«

»Das dachte ich auch, deswegen habe ich dem Rechtsmediziner gesagt, dass es noch ein paar Stunden dauern kann, bevor er ihn auf den Tisch kriegt.«

»Was ist übrigens mit der Lebensgefährtin?«, fragte Hauptkommissarin Schneider noch, bevor sie sich umwandte.

»Die liegt im Krankenhaus«, berichtete Kiesling. »Ist den Kollegen einfach zusammengeklappt, als die bei ihr waren und von dem Leichenfund berichteten. Sie hatten aber schon einen Arzt mit dabei.«

»Okay, dann werde ich mal telefonieren, und wir frieren den Tatort erst einmal ein.«

»Alles klar. Zum Glück ist kein Regen gemeldet.«

26

Hotel Anklamer Hof, Steinstraße

Pia saß in der Hotellounge und war damit beschäftigt, ihre Aufzeichnungen des gestrigen Tages noch einmal abzuhören. Sie hatte sich einen Latte Macchiato bestellt und ihre Kopfhörer aufgesetzt. Über drei Stunden Gesprächsmaterial war auf dem digitalen Aufzeichnungsgerät gespeichert. Vier Interviews hatte sie gestern geführt, allesamt in Bezug auf die Zusammenarbeit der Behörden an der deutsch–polnischen Grenze, denn daraus wollte sie ein Feature machen, das in der nächsten Wochenendausgabe der RMZ erscheinen sollte. Schließlich war das deutsch-polnische Verhältnis durch den Mord an Roger Helmich in den Fokus der Bevölkerung geraten. Sie hatte ihrem Chefredakteur Albert Scheu das Thema vorgeschlagen. Nachdem nun durch den offiziellen Pressebericht der Polizei das vermeintliche Motiv des Mordes an dem Bundespolizeibeamten öffentlich geworden war, gab es keinen Raum für mysteriöse Spekulationen mehr. Sogar Pierre Liebs tägliche Hypothesen bezüglich einer Verbindung zwischen der polnischen Bande und dem getöteten Polizisten waren schlagartig verstummt. Falks Plan hatte offenbar gefruchtet.

Mit diesem Feature hatte sie einen Weg gefunden, Scheu davon zu überzeugen, dass sie noch eine Weile am Ball bleiben konnte, denn aus dem Polizistenmord war kein Kapital mehr zu schlagen, wie sich Scheu bei der letzten Unterhaltung ausgedrückt hatte. Mal sehen, ob Falk diesmal sein Versprechen halten würde und sie über die weiteren Ermittlungsergebnisse auf dem Laufenden hielt. So ganz glaubte sie nicht daran, deswegen war es besser, wenn sie hierblieb und Falk im Nacken saß.

Ihr Handy klingelte. Sie hörte es durch den Kopfhörer erst, als die Lautstärke des Klingeltons anschwoll. Sie nahm den Kopfhörer ab und stoppte das Diktiergerät, bevor sie das Gespräch annahm. Scheu war in der Leitung.

»Bist du schon auf dem Weg?«, fragte er ohne Umschweife.

Pia runzelte die Stirn. »Auf dem Weg? Ich bin hier in Anklam und arbeite.«

»Was treibt meine Starreporterin eigentlich den ganzen lieben langen Tag, und noch dazu auf Betriebskosten?«, beschwerte sich ihr Chefredakteur. »Sitzt in der Provinz und kriegt vom normalen Leben überhaupt nichts mehr mit. Schon Radio gehört?«

Pia war überrascht. Worauf spielte Albert mit seiner Frage an? »Ich … Ich arbeite an dem Feature, du hast doch selbst gesagt …«

»Lass das erst mal sein und kümmere dich um die tagesaktuellen Dinge«, fiel ihr Albert ins Wort. »Es gibt einen Mordfall, hier in Rostock. In der Rostocker Heide wurde die Leiche eines schwedischen Pensionärs aufgefunden.«

»Und was hat das mit dem Mordfall hier an der Grenze zu tun?«, fragte Pia verwundert.

»Es gibt Gerüchte, und die sprechen sich hier an der Küste bekanntlich schnell herum, wenn man den Finger am Puls der Zeit hat«, erklärte der Chefredakteur. »Der Mann wurde erschossen, offenbar mit einer Makarow. Das hat todsicher was mit dem Mord an Helmich zu tun, und ich finde, das ist es wert, von uns näher betrachtet zu werden, was meinst du?«

Pia machte große Augen. »Du meinst, es gibt eine Verbindung?«

»Das sollten eigentlich die Leute herausfinden, die ich für viel Geld draußen auf der Straße habe. Aber wenn die natürlich gemütlich in einem Hotelzimmer sitzen und Maulaffen feilhalten, dann wird das wohl nichts.«

»Weißt du noch mehr?«

»Ich weiß nur, was ich über meine Kanäle erfahren habe: Es soll sich, wie gesagt, um einen schwedischen Pensionär handeln, der hier in der Gegend wohnte und mit einer deutschen Frau zusammenlebte. Er soll leidenschaftlicher Segler gewesen sein und war gestern im Yachthafen an der Mittelmole auf seinem Boot zugange. Als er abends nicht nach Hause kam, meldete ihn seine Lebensgefährtin bei der Polizei als vermisst. Heute früh hat ein Jogger die Leiche gefunden.«

»Wo genau?«

»Irgendwo bei Hinrichsdorf lag er im Gras. Er wurde offenbar schon um Mitternacht ermordet. Ansonsten ist es so wie immer, die Polizei hält sich bedeckt und gibt keine weiteren Informationen heraus. Aber jetzt halt dich fest, dein Starermittler Falk ist auf dem Weg zum Fundort. Das habe ich aus einer äußerst zuverlässigen Quelle.«

Pia griff zu ihrem Schreibblock und notierte »Hinrichsdorf« und »Rostocker Heide«. »Ich bin schon auf dem Weg«, sagte sie.

»Das will ich hoffen«, entgegnete Scheu. »Und wenn es eine Verbindung gibt, und die scheint es zu geben, dann will ich das morgen in der RMZ lesen, hast du verstanden?«

»Aye, Käpt'n«, antwortete Pia, ehe sie das Gespräch beendete.

Eine neue Leiche und möglicherweise eine Verbindung zu Helmich, das änderte natürlich alles. Hatte Falk nicht gesagt, dass sich der vermeintliche Mörder längst in Richtung Russland abgesetzt habe? Offenbar lief er doch noch hier in der Gegend herum. Sie raffte ihre Sachen zusammen und eilte in ihr Hotelzimmer. Zehn Minuten später saß sie in ihrem Wagen und fuhr aus der Stadt. Wenn sich Scheu nicht irrte, dann würde sie in der Rostocker Heide auf Falk treffen.

Rostocker Heide, bei Hinrichsdorf

Nachdenklich betrachtete Falk die kleine bronzefarbene Hülse, die in der Plastiktüte der Spurensicherung steckte.

»Eindeutig Makarow, neun Millimeter«, sagte Hauptkommissarin Schneider mit einer nicht zu widerlegenden Bestimmtheit in ihrer Stimme.

»Am Kooser See hat der Täter alle Hülsen eingepackt und mitgenommen«, entgegnete Falk.

»Hat er hier wohl auch versucht, aber das kleine Ding hat er anscheinend übersehen. Es lag links der Leiche, obwohl die Makarow die Hülsen nach rechts ausstößt. Aber Kiesling meint, dass sie wohl von dem Strauch neben der Leiche abgelenkt worden ist. Hier muss es um Mitternacht stockdunkel gewesen sein, und wenn man nicht weiß, wo man suchen soll, dann kann man so ein kleines Ding leicht übersehen. Vor allem, wenn es mit der Öffnung nach oben zu liegen kommt. Und das war hier der Fall.«

Falk hatte sich zusammen mit Carlo sofort auf den Weg in die Rostocker Heide gemacht, nachdem er von seiner Chefin über den Leichenfund in der Rostocker Heide informiert worden war. Knapp zwei Stunden waren sie über die A20 unterwegs gewesen, bevor sie bei Hinrichsdorf auf den kleinen Feldweg abbogen und schließlich vor einem quer stehenden Streifenwagen stoppten.

Falk zog seinen Mantelkragen hoch; ein kalter Wind pfiff über das Grasland.

»Ich wollte, dass ihr die Situation so seht, wie auch wir sie angetroffen haben«, fuhr Hauptkommissarin Schneider fort. »Die Spuren sind weitestgehend gesichert, aber es gibt leider nicht all zu viele.«

»Leider«, wiederholte Falk und blickte sich um. Inzwischen war ein Leichenwagen am Tatort eingetroffen. Der Tote wurde von zwei kräftigen Männern in einen Zinksarg gelegt und zum Abtransport vorbereitet. Das rechtsmedizinische Institut war informiert und wusste, dass die Obduktion Vorrang vor allen anderen Vorhaben des frühen Nachmittags hatte.

Carlo kam auf Falk und die Hauptkommissarin zu. »Ich fahre mit Kiesling ins Institut. Ich schau da mal lieber über die Schulter, dann wissen wir genau, ob es dieselbe Waffe wie bei Helmich war. Ein Mikroskop werden die da ja wohl haben.«

»Gute Idee«, stimmte Falk zu. »Dann wissen wir auch sicher, ob wir denselben Täter suchen.«

Die Makarow war eine sowjetische Pistole, die unter anderem auch als Offizierswaffe bei der Sowjetarmee Verwendung gefunden hatte. Nach der Wende war sie ausgemustert und durch eine moderne Waffe ersetzt worden. Doch auch die Volkspolizei und die Armee der damaligen DDR waren teilweise mit dieser Handfeuerwaffe ausgestattet gewesen. Sogar nach der Wende wurden in der einen oder anderen Polizeieinheit der neuen Bundesländer noch solche Waffen benutzt. Und eines war im Chaos der Wende klar: Nicht alle Waffen fanden damals den Weg in die Waffenkammern zurück. Deshalb war es durchaus denkbar, dass dieser Mann hier in der Rostocker Heide nicht mit der Waffe erschossen wurde, durch die Roger Helmich gestorben war. Doch angesichts der Anzahl von Mordanschlägen, die mit einer Schusswaffe ausgeführt wurden, war eine Verbindung sehr wahrscheinlich.

»Ich denke, am Ende des Tages dürfte das euer Fall werden, das hier ist schließlich nicht New York«, bemerkte die Rostocker Hauptkommissarin. »Die Lebensgefährtin ist zusammengebrochen und musste ins Krankenhaus gebracht werden. Sie ist jetzt aber vernehmungsfähig. Ich wollte gerade zu ihr, als ihr hier eingetroffen seid. Wie sieht es aus, willst du mich gleich zu ihr begleiten?«

Falk stimmte sofort zu. Wenn er schon mal hier war,

und falls die beiden Morde zusammenhingen, konnte er sich den schweren Gang zu der Hinterbliebenen mit der Rostocker Kollegin teilen. Außerdem hatte Carlo den Dienstwagen benutzt, um mit Kiesling nach Rostock zu fahren.

»Mein Wagen steht vorne am Feldweg«, bemerkte die Kollegin noch.

Gemeinsam gingen sie den Weg entlang. Polizisten hatten ein Absperrband aufgestellt, denn so langsam sammelten sich neben Neugierigen und Passanten auch die Presse in der Nähe des Tatortes.

»Er soll Richter gewesen sein, habe ich gehört«, bemerkte Falk, als sie nebeneinander den Weg entlanggingen.

»Ja, das war er«, bestätigte die Hauptkommissarin. »Allerdings an einem Zivilgericht. Strafsachen bearbeitete er nicht. Das war auch mein erster Gedanke. Deshalb habe ich umgehend veranlasst, dass die schwedischen Behörden informiert wurden. Ich erhielt den Rückruf einer Polizistin namens Julia Holm vom Polizeibezirk Süd aus Malmö, die sind auch für Ystad zuständig. Swanberg lebte ja erst ein paar Jahre hier in Rostock. Über ihn ist bei uns überhaupt nichts bekannt.«

»War diese Holm vom Polismyndighet Syd?«

»Ja, soweit ich mich erinnere, hat sie sich als Polisintendent Holm von diesem Polismyndingsbums vorgestellt, was auch immer das ist.«

»Das ist die Polizeibehörde, die Verwaltung. Die sitzen vorwiegend in Büros und wälzen Aktenordner oder nerven die aktiven Kolleginnen und Kollegen«, entgegnete Falk trocken. »Was hat sie denn gesagt?«

»Nicht viel, nur dass wir den offiziellen Weg gehen müssen«, entschuldigte sich die Kollegin. »Ich weiß, ihr habt da mehr Erfahrung. Ich hätte wohl einfach auf einem Revier anrufen sollen.«

»Schon gut«, seufzte Falk. »Ich hoffe nur, dass die Schweden etwas kooperativer sind, als es die Polen bislang waren.«

»Ich verstehe, vereintes Europa.«

Falk nickte. »Da ist noch vieles verbesserungswürdig.«

Sie erreichten den blauen Audi, der neben einem Streifenwagen am Anfang des Feldweges stand. Bevor Falk auf der Beifahrerseite Platz nahm, sah er sich noch einmal um. Mehrere Menschen standen neben dem Flatterband. In der Menge erspähte er Pia, die ihm freundlich zuwinkte. Falk vermied den Blickkontakt und setzte sich in den Wagen.

»Ich hoffe, dass uns der Besuch im Krankenhaus weiterbringt«, fuhr die Hauptkommissarin mit der Unterhaltung fort. »Wer weiß, vielleicht gab es ja Drohanrufe, Briefe oder Ähnliches. Wir fragen auch gleich, ob sie mit der Durchsuchung der Wohnung und der Yacht einverstanden ist, dann brauchen wir keinen richterlichen Beschluss.«

Falk blieb stumm. Er dachte an Pia. Wie zum Teufel wusste sie schon wieder, dass dieser Mord möglicherweise im Zusammenhang mit dem Tod Helmichs stand? Bestimmt hatte Albert Scheu wieder seine Lauscher ausgestreckt und davon erfahren. Dieser Mann war ein Phänomen, er wusste über alles, was in der Region lief, bestens Bescheid. Er würde noch einmal mit Pia sprechen müssen. Die letzte Bemerkung bei ihrem Besuch auf seinem Zimmer hatte er noch im Halbschlaf wahrgenommen. Doch bislang hatte er noch keine Zeit gefunden, zu ergründen, was Pia gemeint hatte.

»Das Krankenhaus liegt im Süden der Stadt. Wir sind bald da.

Falk schaute aus dem Beifahrerfenster. Bäume und Sträucher flogen vorbei. »Dann hoffe ich, dass die Frau uns tatsächlich weiterhelfen kann.«

27

Klinikum Südstadt, Rostock

Sie hieß Hildegard Brenner, war neunundfünfzig Jahre alt und arbeitete als Sachbearbeiterin bei der Stadtverwaltung in Rostock. Sie war zutiefst erschüttert und niedergeschlagen. Die Nachricht vom Tod ihres Lebensgefährten hatte ihr den Boden unter den Füßen weggezogen.

Man könne mit ihr sprechen, hatte der behandelnde Arzt gesagt. Aber man solle sich kurz fassen.

Sie lag in einem Zweibettzimmer, doch das zweite Bett war leer. Mit rotgeweinten Augen schaute sie aus dem Fenster, vor dem die Blätter einer Pappel im Wind tanzten. Als Falk zusammen mit der Rostocker Kollegin das Zimmer betrat, wandte sie nur kurz den Kopf zur Tür.

»Wer … wer tut so … so was?«, stammelte sie.

Falk trat an ihr Bett, während seine Begleiterin im Hintergrund blieb.

»Mein Beileid«, sagte Falk einfühlsam. »Falk ist mein Name, ich bin vom Landeskriminalamt. Frau Brenner, sind Sie in der Lage, uns einige Fragen zu beantworten?«

Sie schaute Falk in die Augen. »Wissen Sie, wer Viktor umgebracht hat?«

Falk schüttelte den Kopf und zog sich einen Stuhl heran.

»Wurde er beraubt, war das wegen Geld?«

Falk zuckte mit den Schultern, ehe er sich setzte. »Frau Brenner, wir stehen erst am Anfang der Ermittlungen. Aber wenn es Ihnen derzeit nicht …«

Sie winkte ab. »Fragen Sie schon, ich will, dass der Kerl, der das getan hat, in der Hölle schmort.«

Falk warf seiner Kollegin einen kurzen Blick zu, eher er seinen

Notizblock zückte. »Sie und ihr Lebensgefährte lebten seit etwa drei Jahren zusammen?«

Sie nickte. »Wir lernten uns auf einer Fähre kennen. Das war im September vor fünf Jahren. Irgendwie hat es zwischen uns sofort gefunkt. Er arbeitete in Schweden …«

»Er war Richter?«

»Ja, am Zivilgericht. Nachdem er pensioniert wurde, zog er von Ystad zu mir nach Bentwisch.«

»Können Sie mir sagen, wann er gestern das Haus verlassen hat?«

Die Frau überlegte. »Ich arbeite halbtags bei der Stadtverwaltung und musste um dreizehn Uhr meinen Dienst beginnen. Wir haben zusammen das Haus verlassen, und er hat mich noch in die Stadt gebracht, bevor er zum Hafen fuhr.«

»War etwas ungewöhnlich an diesem Tag?«

Sie runzelte die Stirn. »Was meinen Sie damit?«

»War er anders als sonst, oder gab es einen ungewöhnlichen Zwischenfall, irgendetwas, was anders war als sonst?«

Sie schüttelte den Kopf. »Nein, er war wie immer, und es gab auch nichts, es war … Es war ein ganz normaler Tag.«

Tränen liefen über ihre Wangen. Sie griff nach einem Taschentuch und tupfte über ihre Wangen.

»Was wollte er im Hafen?«

»Viktor ist [illegible] war Segler aus Leidenschaft. Dort liegt sein Boot vor Anker, eine Segelyacht, die er aus Ystad mitbrachte. Sie war sein ganzer Stolz, doch bei der letzten Ausfahrt machte der Motor Probleme. Er wollte sich darum kümmern. Er hat mir sogar gesagt, dass es etwas länger dauern könnte, deshalb sollte ich mit dem Essen nicht auf ihn warten.«

»Sie haben ihn etwa gegen dreiundzwanzig Uhr vermisst gemeldet.«

»Er wollte gegen sieben zu Hause sein, ich wusste, dass es später werden könnte, und hatte ihm Kalops gekocht. Die kann man aufwärmen. Als es neun wurde, machte ich mir Sorgen. Ich dachte, vielleicht klappt etwas mit dem Motor nicht, und rief ihn an, doch er meldete sich nicht.«

»Wie spät war es da?«

Sie zuckte mit den Schultern. »Nach neun, halb zehn vielleicht. Ich rief dann bei Holger an und fragte, ob er weiß, wo Viktor ist.«

»Holger?«

»Holger Behrends«, entgegnete die Frau. »Er ist der Kassierer vom Yachtclub, und Viktor wurde vor einem Jahr zum Vorsitzenden gewählt. Manchmal gehen sie zusammen noch was trinken, aber Holger wusste auch nicht, wo Viktor war. Er hat ihn am Mittag an der Mole getroffen und kurz mit ihm geredet, da schraubte Viktor noch am Motor herum. Er meinte, ich solle mal bei Johannes nachfragen, dem zweiten Vorstand. Der wäre auch an der Mole gewesen. Doch Johannes wusste auch nicht mehr.«

»Sie sind dann zum Hafen gefahren?«

Hilda Brenner nickte. »Das war so gegen zehn. Aber dort war alles dunkel und verschlossen, und Viktors Wagen habe ich auch nicht gesehen. Ich wusste ja nicht, dass er beim Hotel geparkt hatte. Ich fuhr noch einmal nach Hause, und als er da nicht war, rief ich die Polizei. Hätte ich doch nur früher …«

»Machen Sie sich darüber bitte keine Gedanken«, fiel ihr Falk ins Wort. »Wenn so etwas Schreckliches passiert, macht man sich Gedanken, die dann oft in Selbstzweifeln und Vorwürfen enden. Doch die Realität lässt sich nicht ändern, egal wie sehr man das möchte. Sie tragen keine Schuld an dem, was andere anrichten.«

Die Frau nickte dankbar.

»Hat es denn in den letzten Tagen oder Wochen ungewöhnliche Vorfälle gegeben?«, fragte Falk, doch die Frau schüttelte den Kopf, nachdem sie eine Weile überlegt hatte.

»Wurde er bedroht, gab es Anrufe, und niemand war am Apparat?«

Sie atmete tief ein. »Wie meinen Sie das?«

»Gab es Ärger mit jemanden oder … Ich meine, er war schließlich Richter, da macht man sich ja nicht nur Freunde.«

»Ja, er war Richter. Am Zivilgericht in Ystad, Er entschied darüber, welche Versicherung bei einem Unfall für den Schaden aufkommen muss,oder wer sich in den Wohngebieten um das Räumen von Schnee kümmern musste. Wenn man sich da schon Feinde macht, dann stimmt doch etwas mit dieser Welt nicht mehr.«

Falk nickte. »Ich verstehe. Gab es sonst Auffälligkeiten? Fremde Fahrzeuge in der Straße oder fremde Personen, die dort herumlungerten?«

Diesmal musste sie nicht überlegen. »Ja, da war etwas«, sagte sie, wie aus der Pistole geschossen. »Vor einer Woche etwa. Da parkte ein Wagen vor dem Grundstück meines Nachbarn und versperrte die Ausfahrt. Als der rausfahren wollte und auf den Wagen zuging, startete der Fahrer den Motor und fuhr mit quietschenden Reifen davon. Ich war gerade im Garten und habe es mitbekommen.«

»Ein Fahrer, sagen Sie?«

»Ich nehme es an, so wie der davonbrauste, sehen konnte ich nichts, dazu war ich zu weit entfernt.«

»Und der Wagen?«

Sie blickte zur Seite. »Ein Golf, meine ich. Blau, so ein tiefes Blau. Und das Kennzeichen war nicht von hier.«

»Keines aus Rostock?«

»Noch nicht einmal deutsch, wenn Sie mich so fragen. Da war noch ein Buchstabe nach den Zahlen, und das war ein U und kein E, wie bei den Elektroautos. Ich musste nämlich mal eine Zeit lang auf der Zulassungsstelle aushelfen.«

»Wissen Sie noch mehr zu diesem Kennzeichen?«

»Es ging alles so schnell«, antwortete die Frau. »Ich meine, vor dem U stand die Zahl 6, und der erste Buchstabe war ein G, aber da bin ich mir nicht so sicher. Das ging viel zu schnell, und bevor ich richtig schauen konnte, war der schon um die Ecke. Aber das Auto war sicher ein Golf, ein älteres Baujahr und noch kantig. Ich habe selbst mal so einen gefahren. Das war um die Jahrtausendwende.«

»G stand am Anfang und am Ende 6U, richtig?«, fragte Falk noch einmal nach, bevor der die Kennzeichenfragmente in seinem Notizblock notierte. Er blätterte eine Seite zurück. Auch Kostelov, der Zeuge, den Pia ausfindig gemacht hatte, sprach von einem älteren blauen Golf. Ihm waren die Zahlen vier und acht noch in Erinnerung geblieben. So langsam wurde eine ernstzunehmende Spur daraus. Er würde noch einmal mit Milik sprechen müssen.

Er klappte sein Notizbuch zu und steckte es ein, bevor er sich von Hilda Brenner verabschiedete und ihr alles Gute wünschte.

»Kriegen Sie den Mistkerl, der Viktor ermordet hat!«, sagte die Frau noch, bevor Falk und seine Begleiterin das Zimmer verließen.

Als sie vor dem Krankenhaus standen, klingelte Falks Handy. Carlo war am Apparat. »Die haben hier sogar ein modernes Elektronenmikroskop«, sagte er. »Es ist zwar noch nicht amtlich, aber die Projektile stimmen mit unseren überein. Die Morde an den beiden Polen, an Helmich und an diesem schwedischen Richter hängen zusammen, da bin ich mir jetzt sicher.«

»Okay«, sagte Falk knapp und beendete das Gespräch. Es war keine Überraschung für ihn, denn vom Gefühl her hatte er das von Anfang an bereits angenommen. Doch wie passten zwei polnische Gangster, ein deutscher Bundespolizist und ein schwedischer Zivilrichter zusammen?

Es musste einen gemeinsamen Nenner geben, das war sicher. Nur, diesen zu finden, das genau war sein Problem.

Radisson Blu Hotel, Rostock

Woher Scheu nur immer diese Informationen hatte! Auch Pia fühlte sich sehr gut in ihrer Region vernetzt, doch Scheu war ein absolutes Phänomen.

»Fahr ins Radisson, und triff dich dort mit Dan Frederickson«, hatte er ihr am Telefon gesagt. »Frederickson ist Strafrichter in

Malmö und hat ein paar Jahre mit Richter Frühling zusammengearbeitet. Sprich mit ihm, vielleicht erfährst du mehr von ihm über Swanberg. Bisschen komischer Typ, aber das soll uns egal sein.«

»Ein schwedischer Richter hier in Rostock? Und wer ist Richter Frühling?«

»Das Symposium, Rechtsstaatliches Europa, im Radisson, schon vergessen?«

»Und Richter Frühling?«

»So nannte man Swanberg in Insiderkreisen.«

»Frühling, weshalb Frühling?«

»Ganz einfach: Weil er als Strafrichter viel zu milde war, schob man ihn ans Zivilgericht ab. Aber frag Frederickson. Er wartet gegen acht an der Bar auf dich.«

Scheu hatte nicht zu viel versprochen. Dan Frederickson war Mitte vierzig, trug ein weißes Hemd und hatte die Krawatte auf Halbmast gezogen. Seine schwarzen Haare strotzten vor Gel, und der Duft seines Parfüms kitzelte in der Nase.

»Gehen wir an einen Tisch«, schlug Pia vor.

Der Richter nickte, griff nach seinem Whiskyglas und folgte ihr.

»Ich habe mich schon gewundert, als mich Albert anrief«, sagte der Richter beiläufig. »Ich wusste gar nicht, das Swanberg hier in Rostock wohnt. Ich frage mich, wer ihn umgebracht hat. Mit seinem Richteramt kann das wohl nicht zusammenhängen. Er war für die Angeklagten besser als jeder Rechtsanwalt.«

Sie setzten sich abseits der Bar in eine stille Ecke.

»Sie trinken nichts?«, fragte Frederickson.

»Danke, nicht bei der Arbeit.«

»Löblich, löblich.«

Frederickson sprach glücklicherweise akzentfreies Deutsch; Pia hatte sich bereits darauf eingestellt, das Gespräch auf Englisch führen zu müssen.

»Er wurde Richter Frühling genannt, stimmt das?«

»Swanberg war zu weich für den Job. Er wäre besser Pfarrer geworden. Seine Versetzung war längst überfällig, wenn Sie mich fragen.«

»Wie haben Sie ihn kennengelernt?«

»Das war während meiner Ausbildung«, erklärte Frederickson. »Ich wurde als junger Referendar dem Gericht in Ystad zugewiesen und war ein Jahr dort. Ich habe sogar ein paar Sitzungen mit ihm absolviert, aber ehrlich gesagt, konnte man von ihm nur lernen, wie man es nicht macht.«

»Wann war das?«

Der Richter überlegte. »Das muss zweitausendsechs gewesen sein. Er wurde ein Jahr später an das Tingsrätt versetzt, und da war er gut aufgehoben. Mit den Leuten reden, Entscheidungen treffen, die keinem richtig wehtun, das war mehr so seine Masche und passte ihm besser als die Strafsachen. Man hat ihm auch keine großen Fälle übertragen. Kleinere Sachbeschädigungen, Beleidigungen und die eine oder andere Ohrfeige. Man kannte Richter Frühling, und ich denke, er wusste selbst, dass er am Strafgericht fehl am Platze war.«

»Gab es denn irgendwelche Fälle von ihm, die Aufsehen erregten? Ich meine, könnte der Tod mit seiner Tätigkeit als Richter zu tun haben?«

Frederickson zuckte mit den Schultern. »Ich möchte so etwas nicht ausschließen bei all den komischen Leuten, mit denen es man inzwischen zu tun bekommt, aber eigentlich machte er nur kleine Sachen. Ich wurde dann nach Malmö versetzt und hatte keinen Kontakt mehr zu ihm. Ich weiß nicht, welche großen Sachen er beim Tingsrätt bearbeitete, aber eigentlich gibt es dort keine großen Dinge. Sicherlich, manchmal kommt schon eine unschöne Sorgerechtssache auf den Tisch, oder beim Erben fühlt sich jemand betrogen, aber der Spruch des Tingsrätt ist ja nicht bindend, man kann ihn mit einfachen Mitteln anfechten, dann geht es eben in die Instanz.«

»Dann ist das Tingsrätt so etwas wie ein Schiedsgericht, richtig?«, fragte Pia zum besseren Verständnis.

»Wenn Sie so wollen. Wie gesagt, ich denke, das passte auch viel besser zu ihm.«

»Hatte er denn in Schweden Familie, oder gab es in seinem privaten Umfeld irgendwelche Probleme?«

Frederickson runzelte die Stirn. »Na ja, ich war nur etwa ein Jahr mit ihm zusammen. Ich wusste, dass er ein kleines Häuschen in den Schären hatte und verheiratet war. Seine Frau war damals schon schwer krank, und Kinder hatte er keine, so viel ich weiß. Er führte eigentlich ein bescheidenes und zurückgezogenes Leben. Das Einzige, wofür er schwärmte, war die Seefahrt. Er hatte eine eigene Yacht und verbrachte viel Zeit auf dem Wasser. Aber das ist in den Städten an der Küste auch nicht außergewöhnlich. In manchen Orten gibt es mehr Boote als Autos.«

Pia nickte. Ihr Schreibblock lag neben ihr auf dem Tisch, denn das, was ihr der Richter bislang erzählt hatte, hatte den Besuch in diesem Hotel bislang nicht gelohnt. Alberts Kontakte waren eben doch nicht immer zielführend.

Frederickson lächelte breit, während Pia überlegte, was sie den Mann noch alles fragen könnte, bis er schließlich von selbst weitererzählte.

»Wir haben uns dann aus den Augen verloren, und ich dachte schon nicht mehr an ihn, als er plötzlich mitten zur besten Sendezeit im Fernsehen auftauchte und von einer Reporterin des SVT interviewt wurde.«

Pia wurde hellhörig. »Wissen Sie noch, wann das war und worum es in dem Interview ging?«

Frederickson griff zu seinem Whisky und trank einen Schluck. »Das muss achtzehn oder neunzehn gewesen sein, da ging es um dieses Findelkind.«

»Findelkind?«, fragte Pia.

Frederickson zuckte mit den Schultern. »Ganz genau weiß ich das auch nicht mehr, aber da wurde irgendwie ein Kleinkind in einem Rettungsboot gefunden. Es hatte wohl als einziges eine Havarie überlebt. Er musste damals entscheiden, was mit dem Kind geschieht. So eine Vormundschaftssache war das, aber fragen Sie mich nicht nach den Details. Das ist lange her und gehört absolut nicht in mein Ressort. Ich wusste auch gar nicht, dass er inzwischen hier in Rostock wohnt. Ich habe nur noch erfahren, dass seine Frau gestorben ist. Das muss vor etwa zehn Jahren gewesen sein.«

Pia hatte das Wort Findelkind und die Jahreszahlen notiert. Bestimmt war damit im Archiv etwas zu finden. Sie lächelte dem Richter zu, bedankte sich für das Gespräch und verabschiedete sich.

»Wie, das war schon alles?«, fragte der Richter. »Wollen Sie nicht doch einen kleinen Schluck an der Bar …«

»Tut mir leid, ich muss noch arbeiten«, sagte sie und winkte ihm zum Abschied zu. Bevor sie das Hotel verließ, suchte sie noch eine dunkle Ecke auf, zog ihr Handy hervor und schrieb Falk eine SMS.

»Wenn du schon nicht mit mir reden willst, dann überprüfe doch mal, was es mit Swanberg und diesem Findelkind auf sich hat … LG Pia«

28

Kriminalkommissariat Rostock, Ulmenstraße

Falk hatte Pias Nachricht erhalten, doch er wusste nichts damit anzufangen und schüttelte nur den Kopf. Wohl nichts weiter als ein erneuter Versuch von ihr, mit ihm in Kontakt zu kommen. Eine Antwort schenkte er sich. Er war auf die Polizeidienststelle gefahren, denn er musste umgehend mit Milik sprechen. So wie es aussah, lagen die polnischen Kollegen vollkommen falsch mit ihrer Einschätzung. Über Handy hatte er schon versucht, Milik zu erreichen, doch der Empfang war schlecht, also blieb nur der Dienstapparat.

Hauptkommissarin Schneider wies ihm ein leerstehendes Büro zu und wartete, bis die Verbindung nach Polen stand.

»Sie finden mich in meinem Büro«, flüsterte sie, ehe sie das Büro verließ und Falk alleine im Zimmer zurückließ.

Milik war sofort am Apparat. »Hallo Falk, mein deutscher Kollege, ich konnte Sie vorhin überhaupt nicht verstehen, wo waren Sie, in einem Tunnel?«

»Nicht ganz, aber jetzt verstehen Sie mich?«

»Ich kann Sie sehr gut verstehen, Falk. Wie kommen Sie mit Ihrem Fall zurecht?«

»Meinem Fall«, wiederholte Falk missgestimmt. »Ich dachte, das wäre unser Fall. Oder ist es Ihnen egal, wer der Mörder von Kuchar und seinem Komplizen ist?«

In der kurzen Pause des Gesprächs war ein heftiger Atemzug Miliks zu hören.

»Falk, was soll das, wir wissen doch längst, wer es war«, antwortete er entspannt.

»Falsch, Milik, Sie wissen gar nichts, rein gar nichts«, schleuderte ihm Falk entgegen.

»Was … Wie meinen Sie das?«

Milik war offenbar sprachlos.

»Also, entweder jagen Sie dem falschen Täter hinterher, oder Ihre Informationen stimmen nicht«, entgegnete Falk vorwurfsvoll. »Ich bin in Rostock. Hier wurde ein schwedischer Richter ermordet. Erschossen, auf dieselbe Art wie Volkans Männer und der deutsche Polizist. Wie gesagt, entweder jagen Sie den Falschen, oder er ist immer noch hier.«

Erneut herrschte für einen Augenblick tiefes Schweigen.

»Was für ein Richter und weshalb Schweden, ich verstehe Sie nicht, Kommissar Falk.«

Falk erklärte Milik in aller Einzelheit, was in Rostock in der vergangenen Nacht passiert war, und Milik hörte aufmerksam zu.

»Tatsächlich dieselbe Tatwaffe, das ist sicher?«, fragte der polnische Ermittler, nachdem Falk ans Ende seines Berichts gekommen war.

»Das ist sicher, ohne Zweifel«, bestätigte Falk. »Deswegen sind eure Informationen wohl nicht zutreffend. Stepaniak ist entweder noch hier, oder er hat gar nichts mit der Sache zu tun.«

»Cholerne gówno«, fluchte Milik. »Stepaniak ist bislang unsere einzige Spur.«

»Dann seid ihr mit euren Ermittlungen noch nicht sehr weit gekommen«, unkte Falk.

»Im Vertrauen, Falk«, entgegnete Milik. »Nicht Stepaniak steht auf unserer Speisekarte an erster Stelle, sondern Volkan. Wir sind seit vier Jahren an ihm dran. Und ehrlich gesagt, gerieten unsere Ermittlungen in den letzten Wochen und Monaten ins Stocken. Erst nachdem Kuchar und Batsch tot aufgefunden wurden, kam Bewegung in die Sache. Sie waren ja selbst dabei. Lupin ist gesprächiger, als wir angenommen haben. Inzwischen können wir Volkan zwei Morde, Rauschgifthandel im großen Stil, Menschenhandel und noch so ein paar Kleinigkeiten nachweisen. Wir haben Anfang dieser Woche über zwei Millionen Dollar auf einem Konto auf den Bahamas eingefroren, und wir sind ganz dicht an ihm dran. Es ist nur noch eine Frage der Zeit, bis wir ihn gefasst haben.«

Falk runzelte die Stirn. »Weshalb habt ihr das nicht schon gesagt, als ich bei euch war.«

Ein Räuspern war zu hören. »Sagen wir, wegen unterschiedlicher Prioritäten.«

Falk schüttelte den Kopf. »Das darf doch nicht wahr sein! Schließlich geht es hier um Mord. Es könnte noch weitere Opfer geben.«

»Auch ich habe Vorgesetzte«, entgegnete Milik. »Aber natürlich werde ich unterstützen, so weit ich kann. Stepaniak muss gestoppt werden, das ist mir klar …«

»Wenn Stepaniak überhaupt der Mörder ist. Was sagt Lupin dazu?«

»Lupin weiß nichts, rein gar nichts und war überrascht von unserer Theorie, dass die Ivanovs ihre Finger im Spiel haben. Kleine Schlägereien und ein wenig Zoff, das schon. Aber er glaubt nicht, dass Ivanov so weit geht und einen Killer beauftragt, zumal auch die Ivanovs derzeit unter besonderer Beobachtung stehen. Den Kollegen aus Łódź ist es gelungen, eine große Lieferung abzufangen, die wohl für sie bestimmt war. Jetzt haben sie große Probleme mit ihrem Lieferanten, der natürlich auf seine Kohle wartet.«

»Von welchem Betrag sprechen wir?«, fragte Falk interessehalber.

»Alles in allem wohl so um die drei Millionen.«

Falk stieß einen lauten Pfiff aus. »Das ist kein Trinkgeld.«

»Ja, und genau deshalb brauchen auch die Ivanovs derzeit Ruhe und würden nie einen Krieg vom Zaun brechen, meint Lupin.«

Falk atmete tief ein. »Gut, dann wissen wir, wo wir jetzt stehen. Aber dennoch brauche ich Hilfe. Zeugen haben einen blauen Golf, älteres Baujahr, beobachtet und sich Teile des Kennzeichens gemerkt. Mich würde interessieren, ob es dazu einen Halter gibt oder ob der Wagen gestohlen wurde. Allerdings müsste man die Kennzeichenfragmente recherchieren, weil niemand das gesamte Kennzeichen abgelesen hat.«

»Also gut, ich gebe es an unsere Rechercheabteilung weiter.«

Falk nannte ihm die Zahlen und die Buchstaben.

»Ein Buchstabe nach der Zahl, das gibt es bei uns nicht«, entgegnete Milik. »Ist es sicher, dass es polnisch ist?«

»Es muss vor 2006 vergeben worden sein, denn es hatte auch keine Länderkennung an der Seite.«

»Alles klar, ich sehe, was ich tun kann«, antwortete Milik.

»Und geben Sie Bescheid, wenn Sie Volkan festgenommen haben, ich würde gerne mit ihm sprechen.«

»Okay, Falk, das werde ich«, versprach Milik.

Nachdem sie das Gespräch beendet hatten, legte Falk den Hörer zurück auf die Gabel und lehnte sich im Stuhl zurück. Unterschiedliche Prioritäten, hatte Milik gesagt, und er hatte verdammt recht damit. Schon wollte er sich erheben, als ihm noch einmal Pias Bemerkung über Helmich durch den Kopf ging. Findelkind, was hatte sie damit gemeint? Erneut griff er zum Hörer und rief in Anklam an. Frieder Ehrlich meldete sich.

»Ich habe schon gehört, der Mord in Rostock hängt mit dem Mord an Helmich zusammen«, sagte Falks zugeordneter Gehilfe. »Was können wir tun?«

»Ihr seid noch immer bei der Auswertung, richtig?«

»Ja, aber bislang …«

»Egal, einfach weitermachen, und schaut auch auf Zusammenhänge mit Richter Swanberg«, fiel ihm Falk ins Wort. »Aber wichtiger wäre noch, in den sozialen Netzwerken nach den beiden zu recherchieren. Außerdem soll es einen Filmbericht geben, in dem Swanberg vorkommt, irgendwas mit einem Findelkind.«

»Wie soll ich das tun?«, fragte Ehrlich. »Und wieso Findelkind?«

»Macht es einfach, schau auf Youtube, auf Streamingportalen der Fernsehsender oder auch auf den Homepages der Zeitungen nach, die zunehmend auch Podcasts aufnehmen und senden. Sucht nach Helmich und Swanberg. Es müsste da Filmberichte geben. Vielleicht kommen wir so voran.«

Ehrlich schwieg eine Weile. Das Knistern von Papier war zu hören.

»Okay, ich habe alles notiert, wir machen uns sofort an die Arbeit.«

»Alles klar, ich melde mich«, verabschiedete sich Falk und wählte sofort die nächste Nummer. Die Nummer des schwedischen Polizeibezirks Süd, die er aus dem internationalen Polizeiadressbuch entnahm, das in einem Regalschrank stand. Er hatte eine Weile suchen müssen, bis er den üppigen Wälzer mit beinahe eintausend Seiten an der richtigen Stelle aufgeschlagen hatte.

Es dauerte eine Weile, bis sich ein Mann auf Schwedisch am anderen Ende meldete.

»Hej, jag heter Falk från tyska polisen«, antwortete Falk auf Schwedisch. Eine weitere Sprache, die er zwar nicht perfekt, aber durchaus ausreichend sprach. »Jag vill gärna tala med inspektör Julia Holm.«

»Entschuldigen Sie, Kollege«, entgegnete der schwedische Beamte in beinahe akzentfreier deutscher Sprache. »Polisintendent Holm ist derzeit nicht zu sprechen.«

Falk war überrascht. »Woher wissen Sie, dass ich Deutscher bin«, fragte er.

»Ihr Akzent verrät sie«, antwortete der Beamte.

Falk verzog das Gesicht. »Es ist wichtig, es geht um den Mord an Richter Swanberg hier in Rostock. Ich bin vom Landeskriminalamt.«

»Tut mir leid«, entschuldigte sich der Teilnehmer am anderen Ende. »Sie wird erst in der nächsten Woche wieder erreichbar sein. Sie nimmt an einem Symposium …«

»Dem Symposium über die europäische Zusammenarbeit im europäischen Raum hier in Rostock?«, unterbrach Falk.

»Ja, richtig.«

»Ich danke Ihnen, dann weiß ich, wo ich sie finden kann«, antwortete Falk, bevor er sich mit einem *Ha en bra dag* von seinem schwedischen Gesprächspartner verabschiedete.

Hotel Anklamer Hof, Steinstraße

Die Fahrerei ging ihr auf die Nerven. Beinahe eine Stunde hatte sie auf der Bundesstraße im Stau verbracht, weil vor ihr ein Lastwagen umgekippt und ein Rettungshubschrauber gelandet war. Als sie im Hotel ankam, ging sie zuerst unter die Dusche. »Findelkind« hatte der schwedische Richter gesagt, dessen Avancen nach dem Gespräch recht eindeutig geworden waren. Doch leider hatte sie in ihrem Smartphone nicht viel darüber gefunden. Wikipedia erklärte den Begriff, die rheinische Punkband mit gleichem Namen spielte Trashpunk vom Feinsten, und die Juristen meldeten sich auch auf einer Seite zu Wort, um die rechtlichen Zusammenhänge zu erklären, was Rechtsstand und Erbfolge anging. Auch Youtube spuckte keine besseren Ergebnisse aus. Sie brauchte WLAN, Zeit und ihren Laptop, denn eine Internetrecherche war keine einfache Sache. Es gab Browser, die einfach nur Ergebnisse lieferten, aber es gab auch die Möglichkeit, Suchkombinationen zu erstellen, die eine zielführende Suche ermöglichte. Das Abendessen bestellte sie auf ihr Zimmer und dazu noch eine Flasche erlesenen Wein aus der Saale-Unstrut-Region.

Draußen war es schon längst dunkel, als sie sich erhob und einen Blick auf den Parkplatz des Hotels warf. Falks Parkplatz war immer noch leer. Er übernachtete heute wohl in Rostock, denn der Mord an Richter Swanberg hatte sicher die bisherigen Ermittlungen in eine ganz andere Richtung verlagert. Ein paar Minuten blieb sie am Fenster stehen, rieb sich die müden Augen, bevor sie sich wieder auf ihr Bett setzte und den Laptop erneut zur Hand nahm.

Sie rief die Seite der MDR-Mediathek auf und verband die Suchwörter Findelkind, Schweden, Deutschland, Schiffsunglück und Ostsee miteinander. Prompt tauchte an Nummer eins der Auswahl ein Bericht über ein Schiffsunglück auf, das sich vor knapp vier Jahren auf der Ostsee, vermutlich im schwedischen Gewässer vor Bornholm, ereignet hatte. Wenig später war ein unterkühlter Säugling in einem Rettungsboot an der deutschen Küste angetrieben.

Der Bericht dauerte knapp zwei Minuten und war wohl für das Landesjournal produziert worden. Richter Swanberg tauchte für etwa dreißig Sekunden in dem Bericht auf und wurde gefragt, was denn nun mit dem Findelkind geschehen würde, nachdem sich das Unglück allem Anschein nach in schwedischem Gewässer ereignet hatte. Swanberg antwortete kurz und korrekt, dass die Untersuchung des Unglücks Aufgabe der Küstenwache sei und die schwedischen sowie die deutschen Behörden im regen Austausch stünden. Eine Entscheidung über den Verbleib des Kindes sei von vielen Faktoren abhängig, unter anderen auch davon, ob Angehörige festgestellt werden könnten, die den Säugling aufnehmen würden.

Der Bericht endete mit einem Statement eines schwedischen Polizisten, der solcherlei Meldungen bislang verneinte.

Der Bericht gab wenig her, allerdings, so wusste Pia aus Erfahrung, ergab sich bei einer Recherche weitaus mehr Material als das, was später in den Nachrichten gesendet wurde. Anton Herwig hieß der Autor, war im Abspann zu lesen. Gleich morgen früh würde sie den Sender anrufen und sich nach Herwig und seinen Recherchen erkundigen, doch jetzt brauchte sie erst einmal Schlaf. Falk war noch immer nicht nach Anklam zurückgekehrt.

29

B&B Hotel Rostock-Hafen, Gaffelschonerweg

Es war spät geworden, zu spät, um noch nach Anklam zurückzufahren. Falk hatte Carlo Meinhardt den Wagen zur Rückfahrt überlassen. Kurzerhand hatte er sich ein Hotelzimmer in Stadtnähe gebucht und war nach einem verspäteten Abendessen sofort eingeschlafen.

Als er am nächsten Morgen unter der Dusche stand, klingelte sein Handy. Er stellte das Wasser ab, griff zum Handtuch und trocknete sich notdürftig ab, bevor er ins Zimmer eilte und zum Nachtisch neben seinem Bett hastete. Doch kaum war er angekommen, verstummte das dumme Ding. Als er über das Display wischte, sah er, dass Milik angerufen hatte. Er aktivierte die Rückruftaste und warf einen Blick auf die Uhr des Radioweckers neben seinem Bett. Es war kurz nach sieben, Milik war sehr früh auf den Beinen.

Er musste nicht lange warten, bis er Miliks Stimme hörte.

»Dzień dobry, Falk«, dröhnte es aus dem Lautsprecher, den er wohl ein wenig zu laut aufgedreht hatte.

»Dzien dobry, Milik, es ist noch reichlich früh am Morgen«, antwortete er. »Was liegt an, seid ihr mit dem Wagen und dem Kennzeichen weitergekommen?«

»Das sind wird nicht. Aber ich habe versprochen, mich zu melden, wenn wir Volkan haben. Und was soll ich sagen, wir haben ihn.«

»Sehr schön.«

»Wir haben ihn in Tresna am Źywiecki-See in einer alten Jagdhütte aufgespürt«, fuhr Milik fort. »Er hatte zwei seiner Leute bei sich, leider kam es zum Schusswechsel …«

»Ist Volkan tot?«, fragte Falk besorgt.

»Er ist unverletzt, aber seine Begleiter nicht, außerdem wurde ein Kollege angeschossen.«

»Mein Gott«, seufzte Falk.

»Volkan haben wir in das Piotrkow-Gefängnis überstellt, dort sitzt er erst einmal in Einzelhaft.«

»Haben Sie mit ihm gesprochen?«

»Kurz nur, aber er ist zur Kooperation bereit, wenn wir auf seine Bedingungen eingehen.«

»Bedingungen? Was will er denn?«

»Er will in ein anderes Gefängnis verlegt werden. Im Piotrkow ist er von Feinden umgeben, sagt er. Dort wird er keinen Monat überleben.«

»Und, verlegen Sie ihn?«

»Das habe nicht ich zu entscheiden, das entscheidet der Oberstaatsanwalt. Zurzeit ist er in Untersuchungshaft und in einer Einzelzelle untergebracht. Er wird von den anderen Gefangenen isoliert, aber wir werden ihn noch ein klein wenig zappeln lassen, damit er auch wirklich gesprächsbereit ist und uns nicht zum Narren hält. Es schadet sicher nicht, wenn er von Weitem einen Blick auf die Jungs der Ivanov-Gang werfen kann, die ebenfalls dort einsitzen. Das kocht ihn schon weich.«

»Wann kann ich mit ihm sprechen?«, fragte Vito.

»Nicht vor Anfang nächster Woche, aber der Oberstaatsanwalt hat mir schon zugesichert, dass wir in vollem Umfang kooperieren. Ich melde mich rechtzeitig.«

Vito nickte. »Gut, Milik, ich erwarte Ihren Anruf.«

»Ich melde mich, versprochen«, verabschiedete sich der polnische Kollege.

Volkan im Knast, das war seit Langem mal wieder eine gute Nachricht. Sollte er doch ruhig einmal anständig ins Schwitzen kommen, wenn er seinen Gegenspielern über den Weg lief. Für eine Befragung wäre dies sicher förderlich.

Er ging zurück unter die Dusche und beendete seine Morgentoilette, ehe er sich im Frühstücksraum ein üppiges Frühstück mit reichlich schwarzem und starkem Kaffee gönnte. Es war kurz nach acht, als er auscheckte und sich ein Taxi bestellte. Er hatte heute noch einiges vor, doch als Erstes musste er mit dieser schwedischen Polizistin sprechen, die sich, Hauptkommissarin Schneiders Erzählung nach, am Telefon eher zugeknöpft gab, was den Informationsaustausch in Sachen Swanberg anging.

Eine offizielle Anfrage über das BKA und die schwedische Reichspolizei würde eine Ewigkeit dauern, und allmählich lief Falk die Zeit davon, denn der Mörder war noch immer dort draußen unterwegs, und es war durchaus möglich, dass noch weitere Namen auf seiner Liste standen.

MDR – Mitteldeutscher Rundfunk, Leipzig

Pia war sehr früh aufgestanden, denn die Fahrt nach Leipzig hatte beinahe fünf Stunden gedauert.

Marliese Herold hieß die Frau beim Sender, die das Archiv betreute. Pia hatte beinahe zwei Stunden warten müssen, bis sie Zeit für sie fand. Zumindest gab es allerlei Kaffeespezialitäten aus einem Vollautomaten auf diesem Stockwerk, und der Ausblick aus dem klimatisierten Glasturm auf die Stadt und die benachbarten Schrebergärten war auch nicht zu verachten. Blauer Teppichboden zierte den Boden, auf dem alle paar Zentimeter in weißen Buchstaben das Logo des Senders prangte.

»Wenn die Reportagen anstehen, dann bombardieren mich die Redakteure und wollen das Material meist sofort, da geht hier alles drunter und drüber«, entschuldigte sich die Frau mit der großen Hornbrille und den hochgesteckten schwarzen Haaren.

»Zum Glück habe ich Zeit mitgebracht«, entgegnete Pia freundlich.

»Ich habe Sie am Telefon nicht richtig verstanden, worum geht es noch mal?«

»Ich bin auf der Suche nach einem Bericht aus dem Jahr zweitausendneunzehn«, erklärte Pia. »Es geht um ein Findelkind, das beim Kap Arkona auf Rügen in einem Rettungsboot antrieben wurde. Ein gewisser Anton Herwig hat die Reportage damals produziert.«

»Anton«, wiederholte die Frau und überlegte.

»Richtig, Anton Herwig.«

»Und Sie sind vom Rostocker Morgen?«

Pia griff in ihre Handtasche und zog ihren Presseausweis hervor. Die Frau warf einen kurzen Blick darauf und reichte ihn wieder zurück.

»Tja, Anton«, seufzte sie. »Auf den konnte man sich immer verlassen. Selbst wenn keine Zeit mehr war, Anton stand stets Gewehr bei Fuß, und am Abend war der Bericht geschnitten und kommentiert in der Redaktion. Die Leute heute sind leider nicht mehr so flexibel.«

»Wissen Sie, welchen Bericht ich meine?«, unterbrach Pia.

Die Frau überlegte kurz, ehe sie den Kopf schüttelte. »Was glauben Sie, wie viele Meldungen, Reportagen und Filmberichte hier tagtäglich über unseren Schreibtisch gehen. Tut mir leid, da müsste ich recherchieren.«

»Es ist wichtig, aber vielleicht könnten Sie mir auch sagen, wo ich Anton Herwig finde?«

Die Frau sah sie traurig an. »Das tut mir leid, Anton ist vor zwei Jahren verstorben. Der Krebs, da war nichts mehr zu machen. So ein netter Kollege …«

»Vielleicht könnten Sie im Archiv noch weiteres Material zu dieser Geschichte finden, es ist wichtig, besser gesagt, lebenswichtig. Ich recherchiere im Fall des Mordes an einem ehemaligen schwedischen Richter, und …«

»Ja, ich weiß, der Richter aus Ystad, der in Rostock ermordet wurde«, fiel ihr Marliese Herold ins Wort. »Wir haben auch ein Team vor Ort. Aber sicher helfe ich, wenn ich kann. Wir Nachrichtenleute müssen doch zusammenhalten, bei dieser Hexenjagd auf die Presse, die wir zurzeit erleben. Jeder beschwert sich nur noch über angebliche Fake News, doch keiner da draußen kann sich vorstellen, wie schwierig es ist, heutzutage an die Nachrichten heranzukommen. Überall nur noch Datenschutz oder Nachrichtensperren. Das Geschäft ist deutlich härter geworden.«

Pia nickte. »Wem sagen Sie das, Frau Herold.«

»Gut, dann würde ich vorschlagen, wir gehen in mein Büro. Wir haben seit zehn Jahren alles in unserer internen Mediathek gespeichert. Da werden wir sicher auch noch ein paar Outtakes finden, wobei … Anton war nicht bei uns angestellt, er war freier Mitarbeiter, das könnte bedeuten, dass wir nicht viel mehr Material als den Bericht selbst haben. Aber schauen wir einfach mal nach.«

Sie führte Pia den neonlichthellen Flur entlang in ihr Büro und bot ihr auf dem bequemen Polsterstuhl vor ihrem Schreibtisch Platz an, ehe sie sich mit einem Seufzer hinter dem Schreibtisch niederließ und den Computer aktivierte. Der Teppich hatte hier dasselbe Muster wie im Flur und der kleinen Lounge, in der Pia gewartet hatte. Nur waren die Sitzmöbel hier nicht weiß, sondern mit schwarzem Leder überzogen.

»Zweitausendneunzehn sagten Sie, auf Rügen, richtig?«

Pia nickte.

»War das ein Fährunglück oder eine gesunkene Yacht?«, fragte die Frau und tippte die Jahreszahl und den Ort in die Suchmaske.

»Weder, noch«, entgegnete Pia. »Offenbar war es ein Frachtschiff, das in Brand geriet und sank. Und niemand weiß, wie das Kind auf das Schiff kam.«

»Sonderbar«, murmelte die Frau und blickte angestrengt auf ihren Bildschirm. »Hat denn keiner überlebt?«

»Das Schiff ist wohl explodiert«, schilderte Pia weiter. »Zwar konnte ein Überlebender geborgen werden, doch der starb kurze Zeit später an seinen Brandverletzungen in der Klinik, ohne noch einmal zu sich gekommen zu sein.«

»Tragisch.«

Erneut klapperte das Keyboard, während die Frau weitertippte. Kurz darauf blickte sie hoch und neigte den Bildschirm in Pias Richtung. Eine Filmreportage lief dort ab. Es war der Filmbericht, den Pia bereits kannte.

»Ja, das ist die Reportage«, bestätigte Pia.

»Er ist sogar mit ›Findelkind‹ betitelt«, sagte die Frau. »Aber leider haben wir nur dieses Material vorliegen.«

»Keine Outtakes oder weiteres Material?«

»Hier ist nichts verzeichnet.«

»Aber es müsste doch noch weitere Infos zu diesem Unglück geben!«

Marliese Herold drehte den Bildschirm wieder um und rief die Datenbank auf. »Mal sehen, ob wir hier etwas finden«, sagte sie, doch auch dort gab es nur den Querverweis auf die Filmreportage.«

»Offenbar war auch in diesem Fall eine Nachrichtensperre verhängt, außerdem hatten wir ja im Herbst 2019 diese Wetterkatastrophe in Spanien, bei der mehrere Menschen umkamen. Sie wissen ja, wie das ist, nichts ist so alt wie die Nachricht von gestern.«

»Schade«, seufzte Pia.

»Ich kann nicht sagen, wer den Nachlass von Anton übernommen hat, denn dort gibt es sicher noch Material, aber Sie könnten seinen Kameramann fragen. Er heißt Burkhard Jost und lebt irgendwo bei Boltenhagen. Ich schreibe Ihnen seine Telefonnummer auf.«

»Das wäre wirklich ausgesprochen nett.«

»So sind wir eben.« Frau Herold lächelte. »Außerdem hat er eine Homepage, auf der er seine Dienste anbietet, auch für Hochzeiten und so, deshalb betreibe ich hier keinen Geheimnisverrat.«

Pia lächelte zurück. »Dann habe ich den langen Weg vielleicht doch nicht ganz umsonst gemacht.«

30

Radisson Blu Hotel, Rostock

Falk war früh aufgebrochen, er musste sich beeilen. Der erste Vortrag über die Datenverarbeitung und den Datenaustausch zwischen den Ländern der EU war für zehn Uhr vorgesehen. Er musste versuchen, die schwedische Kollegin rechtzeitig zu finden, bevor das Symposium fortgeführt wurde. Falk hielt nicht viel von diesen Veranstaltungen – zu viele hohle Worte, denen keine Taten folgten. So lange nationale Interessen und der Würgegriff der Bürokratie dem Vollzugsdienst die Luft zum Atmen nahmen, würde es nie eine echte, förderliche Zusammenarbeit über die Landesgrenzen hinweg geben.

Es war kurz nach neun, als er den Frühstücksraum des Hotels betrat, in dem sich die Teilnehmer des Symposiums zum Frühstück versammelt hatten. Sein Dienstausweis hatte ihm an der Rezeption weitergeholfen, deshalb wusste er, wo er Julia Holm finden konnte.

Sie saß im hinteren Bereich des Raumes an einem runden Tisch mit zwei weiteren männlichen Teilnehmern zusammen. An der Rezeption hatte er erfahren, dass es sich hierbei um einen Isländer und einem Belgier handelte. Er ging auf die blonde Frau mit dem frechen Kurzhaarschnitt im hellen Strickkleid zu, trat an ihre Seite und sprach sie auf Schwedisch an.

»Hej, fru Holm, vi måste prata!«, sagte er.

Sie stellte ihre Kaffeetasse zurück auf den Unterteller und blickte ihn fragend an.

»Jag är överinspektör Falk från Statens kriminalpoliskontor«, antwortete er.

»Falk, das habe ich schon einmal gehört«, antwortete sie mit leichtem Akzent auf Deutsch. »Was wollen Sie von mir?«

In einer Ecke gab es noch einen freien Tisch für zwei Personen, Falk wies darauf. »Unter vier Augen, es geht um Swanberg und ist überaus wichtig!«

Julia Holm schaute ihre Tischnachbarn an, die sie mit einem Stirnrunzeln bedachten, und nickte Ihnen zu. »Excuse me, this is urgent«, sagte sie, griff nach ihrer Tasse und folgte Falk zu dem freien Tisch.

»Was wollen Sie, Herr Falk?«, sagte sie ohne Umschweife, nachdem sie sich gesetzt hatte.

»Ich bearbeite den Mord an Richter Swanberg und benötige Ihre Hilfe«, erklärte Falk.

»Ich habe es Ihrer Kollegin schon am Telefon erklärt, wir müssen dabei den offiziellen Dienstweg einhalten. Swanberg war Richter, wenn auch nur am Schiedsgericht, aber seine Arbeit unterliegt der Verschwiegenheitspflicht, und nur das Justizministerium kann die Erlaubnis zur Freigabe von Daten in diesem Zusammenhang erteilen.«

Falk atmete tief ein. »Und damit ermöglichen wir einem Mörder, dass er weitere Morde begehen kann.«

Sie verzog ihre Mundwinkel. »Ich verstehe nicht …«

»Swanberg ist nicht der einzige Mord, ich bearbeite außerdem noch einen Mord an einem deutschen Bundespolizisten.«

»Und es gibt einen Zusammenhang zwischen den Fällen?«

»Ebenso wie mit zwei Morden in Polen«, bestätigte Falk. »Alle vier Männer wurden mit derselben Waffe erschossen, und ich befürchte, dass der Täter noch nicht am Ende ist.«

»Weshalb?«

»Um das herauszufinden, muss ich so viel wie möglich über Swanberg erfahren. Es muss irgendwo einen Zusammenhang zwischen den beiden Polen, dem Bundespolizisten und Richter Swanberg geben. Nur wenn wir diesen Zusammenhang erkennen, können wir herausfinden, wer hinter den Taten steckt.«

Die schwedische Kollegin überlegte einen Augenblick, schließlich schüttelte sie den Kopf. »Aber mir sind die Hände gebunden, wir müssen den offiziellen Weg …«

Falk winkte ab. »Der offizielle Weg«, fiel er ihr ins Wort. »Wir alle wissen, wie das endet. Ich schreibe einen Antrag an das BKA, das BKA leitet den Antrag an Europol weiter, dann bekommt es in Schweden die Reichspolizei auf den Tisch und am Ende das Ministerium. Und überall liegen unzählige Akten auf den Schreibtischen. Ich brauche Ihre Hilfe jetzt und nicht in sechs Monaten. So lange dauern inzwischen internationale Ersuchen, das wissen Sie selbst sehr gut, Sie arbeiten schließlich bei der Polizeiverwaltung.«

»Ich wüsste nicht …«

»Ich will auch keine schwedischen Geheimnisse erfahren und euer Land ausspionieren«, fuhr Falk fort. »Ich will lediglich Ihre Unterstützung. Es muss einen Berührungspunkt zwischen den polnischen Opfern, dem deutschen Polizisten und Richter Swanberg geben. Ich will nur, dass Sie seine Fälle durchgehen, bei denen es Bezug nach Deutschland, Polen oder auch beiden Ländern gibt. Mehr interessiert mich nicht, glauben Sie mir.«

Seine Stimme hatte einen flehenden Unterton; irgendwie musste er diese Frau doch überzeugen können!

Sie griff zu ihrer Kaffeetasse und trank einen Schluck. Falk konnte förmlich spüren, wie die Frau mit sich rang und zwischen Pflichtgefühl und Hilfsbereitschaft hin- und hergerissen war.

»Richter Swanberg arbeitete beim Tingsrätt«, entgegnete sie. »Das ist ein Schiedsgericht, das eingerichtet wurde, um einfache Fälle zu klären und die ordentlichen Gerichte zu entlasten. Da kommt es kaum zu aufregenden Fällen. Besitzfragen, Grundstücksgrenzen, wenn Bäume zu weit über die Zäune ragen, solche Dinge. Ich kann mir nicht vorstellen, dass jemand wegen einer Tingsrätt-Entscheidung einen Mord verübt. Man braucht die Entscheidung nicht zu akzeptieren, man kann trotzdem ein ordentliches Gericht anrufen.«

»Ich weiß, was ein Tingsrätt ist, ich habe mich informiert«, antwortete Falk. »Dennoch muss es eine Verbindung geben. Swanberg lebte hier eher zurückgezogen. Ich kann mir nicht vorstellen, dass er sich in der kurzen Zeit, in der er in Deutschland lebte, Feinde gemacht hat.

Julia Holm fasste sich ans Kinn. »Gut, Falk, ich werde sehen, was ich tun kann. Ich werde Ihnen aber keinesfalls Dokumente oder Daten überlassen, die vertraulich sind, und Sie sprechen ausschließlich mit mir, über meine private Leitung, ist das klar?«

Sie griff in ihre Umhängetasche, zog eine Visitenkarte hervor und reichte sie Falk, der sich bedankte und auch seinerseits eine Visitenkarte überreichte. »Ich werde mich dran halten«, sagte er.

»Dann ist es gut.«

Falk nickte ihr zu. Schon wollte er sich erheben, als ihm erneut Pias Stichwort durch den Kopf ging. »Sagt Ihnen im Zusammenhang mit Swanberg der Begriff Findelkind etwas?«

Julia Holm überlegte eine Weile, schüttelte dann aber den Kopf.

Falk winkte ab. »Ist vielleicht auch gar nicht wichtig«, sagte er. Diesmal erhob er sich wirklich, wünschte Julia Holm noch einen schönen Aufenthalt und verließ den Frühstücksraum des Hotels eine ganze Spur zufriedener, als er ihn betreten hatte.

Seebrücke Kühlungsborn, nahe dem Yachthafen

Pia traf Burkhard Jost wie telefonisch vereinbart an der Aussichtsplattform Riedensee, westlich von Kühlungsborn. Zwei Fotostative hatte der ehemalige Kameramann aufgebaut, schon seit dem Sonnenaufgang war er hier draußen an der zugigen Ecke der Ostsee, um die morgendliche Stimmung mit seinen beiden teuren Systemkameras einzufangen. Die Fotografie und das Filmen waren nach wie vor seine Hobbys, und ab und zu kam sogar ein kleiner Bildband dabei heraus, der in einem Kleinverlag hier an der Küste verlegt wurde.

»Ich war ganz überrascht, als mich gestern Marliese aus dem Archiv anrief und sagte, dass eine Journalistin von der RMZ mit mir sprechen wolle«, erklärte er, nachdem er Pia begrüßt hatte.

»Wir haben früher sehr viel für den MDR gearbeitet, aber hin und wieder habe ich auch Fotoaufnahmen für Zeitungen gemacht. Die RMZ war damals auch dabei.«

»Und jetzt genießen Sie die wohlverdiente Rente?«, fragte Pia den grauhaarigen Mann, der gebückt vor einem Stativ stand und durch den Sucher der Kamera blickte.

»Jetzt nehme ich das auf, was mir persönlich Spaß macht«, bestätigte Jost. »Ich bin schon nah an der Sieben, wissen Sie, da hält man eine Kamera nicht mehr so lange wie früher. Bis vor zwei Jahren half ich ab und zu noch aus, wenn man einen Kameramann benötigte, aber jetzt mache ich nur noch ein wenig für mich. Ich liebe es, wenn an einem diesigen Morgen, so wie heute, die Nebelschwaden durch den Dünensand wabern. Das gibt hervorragende Bilder und zeigt die tatsächliche Stimmung hier am Strand, ganz ohne Badegäste und Touristen.«

»Ich verstehe«, entgegnete Pia mit einem Lächeln.

»Marliese sagte, dass Sie wegen einer ganz bestimmten Reportage mit mir sprechen wollen. Um was geht es denn; mal sehen, ob die grauen Zellen noch funktionieren.«

Pia winkte ab. »So rüstig, wie Sie daherkommen, mache ich mir da keine Gedanken. Es geht um das Findelkind, Sie erinnern sich sicher.«

Jost überlegte einen kurzen Augenblick, bis er den Zeigefinger in die Höhe reckte. »Ach ja, das Baby im Boot. Das hat damals der Toni noch mit mir gemacht. Bei Toni ist dann alles aber sehr schnell gegangen. Krebs, und sechs Monate später war es vorbei. Gut, dass er nicht so lange leiden musste. Mit Toni habe ich oft zusammengearbeitet. Der war immer ruhig und ausgeglichen. Ein echt netter Kerl. Die Besten gehen eben immer zuerst, man muss sich schämen, dass man noch hier ist, sage ich immer.«

»Wir haben im Archiv des MDR kein weiteres Material gefunden; können Sie mir sagen, was damals genau vorgefallen ist?«

Jost richtete sich auf. »Findelkind, sicher«, sagte er. »Daran kann ich mich noch recht gut erinnern. War eine meiner letzten

Arbeiten mit Toni, bevor ich in Ruhestand ging. Ein Jahr später war Toni tot.«

»Es soll ein Kind in einem Boot bei Kap Arkona angetrieben worden sein, hieß es.«

»Richtig«, bestätigte der alte Mann, sah in den Himmel und zog die Stirne kraus. »Das muss Anfang November neunzehn gewesen sein, oder war es noch Oktober?«

»Herbst zweitausendneunzehn, stimmt«, half ihm Pia auf die Sprünge. »Sie waren damals auch in Ystad und haben ein Interview mit einem Richter geführt.«

»Ja … ja … ja, jetzt fällt mir das Ganze wieder ein. Die Einzelheiten gehen ab und zu verloren, wissen Sie. Das ist das Alter. Aber damals, da ging eine Frau mit ihrem Hund in der Nähe des Siebenschneidersteins am Strand spazieren und fand ein Boot, in dem lag ein Seemann, übersät mit Brandwunden. Und ein Baby war auch dabei.«

»Vor Kap Arkona, richtig?«

Jost nickte. »Die Frau dachte zunächst, der Seemann wäre tot, doch der lebte noch. Dann war dort großer Bahnhof, und auch Toni erfuhr davon. Wir sind schnell rausgefahren. Ein Rettungshubschrauber war gelandet, aber die Polizei ließ keinen durch, auch uns nicht, obwohl wir unseren Presseausweis parat hatten.«

»Haben Sie erfahren, was passiert ist?«

»Ein Schiffsunglück«, erklärte Jost. »Wir erfuhren es über mehrere Ecken, denn es wurde eine Nachrichtensperre verhängt. Angeblich, weil es ja um ein Kind ging und da besondere Datenschutzgründe vorliegen. Wir kennen das ja vom Gericht. Aber wir hatten unsere Quellen.«

»Ein Schiffsunglück also«, wiederholte Pia. »Ein Frachter, so weit ich erfahren habe, oder?«

»Genau, es war ein Frachter, wie wir später erfuhren«, fuhr Jost fort. »Ein Frachter namens *GMS Syrena*, der von Danzig nach Trelleborg unterwegs war. Kurz vor Bornholm geriet er am Abend in schwere See, ein Feuer brach aus. Noch bevor die Rettungskräfte vor Ort waren und richtig eingreifen konnten, ging das Ding in die Luft. Er hatte Chemikalien geladen, Naphthalin und noch so ein paar üble Sachen.«

Pia schüttelte den Kopf. »Aber wie kommt ein Säugling an Bord eines Frachters?«

Jost nickte. »Das fragten wir uns auch, aber weder bei den Polen, noch bei den deutschen Behörden kamen wir weiter. Dann hörten wir, dass der Säugling wohl nach Schweden überstellt werden sollte, also klärte Toni ab, wer dort für solch eine Überstellung zuständig ist. Und so erfuhren wir von diesem Richter in Ystad, der wohl die Akten auf den Tisch bekommen hatte, weil kein anderer sie wollte. Aber der hielt sich im Interview ebenfalls bedeckt. Bei Kindern wird der Schutz der Privatsphäre auch in Schweden hoch eingeschätzt. Aber wir hörten dann, dass das Kind wohl doch in Deutschland verbleiben soll.«

Pia zuckte mit den Schultern. »Gab es denn niemanden, der das Kind vermisste?«

»Das ist ja das Seltsame«, entgegnete Jost und wies hoch in die Luft. »Schauen Sie, ein Sandregenpfeifer!«

Mit der Kamera folgte er dem Vogel, der in einiger Entfernung an ihnen vorbeiflog und sich schließlich auf einem Stein an der Küste niederließ. Jost drückte den Auslöser seiner Kamera und schoss eine ganze Serie von Bildern. Offenbar hatte der Vogel, kaum drei Meter entfernt, das Geräusch des Kameramotors mitbekommen und nahm Reißaus. »Hab ich dich!«, knurrte Jost zufrieden. »Die sind selten geworden.«

Pia hatte im Moment keinen Blick für die Natur. Es kribbelte ihr bis in die Haarspitzen vor Neugier. »Noch mal zu dem Kind …«

»Ja, das Kind. Also, entweder hatte der Kapitän oder einer der Matrosen seine unbekannte Freundin an Bord, oder es gibt eine andere Erklärung.«

Er zwinkerte mit dem rechten Auge.

»Sie meinen, Menschenhandel?«

»Möglich. Oder eine Schleuseraktion, weil jemand ohne Papiere weiter nach Schweden wollte.«

»Gab es denn keine Überlebenden, die man hätte fragen können?«

»Die *Syrena* war nur ein kleiner Frachter, kaum mehr als dreihundert Bruttoregister. Die hatten acht Mann Besatzung, und überlebt hat niemand. Auch der Seemann im Rettungsboot starb drei Tage nach seiner Bergung. Zwar hat man ihn noch nach Hamburg in eine Spezialklinik geflogen, doch die Verletzungen waren wohl zu schwer.«

»Und das Kind blieb in Deutschland?«

»So hieß es. Offiziell haben wir es natürlich nie erfahren. Aber offenbar gibt es da so ein paar alte Seerechtsregeln, wonach Strandgut dem gehört, der es findet, beziehungsweise, heute würde man sagen, dessen Staatsküste es ist.«

Pia schüttelte ungläubig den Kopf. »Ein Rettungsboot ist doch kein Strandgut!«

»Im weitesten Sinne schon, wenn es nur angetrieben und nicht gesteuert wird, und zum Steuern war der arme Kerl an Bord wohl nicht mehr in der Lage.«

»Haben Sie oder Toni versucht, noch mehr herauszufinden?«

Jost seufzte. »Das kann man wohl sagen. Toni hat sich die Hacken abgelaufen, aber überall herrschte großes Schweigen. Dem Kindeswohl geschuldet. Und dann gab es dieses große Unwetter in Spanien mit mehreren Toten, da war das Kind plötzlich Schnee von gestern. Aber das muss ich Ihnen ja nicht sagen, Sie sind ja ebenfalls von der Presse. Und nichts …«

»… ist so alt wie die Nachricht von gestern«, ergänzte Pia den angefangenen Satz.

»Ich sehe, Sie kennen sich aus.«

»Das lernt man in der ersten Stunde«, scherzte Pia. »Sie haben also keine Ahnung, was aus dem Kind wurde und ob es Verwandte gab, die sich danach erkundigten?«

Jost schüttelte den Kopf. »Altes Thema, nächstes Thema. So war das damals.«

»Gibt es noch Material, das nicht gesendet wurde?«

Jost zuckte mit den Schultern. »Toni bewahrte so was bei sich im Privatarchiv auf. Aber seine Frau hat das Haus verkauft und ist zurück in den Schwarzwald gezogen. Da stammte sie ursprünglich her. Ich glaube nicht, dass da noch etwas existiert. Und selbst wenn, die wenigen Infos, an die wir rankamen, haben wir in der Reportage veröffentlicht, und alles andere war Spekulation und zählt für einen ehrlichen Journalisten nicht. Aber weshalb interessieren Sie sich dafür?«

Diesmal zuckte Pia mit den Schultern. »Es geht um Unglücke und Katastrophen auf der Ostsee. Mal sehen, ob sich daraus eine Reportage machen lässt. Sie wissen ja selbst, die Leserschaft ist hungrig, jeden Tag.«

»Wem sagen Sie das«, entgegnete Jost mit breitem Grinsen.

31

Stralsund, Einkaufszentrum am Carl-Heydemann-Ring

Angelika Hinrichs hatte an diesem Tag früher Feierabend gemacht. Ihr ging es nicht gut, und sie wollte nach Hause. Offenbar war eine Grippe im Anmarsch, was bei dem kalten und feuchten Wetter nicht verwunderlich war. Nachdem sie in ihren Polo gestiegen war und vom Parkplatz des Amtes in den Carl-Heydemann-Ring Richtung Parow fuhr, fiel ihr ein, dass sie weder einen Erkältungstee noch Zucker zu Hause hatte. Vor über einem Jahr hatte sie sich von ihrem Mann getrennt, der damit überhaupt nicht einverstanden gewesen war und ihr noch lange Zeit nachstellte. Sie war Anfang vierzig und hatte keine Lust mehr, mit einem Alkoholiker zusammenzuleben, der bereits zum siebten Mal den Entzug abgebrochen hatte und einfach nichts mehr auf die Reihe brachte. Sicher war es schwer für ihn gewesen, als er nach seinem Unfall seinen Job als Schiffsbauer in der Werft aufgeben musste. Etwas anderes hatte er nicht gelernt, und zu einer Umschulung war er nicht bereit. Die Tage zu Hause, ohne Beschäftigung, ohne Zufriedenheit und ohne Selbstwertgefühl, hatten ihn so weit gebracht, aber irgendwann musste Schluss sein. Seit vier Jahren machte sie nun dieses Drama mit, steckte seine Schläge ein, wenn er sich mal wieder nicht unter Kontrolle hatte, streichelte seine Wangen, wenn er sich am nächsten Tag wie ein räudiger Hund an sie schmiegte, doch irgendwann hat alles einmal ein Ende. Das Mitleid und die Tränen waren aufgebraucht. Außerdem war sie attraktiv, hatte einen gut bezahlten Job, und das Leben war zu kurz, um es mit einem Mann zu verschwenden, der in dieser Elendsspirale gefangen war und jeden Versuch, ihm da rauszuhelfen, kategorisch und manchmal sogar handgreiflich abwehrte.

Vor etwa einem Jahr hatte sie nun endgültig den Schlussstrich gezogen und ihn in der Drei-Raum-Wohnung in der Stadtmitte zurückgelassen. Nach Parow war sie gezogen, zu ihrer Großtante, die noch eine kleine Einliegerwohnung frei hatte. Dort hatte sie sich eingerichtet, doch inzwischen hatte die Polizei mehrmals einschreiten müssen, weil der verlassene Ehemann vor dem Haus randalierte. Das letzte Mal, vor etwa einem halben Jahr, war es äußerst schlimm gewesen, da war er sogar mit einer Axt auf die Polizisten losgegangen. Sie hatten ihn mit Pfefferspray und einem Schlagstock niedergerungen, und er wurde in die Klinik gebracht, wo er keine drei Stunden später ausbüxte.

Seit diesem Tag hatte sie Ruhe vor ihm. Es gab keine Nachstellungen mehr, und auch vor dem Amt war er nie wieder aufgetaucht.

Einmal hatte sie die Polizei noch benötigt, als sie vor fünf Monaten die Wohnung auflösen musste. Doch auch da war er nicht mehr erschienen. Auf der Straße würde er leben, irgendwo am Andersdorfer Teich, hieß es. Bei einem Kumpel, der ähnlich schräg drauf war wie Harald zuletzt, würde er in einem Schrebergarten hausen. Sie hatte an dem Tag der Wohnungsauflösung das Kapitel endgültig geschlossen. Über das Internet hatte sie eine neue Bekanntschaft auf Rügen gemacht. Ein sehr adretter und liebevoller Mensch, dessen Frau vor zwei Jahren gestorben war. Er betrieb einen Laden und ein kleines Café in Garz und war ein ganz anderer Mensch, als Harald es gewesen war. Noch war es zu früh, noch hatte sie Angst vor einer neuen, festen Bindung, doch so, wie sich die Sache entwickelte, könnte durchaus mehr daraus werden.

Sie blickte in den Rückspiegel, ehe sie den Blinker setzte und nach rechts auf den Parkplatz des Supermarktes abbog. Tee, Zucker und vielleicht auch eine Creme, denn ihre Nase war vom andauernden Niesen schon gerötet. Außerdem könnte sie auch gleich Toilettenpapier und Haushaltstücher kaufen. Dann müsste sie morgen nicht noch einmal raus und könnte sich auskurieren.

Sie parkte auf einem der freien Parkplätze neben dem Kleidermarkt, holte sich einen Einkaufswagen und kaufte die notwendigsten Dinge ein. Auch Vitamintabletten ergänzten die Liste. An der Kasse kam sie schnell voran, es war nicht viel los. In einer Stunde, wenn tatsächlich Feierabend wäre, dann würde es hier an der Kasse sicher eine lange Schlange geben. Sie zahlte bar, packte ihren Einkauf in die mitgebrachte Stofftasche und ging zurück zum Wagen.

Der Mann, der in einem schmutzig grünen Parka, die Kapuze tief ins Gesicht gezogen, hinter der überdachten Einkaufswagenbox stand, fiel ihr erst auf, nachdem sie den Einkaufswagen zurückgebracht hatte und zurück zum Auto ging. Unvermittelt trat er hinter der Box hervor und fasste sie von hinten an der Schulter. Unsanft zog er sie mit sich in den Schatten der Box, und beinahe wäre sie gefallen, doch sein eiserner Griff hielt sie umklammert.

»Was … Was soll das?«, stammelte sie.

Er hielt ihr mit der Hand den Mund zu, und sie roch seinen fauligen Atem. Er umfasste ihren Hals, doch sie stemmte sich dagegen. Kurz verrutschte seine Hand vor ihrem Mund, und ihr gellender Hilfeschrei hallte über den menschenleeren Parkplatz. Erneut griff er nach ihrem Mund, doch bevor er sie richtig greifen konnte, wandte sie den Kopf nach oben. Erneut schrie sie, so laut sie konnte. Diesmal hatte der Schrei mehr Erfolg. Die Tür des Modegeschäfts wurde geöffnet, und eine junge Angestellte mit einem Namensschild am Revers schaute heraus. Sie sah die beiden rangelnden Personen, die hinter der Einkaufswagenbox halb verborgen waren, und ging ein paar Schritte darauf zu.

»Ich habe die Polizei gerufen!«, rief die Angestellte des Modegeschäfts laut. »Die sind gleich hier!«

Kaum hatte der Angreifer das Wort »Polizei« gehört, gab er Angelika Hinrichs einen Schubs, sodass sie zu Boden stürzte, und rannte in Richtung des Moorteichs davon.

Angelikas Schreie waren nicht ungehört verhallt. Auch aus

dem Einkaufsmarkt kamen nun Passanten herbeigeeilt. Eine junge Angestellte hatte sich zu ihr heruntergebeugt und versuchte, ihr aufzuhelfen. Andere kamen hinzu, doch Angelikas Beine knickten einfach weg. Schließlich kam jemand mit einer Decke und breitete sie im Schatten der Box aus.

»Was war das denn?«, fragte die Angestellte des Modegeschäfts. »Haben Sie den gekannt?«

Angelika atmete schnell und schüttelte nur den Kopf.

»Der steht schon seit zehn Minuten da«, sagte eine Frau, die ein kleines Kind an der Hand führte. »Der war mir ganz und gar nicht geheuer.«

Sekunden später hörte man lautes Reifenquietschen von der Straße her. Ein alter Mann mit Hund kam des Weges und sah Angelika auf dem Boden sitzen.

»Ist da was passiert?«, fragte er neugierig.

»Die Frau wurde überfallen«, hieß es aus der Menschentraube, die sich inzwischen gebildet hatte.

»Hat jemand schon den Notarzt gerufen?«, fragte ein Mann in der Jacke des Einkaufsmarktes.

»Polizei und Rettung sind auf dem Weg«, antwortete eine weitere Frau.

»Der Kerl ist da durchgeschossen wie ein Rennfahrer«, fuhr der alte Mann mit Hund fort. »Kam aus der Seitenstraße und hätte beinahe die Schilder mitgenommen.«

»Haben Sie das Kennzeichen?«, fragte der Marktangestellte.

»Ein blauer Wagen, vielleicht ein alter Golf, das ging alles so schnell«, antwortete der alte Mann. Kurz darauf war das Martinshorn des Rettungsdienstes zu hören. Angelika Hinrichs saß auf der Decke und war inzwischen in eine weitere Decke gehüllt, dennoch zitterte sie am ganzen Körper. Der Rettungswagen fuhr auf den Parkplatz, im Schlepptau folgte die Polizei, doch von dem Angreifer war schon längst nichts mehr zu sehen.

RMZ, Redaktionsbüro Wismar

Pia war nach dem Treffen in Kühlungsborn nicht wieder nach Anklam gefahren, sondern nach Wismar, nach Hause. Sie wusste nicht, wie lange ihr Aufenthalt in Anklam noch dauern würde. Für sie war die Sache dort nach dem neuerlichen Mord in Rostock gegessen, doch ihr Chefredakteur war anderer Meinung, schließlich war der Sitz der Sonderkommission, die aus Falk und einem sehr überschaubaren Kreis an weiteren Mitarbeitern bestand, noch immer bei der dortigen Kriminalinspektion untergebracht. Wenngleich Falk auch schon seit zwei Tagen nicht mehr auffindbar war, so hatte Albert Scheu ihr befohlen, die Stellung zu halten und sich weiterhin beweglich zu zeigen.

Zumindest die Konkurrenz war nun kleinlaut wieder zu den üblichen Tagesthemen – Eröffnung der Kunstausstellung in Greifswald, die diesjährige Prämierung der Kürbisfreunde – übergegangen. Von dort drohte keine Gefahr mehr. Pias Bericht über den Tod des Richters war sachlich und informativ gewesen. Scheu war zwar zufrieden, doch mehr ging bei ihm immer. Selbst wenn man ihn in eine Rakete zum Mond setzen würde, so würde er, nachdem er dort oben angekommen wäre, wohl behaupten, der Mars wäre noch besser. So war er nun einmal, doch dafür war die RMZ hier im Küstengebiet auch noch immer die Nummer eins der Tageszeitungen.

Pia holte sich frische Kleidung und fuhr noch auf einen Abstecher bei ihrer Mutter vorbei, ehe sie das Büro in der Stadt ansteuerte. Dort hatte sie auch schon lange nicht mehr nach dem Rechten gesehen. Hier hatte sich nichts getan, außer dass die Putzfrau neue Blumen auf dem Fenstersims hinterlassen hatte. Sie setzte sich hinter ihren Schreibtisch und blätterte in dem kleinen Adressenverzeichnis. Schade, dass es Marek vom Stettiner Boten nicht mehr gab. Ein Kontakt auf polnischer Seite wäre jetzt sehr hilfreich, denn die Geschichte der *Syrena* hatte ihre Neugier geweckt. Doch wie sollte sie nach einem polnischen Schiff recherchieren?

Sie schaute auf ihre Armbanduhr. Noch war es nicht zu spät, ganz im Gegenteil, jetzt herrschte bei den Zeitungen Hochbetrieb, schließlich musste die Ausgabe des nächsten Tages bald in Druck gehen. Ins Blaue hinein wählte sie Mareks Geschäftsanschluss. Vielleicht saß dort jemand, zu dem sie einen ähnlichen Kontakt aufbauen konnte wie zu dem ehemaligen Redakteur des Boten.

Es klingelte und dauerte eine ganze Weile, bis sich jemand am anderen Ende meldete. Eine Frauenstimme. Pia hatte den Namen nicht verstanden und legte einfach los.

»Guten Tag, ich bin eine deutsche Kollegin von Marek …«

»Marek ist nicht mehr hier«, bekam sie in gebrochenem Deutsch zur Antwort.

»Schade, wir haben uns früher gerne mal geholfen, das hat uns beide oft weitergebracht.«

»Marek ist fertig mit Arbeit, jetzt bin ich für Marek.«

»Und Sie sind?«

»Ich Petra Sosniwiak.«

»Okay, Petra, ich bin Pia vom Rostocker Morgen. Wir werden auch an der Grenze gelesen.«

»Ich kenne Rostocker Morgen, aber ich mache Zeitung in Polen.«

»Ich weiß, aber manchmal …«

»Entschuldigen bitte, jetzt viel Arbeit, bald Druck, verstehen Sie?«

»Ja, ich wollte nur …«

»… vielleicht nächste Woche sprechen.«

Im Telefon herrschte Schweigen, diese Petra Soundso hatte einfach aufgelegt. Verdammt, warum musste Marek nur in Frühpension gehen?, dachte Pia. Sie blickte zum Anrufbeantworter. Drei ungelesene Nachrichten wurden angezeigt. Sie drückte die Playtaste. Der erste Anruf kam von ihrer Mutter, die letzte Woche angerufen hatte, um ihr auszurichten, dass sie am Abend nicht zu Hause war. Beim zweiten Anruf wurde eine Mobilnummer angezeigt, doch eine Nachricht hatte der Anrufer nicht hinterlassen. Das war vorgestern gewesen. Am gestrigen Tag hatte die gleiche Nummer noch einmal angerufen, doch diesmal gab es eine Nachricht. Ein männlicher Anrufer hatte sie auf Band gesprochen und dabei versucht, seine Stimme zu verstellen…

Hallo,

ihr habt über den erschossenen Richter in Rostock berichtet. Ich weiß, wer ihn erschossen hat. Ich will Zehntausend für die Info. Zehntausend in bar …

Dann klickte die Leitung.

Pia runzelte die Stirn. Solche Anrufe kamen immer mal wieder vor und hatten oft keinen ernsthaften Hintergrund, außerdem hatte inzwischen die Staatsanwaltschaft für Hinweise zu den Morden die stolze Summe von 6000 Euro ausgelobt. Das war gar nicht weit von den Zehntausend entfernt. Einen kurzen Moment lang dachte sie, den Anruf einfach zu löschen, doch dann drückte sie die Rückruftaste.

»Ja, was ist?«, meldete sich die Stimme eines Mannes mittleren Alters.

»Mit wem spreche ich?«, fragte Pia.

»Wer ruft an?«, erhielt sie zur Antwort.

»RMZ, Sie haben gestern auf meinen AB gesprochen. Sie wissen, wer für den Tod des Polizisten und des Richters verantwortlich ist?«

»Ich will Zehntausend!«

Pia lächelte. »Ich kann Ihnen Dreitausend bieten, wenn die Infos gut sind.«

»Fünf!«

»Drei, mehr habe ich nicht.«

»Also gut, treffen wir uns!«

»Nicht so schnell, mit wem spreche ich?«

»Nennen Sie mich Lars.«

»Also Lars, darf ich du sagen?«

»Mmh.«

»Ich nehme das mal als Zustimmung, also Lars, was hast du für mich, das so viel Geld wert sein sollte?«

»Ich kenne den Mörder!«

»So, und woher willst du wissen, dass er tatsächlich der Mörder ist?«

»Weil er es selbst gesagt hat.«

»Das könnte jeder tun.«

»Aber nicht jeder hat Knarren zu Hause herumliegen, so viele, dass es für einen Kleinkrieg reicht.«

»Ist er Jäger oder Förster oder vielleicht Mitglied im Schützenverein?«

»Er hält nichts von dem Staat, er hat seinen eigenen Staat aufgemacht, sagt er. Er ist sein eigener Kanzler und auch sein eigener Präsident. Und er wird es denen schon zeigen, hat er gesagt.«

»Denen?«

»Na, denen da oben.«

»Woher kennen Sie ihn?«

»Ha, ich bin doch nicht blöd, erst ausfragen, und dann war nichts, was!«

»Dreitausend, versprochen«, schob Pia nach. »Wenn er es wirklich war.«

»Er war es, er hat es mir selbst gesagt.«

»Wann und wo und wie hat er es gesagt?«

»Vor drei Tagen. Als wir von der Kneipe nach Hause gegangen sind.«

»Und was hat er gesagt?«

»Wir kamen irgendwie auf den Mord zu sprechen, und da sagte er, siehst du, den habe ich schon mal kaltgemacht, der frisst kein Brot mehr, und der bleibt nicht der Letzte, da kommen noch ein paar.«

»Das hat er gesagt?«

»Ja, genau das hat er gesagt.«

»Wann können wir uns treffen?«

»Egal, ich habe Zeit.«

»Okay, dann sagen wir morgen, wir treffen uns morgen. Wo wohnst du, damit es für dich nicht zu weit wird?«

»Ich wohne in Warnemünde, häh, ist das ein Trick, willst du mich verarschen?«

»Quatsch, ich hab ja schon die Telefonnummer«, versuchte Pia, die Situation zu entspannen. »Außerdem, was soll das bringen, Warnemünde hat bestimmt an die sechstausend Einwohner, meinst du, ich gehe jetzt von Tür zu Tür?«

»Nee, schon klar.«

»Dann sagen wir morgen, so gegen vier am Lotsenhaus.«

»Vier, viel zu früh, da schlafe ich noch.«

»Ich meine doch am Nachmittag.«

»Okay, aber das Geld nicht vergessen.«

»Das gibt es nur bei Erfolg.«

»Mein Name muss aber anonym bleiben, der Kerl macht mich sonst kalt.«

»Lebt der auch in Warnemünde?«

»Wieso?«

»Ich meine ja nur wegen dem Treffen, dass er uns nicht sieht!«

»Nee, der wohnt auf einem Bauernhof bei Dierhagen, morgen ist der nicht da, da hat er eine Versammlung.«

»Eine Versammlung? Was für eine Versammlung, wenn er sein eigener Herr ist?«

»Na, bei den Rechten, da mischt er manchmal mit.«

»Okay, dann bis morgen«, verabschiedete sich Pia. Es war schon komisch, wie einfältig manche Leute waren. Mit diesen Infos wäre sicher leicht herauszufinden, wer der angebliche Mörder war.

32

Klinikum Südstadt, Rostock, Südring

Den Namen der beiden jungen Männer, die an ihrem Krankenbett saßen, hatte sie sich nicht merken können, doch dafür hatte sie den Dienstausweis des Älteren gründlich studiert.

Sie stand immer noch unter Schock, außerdem hatte sie starke Kopfschmerzen und eine dicke Beule an der Stirn, nachdem sie der Angreifer einfach zu Boden geschleudert hatte.

»Frau Hinrichs«, sagte der ältere Kriminalbeamte mit einfühlsamer Stimme. »Ich weiß, es ist schwer, nach allem, was Sie durchmachen mussten, aber wenn wir den Kerl kriegen sollen, dann müssen wir so viel über ihn erfahren, wie es geht. Und Sie waren nun einmal notgedrungen sehr nahe bei ihm.«

»Herr …Herr …«

»Michel«, entgegnete der Beamte.

»Ich habe es bereits Ihren Kollegen gesagt, ich habe ihn nicht gesehen. Er hat mich von hinten angegriffen und versucht, mich in Richtung See zu ziehen. Ich mag mir gar nicht vorstellen, was passiert wäre, wenn die Angestellte … naja … Sie müssen den Kerl kriegen, bevor er sich an anderen Frauen vergreift.«

Michel nickte. »Genau aus diesem Grund sind wir hier.«

Angelika Hinrichs fasste sich an den verbundenen Kopf. »Er war größer als ich, einen ganzen Kopf größer, und er war kräftig. Ich habe richtig blaue Flecke an meinen Armen. Und er stank, als hätte er sich schon eine ganze Weile nicht mehr gewaschen. Außerdem hatte er üblen Mundgeruch …«

»War er alkoholisiert?«

Sie winkte ab. Zum Kopfschütteln war sie angesichts der Schmerzen und dem Turban aus Mullbinden nicht in der Lage. »Das war kein Alkohol, aber da war etwas, das … Es roch säuerlich. Ich kenne den Geruch, nur komme ich gerade nicht darauf. Tut mir leid.«

»Schon gut, Frau Hinrichs, jetzt müssen Sie sich erst einmal erholen. Aber Sie sind sich sicher, dass Sie den Mann nicht gekannt haben?«

»Das sagte ich schon, mehrfach.«

»Haben Sie in den letzten Tagen etwas Ungewöhnliches bemerkt, gab es Anrufe, Personen vor dem Haus oder im Amt?«

»Weshalb fragen Sie?«

»Wir wissen natürlich, dass Sie bereits mehrfach Ärger mit Ihrem ehemaligen Gatten hatten …«

»Den habe ich schon eine ganze Weile nicht mehr gesehen«, fiel sie dem Kriminalbeamten ins Wort.

»Es könnte ja sein, dass er jemanden beauftragt hat.«

Angelika Hinrichs versuchte ein Lächeln, das ihr jedoch misslang. »Der hat sich wohl schon längst den Kragen abgesoffen. Er soll irgendwo in einem Schrebergarten hausen, und sein Kumpel ist genauso drauf wie er. Aber das ist ein kleiner Dicker. Ich glaube nicht, dass mein Ex auf so eine blöde Idee kommt.«

»Wir wollen erst einmal nichts ausschließen.«

»Da war doch ein alter Mann, der sagte etwas von einem Auto. Haben Sie mit dem schon gesprochen?«

Der Kriminalbeamte nickte. »Sicher, aber er kann nur sagen, dass es ein blauer Wagen war, der aus der Seitenstraße kam und in Richtung Steinbrücke davonraste. Mehr hat er nichts gesehen.«

»Aber dass mein Ex etwas mit der Sache zu tun hat, das schließe ich aus.«

»Sie arbeiten beim Sozialamt?«, wechselte der Kriminalbeamte das Thema.

»Was hat das damit zu tun?«

Der Beamte verzog seine Mundwinkel. »Ich denke, wenn man dort arbeitet, dann hat man nicht nur Freunde.«

»Sie meinen …«

»Wäre möglich, oder?«

Erneut winkte Angelika Hinrichs ab. »Früher ja, als ich noch in der Bewilligungsstelle arbeitete. Aber seit einem Jahr betreue ich ein Fortbildungsprojekt, zusammen mit dem Jugendamt. Sie haben vielleicht schon davon gehört.«

Michel schüttelte den Kopf.

»Erst vorgestern hat die Lokalzeit darüber berichtet, weil es ein einmaliges Projekt ist, an dem sich Behörden und auch hiesige Firmen beteiligen. Wir wurden sogar ausgezeichnet.«

»Die Lokalzeit, im Fernsehen?«

»Ja, wir betreuen minderjährige Asylbewerber, und zwar ganzheitlich. Wir bringen ihnen die deutsche Sprache bei und sorgen für eine ordentliche Ausbildung und helfen ihnen, sich in diesem Land zurechtzufinden. Damit sie nicht einfach nur so herumhängen und womöglich auf dumme Gedanken kommen. Auch die Zeitung hat darüber berichtet. Wir haben einen Preis und zehntausend Euro zur Förderung des Projekts vom Arbeitskreis Integration bekommen.«

Michel wiegte den Kopf hin und her. »Doch, ich glaube, ich habe davon gehört.«

»Ich denke nicht, dass der Überfall etwas mit meinem Beruf zu tun hat.«

»Da gibt es auch keinen, den Sie aus dem Programm schmeißen mussten?«

»Nein, die Jungs und Mädels machen ordentlich mit«, entgegnete Angelika Hinrichs. »Wir haben natürlich zuvor geschaut, für welche Leute das Programm in Frage kommt, und wir haben einen Vertrag mit allen geschlossen, in dem genau festgelegt ist, was wir für sie tun und welchen Beitrag sie leisten müssen. Das Projekt läuft nun schon ein Jahr, und es gab bislang überhaupt keinen Ärger. Im Gegenteil.«

»Also keiner, der wegen Rauschgift oder Alkohol rausgeflogen ist?«

»Nein, das Projekt läuft hervorragend und sollte im ganzen Land Schule machen.«

Eine Krankenschwester öffnete die Zimmertür und streckte ihren Kopf herein. »Sie müssen jetzt Schluss machen«, sagte sie. »Frau Hinrichs braucht Ruhe!«

Hauptkommissar Michel nickte und erhob sich. »Wir sind soweit.«

»Und wie geht es jetzt weiter?«, fragte Angelika Hinrichs.

»Die Fahndung hat nichts ergeben, aber wir konnten DNA an Ihrer Kleidung sichern und hoffen, dass wir einen Treffer in der Datenbank landen.«

»Muss ich mir Sorgen machen?«

Michel winkte ab. »Wir sind vom Raubdezernat«, sagte er. »Einen ähnlichen Überfall hat es vor einem halben Jahr schon einmal gegeben, in der Nähe vom Ozeaneum. Damals erbeutete der Täter die Handtasche des Opfers. Die wurde kurze Zeit später wieder aufgefunden, aber das Bargeld fehlte. Knapp zweihundert Euro. Wir gehen davon aus, dass es sich um Beschaffungskriminalität handelt.«

»Ein Dieb?«

»Ein Räuber, besser gesagt. Sollten wir noch Fragen haben, melden wir uns.«

Hauptkommissar Michel fasste in seine Jackentasche und zog eine Visitenkarte hervor. »Und wenn Ihnen noch etwas einfällt, dann rufen Sie uns einfach an.«

Angelika Hinrichs griff nach der Karte. »Das werde ich, und ich hoffe, dass Sie den Kerl kriegen. Ich hatte Todesangst.«

»Gute Besserung«, entgegnete der Beamte, bevor er mit seinem Kollegen das Zimmer verließ.

Kriminalkommissariat Rostock, Ulmenstraße

Nach seinem Abstecher in das Radisson Blu Hotel war Falk auf die Rostocker Dienststelle zurückgekehrt. Kollegin Schneider hatte ihm ein freies Büro mit funktionierendem Computer zugewiesen, in dem er ungestört war.

Inzwischen lag der schriftliche Obduktionsbericht zum Swanberg-Mord vor, doch darin gab es keine weiteren Überraschungen. Der ehemalige Richter war durch die Schussverletzungen gestorben, die ihm aus nächster Nähe beigebracht worden waren.

Über Videochat nahm Falk Kontakt zur Dienststelle in Anklam auf, wo ihm Frieder Ehrlich gegenübersaß. Ehrlich sah blass und übernächtigt aus.

Falk richtete das Mikro des Sprechgeschirrs aus: »Und? Seid ihr vorangekommen?«

»Was heißt hier wir?«, entgegnete Ehrlich. »Ich bin alleine.«

»Alleine, wieso das?«

»Greta, Carlo und Andrea haben einen neuen Fall auf den Tisch bekommen. Einen Totschlag oder Mord innerhalb der Familie. Und gestern haben sie dann auch noch Kachel abgezogen.«

»Das darf doch nicht wahr sein! Und was ist mit unserem Fall?«

»Jetzt, wo offiziell ein internationaler Killer als tatverdächtig gilt und es außerdem den Mord an dem Richter in Rostock gab, meint der Chef hier, dass man sich hier in Anklam wieder dem aktuellen Tagesgeschäft widmen muss, schließlich steht die Fahndung nach diesem Stepaniak, und die ist nun Sache des BKA und Interpol. Ich bin froh, dass man mir hier noch das Büro gelassen hat.«

»Ich werde mit Pauli sprechen, so geht das nicht.«

»Mit der Pauli ist das alles abgesprochen«, entgegnete Ehrlich. »Wenn Stepaniak der Mörder im Fall Helmich war, dann wird er es auch bei Swanberg gewesen sein, und den Grund dafür herauszufinden, ist wohl Sache der Schweden, meint sie. Ich soll Ihnen das schon mal ausrichten, wenn Sie sich melden. Außerdem sollen wir jetzt langsam zum Ende kommen und unseren Abschlussbericht schreiben. Das BKA wird dann die weitere Koordination übernehmen.«

Falk lächelte. Er wusste genau, warum ihm seine Chefin diese Entscheidung nicht persönlich mitgeteilt hatte.

»Das ist Bullshit, wir bleiben am Ball, verstanden, Frieder? Außerdem waren wir ja schon beim Du. Also, hast du was rausgefunden?«

Frieder Ehrlich atmete tief ein. »Ich bin auf mehrere Filmberichte gestoßen. Helmich wurde zu einigen Rettungseinsätzen interviewt. MDR, Tageszeitungen, Onlineportale. Über ihn gibt es sogar einen Film bei KiKa, da stellt er sein Boot vor und hält einen Vortrag über die Rettung Schiffbrüchiger.«

»Und Swanberg?«

»Da gibt es natürlich weitaus weniger Material«, berichtete Ehrlich. »Aber die Sache mit dem Findelkind habe ich in der Mediathek des MDR gefunden.«

»Okay, worum geht es darin?«

Frieder Ehrlich erzählte von dem gestrandeten Rettungsboot mit dem Säugling an Bord vor Kap Arkona und dem halbtoten Seemann. »Das war im Herbst vor vier Jahren. Der Matrose wurde in eine Spezialklinik geflogen, dort starb er kurze Zeit später.«

»Woher stammte das Rettungsboot?«

»Von einem Schiffsunglück vor Bornholm. Ein Frachter ist dort in Brand geraten und explodiert. Er hatte Chemikalien geladen. Das muss in schwedischen Gewässern gewesen sein. Swanberg wurde interviewt, weil die Journalisten natürlich wissen wollten, was mit dem Kind passiert.«

»Und was ist mit dem Kind passiert?«, fragte Falk.

»Das geht aus dem Bericht nicht hervor. Weil es um ein Kind ging, verhängte man eine Nachrichtensperre.«

Falk seufzte. »Okay, kannst du versuchen, herauszufinden, was aus dem Kind wurde und ob in diese Aktion auch Helmich irgendwie verstrickt war?«

»Da müsste ich die Dienstpläne noch mal sondieren.«

Falk hörte den widerwilligen Ton aus Ehrlichs Stimme, doch er grinste ihn einfach weg. »Ich wusste, dass man sich auf dich verlassen kann. Melde dich, sobald du was hast.«

»Und Sie, kommen Sie wieder hierher zurück?«

»Du, wir sind doch beim Du, Frieder. Ja, ich komme zurück, es kann aber noch ein wenig dauern.«

Schon wollte er das Gespräch beenden, als sein Handy klingelte. Pia war am Apparat. Einen kurzen Augenblick dachte er daran, das Gespräch einfach wegzudrücken, doch dann nahm der den Anruf an.

»Ich brauche deine Hilfe«, stammelte Pia ohne Umschweife.

33

Warnemünde, Hafengebiet, Lotsenhaus

»Du bist wirklich verrückt geworden«, herrschte Falk die junge Journalistin an, die ihm, wenn er es auch nicht zugeben wollte, inzwischen ans Herz gewachsen war. »Du willst wohl wieder in einer Kiste enden. Reicht es denn nicht, dass du über die Sache schreibst, musst du dich auch noch einmischen?«

»Ich wusste nicht, was ich tun sollte.«

»Du sollst mir die Arbeit überlassen, das ist es, was du tun sollst!«

»Zuerst dachte ich ja auch an einen Spinner«, antwortete Pia. »Ich dachte, geh da einfach nicht hin. Aber weißt du, er kennt mich, und er will sich am Lotsenhaus mit mir treffen. Keine vierhundert Meter Luftlinie davon wurde Swanberg entführt. Ich konnte die ganze Nacht nicht schlafen. Er ist doch nicht blöd, er weiß, mit wem er telefoniert hat. Wenn ich da nicht hingehe, dann taucht er früher oder später bei mir auf. Ich habe keine Lust, mich den ganzen lieben langen Tag nach hinten umzudrehen.«

»Versprichst ihm auch noch Geld! Wie dumm kann man sein?«

»Kriegt er doch auch, wenn es stimmt, was er behauptet. Inzwischen sogar sechstausend, wenn ich richtig gehört habe.«

Falk winkte ab. »Die Belohnung gibt es nur, wenn die Angaben wirklich zu einer Überführung des Täters ausreichen, das ist dir doch klar.«

»So habe ich es ihm auch gesagt, aber er sagte, er hätte Beweise.«

»Du bist unverbesserlich.«

»Was soll diese Standpauke überhaupt?«, übernahm sie die Initiative. »Wenn er gelogen hat, dann hauen wir ihn in den Wind, und wenn er die Wahrheit sagt, dann ist dein Fall gelöst. Ich sehe das als Win-win-Situation. Du hast nichts zu verlieren. Du bleibst im Hintergrund und kommst nur dazu, wenn es hart auf hart kommt.«

Falk überlegte einen Augenblick. Pia und ihre verrückten Ideen. Auf der anderen Seite hatte ihn ihre Intuition schon ein paar Mal weitergebracht. Was also hatten sie bei diesem Treffen zu verlieren?

»Also gut, machen wir es. Du lässt ja sonst nicht locker. Aber vorher will ich noch wissen, was es mit diesem Findelkind auf sich hat.«

»Da sieht man es mal wieder«, beschwerte sich Pia. »Mäkelt nur herum, der Herr. Ermittelt wie ein Wilder und verschwendet dabei unsere Steuergelder, kommt aber keinen einzigen Schritt voran.«

»Was sollen ein Kind in einem Rettungsboot und ein Schiffsunglück mit unserem Fall zu tun haben, erklärst du mir das bitte?«

Pia machte große Augen. »Du weißt davon?«

»Ich verschwende keine Steuergelder, ich mache meine Arbeit. Ich weiß nur nicht, wie ein Schiffsunglück vor vier Jahren in meine Mordermittlung passen soll.«

»Das weiß ich auch nicht«, entgegnete Pia. »Allerdings war Swanberg nicht der Einzige, der wegen dieser Sache ein Fernsehinterview gab.«

»So, wer noch?«

»Helmich«, antwortete Pia. »Sogar zusammen mit Swanberg. Im schwedischen Fernsehen auf SVT1. Aber da kommt ihr ja mit euren veralteten Computern gar nicht ran, stimmt´s?«

Diesmal machte Falk große Augen

»Was ist jetzt, kriechst du endlich unter die Decke?«, fragte Pia. »Es wird langsam Zeit.«

Falk saß im Fond ihres roten Opel Astra und zog die Decke zu sich heran. »Du bleibst am Wagen, du gehst keinen Schritt davon weg, hast du mich verstanden!«

»Ich bin doch nicht blöd!«

Sie standen auf dem Parkplatz eines Yachtausrüsters, keinen Kilometer vom ausgemachten Treffpunkt entfernt. Eine steife Brise blies von der See ins Landesinnere.

»Ich fahr jetzt los.«

»Aber lass das Fenster einen Spalt weit offen, damit ich alles mitbekomme«, antwortete Falk, dessen Stimme dumpf unter der Decke hervordrang.

»Ich mach es auf, wenn wir dort sind, sonst zieht es.«

Sie startete den Motor, legte den Gang ein und fuhr vom Parkplatz. Die Fahrt dauerte keine fünf Minuten, auf der Straße bis zum Kreisel und zu einer öffentlichen Toilette, vor der sie anhielt und den Motor abstellte. Zuvor öffnete sie die hintere Scheibe einen kleinen Spalt weit.

»Ich sehe ihn, er steht am Lotsenhaus«, flüsterte sie. »Dunkle Jacke, Kapuze. Klein und dick.«

»Halt dich an die Abmachung!«, antwortete Falk, doch Pia stieg schon aus.

Der Mann beobachtete den roten Wagen eine Zeitlang, ehe er sich einen Ruck gab und die Straße überquerte, um auf Pias Wagen zuzugehen.

»Lars?«, fragte Pia.

Ein kurzes Knurren war zu hören. Schritte auf kaltem Asphalt.

»Wo wollen Sie hin?«, rief Pia.

»Hier ist zu kalt«, antwortete die dumpfe Stimme. Falk hätte viel dafür gegeben, dem Typ ins Gesicht blicken zu können, doch unter seiner Decke blieb es dunkel.

»Hier, oder ich fahr wieder!« Pias Stimme klang resolut.

»Bist du allein?«

»Sieht so aus, oder?«

»Hast du das Geld?«

»Geld gibt es nur, wenn deine Angaben stimmen. Das hab ich dir doch schon am Telefon gesagt. Und nun Butter bei die Fische, ich hab nicht den langen Weg gemacht, um mich hier einfach so abspeisen zu lassen. Was ist nun, wer hat den Richter erschossen?«

»Erst das Geld!«

»Ich hab nichts bei mir. Das Geld gibt es, wenn der Mörder überführt ist, das war die Bedingung.«

»Du willst mich nur verarschen, du Schlampe!«, rief der Kerl laut, und schon klatschte Pias Körper gegen die Fondtür des Wagens.

»Spinn ich, der haut ab!«, rief sie.

Falk hob die Decke an, öffnete mit blitzschnellem Griff die Fondtür und stürzte aus dem Wagen. Pia lehnte am Wagen und rieb sich den Ellbogen.

»Wohin?«

Sie zeigte in Richtung Düne. Falk sprintete los. Als er das Toilettenhäuschen umrundet hatte, sah er die Gestalt, die unbeholfen über den sandigen Boden rannte. Er beschleunigte seinen Schritt und holte zunehmend auf. An der Biegung des Weges, wo im Sommer unzählige Liegestühle im Sand standen, holte er den Mann ein. Mit einem Hechtsprung landete er auf seinem Rücken und riss ihn zu Boden, sodass sie gemeinsam in den Sand stürzten. Kurz versuchte der Kerl, mit dem Fuß nach Falk zu treten, doch der wich geschickt aus, bekam den Fuß zu fassen und drehte ihn herum, sodass der Kerl auf dem Rücken landete und schmerzhaft aufstöhnte.

»Polizei!«, sagte Falk scharf und nahm ihn in den Fesselgriff. Die Gegenwehr erlahmte. »Sie sind festgenommen.«

Am Hals zog er ihn in die Höhe, ehe er ihn zurück zum Wagen brachte.

»Und, hat er schon was gesagt?«, fragte Pia.

Falk schüttelte den Kopf. Der Kerl war vollkommen außer Atem. Falk riss ihm die Kapuze vom Kopf, sodass lange, fettige und ungepflegte Haare zum Vorschein kamen. Der Typ, der sich Lars nannte, war kaum älter als Zwanzig.

»Was soll das, ich hab nichts gemacht!«

»Mitwisserschaft bei einem Verbrechen, Widerstand und tätlicher Angriff, das reicht erst einmal«, antwortete Falk, griff in seine Jacke und legte ihm Handschellen an.

Dann setzte er ihn auf eine Bank neben der Toilette. »Hierbleiben, sonst tut es am Ende noch weh«, sagte er zu ihm, ehe er sich Pia zuwandte. »Und wir sprechen uns noch!«

Pia lächelte. »Ja genau, das hoffe ich doch.«

Kriminalkommissariat Rostock, Ulmenstraße

Der Typ hieß Christof Gabler, stammte aus Rostock und war gerade mal zwanzig Jahre alt. Im Polizeicomputer hatte er allerdings bereits eine Akte, die einem Fünfzigjährigen gut zu Gesicht gestanden hätte.

Diebstahl, Sachbeschädigung, Fahren ohne Führerschein, Schwarzfahren mit Bus und Bahn, er hatte so Einiges in seinem jungen Leben angestellt, aber eigentlich nur kleinere Delikte. Eine Jugendstrafe von drei Monaten hatte er auch schon verbüßt. Nun saß er im Vernehmungsraum des Kommissariats und weinte sich die Augen aus.

»Der soll wissen, wer Swanberg umgebracht hat?«, fragte Hauptkommissarin Schneider und schüttelte den Kopf. »Der weiß nicht mal, wie spät es ist.«

Sie beobachteten den jungen Mann durch die Glasscheibe, die nur in die eine Richtung durchsichtig war.

»So hat er zumindest behauptet, wir werden ja sehen, ob es diesen Lasse tatsächlich in Dierhagen gibt«, entgegnete Falk und zuckte mit den Schultern. Er hatte sich inzwischen umgezogen und geduscht, denn der Sand steckte noch immer in seinen alten Klamotten.

Die Tür wurde geöffnet, und ein Kollege kam herein. Er hielt ein Schriftstück in der Hand.

»Lars Winter aus Dierhagen, Spitzname Lasse«, las er vom Blatt ab. »Ist neununddreißig und betrieb bis vor einem Jahr eine Landwirtschaft. Allerdings hat man ihm nach Beschluss durch den Veterinär die Tiere weggeholt und die Ausübung der Tierzucht und die Haltung untersagt. Vor drei Jahren wurde ihm der Jagdschein entzogen und seine Gewehre und Pistolen beschlagnahmt, nachdem er rechtskräftig wegen Landfriedensbruch verurteilt worden war. Er hat sechs Einträge bei uns, unter anderem wegen Beleidigung eines Richters, Widerstand und Körperverletzung, und gehört der Reichsbürgerszene an. Einer von diesen gefährlichen Irren, die die Existenz der Bundesrepublik nicht anerkennen. Sein Gehöft bezeichnet er als Reichsfreies Dierhagen. Die Kollegen von der Streife waren zuletzt vor drei Monaten bei ihm, weil er mit einem PKW ohne Zulassung gefahren ist.«

»Ein blauer Golf?«, fragte Falk.

Der Kollege schüttelte den Kopf. »Ein altersschwacher, ehemals gelber Mercedes Diesel.«

»Schade.«

Der Kollege zog Gablers Handy hervor und zeigte einige Bilder. Darauf waren ein Kalaschnikow AK 47 Sturmgewehr, eine Handgranate aus dem ehemaligen Jugoslawien und ein Colt Government nebst entsprechender Munition zu sehen. »Das ist kein Witz, die Aufnahmen sind wohl auf seinem Bauernhof gemacht. Da hinten steht ein Traktor, dessen Kennzeichen zumindest darauf hindeutet.«

»Dann müssen wir uns diesen Vogel wohl einmal vornehmen«, sagte Falk entschlossen.

»Nicht ohne das SEK und mit entsprechendem Beschluss«, wandte die Rostocker Kollegin ein.«

»Sicher«, antwortete Falk und wies mit dem Kopf zur Scheibe. »Ich rede noch mal mit ihm da, vielleicht erfahren wir noch mehr.«

Er öffnete die Tür und schlenderte scheinbar beiläufig auf Gabler zu.

»Und, wieder beruhigt?«, fragte er.

»Das ist nicht okay, was ihr mit mir macht. Das ist Freiheitsberaubung!«

»Ich habe dich festgenommen, du erinnerst dich?«

»Ich habe nichts gemacht!«

»Du weißt von einem Verbrechen und hast die Behörden nicht informiert, und außerdem hast du eine Journalistin geschlagen und bist dann weggelaufen. Und auch mich wolltest du treten, das ist nicht Nichts.«

»Ich wusste doch nicht, dass Sie von der Polizei sind.«

»Ich habe es laut und deutlich gesagt. Aber wenn du mit uns zusammenarbeitest, dann könnte es auch sein, dass ich es vergesse. Und die Journalistin, die macht sowieso keine Anzeige, bleibt also nur noch der Mord an Swanberg. Sechstausend gibt es für Hinweise, die zur Ergreifung des Mörders führen.«

»Ich mache alles, aber ich will nicht in den Knast, und Lasse darf nicht erfahren, dass ich…«

»Ein bisschen spät, oder?«

»Ich … Ich … Der schlägt mich tot!«

»Nicht, wenn er im Knast verrottet. Also, was weißt du über den Tod von Swanberg?«

»Ich weiß nichts, ich war nicht dabei, aber als ich Lasse vor drei Tagen traf …«

»Wo?«

»Wir haben auf seinem Hof ein bisschen gefeiert.«

Falk setzte sich rittlings auf den freien Stuhl. »Wer ist wir?«

»Lars, Mandy und ich.«

»Mandy?«

»Mit der ist er zusammen.«

»Aber die wohnt nicht dort?«

»Die wohnt in Neuhaus.«

Falk nickte. »Okay, was war da?«

»Wir hatten getrunken, da kam er auf einmal mit dieser Kalaschnikow um die Ecke und sagte, dass er sich nichts mehr von diesem Unrechtsstaat gefallen lässt. Er hat Jungbullen gekauft, und die nimmt ihm keiner weg.«

»Jungbullen also.«

»Ich wusste, dass man ihm seine Tiere weggenommen hat, und sagte, dass er doch ein Verbot auferlegt bekommen hat und die Behörden das sicher nicht zulassen werden, dass er wieder

Bullen züchtet. Da sagte er, dass die sich in Acht nehmen sollen. Den Ersten habe er schon in die Kiste gelegt.«

»Er sagte, in die Kiste gelegt?«

»Ja, genauso. Ich fragte dann, wen er meint, und er sagte, den Richter aus Rostock. Er hat ihm aufgelauert und dann erschossen. Genau das sagte er.«

»Sagte er auch, wo?«

»Irgendwo am Strand, aber wo genau, das sagte er nicht.«

»Wo lagert er die Waffen, deren Fotos wir auf deinem Handy gefunden haben?«

Gabler zuckte mit den Schultern. »Irgendwo im Stall. Da hat er eine geheime Tür. Unten lagert er die Waffen, und da stehen auch alte Fässer.«

»Du wirst uns führen!«

Der junge Mann erschrak und schüttelte vehement den Kopf. »Nein, ich …«

»Keine Angst, er bekommt davon nichts mit.«

Es klopfte an der Tür. Falk erhob sich und ging nach draußen.

»Wir haben den Durchsuchungsbeschluss, und das SEK ist informiert«, erklärte Hauptkommissarin Schneider. »Ihn können wir bis morgen festhalten. Um sechs Uhr schlagen wir los. Außerdem hat dieser polnische Kommissar für Sie angerufen.«

»Morgen, alles klar«, entgegnete Falk und ging nach draußen, um sein Handy wieder einzuschalten.

34

Policja kryminalna Gdańsk, Nowe Okrody (Danzig)

Erstens kommt es anders und zweitens, als man denkt: Genau nach diesem Motto verlief die Nacht. Falk war noch nicht einmal richtig eingeschlafen, als sein Handy klingelte und sich Milik mit verschlafener Stimme meldete. Volkan sei bereit auszupacken. Er sei sogar schon in Danzig auf der Polizeistation in der Gewahrsamszelle und habe sich zu einer umfangreichen Zusammenarbeit mit den Behörden entschlossen.

Falk zog verwundert die Stirne kraus. »Woher dieser plötzliche Sinneswandel?«, fragte er.

Milik faselte etwas von einem Mordversuch durch einen Mitgefangenen mit einem spitz angeschliffenen Löffelstiel und dass Volkan morgen um elf Uhr an die Justiz überstellt würde. Er solle an einem geheimen Ort untergebracht werden. Doch damit wäre dann kein weiteres Gespräch mehr mit ihm möglich.

»Mój niemiecki przyjaciel«, sagte Milik. »Wenn du noch mit Volkan reden willst, dann musst du dich beeilen. Morgen nach elf steht er uns nicht mehr zur Verfügung. Da ist das Ganze dann Sache der Generalstaatsanwaltschaft, die den Fall übernommen hat.«

Falk fluchte, als er sich aus seinem Bett erhob, eine kalte Dusche nahm und sich in seinen Wagen setzte, nicht ohne seiner Rostocker Kollegin Bescheid zu geben, dass sie allein die Durchsuchung in Dierhagen übernehmen musste, und schnurstracks nach Danzig fuhr.

Als er in Danzig ankam, graute schon der Morgen. Kurz nach Koszalin hatte er eine halbe Stunde geruht, dennoch fühlte er sich wie gerädert, als er kurz nach sieben vor der Danziger Polizeidienststelle aus dem Wagen stieg. Dennoch musste er noch warten, denn Volkan schlief noch. Zumindest reichte es zu einem Frühstück und zwei Tassen starken Kaffee auf Miliks Kosten in einem nahen Bistro.

Als Falk zusammen mit Milik das Vernehmungszimmer betrat, schaute er sich erst einmal ungläubig um. Dagegen war ein Vernehmungsraum in Deutschland das reinste Komfortzimmer. Die gelben Kacheln waren schmutzig, der Fußboden bestand aus einfachem, abgewetztem und fleckigem Teppichboden, und das Mobiliar war aus mattem Metall und hatte die besten Jahre ganz klar hinter sich. Allerdings passte Volkan mit seiner blauen Anstaltskleidung und den fettigen hellen, beinahe schon ergrauten Haaren, die ihm bis zu den Schultern reichten, genau in diese Umgebung. Trotz seiner muskulösen Arme erschien er ein wenig ausgezehrt und eingefallen.

»Das ist mein deutscher Kollege aus Rostock, er hat auch ein paar Fragen, auf die er gerne Antworten hätte«, stellte Milik seinen deutschen Begleiter auf Polnisch vor, ehe sie auf der Metallbank gegenüber Platz nahmen. Erst jetzt erkannte Falk, dass Volkan Handfesseln trug.

Volkan nickte gleichgültig, als wären ihm diese zusätzlichen Fragen egal.

»Hallo, Herr Volkan«, begrüßte Falk den Gefangenen auf Polnisch, was ihm ein anerkennendes Nicken seines Gegenübers einbrachte. »Ich bin hier, weil ich in einem Mordfall an einem deutschen Polizisten ermittle und die Morde mit dem Tod ihrer Freunde Kuchar und Batsch zusammenhängen.«

»Ich hab davon gehört«, antwortete Volkan mit tiefer und kehliger Stimme.

»Können Sie sich erklären, warum Ihre Freunde umgebracht wurden?«

Volkan zuckte mit den Schultern. »So ist manchmal das Geschäft.«

»Sie wissen nicht, was dahintersteckt?«

Volkan senkte den Kopf und kratzte sich an der Stirn, die Handschellen rasselten. »Zuerst dachte ich an Ivanov, doch irgendwann tauchte dann dieser Typ in einer meiner Bars auf und machte einen Riesenärger.«

»Sie meinen das Sunshine in Stettin?«

Volkan nickte. »Ich war selbst nicht dort, aber meine Leute erzählten mir davon.«

Falk lächelte. »Ach ja, Sie sind ja abgehauen, also geflüchtet.«

Volkan wiegte den Kopf hin und her. »Na ja, sagen wir, ich habe Urlaub gemacht. Weit weg an einem schönen See.«

»Wer war dieser Typ, der da Ärger machte?«

»Ich weiß es nicht.«

Milik beugte sich vor. »Ich habe mit Generalstaatsanwalt Woroschin telefoniert, er hofft darauf, dass Sie den deutschen Behörden ähnlich hilfreich zur Seite stehen, wie Sie das auch bei uns getan haben.«

Volkan atmete tief ein. »Was soll ich sagen, er soll Schwede gewesen sein, obwohl er gar nicht so aussah. Eher wie ein Südländer, hat man mir erzählt.«

Falks Neugierde war geweckt. Schweden, das passte wie die Faust aufs Auge. Doch er ließ sich nichts von seiner Neugier anmerken. »Was wollte dieser Schwede von Ihnen?«

»Von mir wollte er nichts«, entgegnete Volkan. »Aber … Wie soll ich sagen, Stanis und Wacław haben sich einen kleinen Nebenverdienst verschafft. Deshalb war er wohl im Club.«

»Nebenverdienst?«

»Wenn der Kapitän Stoff schmuggelt, dann kann er auch ein paar Leute mitnehmen, das war mir egal. Ich hielt davon nichts, aber das war alleine ihre Sache.«

»Sie meinen Menschenschmuggel? Die beiden haben auch als Schleuser gearbeitet?«, fragte Falk.

»Asylanten«, bestätigte Volkan. »Viele wollen nach Schweden, das Land ist mittlerweile sogar beliebter als ihr, da brennen zumindest keine Häuser ab, verstehen Sie?«

»Kuchar und Batsch haben also Asylbewerber über den Seeweg nach Schweden geschmuggelt, da habe ich Sie richtig verstanden, Volkan?«

»Jugendliche, Mütter, Kinder, jeder, der bezahlen konnte«, bestätigte der Festgenommene. »Nicht viele, vier, fünf, nicht mehr, damit es nicht auffällt. Aber ich hielt mich da raus, das ist nicht mein Stil.«

»Aha, und weshalb suchte dieser angebliche Schwede nach Batsch und Kuchar?«

»Da ging etwas schief, habe ich gehört. Ein Dampfer brannte ab und versank mit Mann und Maus in den Fluten.«

»Wann war das?«

Volkan überlegte. »Ist schon eine Weile her, drei, vier Jahre vielleicht.«

Falk fuhr sich über die Stirn. »Haben Sie schon mal von einem Findelkind gehört, das an der deutschen Küste in einem Rettungsboot an Land getrieben wurde? Das stammte wohl von einem Dampfer, der auf hoher See in Brand geriet und explodierte. Im Herbst zweitausendneunzehn.«

»Kann schon sein«, entgegnete Volkan. »Das war nicht mein Ding. Ich sagte denen, dass sie mich mit dem Blödsinn in Ruhe lassen sollen.«

»Warum sollte vor ein paar Wochen einer in einem Ihrer Clubs auftauchen, jetzt, beinahe vier Jahre später?«, überlegte Falk laut.

Volkan breitete die gefesselten Hände aus, zumindest so weit es die Handschellen zuließen. »Das ist nicht mein Ding, aber einige von denen haben wir in Trelleborg im Hafen untergebracht, die haben dann ihre Schulden abgearbeitet und den Stoff am Zoll vorbeigebracht und verteilt. Aber wie gesagt, das war Sache von Stanis und…«

»…und Wacław, ich weiß«, fiel ihm Falk ins Wort.

»Sind wir jetzt fertig?«, fragte Volkan.

Milik warf Falk einen fragenden Blick zu. Falk nickte. Er hatte nicht viel erfahren, aber dieser Schwede war angesichts des Mordes an Swanberg, von dem Volkan eigentlich nichts wissen konnte, eine ernstzunehmende Spur.

Als Falk ein paar Minuten später Milik in dessen Büro gegenüber saß, räusperte sich der polnische Kriminalbeamte. »Da ist noch etwas, das ich dir sagen muss.«

Diesmal unterhielten sie sich auf Deutsch.

»Ihr habt das Kennzeichen«, entgegnete Falk, wie aus der Pistole geschossen.

Milik nickte. »Das haben wir gestern bereits an deinen Kollegen in Anklam geschickt. Leider gibt es keinen Halter zu diesem Fahrzeug. Wir wissen nur, dass das Kennzeichen GD-4886U lauten müsste und derzeit nicht vergeben ist. Dafür wissen wir, dass ein blauer Golf vor etwa drei Wochen von einem Schrottplatz gestohlen wurde. Der Diebstahl fiel nicht weiter auf, weil der Wagen eigentlich verschrottet werden sollte. Ich nehme an, der Dieb hat dort auch das Kennzeichen gefunden oder von irgendeiner Schrottkarre abgeschraubt. Der Inhaber des Schrottplatzes weiß das nicht mehr so genau.«

Falk zückte seinen Notizblock und notierte das Kennzeichen. »Das ist zumindest ein Ansatzpunkt für eine gezielte Fahndung.«

Milik richtete sich auf und blickte aus dem Fenster. Falk bemerkte, dass seinem polnischen Kollegen noch etwas auf der Seele lag. »Was ist noch?«, fragte er.

Milik beugte sich verschwörerisch vor. »Es geht um Stepaniak.«

»Was ist mit ihm?«

»Unserem Geheimdienst zufolge kommt er als Täter nicht in Frage.«

Falk runzelte die Stirn, war doch Milik stets überzeugt von der Täterschaft des angeblichen Killers gewesen.

»Ich verstehe nicht …«

»Stepaniak befindet sich seit den ersten Kämpfen um Bachmut in ukrainischer Gefangenschaft. Er gehört zur Wagner-Gruppe, wurde durch Granatsplitter schwer verletzt und hat ein Bein verloren.«

»Sicher?«

»Ganz sicher«, bestätigte Milik.

»Seit wann weißt du das?«

Milik fuhr sich über das Kinn. »Ich habe es vor zwei Tagen erfahren. Aber ich durfte dir nichts davon sagen.«

Falk verzog seine Mundwinkel. »Wieso nicht?«

Milik nickte mit dem Kopf in Richtung der Gewahrsamseinrichtung. »Wegen Volkan, er meint immer noch, dass er auf Ivanovs Abschussliste steht. Generalstaatsanwalt Woroschin will, dass er weiter daran glaubt. Das macht ihn gefügiger, verstehst du.«

Falk lächelte. »Und du lässt mich da reinmarschieren und sagst mir nichts darüber.«

»So hast du dich zumindest nicht verplappert. Woroschin wollte sogar, dass ich dir überhaupt nichts von Stepaniak erzähle, aber ich konnte ihn überzeugen. Er will nämlich dieses Geschwür, das sich hier an der Küste gebildet hat, mit einem einzigen großen Schnitt entfernen. Und dazu braucht er Volkan.«

»Ich verstehe, also suchen wir ab sofort wieder gemeinsam einen Mörder, richtig?«

»Unsere Anfragen an das schwedische Konsulat sind bereits auf dem Weg«, entgegnete Milik.

»Gut, vielleicht bekomme ich ja Nachricht von dir, wenn die Schweden etwas für uns haben.«

»Da kannst du dir sicher sein. Woroschin ist es sehr an einer guten Zusammenarbeit mit unseren Nachbarn gelegen.«

»Solange es seinen Erfolg nicht gefährdet«, unkte Falk.

Milik winkte ab. »Du weißt doch, der Weg ins Justizministerium ist weit, und er sollte mit Erfolgen gepflastert sein.«

»Mit Erfolgen, über die man spricht.«

Noch bevor Falk, nachdem er sich von Milik verabschiedet hatte, seinen Wagen startete, erreichte ihn ein Anruf von Hauptkommissarin Schneider: Die Durchsuchung in Dierhagen war abgeschlossen. Die Waffen hatte man aufgefunden, Lars Winter hatte sich widerstandslos festnehmen lassen. Doch den Mord an Swanberg bestritt er aufs Schärfste. Dazu hatte er auch noch ein Alibi, das inzwischen durch mehrere Personen betätigt worden war. Er war nämlich auf Kaffeefahrt in Tirol unterwegs gewesen und erst zwei Tage nach dem Mord von seiner Busreise zurückgekommen, die er in einem Preisausschreiben gewonnen hatte.

»Sieh an«, entgegnete Falk. »Den Staat in seiner jetzigen Form ablehnen, aber an Preisausschreiben teilnehmen und die Preise einheimsen, obwohl man nicht an den Euro glaubt.«

»Aber verfallen lässt man den Bon auch nicht«, bestätigte die Rostocker Kollegin. »Frei nach dem Motto, einem geschenkten Gaul …«

»Ich weiß«, fiel ihr Falk ins Wort.

»Übrigens ist er wieder auf freiem Fuß, der Kerl ist ein Spinner und Querulant, mehr nicht. So sieht es auch der Staatsanwalt. Die Sache mit dem Waffenbesitz klären wir später.«

Falk beendete das Gespräch und startete den Motor. Sieben Stunden Fahrt lagen vor ihm, sollte er überhaupt so lange durchhalten.

35

Putgarten, Kap Arkona

Pia war nach Putgarten gefahren. Über ihre Quellen hatte sie herausgefunden, wer damals das Kind am Strand gefunden hatte. Die Frau hieß Nina Fuchs und wohnte noch immer in ihrem kleinen Haus am Ortsrand von Putgarten. Genau dorthin war Pia unterwegs. Zuletzt bog sie rechts ab, und schon meldete ihr Navi: »Sie haben Ihr Ziel erreicht, das Ziel befindet sich auf der linken Seite.«

Pia stoppte den Wagen und stieg aus. Ein Jägerzaun umgab das Häuschen, das sich hinter drei großen Birken mit bunt gefärbten Blättern versteckte. Überhaupt war der Garten bunt und strotzte vor herbstlicher Blumenpracht. Lediglich das rote Schild mit der Aufschrift »Warnung vor dem Hund« ließ Pia erst einmal kräftig durchatmen. Zum Glück gab es außerhalb, neben dem Briefkasten, einen Klingelknopf. Pia klingelte und wartete geduldig. Zuerst war das Bellen eines Hundes zu hören, doch dann wurde die Tür geöffnet, und eine Frau mittleren Alters in einem grauen Strickkleid kam aus dem Haus. Sie zog die Tür wieder ein kleines Stück zu, bevor sie näherkam und an der Gartentür stehen blieb.

»Ja?«, fragte sie.

»Frau Fuchs, Nina Fuchs?«

Die Frau nickte.

Pia griff in ihre Handtasche und zog ihren Presseausweis hervor. »Pia Stein, RMZ, ich wollte mit Ihnen wegen des Findelkindes sprechen, Sie wissen, was ich meine?«

»O Gott, das ist ja schon wieder Jahre her«, entgegnete die Frau. »Wie sind Sie denn auf mich gekommen? Ich wollte schon damals nicht, dass mich die Presse löchert.«

»Ich habe meine Quellen«, entgegnete Pia. »Aber es ist überaus wichtig, dass wir miteinander sprechen. Sie haben doch sicher von den Morden an dem Polizisten und dem schwedischen Richter auf dem Festland gehört?«

Nina Fuchs runzelte die Stirn. »Was hat das mit dem Kind zu tun?«

Pia zuckte mit den Schultern. »Vielleicht nichts, aber so, wie es sich derzeit darstellt, ist dieses Findelkind wohl die einzige Verbindung, die zwischen dem toten Polizisten und dem Richter besteht.«

Die Frau wirkte erschrocken. »O Gott, muss ich mir Sorgen machen?«

Pia schüttelte den Kopf. »Ich arbeite eng mit der Polizei zusammen. Ehrlich gesagt, wäre ich sonst auch nicht an Ihren Namen gekommen. Deswegen wäre es nett, wenn Sie mir alles über das Kind und die Umstände erzählen könnten, die Sie noch wissen.«

Die Frau öffnete die Gartentür. »Kommen Sie rein, mein Hund ist absolut friedlich und faul noch dazu. Das Schild dient eigentlich nur der Abschreckung von unliebsamen Besuchern.«

Pia trat ein. Nina Fuchs führte sie hinter das Haus in einen blühenden, farbenfrohen Wintergarten und bot ihr unter einer wuchtigen Palme Platz auf bequemen Holzmöbeln an. Eine schwarze Katze kam aus einer Ecke des Grundstücks und schaute kurz auf, bevor sie sich unter einem der Büsche ein schattiges Lager suchte.

»Wollen Sie etwas trinken?«

Pia schüttelte den Kopf.

»Gut, dann fragen Sie, aber bitte halten Sie meinen Namen aus der Sache heraus. Das wurde mir übrigens damals auch von der Jugendfürsorge geraten, schließlich ging es ja um einen Säugling. Da tut es gar nicht gut, wenn sich die Presse darauf stürzt.«

»Glauben Sie mir, ich bin nicht wegen des Kindes, sondern eher wegen der Umstände hier …«

»Ich glaube Ihnen ja«, fiel ihr Nina Fuchs ins Wort. »Sie haben ein ehrliches Gesicht.«

»Danke. Also, können Sie sich noch an die Sache erinnern?«

»Als ob es gestern gewesen wäre«, entgegnete die Frau. »Den Anblick des Seemannes werde ich wohl auch nie mehr vergessen. Überall verbrannt, Gesicht, Arme, Beine, ich hielt ihn für tot …«

»Wann war das?«

Nina Fuchs überlegte kurz. »Es war Dienstag, der zweiundzwanzigste Oktober zweitausendneunzehn, gleich am frühen Morgen. Ich ging mit Lord spazieren. In der Nacht hatte es diesen furchtbaren Herbststurm gegeben, da wurden sogar Bäume entwurzelt. Erinnern Sie sich?«

Pia griff sich an die Stirn. »Dunkel, ja, ich glaube schon.«

»Also, ich ging mit Lord über den Weg Richtung Nordstrand hinunter zum Leuchtfeuer und dann hinüber an den Nordstrand zum Siebenschneiderstein. Da kann Lord herumtollen und stört keinen. Im Oktober treffen wir dort eigentlich nie jemanden.«

»Am frühen Morgen, sagten Sie?«

Die Frau nickte. »Den Notruf setzten wir gegen acht Uhr ab, ich denke, ich bin eine halbe Stunde zuvor hier losgelaufen.«

»Wir?«

Nina Fuchs lächelte. »Wissen Sie, ich schreibe Romane, und beim Spaziergang fallen mir oft die besten Ideen ein, da stört ein Handy nur. Deshalb musste ich zurücklaufen und jemanden suchen, der eins hatte.«

Pia überlegte. »Romane, Nina Fuchs, ehrlich gesagt habe ich noch nie etwas von Ihnen gelesen.«

»Emilia Fox, Ebbe und Blut, das war mein bekanntester Roman.«

Pia fasste sich an den Kopf. »Klar, die Liebesgeschichte aus dem Zweiten Weltkrieg zwischen einem deutschen Mädchen und einem englischen Piloten, da habe ich sogar einmal eine Rezi geschrieben.«

»Hoffentlich eine gute!«

Pia nickte, das Eis war gebrochen.

»Wie gesagt, ich ging am Siebenschneiderstein den Steg hinunter und lief am Strand entlang, da sauste Lord plötzlich davon. Im Prinzip hat er das Boot entdeckt.«

»Das Rettungsboot mit dem Seemann und dem Baby?«

»Der Sturm hatte allerhand Unrat und Algen angespült. Das Boot war zuerst gar nicht zu erkennen, doch Lord kam nicht, obwohl ich ihn rief und er sonst immer kommt. Als er dann auftauchte, war er angespannt. Ich spüre das, ich habe ihn schon, seit er ein Welpe war. Er führte mich dann quasi zu dem Boot.«

»Und was war dann?«

»Ich sagte doch, da lag der Seemann, übersät mit Brandwunden, und regte sich nicht. Ich wollte zurück zum Leuchtfeuer laufen, denn dort stand ein Wagen, da hörte ich auf einmal das Kind schreien.«

»Sie haben das Kind gesehen?«

»Später erst, als die Nothelfer es aus dem Boot geholt haben«, erklärte die Frau. »Ich bin zum Leuchtturm gerannt und traf dort einen Mitarbeiter des Fischereiamtes. Der setzte dann den Notruf ab.«

»Sie warteten dort?«

Nina Fuchs nickte. »Ich war geschockt, dieser Anblick, das war … Na ja, zuerst kamen diese Ersthelfer mit ihrem großen roten Rucksack auf dem Rücken. Eine Frau aus Putgarten und ein Mann aus Fernlüttkevitz. Die kamen mit einem normalen Wagen, sagten aber, der Rettungsdienst sei unterwegs, und auch ein Hubschrauber käme bald. Ich solle ihnen zeigen, wo das Boot liegt, und das tat ich dann.«

»Sie gingen also mit den Helfern zum Boot zurück?«

Nina Fuchs nickte. »Die Frau aus Putgarten war sehr resolut, und wenn man etwas zu tun hat, dann löst sich oft der Schock von selbst. So war es auch bei mir. Ich führte sie zum Boot, und wir waren kaum dort, als ich Hubschrauberlärm hörte. Auch ein großes Boot der Küstenwache tauchte an der Nordspitze auf und ging dort vor Anker.«

»Der Mann lebte noch, hörte ich?«

»Ganz schwach nur, er starb dann auch kurz darauf, hat es geheißen. Seine Verletzungen waren wohl zu schwer.«

»Und das Kind?«

»Es war wohl unterkühlt und schrie kräftig vor Hunger, doch es war sehr lebendig. Ein Junge, wie sich herausstellte. Die Helferin meinte, kaum älter als ein halbes Jahr.«

»Was geschah mit dem Kind?«

»Das wurde, wie der Seemann auch, zum Hubschrauber gebracht. Die Helfer trafen einer nach dem anderen im Sekundentakt ein, und auch die Bundespolizei war plötzlich da. Mit vereinten Kräften bargen sie den Seemann aus dem Boot und brachten ihn über den Steig zum Helikopter.«

»Okay, wurde mit Ihnen gesprochen, hat Sie jemand befragt?«

»Zuerst die Helfer natürlich, dann kam eine Polizistin, und später tauchten noch zwei vom Jugendamt bei mir auf, aber wohl eher, um mich zu belehren, dass ich den Fall nicht in der Presse breittrete, schließlich ging es, wie schon gesagt, um ein Kleinkind.«

»Okay … Hat Sie später noch einmal jemand auf diesen Tag angesprochen?«

»Später, was meinen Sie damit?«

»In jüngster Zeit, meine ich.«

»Nein, überhaupt nicht.«

»Und damals?«

»Ich war froh, dass ich nicht davon erzählen musste, der Anblick des Seemanns setzte mir ganz schön zu. Die vom Jugendamt kamen zwei Tage später zu mir. Ich fragte noch, was aus dem Kind wird, und die erzählten mir, dass sich das Schiffsunglück wohl in schwedischen Gewässern vor Bornholm ereignet hat, deswegen wird das Kind wohl, wenn es aus dem Krankenhaus kommt, den Schweden übergeben, und die werden versuchen, Angehörige oder die Eltern ausfindig zu machen. Der Frachter soll übrigens aus Polen gekommen sein und war auf dem Weg nach Schweden, aber mehr wurde mir nicht gesagt.«

»Wissen Sie noch, wie die beiden Leute vom Jugendamt hießen?«

Die Frau überlegte kurz. »Der Mann war noch ganz jung und hatte wohl nicht viel zu sagen. Das Wort führte eine ältere Dame, wohl schon an die Sechzig. Ich meine, die hieß Jakob oder so ähnlich. Aber sicher bin ich mir da nicht.«

»Haben Sie sich später noch mal nach dem Kind erkundigt?«

Die Frau schüttelte den Kopf. »Ich dachte, das geht mich nichts an. Ich weiß nur noch, dass ich insgeheim für mich dachte, dass ein Säugling wohl kaum als Passagier auf einem Frachter mit nach Schweden fährt. Die Eltern werden sicher mit an Bord gewesen sein. Angehörige wird es wohl kaum geben.«

Pia zog die Stirne kraus. »Wie kommen Sie darauf?«

»Na ja, das Kind war in Decken gehüllt, die alle feucht waren. Also zog die Helferin es aus und wickelte es in eine trockene Decke und zusätzlich in so eine Wärmedecke, Sie wissen, was ich meine. Es war ja kalt und immer noch windig an diesem Tag. Da fiel mir auf, dass das Kind braune Haut hatte.«

»Sie meinen, braun wie aus Afrika?«

»Nein, nicht so dunkel. Südländisch, würde ich sagen. Damals kamen ja viele Flüchtlinge zu uns. Deshalb dachte ich mir, wenn die Eltern an Bord waren, dann wird es wohl keine Angehörigen hier in Nordeuropa geben.«

Pia lächelte. »Vielen Dank, Sie haben mir sehr geholfen«, sagte sie, fasste in ihre Tasche und zog eine Visitenkarte hervor. »Falls Ihnen noch etwas einfällt oder sich Leute nach dem Kind erkundigen, rufen Sie mich doch bitte an.«

»Meinen Sie, da kommt jemand?«, fragte die Frau ängstlich.

Pia schüttelte den Kopf. »Wohl eher nicht, es weiß eigentlich niemand von Ihnen.«

»Ihr Wort in Gottes Ohr.«

Als Pia zurück auf das Festland fuhr, nahm sie die Fähre. Unterwegs zückte sie ihr Handy und wählte Falks Nummer. Er musste erfahren, dass es sich möglicherweise um ein Flüchtlingskind handelte.

Kriminalinspektion Anklam, Friedländer Straße

Falk hatte es bis Kolberg geschafft, dann fielen ihm die Augen zu. Er fuhr auf einen Rastplatz, kurbelte den Sitz herunter und schlief fast sofort ein. Als er wieder aufwachte, war es mitten in der Nacht. Er fuhr den Rest der Strecke innerhalb von drei Stunden und steuerte sein Hotel an. Dort legte er sich noch einmal hin und erwachte erst, als die Kirchturmuhr neun Mal läutete. Auf seinem Handy hatte er sieben Anrufe. Zuerst meldete er sich bei Hauptkommissarin Schneider in Rostock und informierte sie darüber, dass er die weiteren Ermittlungen in Anklam fortführen würde und er lediglich eine Aktennotiz bezüglich Dierhagen benötige. Den zweiten Teilnehmer, Pia – sie hatte drei Mal angerufen –, drückte er weg, und den letzten Anruf, den seines Kollegen auf Zeit, brauchte er nicht entgegenzunehmen, denn er würde ihn ohnehin in ein paar Minuten auf der Dienststelle treffen.

Als er den Einsatzraum in Anklam betrat, war tatsächlich nur Frieder Ehrlich anwesend.

»Wo sind die anderen?«, fragte Falk ratlos.

»Ich habe es doch schon gesagt«, entgegnete Frieder Ehrlich. »Die Fahndung wird vom BKA geleitet, und Andrea und Jürgen bearbeiten inzwischen einen Totschlag. Greta muss sich um ihre kranken Kinder kümmern und hat die Woche frei.«

»Und wir suchen einen Mörder, und zwar in Teilzeit«, seufzte Falk.

»Wieso Teilzeit, ich arbeite dafür hundertfünfzig Prozent«, entgegnete Ehrlich. »Die Fahndung nach dem Golf ist übrigens draußen. Das Kennzeichen …«

»Ich weiß, ich war bei Milik«, fiel ihm Falk ins Wort.

»Bislang keine Resonanz, entweder verbirgt sich Stepaniak irgendwo in den Wäldern, wozu er als Söldner wohl auch in der Lage ist, oder er ist jetzt wirklich endgültig abgehauen.«

»Stepaniak, wieso Stepaniak?«, fragte Falk verwirrt.

Ehrlich deutete auf das große Foto an der Pinnwand. »Na, Stepaniak, der dringend Tatverdächtige, der sich nach Russland abgesetzt haben soll.«

»Vergiss Stepaniak, der liegt irgendwo in einem ukrainischen Gefangenenlager, und zwar schon seit dem letzten Jahr.«

Frieder Ehrlich entgleisten die Gesichtszüge. »Aber dann … Die Fahndung und … das BKA…«

»Wir drehen jetzt alles wieder auf Null«, erklärte Falk.

»Auf Null? Das verstehe ich nicht.«

Falk setzte sich neben Ehrlich an den Schreibtisch und klopfte ihm auf die Schulter. »Tut mir leid, dass ich nicht hier war und mich nicht gemeldet habe, aber die Ereignisse haben mich förmlich überrollt.«

Ehrlich zeigte auf sein Handy, das neben dem Computer lag. »Ein Anruf hätte genügt, wozu haben wir die Dinger sonst?«

Seine Stimme klang vorwurfsvoll mit einer leichten Mischung aus Ärger, Wut und Verwunderung.

»Mein Fehler«, entgegnete Falk. »Kommt nicht wieder vor, versprochen!«

Er legte seine Hand aufs Herz, als ob er damit Ehrlichs Unmut einfach wegschieben könnte. Doch Ehrlich war nicht so leicht zu besänftigen. »Man hat mich ja gewarnt, deswegen habe ich schon gar nicht viel erwartet, aber dass ich mir hier alleine die Stunden um die Ohren schlagen muss und einfach nur wie ein Schuljunge ab und zu ein Leckerli bekomme, und das war es dann, das hätte ich nicht gedacht.«

Falk machte große Augen. »Gewarnt?«

»Es gibt nicht wenige auf der Dienststelle, die bezeichnen Sie als richtiges Arschloch.«

»Wir sind längst beim Du. Und das ist keine Neuigkeit, also, wie ist es, schnappen wir uns den Kerl, zusammen?«

Frieder Ehrlich überlegte einen Augenblick. Schließlich nickte er. »Zusammen!«

36

Restaurant Marathon, Anklam, Leipziger Allee

Falk hatte sich nach dem klärenden Gespräch mit Frieder Ehrlich in sein Büro zurückgezogen und Pias Nummer gewählt.

»Nie gehst du ans Telefon, wenn ich anrufe«, beschwerte sie sich, doch Falk erklärte ihr, dass er nun mal arbeiten müsse und nicht immer Zeit für Telefonate habe. Kurzerhand hatte er sich mit ihr als Wiedergutmachung im Restaurant Marathon zum Mittagessen verabredet.

Dort angekommen, musste Falk kaum fünf Minuten warten, bis Pia auftauchte. Allerdings gab sie sich diesmal eher zurückhaltend, obwohl sie doch am Telefon verkündet hatte, dass es Neuigkeiten gäbe. Wie ein trotziges Kind nahm sie in der Ecke des gut besuchten Restaurants an Falks Tisch Platz.

»Was gibt es denn Neues?«, fragte Falk ohne Umschweife, doch sie blieb still und warf ihm einen beleidigten Blick zu.

»Was ist, was passt dir nicht?«

Sie griff umständlich in ihre Handtasche und zog ein Taschentuch hervor, mit dem sie sich über die Nase fuhr. »Wenn du glaubst, ich bin eine Kuh, die man melken kann, ohne dass man sie ab und zu füttert, dann hast du dich gründlich geirrt«, sagte sie vorwurfsvoll. »Was ist mit dem Typ in Dierhagen?«

Falk winkte ab. »Ein Spinner, den kannst du vergessen.«

»Okay, aber die Waffen …«

»Ein Waffennarr, der nicht alle Latten am Zaun hat«, fiel ihr Falk ins Wort. »Lebt noch im vorigen Jahrhundert und lehnt den Staat ab. Das hindert ihn allerdings nicht, an einem Preisausschreiben in einem Boulevardmagazin mitzumachen und auf Kosten eines Pharmakonzerns nach Tirol zu verreisen. Ein Spinner eben, mehr nicht.«

»Tja, aber immerhin ist er jetzt ein Spinner ohne Waffen, richtig?«

Ihre schnippische Antwort zeigte ihm, dass ihre Wut wohl nicht so leicht zu besänftigen war. Also beschloss er, zu liefern. Bevor er loslegen konnte, kam der Kellner an den Tisch.

»Du bist natürlich eingeladen«, raunte ihr Falk zu.

»Das ist das Mindeste«, antwortete sie und bestellte kurzerhand einen trockenen Weißwein und die Poseidon-Platte, während sich Falk mit Cola und Calamares zufriedengab.

Er räusperte sich, nachdem der Kellner den Tisch wieder verlassen hatte. »Dann will ich die Milchkuh einmal füttern«, sagte er und erntete erneut einen bösen Blick dafür. »Ich war in Polen.«

»Das weiß ich«, entgegnete sie, wie aus der Pistole geschossen.

Falk runzelte die Stirn. »Woher weißt du das?«

»Ich habe auf der Dienststelle in Rostock angerufen, da hieß es, du wärst nicht erreichbar.«

»Und wie kommst du auf Polen?«

»Ich bin nicht blöd und erledige meine Hausaufgaben ordentlich.«

Falk lehnte sich im Stuhl zurück. »Okay, ich habe mit Volkan gesprochen. Er ist durchaus kooperativ, wenn er nicht mehr in den Knast nach Łódź zurückmuss.«

»Was hat er erzählt?« Der Ärger schien Pias überaus ausgeprägtem Sinn für Neugier zu weichen.

»Kuchar und Batsch hatten eine Sache auf eigene Rechnung am Laufen.«

»Menschenschmuggel, richtig?«

Falk blickte sie verwundert an. »Wie kommst du darauf?«

Er erntete nur ein leises »Hhm«.

»Schon gut«, fuhr er fort. »Menschenschmuggel, richtig. Asylbewerber nach Schweden, mit dem Schiff.«

»Mit der *Syrena*, die auf der Fahrt von Danzig nach Trelleborg vor Bornholm explodiert ist«, warf sie ein.

»Wahrscheinlich.«

Pia hieb mit der flachen Hand auf den Tisch, sodass andere Gäste den Kopf zu ihnen wandten. »Passt!«

Falk beugte sich verschwörerisch vor. »Was passt?«, flüsterte er.

Pia blickte sich um, doch die Gäste widmeten sich wieder ihren Gesprächen oder dem Essen vor ihnen auf dem Tisch.

»Ich habe mit Nina Fuchs in Putgarten gesprochen«, erklärte sie mit gedämpfter Stimme. »Das war sehr interessant.«

Falk fuhr sich über die Stirn. »Nina Fuchs, wer ist das?«

Bevor Pia antworten konnte, kam der Kellner an den Tisch und servierte die Getränke. Nachdem er wieder gegangen war, fuhr Pia fort: »Nina Fuchs ist die Frau, die damals das Findelkind vor Kap Arkona im Boot fand, du erinnerst dich?«

Falk nickte.

»Sie hat mir erzählt, dass das Kind einen dunklen, südeuropäischen Teint hatte, es war also kein Kind aus unserer nördlichen Region.«

»Du meinst …«

»Was weiß ich, Syrien, Irak, Afghanistan, südländisch eben.«

Falk überlegte. »Weißt du, was aus dem Kind wurde?«

»Ich weiß nur, dass Mitarbeiter des Jugendamtes bei Frau Fuchs auftauchten und sie zum Stillschweigen im Interesse des Kindes verpflichteten. Offenbar sollte es wieder an die Schweden übergeben werden.«

»Und wurde es tatsächlich den Schweden übergeben?«

Pia zuckte mit den Schultern. »Die Frau vom Jugendamt damals hieß Jakob und war aus Stralsund. Ich habe versucht, dort jemanden zu erreichen, aber die Frau gibt es wohl nicht mehr, und ansonsten lehnt man jede Stellungnahme ab.«

»Die Geschichte ist beinahe vier Jahre her«, sinnierte Falk.

»Aber es ist bislang die einzige Verbindung zwischen Helmich und Swanberg. Beide spielten bei diesem Findelkind eine Rolle, und beide traten in der Presse öffentlich auf.«

Falk kratzte sich nachdenklich am Kinn. »Aber wer sollte wissen, wo sich Swanberg nach seiner Pensionierung niedergelassen hat? Noch nicht mal seine Kolleginnen und Kollegen wussten es.«

Pia griff nach ihrem Handy, fuhr mit der Hand über das Display und scrollte eine Weile darauf herum, bis sie gefunden hatte, was sie suchte. Dann hielt sie Falk das Bild unter die Nase. Swanberg war darauf zu sehen, er trug ein weißes T-Shirt mit der Aufschrift seines Segelclubs und hielt einen silbernen Pokal in der Hand.

»Das findet man im Netz, wenn man ihn googelt«, erklärte Pia. »Er ist im Vorstand des Segelvereins und hat im letzten Jahr den zweiten Platz beim Warnemünde-Cup gewonnen. Also, ich hätte ihn gefunden, wenn ich nach ihm gesucht hätte.«

»Vier Jahre, ich weiß nicht«, entgegnete Falk.

»Es ist die einzige Verbindung, vielleicht hat den Mörder etwas aufgehalten, wer weiß?«

Das Essen wurde serviert. Während des Essens schwiegen sie. Erst als der Kellner die Teller abräumte und den obligatorischen Ouzo an den Tisch brachte, griff Pia das Thema wieder auf.

»Es ist die einzige Verbindung zwischen Swanberg und Helmich«, sagte sie noch einmal eindringlich.

»Und auch zu Kuchar und Batsch«, fügte Falk hinzu. »Ich glaube, ich muss noch mal mit den Schweden telefonieren.«

Löbnitz, Bundesstraße 105, Höhe Sägewerk

Vor knapp einer Stunde hatten die Beamten der Verkehrspolizei die Messstelle unweit des Sägewerks auf der B105 eingerichtet und überwachten mit dem Lichtschrankenkontrollgerät die Geschwindigkeitsbeschränkung auf siebzig Kilometer in Höhe der Abzweigung. Hinter einem Verkehrszeichen hatten sie die Apparatur versteckt, und die Kamera war direkt neben einem Gebüsch aufgebaut, sodass sie nur wenig auffiel. Zwei Wagen hatte der Anhaltetrupp, der sich unweit einer Gaststätte postiert hatte, wegen eines Geschwindigkeitsverstoßes bislang angehalten, doch die Zahl der Schnellfahrer und auch der Geschwindigkeitsüberschreitungen hielt sich in Grenzen. Den Polizeibus des Anhaltetrupps hatten sie in der Langen Straße hinter einer Bushaltestelle versteckt, um nicht aufzufallen.

Der weiße Kombi, der zum Lichtschrankengerät gehörte und in dem zwei Beamte die Messung ausführten, stand ebenfalls abseits der Straße.

Die Uhr zeigte genau 14.11, als sich der blaue Golf aus Richtung Damgarten näherte. Der ältere, erfahrene Kollege sah sofort, dass der blaue Wagen viel zu schnell fuhr.

»Und hier kommt wohl der Tagessieger«, sagte er und wies durch die Windschutzscheibe. Die junge Kollegin, die sich noch in Ausbildung befand, blickte auf und beobachtete den Wagen gespannt. Als er die Lichtschranke passierte, ertönte ein lauter Piepton, und das Gerät löste aus.

»Hundertsieben«, sagte der Beamte. »Volltreffer.«

Er griff zum Funkgerät und gab den Wagen und das abgelesene Teilkennzeichen an den Anhaltetrupp weiter.

»Da haben wir eine schöne Anzeige«, erklärte er seiner jungen Kollegin. »Abzüglich der Toleranz bleiben noch hundertdrei, das reicht für ein sattes Bußgeld.«

Die Kollegin notierte Uhrzeit und Geschwindigkeit in ihr Messprotokoll und wartete ab, bis der Anhaltetrupp die entsprechenden Daten ergänzte. Doch dann drang die aufgeregte Stimme eines Kollegen des Anhaltetrupps aus dem kleinen Lautsprecher. »Der … der ist durchgefahren, hätte Peter glatt umgenietet, wenn der nicht zur Seite gesprungen wäre. Habt ihr das Kennzeichen?«

Der erfahrene Kollege blickte seine junge Kollegin fragend an.

»Ich habe nur HR-HH und die 3, mehr konnte ich so schnell nicht erkennen«, sagte sie hastig.

Der Kollege rief das Foto auf, das auf der Karte abgespeichert worden war. Das Bild war gut geworden, und sogar der Fahrer war einigermaßen zu erkennen, auch wenn der Spiegel einen Teil seines Gesichts verdeckte.

»Wir haben es«, sagte er in das Funkgerät.

»Überprüfen und dann sofort eine Fahndung!«, erhielt er vom Kontrollstellenleiter zur Antwort.

Frieder Ehrlich saß hinter seinem Schreibtisch und überprüfte auf Falks Anweisung hin noch einmal den Einsatz anlässlich des Schiffsunglücks des polnischen Frachters *Syrena*, der sich am 22. Oktober vor vier Jahren ereignet hatte.

Tatsächlich hatte Helmich mit seinem Patrouillenboot aufgrund des internationalen Notrufes die angegebene Position angelaufen und das Schiff schon in heftigen Flammen stehend angetroffen. Offenbar war die BP26 Eschwege das erste Boot am Unglücksort. Noch bevor sie eingreifen konnten und weitere Schiffe eintrafen, wurde die *Syrena* wie von einer Riesenfaust in die Höhe gehoben und zerbrach in einem heftigen Feuerball in zwei Teile, die sofort nach der Explosion in der See versanken. Personen konnten an Bord des Schiffes nicht gesichtet werden, und dem nüchternen Einsatzbericht zufolge gab es auch keine Überlebenden. In einem kleinen Nachtrag zur Akte hieß es dann, dass am darauffolgenden Tag zwei Überlebende in einem Rettungsboot vor Kap Arkona aufgefunden worden waren. Der Sachverhalt sei den örtlich zuständigen Behörden übergeben worden. Selbst hier in diesem Zusatz wurde von einem Kind nichts gesagt. Offenbar war dieser Umstand tatsächlich nur durch die Presse bekannt geworden.

Drei Berichte an Behörden waren in dieser Sache als Postausgang verzeichnet. Einer dieser Berichte ging an die schwedische Reichspolizei, weil sich das Unglück in schwedischen Gewässern ereignet hatte, ein weiterer Bericht wurde dem polnischen Verkehrsministerium gesandt, und ein dritter Bericht ging an die zuständige Landesbehörde. Damit war der Fall für die Bundespolizei erledigt.

Frieder Ehrlich schüttelte den Kopf. Sehr viel war aus diesen Aufzeichnungen nicht herauszulesen. Er schob das Papier zur Seite, als sein Telefon klingelte. Ein Kollege der Verkehrspolizeiinspektion Stralsund war am Apparat.

»Ich rufe an, weil ihr ja einen alten blauen Golf zur Fahndung ausgeschrieben habt«, erklärte der Kollege und berichtete von der Geschwindigkeitsmessung bei Lüssow.

»Dann schickt mir das Bild einfach zu«, sagte Frieder Ehrlich und nannte seine dienstliche E-Mail-Adresse. Kurze Zeit später hatte er das Beweisfoto in seinem Postkorb. Er erhob sich, ging zu Falks Büro und klopfte, doch eine Antwort blieb aus. Schließlich öffnete er die Tür. Falk saß hinter seinem Schreibtisch und telefonierte.

»Entschuldigung«, sagte Frieder Ehrlich, »aber ich glaube, das ist wichtig.«

Falk blickte auf. »Ich komme gleich, ich telefoniere gerade mit den Schweden.«

Ehrlich zog sich zurück und schloss die Tür. Kurz darauf tauchte Falk in seinem Büro auf. Frieder Ehrlich hatte das Bild der Verkehrspolizei noch auf seinem Bildschirm. Er wies darauf. »Ein blauer Golf ist vor etwa zwei Stunden mit mehr als hundert Sachen durch eine Kontrollstelle bei Lüssow gerast und hätte beinahe einen Kollegen überfahren.«

Falk beugte sich nieder und schaute über Ehrlichs Schulter. »Rostocker Kennzeichen«, murmelte er.

»Ja, aber Kennzeichen kann man tauschen«, entgegnete Frieder Ehrlich. »Die Stralsunder Kollegen haben inzwischen herausgefunden, dass das Kennzeichen eigentlich zu einem gelben Peugeot gehört, der auf einem Langzeitparkplatz am Rostocker Bahnhof abgestellt ist. Der Fahrzeughalter ist ein alter Mann, das Auto wird durch den Sohn genutzt, aber der ist Ingenieur und derzeit auf Dienstreise in Brasilien.«

Das Schwarzweißbild des Fahrers war zwar ein klein wenig unscharf, und zudem war das Gesicht teils von dem Innenspiegel verdeckt, dennoch wäre eine Identifikation anhand des Bildes möglich. Vor allem die Narben an der Wange des Mannes, den Falk auf Mitte bis Ende Dreißig schätzte, waren eindeutige Identifikationsmerkmale.

»Der Peugeot steht dort schon eine Woche lang, und bislang hatte niemand das Fehlen der Kennzeichen bemerkt«, fuhr Ehrlich fort. »Jetzt wird nach dem Wagen gefahndet. Die von der Verkehrspolizei machen einen versuchten Totschlag aus der Sache.«

»Schick es mir, bin gespannt, was die Schweden dazu sagen«, entgegnete Falk.

37

Kriminalinspektion Anklam, Friedländer Straße

Draußen dämmerte es bereits, dennoch war Frieder Ehrlich noch immer am Computer und recherchierte. Beim Jugendamt hatte er zwei Mal angerufen, doch von dort wurde ihm mitgeteilt, dass es bei Jugendlichen ohne richterlichen Beschluss keine Auskunft gäbe und am Telefon schon zwei Mal nicht. Außerdem wäre es in einem solchen Fall, wie er ihn schilderte, sowieso Sache des Vormundschaftsgerichts, das als einzige Instanz bei einem Waisenkind Entscheidungsbefugnis hätte.

Beim Vormundschaftsgericht erreichte er jedoch nur eine Dame im Geschäftszimmer, die Richter seien bereits aus dem Haus oder in Verhandlung. Er wurde auf den nächsten Tag vertröstet. Auf diese Art und Weise würde er nicht vorankommen.

Zwei Mal hatte er inzwischen versucht, mit Falk zu sprechen, der sich aber in seinem Büro verschanzte. Zwei Mal war er wieder umgekehrt, nachdem er vor Falks Tür gestanden hatte und die Stimme des Kollegen in einer fremden Sprache dumpf an sein Ohr gedrungen war. Wahrscheinlich telefonierte er erneut mit der schwedischen Polizei.

Er ging zu der kleinen Teeküche und ließ einen Kaffee aus dem Automaten. Carlo Meinhardt kam den Flur entlang, als er zu seinem Büro zurückkehrte.

»Moin, und, kommt ihr voran?«, fragte Meinhardt.

Frieder Ehrlich zuckte mit den Schultern. »Ich weiß es ehrlich gesagt nicht so recht. Falk ist da hinter einer Sache her, auf die ich mir keinen Reim machen kann. Aber man erzählt mir ja auch nicht alles.«

Meinhardt zog die Stirne kraus. »Das wäre?«

»Jetzt will er alles über ein Schiffsunglück wissen, bei dem ein Kind in einem Rettungsboot an Land getrieben wurde. Nur ist das alles vier Jahre her, und ich habe keinen blassen Schimmer, wie das zu unserem Fall passen soll.«

Meinhardt lächelte. »Falk ist dafür bekannt, dass er manchmal sonderbare Wege geht und so manchem Gespenst nachjagt, aber oft hat er damit tatsächlich Erfolg.«

»Da bin ich gespannt, aber so wie es aussieht, haben wir jetzt sogar ein Bild unseres Täters«, fuhr Ehrlich fort.

»Stepaniak?«

Frieder Ehrlich schüttelte den Kopf. »Der ist raus.«

»Was?«, entgegnete Carlo Meinhardt überrascht. »Die Fahndung läuft doch noch.«

Ehrlich beugte sich verschwörerisch vor und begann zu flüstern. »Stepaniak liegt wohl schon mehrere Monate in einem Lazarett in der Ukraine und ist schwer verletzt. Der kann es nicht gewesen sein, aber Falk will es noch nicht öffentlich machen. Er meint, solange unsere Chefs daran glauben, habe wir die nötige Ruhe, um weiter zu ermitteln.«

»So ein Hund!«, kommentierte Meinhardt lautstark.

»Wie läuft es bei euch?«, wechselte Frieder Ehrlich das Thema.

»Ich habe heute die letzten Spuren fertig gemacht und den Bericht geschrieben. Der Fall dürfte in trockenen Tüchern sein.«

»Na ja, dann…«

Meinhardt klopfte Ehrlich auf die Schulter. »Ich mach jetzt Feierabend. Wird langsam Zeit. Einen schönen Gruß an Falk, vielleicht schaue ich morgen mal bei euch rein, nach der Haftprüfung.«

»Schönen Abend«, verabschiedete sich Frieder Ehrlich und ging zurück in sein Büro. Er nahm wieder hinter seinem Schreibtisch Platz und nippte an seinem Kaffee. Inzwischen lag der Tagesbericht der Verkehrspolizei zur Geschwindigkeitsmessung vor, in dem auch geschildert wurde, dass der junge Kollege, der versucht hatte, den blauen Golf zu stoppen, unwahrscheinliches Glück gehabt hatte, nicht überfahren worden zu sein. Der Schilderung nach hatte es tatsächlich Spitz auf Knopf gestanden. Nur leider war die Fahndung nach dem Wagen bislang ergebnislos. Ehrlich scrollte weiter und las sich die Tagesberichte der Stralsunder Polizeiinspektion durch. Ladendiebstähle, Hausstreitigkeiten, Körperverletzungen, das eine oder andere Verkehrsdelikt, hier war alles vertreten. Er blätterte zurück und überflog die Berichte vom Vortag; sie beinhalteten die gleiche bunte Mischung an Vorkommnissen. Schon wollte er das Programm schließen, da fiel ihm ein Nachtrag zu einem versuchten Raub einen Tag zuvor an einem Einkaufsmarkt im Carl-Heydemann-Ring auf, in dem es hieß, dass die Fahndung nach dem blauen Wagen der Kompaktklasse, ähnlich einem Golf oder Polo, ergebnislos verlaufen sei. Er runzelte die Stirn und rief den entsprechenden Tagesbericht auf. Dort stieß er auf den vermeintlichen Überfall auf Angelika Hinrichs. Einen Augenblick überlegte er, doch dann gab er sich einen Ruck. War es Intuition oder sah er inzwischen überall blaue Golfs, die durch die Gegend fuhren und in Straftaten verwickelt waren? Er erhob sich, trat hinaus in den Flur und klopfte an Falks Bürotür. Diesmal kräftiger als die beiden Male zuvor.

Klinikum Südstadt, Rostock, Südring

Angelika Hinrichs lag noch immer in der Klinik am Südring, ihr Zustand hatte sich zwar gebessert, doch als ihre Schmerzen in der Schulter nicht aufhören wollten, stellte man bei der Untersuchung eine Fraktur am Schlüsselbein fest, die sie sich wohl bei dem Sturz zugezogen hatte.

»Ich verstehe das nicht«, erklärte die Frau, als Falk und Ehrlich zu ihr ins Zimmer kamen. »Es waren doch schon zwei Kollegen hier und haben mich befragt.«

»Manchmal ergeben sich eben neue Umstände, denen wir nachgehen müssen«, erklärte Falk, der sich einen Stuhl am Krankenbett zurechtschob. Frieder Ehrlich hatte am Fenster Platz genommen und blickte hinaus ins Dunkel des Abends.

»Da waren aber zwei andere Polizisten hier, das erste Mal«, stellte sie nüchtern fest und stöhnte auf, als sie sich aufrichten wollte.

»Bleiben Sie nur entspannt liegen, Frau Hinrichs«, sagte Falk und griff in seine Jackentasche. Er reichte ihr das Bild des flüchtigen Golffahrers, dass er zuvor mit Photoshop etwas aufgehübscht und geschärft hatte. Sie ergriff es mit der linken gesunden Hand und warf einen langen und nachdenklichen Blick darauf.

»Also … Eigentlich habe ich ihn ja gar nicht bewusst gesehen«, erklärte die Frau. »Er griff mich von hinten an. Aber irgendwie, glauben Sie mir, wenn man hier liegt, dann hat man genügend Zeit zum Nachdenken. Diese Narben, die sind mir irgendwie im Gedächtnis geblieben, vielleicht habe ich doch ganz kurz … Ich meine, es ging alles so schnell!«

»Ich verstehe das, Frau Hinrichs, lassen Sie sich Zeit.«

Sie reichte das Bild zurück. »Ich meine, er könnte es gewesen sein. Ich bin mir fast sogar sicher, dass er es war. Wissen Sie, wer das ist?«

Falk schüttelte den Kopf. »Haben Sie den Mann zuvor schon einmal bemerkt?«

Sie antwortete mit einem entschiedenen: »Nein, das wüsste ich.«

»Sie kamen aus dem Büro und gingen einkaufen, richtig?«

»Der Markt liegt keine fünf Minuten von meiner Dienststelle entfernt, ich brauchte noch etwas für den Abend.«

»Wie lange haben Sie sich im Markt aufgehalten?«

Sie wollte den Kopf zur Seite neigen, doch der Schmerz ließ sie aufstöhnen. »Ich denke mal, nicht länger als fünfzehn Minuten«, antwortete sie.

Falk warf Frieder Ehrlich einen kurzen Blick zu, ehe er sich wieder der Frau widmete. »Sie arbeiten beim Jugendamt?«

»Nein, beim Sozialamt, ich bin derzeit nur zum Jugendamt abgeordnet. Wir haben da so ein Projekt und betreuen jugendliche Flüchtlinge. Das Projekt nennt sich *Chance,* und wir haben damit großen Erfolg, sogar die Presse …«

»Davon habe ich schon gehört«, fiel ihr Falk ins Wort. »Haben Sie schon mal was von dem Findelkind gehört, das vor vier Jahren in einem Rettungsboot bei Kap Arkona an Land getrieben wurde?«

Sie überlegte kurz. »Dunkel ist mir da was in Erinnerung, aber das ist schon eine Weile her, und wie gesagt, ich bin normalerweise beim Sozialamt tätig. Da müssten Sie Frau Wittgenstein fragen, sie ist Leiterin der Jugendfürsorgestelle.«

»Gibt es auch eine Frau Jakob dort?«

»Jakob… Sie meinen wohl Frau Jakobson, aber die ist leider verstorben. Sie war vor Frau Wittgenstein die Amtsleiterin.«

»Ah, okay.«

»Befürchten Sie, dass der wiederkommt?«

Falk runzelte die Stirn. »Wie kommen Sie darauf?«

»Ihre Kollegen sagten etwas von einem Junkie, der seine Sucht durch Einbrüche und Überfälle finanziert«, erklärte die Frau im Krankenbett. »Damals, als ihre Kollegen hier waren, da stand ich unter Schock, denen hätte ich sogar geglaubt, dass die Erde eine Scheibe ist, so wie es mir da ging. Aber ich sagte ja schon, ich hatte genug Zeit um nachzudenken. Und jetzt bin ich mir sicher, das mit dem Raub ist Blödsinn.«

Falk lächelte. »Wie kommen Sie darauf?«

Die Frau fuhr sich mit dem linken Arm über den Mund. »Wissen Sie, als der mich von hinten packte, da fiel alles auf den Boden. Meine Einkaufstasche, und die Handtasche auch. Er zog mich nach hinten und hätte nur meine Tasche greifen müssen, ich wäre ihm bestimmt nicht nachgekommen, und andere waren zu dem Zeitpunkt noch nicht auf dem Parkplatz. Ich glaube nicht, dass er an meiner Tasche oder meinen Einkäufen interessiert war, der wollte mich. Ich weiß nicht, vielleicht ist das auf dem Bild ein Vergewaltiger, und wenn er mich mit sich bis hinter den Parkplatz gezogen hätte, da ist nämlich ein Gebüsch, dann hätte ich keine Chance gegen ihn gehabt.

Er war kräftig, das habe ich gespürt. Ich habe jetzt noch blaue Flecken.«

»Sie müssen sich keine Sorgen machen, im Krankenhaus sind Sie sicher, und wie ich hörte, bleiben Sie noch ein paar Tage hier. Außerdem werden zwei Kollegen vor Ihrer Tür stehen. Er wird Ihnen nichts mehr tun können. Außerdem denke ich, wir werden ihn bald haben. In der gesamten Region wird nach ihm gefahndet.«

»Kreuzkümmel«, sagte die Frau auf einmal.

Falk verzog die Mundwinkel. »Was meinen Sie?«, fragte er.

»Kreuzkümmel«, wiederholte Frau Hinrichs. »Ich sagte Ihren Kollegen bereits, dass er aus dem Mund roch, und auch sonst glaube ich nicht, dass er vom Waschen viel hält. Er stank entsetzlich, da bekomme ich jetzt noch Gänsehaut. Aber eines habe ich gerochen, etwas, was ich kannte, aber ich kam nicht sofort darauf. Jetzt, nach all der Zeit hier in meinem Bett, weiß ich es wieder, und ich weiß auch, woher ich es kenne. Wenn wir mit unseren Jugendlichen kochen, ich meine, typische orientalische Gerichte, da darf Kreuzkümmel nicht fehlen.«

»Sie rochen also Kreuzkümmel bei ihm«, stellte Falk klar.

»Da bin ich mir absolut sicher.«

»Danke, ich denke, das hilft uns bestimmt weiter«, erklärte Falk, denn dies war ein weiteres Puzzleteil in seinem bislang noch nicht ganz vollständigen Bild. Pia hatte von Anfang an recht gehabt, musste er sich eingestehen, aber warum passierte das alles jetzt, warum nach vier Jahren? Warum nicht schon damals, als die *Syrena* auf hoher See in Brand geriet und explodierte?

Zehn Minuten später verließen Falk und Frieder Ehrlich das Krankenzimmer. Im Flur trafen sie auf zwei uniformierte Beamte. »Wie lange wird das dauern?«, fragte der bärtige Hauptkommissar.

»Ich denke, drei oder vier Tage«, erklärte Falk. »Je schneller wir ihn finden, desto früher brauchen wir keinen Personenschutz für die Dame mehr.«

»Ist es sicher, dass er hier auftaucht?«

»Nein, das ist es nicht«, antwortete Falk. »Aber wenn, dann solltet ihr daran denken, dass er nicht nur einen Kollegen beinahe überfahren hätte, sondern bewaffnet ist und bereits vier Menschen getötet hat. Kaltblütig und ohne Gnade. Einen Kollegen und einen Richter, also wird er sich nicht so einfach ergeben.«

Der Hauptkommissar nickte. »Wir passen auf.«

»Ja, das hoffe ich.«

38

Hotel Anklamer Hof, Steinstraße

Pia war nach Anklam ins Hotel zurückgekehrt. Im Jugendamt und beim Vormundschaftsgericht war sie telefonisch nicht weitergekommen, dennoch war sie der vollen Überzeugung, auf dem richtigen Weg zu sein. Doch all das nützte ihr nichts, wenn sie nicht darüber schreiben konnte. Sie hatte über den Fall Helmich berichtet, ein Feature über sein Leben und dazu eine Reportage über das Seenotrettungswesen waren auch noch dabei herausgekommen. Dann hatte der Fall Swanberg für Aufsehen gesorgt, doch wenn sie nicht bald mit einer Fortsetzung dienen konnte, dann lief sich das Thema langsam tot, und das konnte weder in ihrem noch im Sinne der Zeitung sein.

Kaum hatte sie Ihren Gedanken zu Ende gedacht, da klingelte auch schon ihr Handy, und Albert Scheu, ihr Chefredakteur war am Apparat.

»Machst du Urlaub auf unser Spesenkonto, oder höre ich bald wieder mal was von dir?«, fragte er ohne Umschweife. Die übliche Begrüßungsformel schenkte sich der bärbeißige Zeitungsmacher aus Leidenschaft.

»Ich bin am Ball. «

»Das ist unsere Nationalmannschaft auch, zumindest achtzig Minuten lang, aber am Ende gewinnen die anderen immer drei zu null, also, was heißt das, ich bin am Ball?«

Pia verzog die Mundwinkel und äffte ihren Chef leise nach. Sie konnte sich schon vorstellen, wie er in seinem gepolsterten Sessel lümmelte, das Telefon zwischen Kopf und Schultern gepresst, und sich gelangweilt die Nägel polierte. Beinahe so wie Frau Hamacher, die Chefsekretärin. Sie musste schmunzeln.

»Die Glut wird langsam kalt, wir brauchen wieder mal eine Flamme in unserem Feuer, also, was ist los, Mädchen?«

»Ich brauche noch ein wenig.«

»Du musst endlich wieder Tore schießen, um im Bild zu bleiben. Sonst verlassen unsere Zuschauer schon vor dem Abpfiff das Stadion.«

Pia verzog die Mundwinkel. »Ich tue, was ich kann.«

»Und genau da sehe ich das Problem«, fuhr Scheu mit seiner Kritik unbeirrt fort. »Was ist mit deinem Polizistenfreund, hilft er dir?«

Pia zuckte mit den Schultern, beeilte sich aber sofort, ein *So … lala …* nachzuschieben, weil Scheu ihre Gestik ja nicht sehen konnte.

»Was ist mit diesem Killer, weiß man da schon was?«

»Der war es wohl doch nicht, so wie es aussieht.«

»Mensch, Mädchen, das ist es doch, da haben wir doch die Flamme.«

»Ich kann doch nicht …«

»Wenn der Leser von einem Mord hört, dann ist er angespannt und interessiert«, erklärte Scheu. »Dann saugt er alles auf, was er an Info kriegen kann. Aber wenn es heißt, der Maier war es, dann ist er zufrieden, und sein Weltbild ist wieder geradegerückt. Dann ist ihm es auch vollkommen egal, ob der Kerl an nächsten Tag, in einer Woche oder Monate später verhaftet wird. Der Leser hat einen Haken daran gemacht und verliert das Interesse.«

Pia winkte ab. »Es ist aber nicht öffentlich, dass Stepaniak nicht in Frage kommt, und es soll nicht an die Öffentlichkeit.«

»Warum nicht?«

Pia war ein klein wenig verlegen. Sie überlegte, welche Begründung gut genug war, um Scheu zu erklären, dass sie diese Neuigkeit für sich behielt und nicht an die Leserschaft weitergab. »Weil Falk an dem tatsächlichen Mörder dran ist und er den Ermittlungserfolg nicht gefährden will.«

Diese Erklärung erschien ihr gut genug.

Sie hörte einen lauten Seufzer. »Der Kerl hilf dir nicht, antwortet nicht, weicht Fragen aus, dann hau ihn in die Pfanne!«

»Das … das kann ich nicht tun«, stammelte sie.

»Du arbeitest für die RMZ und nicht für die Polizei!«

»Ich … Ich habe es … Er hat mein Wort darauf.«

Einen kurzen Augenblick lang herrschte Schweigen. »Also gut, dann stell es wenigstens in Frage, du weißt, was ich meine. Nur noch wir sind an dem Thema dran, und ich muss es auch der Verlegerin begründen, weshalb du auf Betriebskosten im ersten Haus am Platz in Anklam untergebracht bist. Mach was draus, ich brauche Material und Argumente!«

»Ich lass mir was einfallen«, lenkte Pia ein.

»Was macht das Findelkind?«

»Da komme ich leider überhaupt nicht voran«, erklärte Pia. »Die vom Jugendamt blocken ab.«

»Wie oft warst du schon dort?«

»Drei Mal habe ich schon angerufen, und die vom Vormundschaftsgericht haben irgendwelche Computerprobleme.«

»Anrufen«, blaffte Scheu. »Seit wann reicht es, wenn ich anrufe? Hingehen, Mädchen. Nicht abwimmeln lassen. Lass dir was einfallen. Die haben auch so was wie eine Pressestelle und eine Informationspflicht.«

»Aber nicht, wenn es um Kinder geht«, widersprach Pia.

»Dann sag denen, dass du ein Feature machst«, riet Scheu. »Kindeswohl in Deutschland oder so ähnlich, dann müssen die mit dir reden.«

»Kindeswohl, das … Irgendwie habe ich da nichts davon, denke ich.«

»Falsch!« Dieses Wort ließ keinen Widerspruch zu. »Was haben wir im ersten Ausbildungsjahr gelernt?«

Pia wusste nicht, worauf Albert Scheu anspielte, und schwieg.

»Also schon das große Einmaleins des Journalismus vergessen, das gibt eine glatte Sechs«, sagte er. »Wir haben gelernt, nicht mit der Tür ins Haus zu fallen, klar!«

»Klar!«

»Wir schleichen so lange um die Tür herum, bis sie von selbst ein kleines Stück aufgeht«, rezitierte er. »Das ist unsere Chance, und dann stoßen wir sie vollends auf. Also, Mädchen, was tun wir?«

Pia atmete tief ein. »Schon klar, gleich morgen früh schleich ich um die Tür herum.«

»Okay, und spätestens um sechs will ich etwas von dir lesen, was ich bedenkenlos drucken kann und unsere Glut wieder entfacht, verstanden?«

»Alles klar«, entgegnete Pia, und schon knackte es in der Leitung. Scheu hatte das Gespräch beendet.

»Gute Nacht«, seufzte Pia, als sie ihr Handy wieder zurück auf den Tisch legte.

Anklam, B109 Höhe Peenebrücke

Falk fuhr gerade über die Peenebrücke, als sein Handy klingelte und gar nicht mehr verstummen wollte. Er bog nach einem Kreisverkehr nach rechts in eine Seitenstraße ab und hielt an.

Ein kurzer Blick auf das Display seines Handys zeigte ihm sofort, wer anrief. Er nahm das Gespräch an. »Hallo, Chefin, schon lange nichts mehr voneinander gehört, wie geht es denn?«

»Ich dachte schon, du stehst gar nicht mehr auf unserer Gehaltsliste und versuchst dich als Privatier.«

»Wir sind immer noch mitten in den Ermittlungen«, entgegnete Falk und schaltete auf Lautsprecher, damit Frieder Ehrlich mithören konnte. »Es ist eben nicht einfach, wenn ein Kollege in einen Fall involviert ist.«

»Ich habe den Bericht gelesen«, entgegnete Kriminaldirektorin Pauli. »Ein kluger Schachzug: ein Auftragskiller aus Polen, der nach Weißrussland geflüchtet ist. Damit haben wir zumindest Ruhe in der Bevölkerung und auch in den eigenen Reihen.«

»Ein Lob?«, scherzte Falk.

»Ein Lob wäre es, wenn es Stepaniak tatsächlich gewesen wäre, aber so wie ich sehe, kann er es ja wohl nicht gewesen sein.«

Falk warf seinem Beifahrer einen missbilligenden Blick zu. Woher sollte sonst diese Neuigkeit stammen? Doch Ehrlich hob abwehrend die Hände.

»Woher stammt diese Erkenntnis?«, fragte Falk vorsichtig.

»Da kam ein Schriftstück vom polnischen Innenministerium«, antwortete Hanna Pauli. »Ganz offiziell. Und darin steht, dass der polnische Geheimdienst die Angaben bestätigt und Stepaniak am zweiten Oktober in einem Lazarett unweit von Cherson an den Folgen seiner schweren Verletzungen durch einen Granatsplitter verstorben ist. Da kann er wohl kaum zwei Tage später den Bundespolizisten erschossen haben. Trotzdem steht noch die Fahndung.«

»Ja, und das bleibt auch so, zumindest vorläufig, bis wir den Täter haben. Das hält uns den Rücken frei.«

»Den Täter, das heißt, du weißt schon, wer es war?«

Falk lächelte. »Wir haben sogar ein Foto von ihm.«

»Und warum gibt es keine Fahndung nach ihm?«, fragte Kriminaldirektorin Pauli erstaunt.

»Die gibt es, besser gesagt, nach dem Wagen, mit dem er unterwegs ist. Und er ist noch hier, eine Öffentlichkeitsfahndung könnte ihn vertreiben, oder er wird noch vorsichtiger, wenn er weiß, dass wir nach ihm suchen.«

»Offiziell kann ich das natürlich nicht gutheißen, aber es tut ja keinem weh, wenn man die Fahndung nach einem Toten erst ein paar Tage später zurücknimmt.«

»Ich höre, wir verstehen uns.«

»Brauchst du noch etwas?«

Falk schüttelte den Kopf. »Frieder und ich wurschteln uns durch, und mit weiteren Halbtagskräften ist uns nicht gedient.«

»Wie macht sich Ehrlich?«

Falk warf seinem Beifahrer einen kurzen Blick zu. »Der ist ganz brauchbar, würde ich sagen.«

»Schön, dann hoffe ich auf eine rasche Festnahme. Und seid vorsichtig, nicht dass die Angelegenheit wieder im Krankenhaus endet, so wie das letzte Mal.«

»Wird es nicht!«

»Für gefährliche Einsätze gibt es das SEK, die sind darauf trainiert und üben den lieben langen Tag, wenn nichts anderes anliegt.«

»Ich werde daran denken, wenn es soweit ist«, entgegnete Falk.

»Also, bis bald.«

Es knackte in der Leitung.

»So eine Chefin wünsche ich mir später auch«, erklärte Ehrlich und schmunzelte.

Falk startete den Wagen. »Oh, die kann auch anders«, sagte er, bevor er den Rückwärtsgang einlegte.

39

Landratsamt Kreis Vorpommern-Rügen, Stralsund

Pia hatte sich Alfred Scheus Anruf zu Herzen genommen und sich am nächsten Morgen umgehend mit der Pressestelle des Landratsamtes in Verbindung gesetzt. Dort hatte man ihr Ansinnen, eine Reportage über die Aufgaben des Jugendamtes und der jeweiligen Fürsorgestellen in der renommierten und an der Küste sehr viel gelesenen RMZ zu schreiben, wohlwollend zur Kenntnis genommen und einem Besprechungstermin mit Freuden zugestimmt.

Als sie ihren Wagen auf dem Parkplatz am Theater abgestellt hatte und zu Fuß zum Amt ging, überprüfte sie noch einmal, ob ihre Ausrüstung, das Diktiergerät sowie der Kugelschreiber auch wirklich funktionierten. An der Pforte musste sie kaum eine Minute warten, bis sie der Pressereferent des Landkreises, der sich als Michael Müller vorstellte und etwa Anfang Dreißig war, abholte und in ein gediegen eingerichtetes Besprechungszimmer führte. Sie nahm auf einem blauen Polstersessel Platz und betrachtete das große Ölgemälde an der Wand, das den Marktplatz und das Rathaus der Stadt zeigte. Müller ließ sie kurz allein, nicht ohne ihr vorher einen Kaffee serviert zu haben, und kehrte nach wenigen Minuten in Begleitung einer Dame um die Vierzig im blauen Kostüm und mit gewellten hellbraun gefärbten Haaren zurück.

»Darf ich vorstellen«, sagte Müller galant und deutete eine kleine Verbeugung an. »Frau Irma Wittgenstein, die Leiterin unseres Jugendamtes. Und das ist Frau Stein von der RMZ.«

Die Begrüßung fiel herzlich aus. Es herrschte ein ganz anderer Ton als noch gestern am Telefon, wo Pia kaltherzig abgewimmelt worden war. Nachdem auch die Leiterin des Jugendamtes Platz genommen hatte, servierte Müller auch ihr einen Kaffee und sorgte dazu noch für Gebäck, bevor er selbst mit einer dampfenden Tasse in der Hand hinter dem Mahagonitisch Platz nahm.

»Es freut uns natürlich immer sehr, wenn sich die Öffentlichkeit für unsere Aufgaben interessiert«, eröffnete der junge Pressereferent das Gespräch.

»Die Aufgaben sind in den letzten Jahren natürlich vielfältiger geworden, und auch die Herausforderungen sind angesichts der aktuellen weltpolitischen Lage gestiegen«, fügte die Jugendamtsleiterin hinzu und reichte Pia eine vorbereitete Mappe mit dem Logo des Landkreises und einer Collage von Kinderbildern auf dem Deckblatt. »Wir haben hier Infomaterial vorbereitet, dann können Sie jederzeit nachsehen, wenn es noch offene Fragen gibt.«

»Sie sind aus Wismar, wie kommen Sie da ausgerechnet auf uns?«, fragte Müller und stellte seine Tasse auf dem Tisch ab.

Weil ich jetzt erst einmal um die Tür schleiche, bis ihr einen kleinen Spalt öffnet, dachte Pia, doch ihre Antwort fiel natürlich anders aus.

»Ich hatte vor ein paar Jahren ein Gespräch mit Frau Jakob oder so ähnlich, und als das Thema bei mir aufschlug, da dachte ich, ich könnte doch mit ihr sprechen. Es war damals ein recht gutes Gespräch.«

Müller räusperte sich. »Na ja, jetzt ist Frau Wittgenstein die neue Leiterin, und ich denke, unser Gespräch wird nicht weniger erfolgreich verlaufen.« Müller lächelte breit.

»Frau Jakob gibt es nicht mehr?«

»Sie meinen sicher Frau Jakobson«, antwortete Irma Wittgenstein.

»Jakobson, richtig!«, beeilte sich Pia zu bestätigen.

Irma Wittgenstein warf dem jungen Mann, der ihr gegenüber saß, einen kurzen Blick zu. »Leider hat uns Frau Jakobson verlassen.«

»Sie hat gekündigt?«

Der Pressereferent schüttelte den Kopf. »Frau Jakobson ist leider verstorben. Vor zwei Jahren etwa, ganz plötzlich und unerwartet.«

Da hatte sich die Tür einen kleinen Spalt weit geöffnet, und rumms war sie nun schon wieder zu.

»Das tut mir leid«, antwortete Pia und fluchte innerlich, weil sie gehofft hatte, anderweitig an die Informationen zu gelangen, sollte sich die Tür nicht mehr für sie öffnen.

»Ich hatte damals mit ihr zu tun«, fuhr Pia fort und blickte Irma Wittgenstein ins Gesicht. »Vor vier Jahren etwa, da war die Sache mit dem Findelkind, Sie erinnern sich?«

Irma Wittgenstein verzog keine Miene.

»Die Sache damals mit diesem Frachter und dem Kind, das in einem Rettungsboot an Land getrieben wurde. Das war eine schreckliche Sache, wenn man bedenkt, dass das Kind wohl ohne Eltern aufwachsen muss. Aber hier war es ja in guten Händen.«

Wie versteinert saß Irma Wittgenstein auf ihrem Stuhl.

»Vier Jahre«, wiederholte Müller. »Da war ich wohl noch in Berlin auf der Hochschule, mir sagt das leider nichts. Aber sie haben recht, der Verlust von Frau Jakobson war für uns alle schmerzhaft.«

Pia lächelte, doch sie spürte, dass die Tür nicht nur zugeschlagen war, sondern sich inzwischen auch der Schlüssel mindestens zwei Mal herumgedreht hatte.

»Entschuldigen Sie, Frau Stein«, sagte Irma Wittgenstein nach einer Weile. »Kann es sein, dass wir bereits gestern miteinander gesprochen haben?«

Pia runzelte die Stirn. »Ich versuchte zwei Mal …«

»Daher also.« Die Leiterin des Jugendamtes erhob sich. Der Pressereferent warf ihr einen überraschten Blick zu.

»Sie interessieren sich gar nicht für unsere Arbeit, Frau Stein«, sagte die Frau im blauen Kostüm mit fester Stimme. »Sie wollen nur erfahren, was aus dem Kind von damals wurde. Tut mir leid, ich habe noch einen Termin. Alles, was Sie brauchen, um einen Bericht zu schreiben, finden Sie in der Mappe. Guten Tag noch.«

Ohne weiteres Wort verließ sie das Büro.

Autsch, voll ins Fettnäpfchen, dachte sich Pia.

»Termine gehen natürlich vor«, sagte sie mit einem Lächeln auf den Lippen.

»Ja, das ist so …«, entgegnete Müller konsterniert.

Als Pia eine halbe Stunde später das Amt verließ, wusste sie immerhin, dass sie bei der Jugendamtsleiterin auf Granit gestoßen war. Hier würde sie wohl nicht weiterkommen. Zumindest hatte ihr der Pressereferent erklärt, wie so ein Fall hypothetisch ablaufen würde. Sollte es sich um einen elternlosen Säugling handeln, dann wäre er längst in einer Pflegefamilie untergebracht. Und über den Rest bewahrte man Schweigen.

Nieselregen empfing sie, als sie das Amt verließ. Verdammt, was sollte sie heute Abend Albert sagen? Irgendetwas musste sie ihm liefern. Dann eben Stepaniak.

Amtsgericht Stralsund, Bielkenhagen

Auch Falk hatte sich, zusammen mit Ehrlich, nach einer ruhigen und erholsamen Nacht früh auf den Weg gemacht. Doch nicht, ohne sich vorher nach dem Stand der Fahndung und der Bewachung im Krankenhaus zu erkundigen. In beiden Fällen gab es keine Neuigkeiten. Der Wagen war nicht aufgetaucht, und im Krankenhaus war es ruhig geblieben.

»Dann wollen wir mal«, sagte Falk entschlossen und öffnete die riesige Holztür unter den Säulenarkaden. Im Haus war es beinahe so kalt wie draußen. Doch drinnen nieselte es zumindest nicht.

Das Geschäftszimmer lag im hinteren Teil des Erdgeschosses, hinter den Sitzungssälen und der Pforte. Frieder Ehrlich ging voraus und klopfte an der zweitletzten Tür auf der rechten Seite. Nur noch die Toilette folgte, allerdings nur für Bedienstete. Außer ihnen war keine weitere Person auf den Gängen zu sehen, obwohl am frühen Morgen meistens Verhandlungen in solchen Gerichten stattfanden und die Zeugen auf den unbequemen Holzbänken im Flur auf ihren Aufruf warteten. Falk folgte dem Kollegen. Sie warteten geduldig, bis ein leises *Hallo* dumpf durch die Tür drang.

Als sie eintraten, standen sie vor einem Stehpult. Ein Klappbrett führte in den hinteren Bereich, in dem zwei Schreibtische standen. An einem war eine Frau mittleren Alters mit einem Kopfhörer auf dem Kopf mit Schreibarbeiten beschäftigt. Sie blickte in den Bildschirm ihres Computers und ließ sich durch nichts ablenken. Hinter dem anderen Schreibtisch saß ein hagerer Mann mit Stirnglatze in einem karierten Baumwollhemd und mit breiten Hosenträgern über den Schultern.

»Guten Morgen«, sagte Ehrlich, hielt seinen Dienstausweis in der Hand und trat vor den Tresen.

»Moin, Augenblick«, antwortete der Mann und schloss erst seine Schreibarbeiten ab, bevor er sich drei Minuten später erbarmte und zum Tresen kam.

»Was wollen Sie?«, fragte er Ehrlich mit einem Unterton in seiner Stimme, der deutlich machte, dass ihm Fragen zu dieser Stunde überaus lästig erschienen. Falk hielt sich im Hintergrund.

»Ehrlich, Landeskriminalamt, und das ist mein Kollege Falk«, antwortete Ehrlich und zeigte erneut seinen Dienstausweis vor. Doch dies allein schien dem Mann nicht zu genügen. Er riss dem verdutzten Ehrlich den Ausweis aus der Hand und schob eine Lesebrille auf die Nase, die an seiner Stirn prangte.

»So, Landeskriminalamt«, sagte er, als er den Ausweis zurückgab. »Sind Sie hier wegen dieser Schmugglergeschichte? Die Verhandlung wurde doch auf das nächste Jahr vertagt.«

Falk trat einen Schritt vor. »Wir sind hier wegen des Findelkindes, das vor vier Jahren bei Kap Arkona an Land getrieben wurde.«

Der Mann runzelte die Stirn. »Und was wollen Sie da von mir?«

»Wir bräuchten die Auskunft, was aus dem Kind wurde und wer alles mit dem Fall befasst war.«

»So, das wollen Sie, aber wir sind nicht die Auskunft. Haben Sie Ihre Anfrage schon schriftlich eingereicht?«

»Hören Sie, guter Mann«, sagte Falk, der fürchtete, ihm könnte bald der Geduldsfaden reißen, wenn das Spiel hier so weiterging. »Wir sind nicht gekommen, um mit Ihnen zu diskutieren. Wir wollen wissen, was aus dem Kind wurde und wer alles damit befasst war. Haben Sie mich verstanden?«

»Ich habe Sie sehr gut verstanden, Herr … Herr …«

»Falk.«

»Herr Falk, aber zum einen benötigen Sie, wenn es um Jugendliche oder Kinder geht, einen richterlichen Beschluss zur Akteneinsicht, und zum anderen könnte ich Ihnen selbst mit diesem Beschluss nicht helfen.«

»Auch nicht, wenn es um Leben und Tod geht?«, fragte Falk.

»Selbst dann nicht, da kommen Sie nämlich zwei Jahre zu spät.«

Falk runzelte die Stirn und schaute den Geschäftszimmerbeamten fragend an.

Der Beamte wies auf seinen Computer. »Seit sich hier jeder auf diese brummenden grauen Kästen verlässt, ach ja, jetzt sind sie ja schwarz, sind wir alle verlassen.«

»Wie meinen Sie das?«

Der Mann setzte ein gekünsteltes Lächeln auf. »Wir haben inzwischen die elektronische Akte. Papier gibt es nur noch in Ausnahmefällen, und alles, was einmal auf Papier geschrieben war, ist inzwischen eingescannt und bei der Hauptstelle gelandet, also beim Landgericht. Seit drei Tagen versuchen diese sogenannten Spezialisten, die Speicher wieder hochzufahren. Wir haben nur noch lokalen Zugriff auf Akten aus diesem Jahr, es ist zum Verzweifeln.«

»Systemausfall?«, fragte Ehrlich.

»Komplettabsturz, würde ich sagen«, entgegnete der Mann. »Das passiert jedes Mal, wenn man das Programm aktualisiert.

Aber ich sage ja schon lange, altes Gerät und neue Technik passen eben nicht zusammen. Das ist, als wenn ich auf einem Maultier den Großen Preis von Monaco gewinnen will, das klappt auch nicht.«

»Das heißt, Sie können uns wirklich nicht helfen?«, fragte Ehrlich noch einmal zur Sicherheit.

»Sie haben doch bestimmt den Aushang gesehen?«, fuhr ihn der Geschäftszimmerbeamte an. »Alle Verhandlungen und Notartermine sind abgesagt.«

Ehrlich beugte sich verschwörerisch über das Pult. »Nun, hier ist ja nicht gerade Chicago, Sie wissen doch sicher, auch ohne nachzusehen, wer damals diese Vormundschaftssache verhandelt hat. Die mit dem Findelkind, das weiß man doch, wenn man hier arbeitet.«

Der Mann richtete sich auf. »Sicher weiß ich das.«

»Wir müssten nur mit ihm sprechen.«

Der Mann zuckte mit den Schultern. »Da müssen Sie schon auf eine der Baleareninseln.«

Ehrlich zog die Stirne kraus. »Urlaub?«, fragte er.

Der Mann schüttelte den Kopf. »Richter Holzmann hat sicherlich nicht die Arbeit erfunden, im Gegenteil. Er wich ihr aus wie der Teufel dem Weihwasser. Frühpension und dann Abgang auf die Insel. Gut, ledig, keine Verpflichtungen und fünftausend Euro Pension jeden Monat fürs Nichtstun, da kann man sich das schon mal überlegen.«

Falk wandte sich zur Tür. Hier waren keine weiteren Informationen zu ernten.

40

Bundespolizei Stralsund, Dänholm

Die Fahrt zum Vormundschaftsgericht hätten sie sich schenken können. Systemausfall, das traf es auf den Punkt, dachte er bei sich. So, wie sich die Dinge in den letzten Jahren entwickelten, war es wohl nur noch eine Frage der Zeit, bis das Gesamtsystem versagte. Zumindest hatte es manchmal den Anschein.

Der Anruf der schwedischen Kollegin Holm erreichte Falk, noch bevor sie den Tribseer Damm erreicht hatten. Falk, der hinter dem Steuer saß, reichte sein Handy an Frieder Ehrlich weiter. Dieser nahm das Gespräch an.

»Hej kollega, Julia Holm på telefon«, grüßte sie, doch Ehrlich verstand nur Bahnhof.

Er streckte Falk das Display entgegen. »Da ist eine Frau am Apparat, aber die spricht ausländisch. Das könnte die schwedische Kommissarin sein.«

Falk betrachtete die Nummer auf dem Display und nickte.

»Ett ögonblick, tack!«, rief er laut und steuerte den Parkplatz einer Bank vor dem Damm an. Schließlich nahm er das Gespräch entgegen, doch die Verbindung war abgehackt und mit lauten Störgeräuschen unterlegt.

»Ich kann Sie gar nicht verstehen«, rief Falk auf Schwedisch laut in das Mikro.

»Vi har storm … i Stordalen. Ring … tillbaka … numret …«

Plötzlich brach das Gespräch ab.

»Was ist los?«, fragte Ehrlich, nachdem Falk mehrmals vergeblich ein lautes Hallo ins Mikro rief.

»Ich glaube, die haben einen Sturm. Julia Holm will, dass ich sie auf der Nummer zurückrufe. Wir brauchen eine normale Telefonleitung.«

Ehrlich überlegte einen kurzen Augenblick. »Dann sollten wir auf eine Dienststelle fahren, ich glaube kaum, dass die uns in der Bank erlauben, nach Schweden zu telefonieren.«

»Gute Idee, Frieder«, entgegnete Falk, startete den Motor und wendete den Wagen.

»Wo fahren wir hin, die Kriminalinspektion ist auf der anderen Seite des Damms?«

»Da muss ich zu viel erklären«, entgegnete Falk. »Wir fahren zur Bundespolizei. Wigge, der Chef dort, kennt mich.«

Wigge machte kein langes Theater und geleitete Falk und seinen Kollegen in ein freies Büro. »Sie wissen schon, die Neun vorwählen, sonst gibt es Ärger mit der Verwaltung, wenn das Gespräch ins Ausland geht«, sagte er noch, bevor er das Büro verließ.

Zwei Minuten später meldete sich Julia Holm am Apparat.

»Was ist los bei euch, bei uns hat es ein wenig genieselt, und jetzt scheint die Sonne«, fragte Falk.

»Ich bin im Stordalen, am Torneträsk, das liegt an der Grenze zu Norwegen«, erklärte Julia Holm. »Hier tobt ein gewaltiger Sturm, dass man nicht einmal rauskann.«

»Was machen Sie an der norwegischen Grenze, das ist doch gar nicht Ihr Bezirk?«

»Was schon, wir haben nicht nur Interpol und Europol, auch wir im Norden arbeiten im Skandinaviska Polisförbundet zusammen. Aber deshalb rufe ich nicht an. Ich habe eine Neuigkeit und einen Namen für Sie, Falk. Haben Sie etwas zu schreiben?«

Falk nahm einen Notizzettel aus der Box und griff nach einem Kugelschreiber, nachdem er den Telefonhörer zwischen Kopf und Schulter geklemmt hatte. »Ich bin ganz Ohr.«

»Zunächst mal habe ich nach diesem ominösen Findelkind recherchiert und wurde fündig. Das Kind gab es tatsächlich, aber Richter Swanberg hat verfügt, dass es blieb, wo es war.«

»In Deutschland?«

»Richtig«, bestätigte die Kommissarin. »In der Begründung hieß es, dass es sich wohl um das Kind einer illegal geschleusten

Familie handelte, die bei dem Schiffsunglück ums Leben kam. Es gab ja keine Überlebenden. Außerdem sollte die Sache nicht an die große Glocke gehängt werden.«

Falk runzelte die Stirn. »Verstehe ich nicht.«

Ein Knistern war in der Leitung zu hören.

»... wollte man wohl vermeiden, dass die Ostsee zum zweiten Mittelmeer wird, Sie verstehen, was ich meine?«

Falk verstand nur zu gut, auch wenn der Anfang des Satzes in der kurzen Störung unterging.

»Alles klar, ich habe verstanden. Und was ist mit dem Namen?«

»Mohammad Latif«, antwortete sie.

»Mohammad, wie schreibt man das?«

Julia Holm buchstabierte.

Falk notierte die einzelnen Buchstaben und wiederholte den Namen.

»Mohammad Latif«, sagte er. »Ich habe es notiert. Iraker, Afghane oder Syrer?«

»Syrer«, entgegnete Kommissarin Holm. »Wurde am ersten Januar neunundsiebzig in Damaskus geboren und kam zweitausendsechzehn über Italien nach Schweden. Gehörte zu einem Zuteilungskontingent, erhielt den Flüchtlingsstatus und landete in Trelleborg.«

»Trelleborg, das würde zu dem passen, was mir Volkan erzählte.«

»Er erhielt zweitausendachtzehn eine Arbeitserlaubnis und wurde Stauer und Ladegehilfe bei einer Frachtspedition im Hafen, die vorwiegend mit osteuropäischen Firmen zusammenarbeitet.«

»Auch das haut hin.«

»Am zweiundzwanzigsten Oktober zweitausendneunzehn wurde er mit eineinhalb Kilo Amphetamin und anderem Zeugs von der Grenzpolizei festgenommen, als er das Zollgebiet am Hafen verlassen wollte und einfach die Absperrung mit seinem Wagen überfuhr. Dabei hätte er beinahe einen Zollbeamten erwischt, der zur Seite springen musste.«

»Das scheint wohl ein Hobby von ihm zu sein. Und mit Rauschgift, da liegen wir goldrichtig«, bestätigte Falk.

Ein dumpfes Grollen drang aus dem kleinen Lautsprecher, dann folgte ein lauter Schlag.

»Was ist denn bei euch dort oben los?«, fragte Falk verdutzt.

»Ich sagte doch, es stürmt bei uns. Hier blitzt und donnert es ohne Unterlass, und draußen sieht es aus, als ginge die Welt unter.«

»Dann seid vorsichtig, dass der Blitz nicht im Polizeirevier einschlägt.«

»Keine Angst, hier sind alle gechillt, aber hör zu, es kommt noch besser«, fuhr Julia Holm fort. »Er wurde verurteilt, saß bis Mitte September in Norrtälje und wurde dann aus der Haft entlassen. Ihm wurde ein Zimmer in einer Einrichtung in Nyköping zugewiesen, doch dort ist er nie aufgetaucht.«

Falk schlug mit der flachen Hand auf den Schreibtisch, sodass Frieder Ehrlich, der auf dem Rand des Schreibtisches Platz genommen hatte, fürchterlich erschrak.

»Dann wird mir so einiges klar, das ist unser Mann«, sagte Falk und wies auf seinen Zettel. »Und er sucht nach dem Findelkind.«

»Ihr solltet ihn auch mal überprüfen, er wurde nämlich Anfang zweitausendneunzehn von eurer Grenzpolizei nach Schweden zurückgeschoben, weil er illegal einreisen und nach Italien fahren wollte. Außerdem gibt es einen Vermerk, dass ihn die Polen wegen Schleusertätigkeit angezeigt haben. Das war zwei Monate später, im April neunzehn. Hier steht auch, dass er einen Antrag auf Familiennachzug gestellt hat. Offenbar ist seine Familie im Oktober zweitausendachtzehn aus Syrien nach Italien geflohen. Ehefrau und drei Kinder. Das Jüngste müsste damals drei Monate alt gewesen sein. Das wird wohl der Säugling aus dem Rettungsboot gewesen sein. Aber fragt einfach mal bei den Polen nach, die haben ihn sicher noch im System.«

»Ich danke dir, kannst du mir Fotos von ihm schicken?«

»Mach ich, wenn bei dem Sturm das Internet noch funktioniert.«

Erneut krachte es laut.

»Ich danke dir und … En fin dag, auch wenn es stürmt.«

»Ach, da ist noch etwas«, bemerkte Julia Holm. »In seiner Akte beim Ausländeramt ist vermerkt, dass er vor seiner Flucht für die syrische Sonderpolizei arbeitete. Dann fiel er wohl bei Assads Leuten in Ungnade. Er kennt sich also mit Waffen aus …«

»Und wohl auch mit Folter«, fügte Falk hinzu.

Kurz nachdem Falk das Gespräch beendet hatte, rief er Milik in Danzig an. Er gab ihm die Daten von Latif durch und bat ihn um umgehende Rückantwort.

Nachdem Falk aufgelegt hatte, sah er Ehrlich an und schob ihm den Notizzettel zu. »Kannst du mal sämtliche Dateien nach dem Kerl abchecken?«, sagte er. »Außerdem ruft Milik in ein paar Minuten zurück.«

Frieder Ehrlich winkte ab. »Wenn er es nicht vergisst, so wie das letzte Mal.«

»Diesmal sicher nicht«, entgegnete Falk und erhob sich, um Ehrlich an seinen Platz zu lassen.

»Und was machen Sie?«, fragte er, nachdem er den Computer aktivierte.

»Wir sind beim Du!«, stellte Falk klar. »Ich fahre ins Jugendamt und mach denen Dampf unter dem Hintern. Wenn er inzwischen herausgefunden hat, wo die das Findelkind von damals untergebracht haben, dann wird er sich seinen Sohn holen, notfalls mit Gewalt.«

Gasthof Schipperhus, Stralsund

Pia saß im Schipperhus und gönnte sich ein warmes Mittagessen. Dazu trank sie einen trockenen Weißwein. Sie war verärgert. Der Vormittag war nicht nach ihrem Gusto verlaufen, und jetzt stand sie mit leeren Händen da. Mit einem allgemeinen Platzhalter über die aufreibende Arbeit eines Jugendamtes musste sie es heute Abend erst gar nicht versuchen, ihren Chefredakteur zu überzeugen. Er würde den Umstand sofort richtig deuten und ihr Versagen auf allen Ebenen vorwerfen.

Jetzt war guter Rat teuer. Sie trank einen Schluck Wein, und ihr Blick fiel auf die Mappe, die ihr von Irma Wittgenstein überreicht worden war.

Ein leiser Fluch kam über ihre Lippen. Doch was blieb als Alternative?

Sie gab der Mappe einen Stoß, und diese rutschte von der Bank und fiel zu Boden. Einige Blätter verteilten sich auf dem kleinen Läufer.

Sie erhob sich und hob die Papiere auf. Auf einem der Flyer waren zwei Personen abgebildet: ein junger Mann und eine junge Frau, mit langen blonden Haaren, die ein Baby im Arm hielt.

Wir sind für Sie da

Die Worte standen in fetten grünen Buchstaben unter dem Paar.

»Für alle anderen, nur nicht für mich«, murmelte Pia.

»Entschuldigen Sie, brauchen Sie Hilfe?«, ertönte eine Stimme in ihrem Rücken. Sie wandte sich um. Ein junger Mann in weißer Jacke stand vor ihr. Er gehörte zum Personal der Gaststätte.

»Ich komme klar«, sagte sie. »Ist mir nur runtergefallen.«

Der junge Mann nickte, klaubte die restlichen Papiere zusammen und nahm wieder am Tisch Platz. Gedanken schossen ihr durch den Kopf. Sie griff in ihre Handtasche und zog den Notizblock hervor. Schließlich fand sie den Eintrag, den sie gesucht hatte.

… eine ältere Frau, sie wurde von einem jungen Mann begleitet …

Die Notiz war Gold wert. Sie dachte an das Gespräch mit Nina Fuchs. Frau Jakob, hatte sie gesagt, nur leider hatte sie versäumt, eindringlich nach dem jungen Mann zu fragen. Frau Jakob … besser gesagt, Jakobson war leider verstorben, aber den jungen Mann musste es doch noch irgendwo geben!

Ihr Jagdinstinkt war geweckt. Zum Glück hatte sie die Handynummer von Nina Fuchs notiert. Die Frau meldete sich nach dem siebten oder achten Klingelton. Diesmal fragte Pia direkt und wartete eine ganze Weile, weil die Frau überlegen musste.

»Ich weiß es wirklich nicht sicher, ich glaube Mai oder Kai, irgend so etwas hat er gemurmelt, als er sich vorstellte«, antwortete Nina Fuchs unsicher. »Er war noch sehr jung. Ich denke, er war noch in Ausbildung .«

Pia bedankte sich. Vielleicht gab es doch noch eine Möglichkeit, in Sachen Findelkind einen Schritt weiterzukommen. Sie aktivierte den Browser ihres Handys und rief die Homepage des Landratsamtes auf. Zum Glück gab es beinahe auf jeder amtlichen Seite einen Wegweiser, um die Bürger direkt zu ihren Ansprechpartnern zu führen.

Es dauerte eine Weile, bis sie die Namensliste fand. Sie war in alphabetischer Reihenfolge angeordnet, aber glücklicherweise stand der Vorname mit dabei. Einen Herrn Mai oder einen Mann mit Kai als Vornamen suchte sie vergebens, doch stieß sie auf einen gewissen Roman Lay, der in der Zuweisungsstelle des Sozialamtes arbeitete. Unter der angegebenen Adresse war auch das Jugendamt gelistet. Einen anderen Namen, der den Angaben von Nina Fuchs ähnelte, gab es nicht. Pia grinste. Sie rief den Kellner herbei und zahlte. Es wurde Zeit, wieder ein wenig um die Tür zu schleichen und darauf zu lauern, dass sie sich einen Spalt weit öffnete.

41

Kreissozialamt Stralsund, Carl-Heydemann-Ring

Zu allem Glück hatte Pia, bevor sie den Weg nach Stralsund angetreten war, das Internet durchforstet und war auf zwei Fotos von Roman Lay gestoßen. Das erleichterte die Suche, sollte sie im Amt nicht bis zu ihm vordringen. Sie wusste, sie musste es geschickt anstellen, ihn in ein Gespräch verwickeln und ihn ganz allmählich zu dem Thema Findelkind hinführen. Und das würde nicht leicht werden angesichts der Unruhe, die dieses Thema bei den Verwaltungsangestellten des Amtes offenbar auslöste.

Doch wer sagt schon, dass im Leben alles immer einfach ist.

Die erste Hürde saß direkt vor ihr hinter einer Glasscheibe nach der Eingangstür, war weiblich, wohl an die sechzig Jahre alt und hatte ihre strengen Haare zu einem Dutt geformt. Die dunkle Weste, die die Frau über ihrer zart rosafarbenen Bluse trug, unterstrich ihre wortkarge und abweisende Haltung.

»Wohin wollen Sie?«, rief sie durch die Sprechanlage, als Pia einfach an ihr vorbei auf die Zwischentür zusteuerte. Pia hoffte darauf, dass die Zwischentür eine natürliche Barriere zwischen ihr und diesem unfreundlichen Hofhund bilden würde, sobald sie die Schranke erst einmal überwunden hatte. Doch sie irrte sich, denn die Zwischentür war verschlossen.

»Glauben Sie, da kann jeder einfach so reinspazieren?«

Pia wandte sich um und ging auf das kleine Pförtnerportal zu.

»Das ist kein Bahnhof, wir sind ein Amt!«

Pia setzte ihre Unschuldsmiene auf, zückte ihren Presseausweis und lächelte die Frau hinter der dicken Scheibe an. »Ich bin von der RMZ und will zu Herrn Lay!«

»Sind Sie angemeldet?«

Der abweisende Tonfall hatte sich nicht geändert.

»Sicher, zu einem Interview. Die Herausforderung eines Sozialstaates in der Zeit der beginnenden Völkerwanderung. Aber darüber weiß er sicher Bescheid. Meine Redaktion hat mich angemeldet.«

Der Job brachte es mit sich, dass man manchmal ein wenig flunkern musste, wenn man sein Ziel erreichen wollte.

Die Frau antwortete nicht, sondern griff unbeeindruckt zum Telefonhörer. In manchen Fällen reichte eine bloße Behauptung aus, um Türen zu öffnen. Doch bei dieser Dame schien das nicht zu funktionieren.

»Der weiß von nichts!«, blaffte die Frau ins Mikro und musterte Pia argwöhnisch.

»Hören Sie, meine Redaktion hat diesen Termin gestern mit Ihrem Haus abgemacht. Wir sind die größte Zeitung in dieser Region und nicht irgendein Käseblättchen.«

»Er weiß davon nichts.«

Die Dame blieb unbeeindruckt. Noch immer hielt sie den Hörer in der Hand.

»Dann rufen Sie den Landrat doch selbst an, der ist sicher informiert, oder werden Nachrichten in Ihrem Hause nicht weitergegeben?«

Die Strenge in Pias Worten verfehlte die Wirkung nicht. Zwar knickte die Pförtnerin nicht ein, doch Lay, Pias Zielobjekt, schien alles mitbekommen zu haben und lenkte ein.

»Sie können hoch, zweiter Stock.« Die Frau wies auf die Zwischentür, an der der Summer ertönte. Innerlich triumphierend trat Pia ein und ging über die Treppen in den zweiten Stock. Auf der Empore, von der die beiden Flure abzweigten, saßen mehrere Besucher, vor allem Frauen, die kleine Kinder auf dem Arm hielten und wohl kaum hier aus dieser Gegend stammten. Doch auch der eine oder andere Mann mit südländischem Aussehen war darunter. Pia nahm auf einem der unbequemen Stühle Platz, nachdem sie vergeblich versucht hatte, die Tür zu einem der Flure zu öffnen. Nach zehn Minuten kam eine junge Frau mit einem Kleinkind an der Hand aus einem der Flure. Ein junger Mann in Jeans und Kapuzenpulli folgte ihr.

»Danke Ihnen, guter Herr!«, verabschiedete sich die junge Frau mit östlichem Akzent in ihrer Stimme und drückte ihm kräftig die Hand.

»Schon gut, bis zum nächsten Mal, das kriegen wir schon«, entgegnete der junge Mann und wartete, bis die Frau und das Kind die Treppe erreicht hatten, bevor er sich den weiteren Besuchern zuwandte.

»Frau Stein?«, fragte er in die Runde.

Pia erhob sich. »Hier!«

Mit einladender Geste forderte er Pia auf, ihm in sein Büro zu folgen.

»Sie sind also Herr Lay«, stellte Pia zufrieden fest, nachdem ihr ein Platz vor dem Schreibtisch angeboten wurde. »Sie kommen mir bekannt vor.«

Der kleine Spalt war geöffnet, und sie hielt sich bereit, um die Tür im richtigen Moment weiter aufzustoßen.

Roman Lay nahm hinter seinem Schreibtisch Platz. »Sie müssen entschuldigen, manchmal geht es hier drunter und drüber. Sie sehen ja selbst, was hier los ist.«

»Ja, eine ganze Menge, obwohl es bereits Nachmittag ist.«

»Das geht von morgens bis abends, ohne Unterlass. Deswegen kann auch mal ein Termin verrutschen. Entschuldigen Sie.«

Pia lächelte und winkte ab. Schuldgefühle waren die optimale Basis für ein Gespräch, das eine plötzliche Wendung nehmen sollte.

»Ja, ich bin …«

»Ich habe es am Telefon gehört, und ich finde, dass es an der Zeit ist, über diese Zustände zu berichten. Die Arbeit wird immer mehr, dafür werden die Mitarbeiterinnen und Mitarbeiter immer weniger. Niemand will sich das hier noch antun. Manchmal müssen wir Anträge ablehnen, was glauben Sie, was dann los ist.«

»Das glaube ich Ihnen schon«, bestätigte Pia, frei nach der LimoTaktik, die besagt, man solle erst einmal die Sorgen und Nöte anhören und wohlwollend bestätigen, bevor man selbst als Fragender die Initiative ergreift.

»Ich frage mich, was Sie nach Stralsund führt? Wären Ihre Themen in Rostock oder Wismar nicht besser aufgehoben? Die haben noch viel mehr Arbeit ...«

Pia nickte. »Das weiß ich, und da war ich natürlich schon. Aber wir wollen ein umfassendes Bild. Nicht nur in den Städten, sondern auch auf dem Land und in der Ferienregion ist dieses Thema längst angekommen.«

»Die größte Herausforderung der letzten sechzig Jahre«, bemerkte Lay.

»Richtig! Und darüber bereiten wir ein mehrteiliges Feature vor.«

Lay zuckte mit den Schultern. »Ich kann Ihnen aber nur allgemeine Fragen beantworten. Wenn Sie mehr wissen wollen, bräuchte ich die Genehmigung meines Vorgesetzten.«

»Landrat Schmall ist darüber informiert, das hat meine Chefredaktion übernommen. Mich wundert nur, dass Sie davon nichts erfahren haben.«

»Das kommt in dem Trubel schon mal vor, ich sagte es bereits. Aber weswegen mit mir, ich bin noch gar nicht sehr lange hier auf dieser Stelle.«

»Wir waren an jungem Personal interessiert, Sie müssen das hier ja noch eine Weile mitmachen.«

Er lächelte. »Wem sagen Sie das.«

Pia wies mit dem Daumen nach oben, im dritten Stockwerk befand sich das Jugendamt. »Sie waren auch schon mal dort oben, beim Jugendamt, richtig?«

Lay nickte. »Jugendamt, Sozialamt, Amt für Abfallwirtschaft, Bauamt ... Wenn man sich für den gehobenen Verwaltungsdienst entschieden hat, dann muss man alle Fachbereiche kennenlernen.«

»Das ist auch gut so, aber ich kenne Sie vom Jugendamt.«

Es war an der Zeit, ein klein wenig an der Tür zu rütteln.

Lay zog die Stirn kraus. »Ich wüsste nicht ...«

Pia beugte sich in ihrem Stuhl vor. »Vor drei Jahren, oder sind es schon vier? Am Kap Arkona, Sie wissen schon.«

Lay wirkte verunsichert.

»Wir haben sogar kurz miteinander gesprochen«, schoss Pia ihren nächsten Pfeil ab, denn sie wusste, nichts ist so verlässlich wie ein schlechtes Gedächtnis.

Er schüttelte den Kopf. »Verzeihen Sie, ich kann mich nicht …«

»Bei Frau Fuchs, der Schriftstellerin. In Putgarten.«

»Ich …«

»Na, wegen des Findelkindes, das damals im Boot angetrieben wurde.«

So langsam schienen sich Fragmente seiner Erinnerung in Lays Kopf zurückzuschleichen, doch sein Blick blieb skeptisch.

»Das Kind, ja … Aber da war ich noch in Ausbildung.«

»Sie waren mit Frau Jakobson unterwegs, erinnern Sie sich? Ich war damals auch dort auf der Insel. Wir sprachen kurz miteinander. Nicht lange, vielleicht ein, zwei Sätze.«

»Ja, das war ich, da ging es um den Jungen im Boot.«

Die Tür schwang auf, endlich! Pia war erleichtert. Jetzt musste sie nur noch behutsam vorgehen und eine Menge an Wissen vorgaukeln.

Doch dann kam alles anders.

Zuerst knallte es laut auf dem Flur. Pia zuckte zusammen, und auch der junge Mann sprang erschrocken auf. Der Knall hatte sich wie ein Schuss angehört.

»Was ist …« Weiter kam Pia mit ihrem erstaunten Ausruf nicht mehr, denn eine laute Sirene erstickte jedes weitere Wort mit ihrem Lärm.

»Der Hausalarm!«, rief Lay und zeigte zur Tür. »Wir müssen hier raus!«

Kreisjugendamt Stralsund, Carl-Heydemann-Ring

Als Falk auf den Parkplatz fuhr, war er nur wenig überrascht, dort auf einen roten Opel Astra mit Wismarer Kennzeichen zu treffen. Schließlich wusste er um Pias Zielstrebigkeit, wenn sie auf der Jagd nach einer guten Story war. Er musste zugeben, sie war ihm eine Nasenlänge voraus, doch allein ihre Anwesenheit hier würde sie in dieser Sache nicht viel weiter bringen.

An der Pforte wurde er in einem ähnlichen Ton von der bärbeißigen Pförtnerin begrüßt, wie es zuvor auch Pia ergangen war, doch sein Dienstausweis und ein kurzer Anruf bei der Amtsleiterin öffneten ihm schnell die Tür.

Er ging die Treppe hinauf. In jedem Stockwerk saßen Menschen auf abgewetzten Stühlen, nur im dritten Stock war das nicht der Fall. Stühle gab es hier auch, drei an der Zahl, doch dort saß niemand. Vergeblich hielt er nach Pia Ausschau.

Kreisjugendamt stand auf einem gläsernen Hinweisschild vor dem Flur, der nach rechts abzweigte. Doch auch hier versuchte er vergeblich, die Etagentür zu öffnen. Erst als er mehrmals klopfte, erschien ein Mann mittleren Alters in einem mausgrauen Strickpullover, um ihn einzulassen. Er zeigte seinen Dienstausweis vor.

»Frau Wittgenstein erwartet mich«, sagte er.

Der Mann nickte und führte ihn ans Ende des Flures. Falk wollte schon weitergehen, weil er auf dem Türschild am Ende des langen neonlichthellen Ganges den Namen der Amtsleiterin gelesen hatte, doch der Mann hielt ihn zurück und wies auf die Tür rechts.

»Das Büro wird renoviert, Frau Wittgenstein ist hier drin!«

Falk nickte und wartete, bis der Mann ihn entsprechend angemeldet hatte und zum Eintritt aufforderte.

Im Büro gab es drei Schreibtische, wovon zwei einander gegenüber standen und ein dritter, fast ein wenig verloren, in der hinteren Ecke des Raumes. Genau dort erhob sich eine Frau im blauen Kostüm und mit gewellten hellbraunen Haaren und kam hinter ihrem Schreibtisch hervor, während die anderen beiden Damen einfach sitzen blieben und nach einem kurzen musternden Blick an ihren Computern weiterarbeiteten.

»Herr Falk vom Landeskriminalamt, nehme ich an«, sagte die Frau und streckte ihm die Hand entgegen.

Falk nickte und fasste in seine Anzugtasche, um nach dem Dienstausweis zu greifen, doch Frau Wittgenstein winkte ab. »Wer die Eingangskontrolle übersteht, der ist auch derjenige, für den er sich ausgibt«, sagte sie mit einem Lächeln und wies auf den Stuhl vor ihrem Schreibtisch, der dasselbe ockerfarbene Muster aufwies wie die Stühle im Treppenhaus. »Wir müssen uns mit diesem Provisorium begnügen, mein Büro wird gerade renoviert.«

»Das hörte ich bereits«, entgegnete Falk und nahm Platz.

»Womit kann ich Ihnen dienen?«

»Sie haben sicher von den Mordfällen hier an der Küste gehört«, holte Falk aus. »Ich bin der zuständige Ermittlungsbeamte, und wir haben den dringenden Verdacht, dass der Täter auf der Suche nach seinem Kind ist.«

Frau Wittgenstein runzelte die Stirn. »Bei uns?«

»Ja, hier in Stralsund«, bestätigte Falk. »Vor etwa vier Jahren wurde ein Kind in einem Rettungsboot …«

»Das Findelkind«, fiel ihm die Amtsleiterin ins Wort. »Offenbar interessiert sich in diesen Tagen jeder dafür.«

»Was heißt jeder?«, fragte Falk verwirrt.

Die Frau winkte ab. »Vergessen Sie es, aber da müssen Sie zum Vormundschaftsgericht…«

»Die haben mich hierhergeschickt, weil sie einen Systemausfall am Computer haben und nicht an die Daten herankommen«, erklärte Falk, ohne die Amtsleiterin ausreden zu lassen.

»Das tut mir leid, ich kann nur mit richterlichem Beschluss Auskunft erteilen, das verstehen Sie doch sicher, Herr Falk.«

Falk atmete tief ein. »Es geht wirklich um Leben und Tod. Wir gehen davon aus, dass eine Ihrer Mitarbeiterinnen, Frau Hinrichs, von unserem Verdächtigen überfallen wurde, weil er wissen will, wo sein Sohn abgeblieben ist.«

Die Frau runzelte nachdenklich die Stirn. »Zu mir sagte man, dass es sich wohl um einen versuchten Raubüberfall handelte.«

Falk winkte ab. »Ich muss wissen, wo das Kind ist. Möglicherweise hat der Täter das schon in Erfahrung gebracht, und die

Pflegefamilie oder auch Sie und Ihre Mitarbeiter schweben in höchster Gefahr.«

Frau Wittgenstein blieb hart. »Hier kommt niemand herein, der nicht wirklich einen guten Grund und einen Termin hat, und bei Kindern und Jugendlichen steht das Kindeswohl im Vordergrund. Sie sind Polizist, ich brauche Ihnen nicht zu erklären, dass dies ein hohes Rechtsgut ist.«

»Frau Wittgenstein, es ist dringend, Gefahr im Verzug, ich reiche den Beschluss nach.«

Irma Wittgenstein schüttelte den Kopf. »Er muss vorliegen, mit Brief und Siegel, vorher kann ich Ihnen nicht helfen.«

Falk nahm sein Handy aus der Tasche. Der Akku war bei zehn Prozent. Er hätte es aufladen sollen, aber *hätte* brachte ihn jetzt nicht weiter.

»Sie haben ein Fax?«

Irma Wittgenstein nickte.

»Kann ich irgendwo ungestört telefonieren, Ortsgespräch zum Amtsgericht?«

»Klar«, sagte die Frau und erhob sich. Sie führte Falk in ein kleines Nebenzimmer, in dem an einem Computertisch ein Telefon und ein großer Multifunktionsdrucker standen. Gegenüber gab es lediglich noch eine weitere Tür, die wohl in das Büro der Amtsleiterin führte. Der Raum war kaum größer als zwei auf zwei Meter.

»Hier ist das Telefon, und die Faxnummer steht auf dem Gerät.«

Sie ließ Falk allein in dem kleinen Kabuff zurück und schloss die Tür. Noch bevor er zum Telefonhörer gegriffen hatte, klingelte sein Handy. Ehrlich war in der Leitung.

»Ich habe Latif auch in unserem System gefunden«, begann er ohne lange Vorrede. »Er wollte vor vier Jahren von Österreich aus mit einem alten Wohnmobil nach Deutschland einreisen und wurde bei den Stichpunktkontrollen erwischt. Bei der Durchsuchung seines Wagens wurden weitere vier illegale Personen im Wagen versteckt aufgefunden. Sie hießen alle Latif, und es handelte sich wohl um seine Familie, die er über die Grenze schmuggeln wollte. Yasna, geboren neunzehnfünfundachtzig, ist wohl seine Ehefrau gewesen, dann gab es da noch einen Ahmad, der war dreizehn, eine Alaa, die neun Jahre alt war, und einen Jungen namens Hazem, der war gerade mal drei Monate alt.«

»Was wurde aus denen?«, fragte Falk.

»Mohammad Latif kam in Haft und wurde nach Schweden überstellt, und der Rest der Familie musste zurück nach Italien.«

»Gibt es irgendwo Angehörige bei uns oder in Polen?«

Plötzlich war die Leitung tot, und das Handy vibrierte. Falk warf einen Blick auf das Display. Handy aufladen, blinkte dort, bevor sich auch das Display verdunkelte.

Zumindest wusste er jetzt sicher, dass es um den drei Monate alten Hazem ging, der wohl als Einziger die Schiffskatastrophe überlebt hatte. Er griff zum Telefon und rief beim Amtsgericht an. Zum Glück traf er dort auf einen Richter mit rascher Auffassungsgabe.

Nachdem er sein Anliegen vorgetragen hatte, herrschte eine kurze Weile Schweigen. Schließlich räusperte sich der Richter. »Gut, das klingt ja fast so, als hätten wir hier Gefahr im Verzug. In zwanzig Minuten haben Sie den Beschluss. Wohin soll ich ihn faxen?«

Falk hatte kaum aufgelegt, als er einen lauten Knall auf dem Flur hörte, der sich wie ein Schuss anhörte.

42

Kreisjugendamt Stralsund, Carl-Heydemann-Ring

Chaos war ausgebrochen. Lay stürmte aus dem Büro und forderte Pia lautstark auf, ihm zu folgen. Als sie den Flur betraten, wurde Pia beinahe umgerannt. Bedienstete wie auch Mütter mit Kindern hasteten über die Flure. Dazu dieses infernalische Heulen der Sirene, das alles andere übertönte. Sie rappelte sich wieder auf, eine Frau rannte an ihr vorbei.

»Was ist denn los?«, rief sie mit lauter Stimme.

»... Verrückter... Amoklauf... Schießt um sich ...« Mehr drang nicht zu ihr durch, doch die junge Frau zeigte eindeutig nach oben. Pia folgte ihr in das Treppenhaus, in dem sich die Stühle geleert hatten. Einige waren umgestürzt. Immer noch rannten Menschen die Treppen hinunter. Pia folgte ihnen, dann war erneut dieser trockene Knall zu hören, außerdem klang es, als ob Glas splittern würde, doch durch das Auf und Ab der Sirene mochte sie sich auch täuschen. Sie hatte die Hälfte der Stufen hinter sich gebracht, als sie plötzlich stehen blieb. Ein einzelner untersetzter Mann mit hoher Stirn und einer Brille auf der Nase rannte an ihr vorbei.

»Der schießt!«, rief er ihr laut zu und hastete weiter.

Dort oben war das Jugendamt, und so viel Zufall konnte es nicht geben. Hier unten im Sozialamt kam es hin und wieder vor, dass jemand ausrastete, weil man ihm die Unterstützung strich oder mehr Eigeninitiative von ihm verlangte, doch ein Amokschütze im Jugendamt, das konnte nur eines bedeuten. Die Tür, von der Albert Scheu gesprochen hatte, stand sperrangelweit offen; sie musste nur hindurchgehen, damit sie ihr Ziel erreichte. Aber es war geschossen worden.

Einen kurzen Augenblick zögerte sie, doch dann stand ihr

Entschluss fest. Pia machte auf dem Absatz kehrt und ging nach oben. Vorsichtig, leise, immer in der Erwartung, der Schütze – der Untersetzte hatte von einem *Der* gesprochen – würde vor ihr auf dem Treppenabsatz auftauchen. Doch sie schaffte die Stufen, ohne behelligt zu werden. Bevor sie die letzten Treppenstufen hinter sich brachte, schaute sie vorsichtig über den Absatz. Die Tür zum Flur rechts stand offen, die Glasscheibe fehlte. Überall lagen Splitter herum, sie hatte sich nicht getäuscht. Langsam schlich sie voran, brachte die Treppe hinter sich und suchte hinter einem der Stühle links des Eingangs Deckung, wenngleich diese Idee absolut hirnrissig wäre, wenn der Schütze auftauchen sollte. Der Stuhl verbarg weder ihren Körper, noch hielt er Projektile zurück. Dennoch fühlte sie sich so ein klein wenig sicherer. Sie verschnaufte einen Augenblick. Das Heulen der Sirenen überlagerte alle anderen Geräusche. Langsam tastete sie sich an der Wand entlang, bis sie einen vorsichtigen Blick um die Ecke werfen konnte.

Was sie sah, ließ ihr das Blut in den Adern gefrieren. Aus der offen stehenden Tür des Büros auf der rechten Seite ragten zwei in Jeans gehüllte Beine, an den Füßen ehemals weiße Turnschuhe, die mit Blut besudelt waren. Auch auf dem grauen Teppichboden im Flur spiegelte sich die dunkle und feuchte Spur, die in das Büro führte. Ansonsten war niemand in dem Flur zu sehen, und beinahe alle Türen waren geöffnet.

Vorsichtig tastete sie sich voran, umging die Ecke und wich auf die gegenüberliegende Seite aus. Als sie die Tür mit den Beinen erreichte, warf sie einen kurzen Blick in das Büro. Dort war niemand außer dem jungen Mann, der sich die Hüfte auf der rechten Seite hielt. Seine Hände waren blutig, aber er war bei Bewusstsein. Sein Stöhnen ging im Lärm der Sirene unter.

Pia betrat das Büro und zog mit aller Kraft den jungen Mann ins Innere, bevor sie die Tür schloss.

Mit dem Zeigefinger zeigte sie auf ihre Lippen, und der junge Mann nickte mit schmerzverzerrtem Gesicht zum Zeichen, dass er die Geste verstanden hatte.

Pia beugte sich zum ihm hinab, schob seine Hände zur Seite, öffnete die Hose und zog sie ein Stück herunter. Das Einschussloch war groß und lag in Höhe des Beckenknochens. Blut sickerte noch immer daraus hervor. Sie fasste in ihre Handtasche und zog einen Packen Papiertaschentücher heraus. Sie hatte einmal gehört, dass man die Blutung auch dadurch stoppen konnte, dass man sie einfach nur verstopfte und zuklebte. Sie hoffte, dass sie alles richtig verstanden hatte, als sie Klebestreifen vom Schreibtisch holte und Taschentücher in die Wunde stopfte. Zum Glück gingen auch die Schmerzensschreie des jungen Mannes im Heulen der Sirene unter.

Plötzlich wurde es still. Nur noch das Keuchen des Verletzten war zu hören.

»Was ist passiert?«, flüsterte Pia.

»Ein … ein Verrückter«, stammelte der Verletzte. »Wollte rein, ich habe ihn nicht … Dann hat er geschossen.«

»Wo ist er jetzt?«

»Hinten … Frau Wittgenstein … Letztes Büro, sie ist drinnen … mit ihm … rechts… Zwei Kolleginnen auch noch … Er hat eine … eine Waffe … er wird sie alle … alle umbringen…«

»Das wird er nicht! Bleiben Sie hier liegen und rühren Sie sich nicht!«

Pia schlich sich aus dem Büro und schloss die Tür, damit der junge Mann einigermaßen in Sicherheit war. Sie warf einen Blick in das Büro gegenüber; dort war frei. Sie versteckte sich hinter der Wand und schloss die Tür, bevor sie ihr Handy zückte und den Notruf anrief. Der Gedanke war ihr jetzt erst gekommen.

»Amokalarm im Jugendamt«, bestätigte der Polizist am Notruf. »Wir wissen schon Bescheid, wo sind Sie?«

»Noch im Gebäude, hier liegt ein Verletzter mit einer Schusswunde im Bein.«

»Wie viele Täter, und wo ist er?«

»Einer, dritter Stock, Jugendamt. Offenbar bei der Chefin im Büro«, antwortete Pia.

»Bewaffnung?«

»Pistole, denke ich, aber ich habe ihn nicht gesehen.«

»Verlassen Sie das Gebäude auf direktem Wege, und heben Sie die Hände, wenn Sie hinaus ins Freie treten, haben Sie mich verstanden?«

Auf diesen Kommentar konnte sie verzichten. Pia beendete das Gespräch und rief Albert Scheu an. Sie informierte ihn kurz über das, was im Jugendamt gerade ablief, und forderte ihn auf, am Handy zu bleiben.

»Bist du verrückt geworden?«, schimpfte er. »Geh da sofort …«

Mehr hörte sie schon nicht mehr, als sie das Handy in der Bürotür platzierte, sodass es Aufnahmen vom Flur schießen konnte. Der Mann mit der Pistole war zweifellos ein Mörder, aber er war eben auch ein verzweifelter Vater. Irgendwie hatte sie das Gefühl, etwas unternehmen zu müssen, nicht der Story und der Sensation wegen, sondern um die Menschen, die sich noch immer hier auf dieser Etage befanden, vor dem Tod zu schützen. Inständig hoffte sie, falls er plötzlich aus der Tür kommen würde, sie könnte ihn ansprechen und davon überzeugen, dass er auf diese Art und Weise seinen Sohn niemals zu Gesicht bekommen würde.

Langsam schlich sie weiter über den Flur. Kurz bevor sie das letzte Büro auf der rechten Seite erreichte, wo sich der Schütze mit den drei Frauen befand, suchte sie noch einmal Deckung in einem Büro. Sie hatte es kaum betreten, als sie in die schreckensstarr geöffneten Augen eines kleinen, untersetzten Mannes blickte.

»Psst!«, zischte sie, doch der Mann war so von Panik erfasst, dass er mit lautem Gebrüll auf sie losging. Pia stürzte in den Flur und schlug hart auf, während der Mann an ihr vorbeiraste und auf die Etagentür zulief. Er hatte sie gerade erreicht, als plötzlich die Tür auf der anderen Seite geöffnet wurde. Ein Mann, recht groß, mit dunklem Parka und Kapuze, stand im Türrahmen. Mit dem linken Arm umklammerte er eine junge Frau, der die Tränen über die Wangen liefen und die aus der Nase blutete. Mit dem rechten Arm zielte er mit einer Pistole auf Pia.

Pia hob abwehrend die Arme in die Höhe. »Nicht schießen!«, sagte sie so ruhig, wie es ihr möglich war. »Ich bin von der Presse und war nur zufällig hier. Ich kann Ihnen helfen.«

»Du … helfen … komm!«

Die Härte in seinen Worten duldete keinen Widerspruch.

Falk war sich nach dem ersten Knall nicht ganz sicher, ob es ein Schuss gewesen sein könnte, doch als die Sirene erklang und das Gebäude mit ohrenbetäubendem Lärm erfüllte, wusste er genau, was davon zu halten war. Er erhob sich von seinem Platz und zog seine Dienstwaffe. Dieser Alarm hatte nichts Gutes zu bedeuten. Kurz darauf krachte es erneut, dieses Mal noch lauter als zuvor. Seinen ersten Gedanken, die Tür zum Büro einfach aufzustoßen, schob er zur Seite. Dafür drückte er vorsichtig die Klinke herab und lugte mit einem Auge durch den Türspalt. Offenbar war das Büro, in dem sich zuvor die beiden Mitarbeiterinnen nebst der Amtsleiterin aufgehalten hatten, leer. Er schob die Tür ein Stück weiter auf, doch plötzlich tauchte Frau Wittgenstein, gefolgt von einer ihrer Mitarbeiterinnen, wieder auf. Sie hatten die Hände zur Decke gestreckt. Dann folgte die dritte Mitarbeiterin, eine junge Frau, ihre Nase blutete. Sie war nicht allein, ein Mann folgte ihr und hielt ihren Hals umklammert, eine Pistole zielte direkt auf ihre Schläfe. Falk zog die Tür wieder zu. Jetzt einzugreifen war keine gute Idee. Selbst wenn er den großgewachsenen Kerl im grünen Parka treffen sollte, konnte er nicht ausschließen, dass dieser der jungen Frau in den Kopf schoss. Rückzug hieß die Devise. Vorsichtig schloss er die Tür und setzte sich über die andere Tür in das Büro der Amtsleiterin ab, das leer stand und wohl gerade frisch gestrichen worden war. Zumindest roch es nach frischer Farbe.

Er legte sein Ohr an die Tür, doch der Lärm der Sirene tauchte alles in ein endloses Heulen. Mit der letzten Kraft seines Akkus wählte er den Notruf.

»Falk, LKA«, sagte er, als sich eine männliche Stimme meldete. »Ich bin im Jugendamt Stralsund. Hier ist ein bewaffneter Mann, der drei Angestellte als Geiseln genommen hat, haben Sie mich verstanden?«

»Habe ich, wir haben dort Amokalarm«, erklärte der Beamte. »Sie sagen, ein Täter, bewaffnet?«

»Mit einer Pistole, und ich fürchte, er wird davon Gebrauch machen. Er heißt Mohammad Latif, und er hat schon vier Menschen erschossen. Rufen Sie meinen Kollegen Ehrlich auf der KI Anklam an, der kann Ihnen Näheres sagen, verstanden?«

Falk wusste nicht, wie lange der Akku halten würde, deshalb fasste er sich kurz.

»Hat er schon jemanden erschossen?«, fragte der Beamte, doch als Falk antworten wollte, vibrierte das Handy noch einmal kurz, bevor es sich wegen Strommangels von selbst abschaltete.

»Verdammt!«, fluchte Falk leise. Erneut versuchte er zu lauschen, doch bei diesem Lärm machte das keinen Sinn. Er verkroch sich hinter der Tür in einer Ecke und behielt die Waffe in der Hand. Irgendwann musste doch diese irrsinnige Sirene verstummen!

Als er nach einer Weile einen Blick aus dem Fenster warf, sah er zwei Polizeifahrzeuge, die mit eingeschaltetem Blaulicht auf der Straße standen. Vermutlich war das Sondereinsatzkommando bereits auf dem Weg, doch es würde bestimmt vierzig Minuten bis zu einer Stunde dauern, bis die Kollegen aus Leezen hier eintreffen würden. Bis dahin konnte es bereits zu spät sein, denn dieser Mann, Mohammad Latif, hatte längst die Kontrolle verloren und war bereit, bis zum Äußersten zu gehen.

Falk zog sich in seine Ecke zurück und wartete. Es kam ihm wie eine Ewigkeit vor, doch in Realität waren kaum mehr als fünf Minuten vergangen, als die Sirene verstummte. Erneut hielt er sein Ohr an die Tür zum Nebenraum. Hin und wieder drang ein verzerrter Schrei an sein Ohr, auch ein Klatschen war zu hören.

»Sie kriegen die Adresse nicht ... Wir haben sie nicht hier ...«

Die Worte wurden unter Schmerzen gerufen, und die Stimme gehörte eindeutig zu Irma Wittgenstein.

Erneut klatsche es laut, das Jammern einer Frau war zu hören.

»Jag dödar er alla!«, rief eine tiefe Männerstimme laut auf Schwedisch. Ich töte euch alle.

»Die Akten sind im Archiv, beim Vormundschaftsgericht, verstehen Sie!«

Diesmal war es eine andere Stimmlage.

»Ring dit«, ertönte die Männerstimme erneut. »Anrufen dort, bringe Akte hier!«

»Ich rufe an, ich rufe an, nicht mehr schlagen, bitte!«

Erneut war es die Stimme von Irma Wittgenstein, die diese Worte beinahe flehentlich winselte. Plötzlich ertönte ein lauter Schrei, irgendjemand oder irgendetwas fiel auf den Boden. Doch diesmal nicht im Büro nebenan, sondern draußen auf dem Flur. Das SEK konnte so schnell nicht hier sein, und Falk hoffte inständig, dass nicht einige übereifrige Beamte durch den Flur schlichen und ein Blutbad provozierten, jetzt, wo Frau Wittgenstein wohl einige Minuten erkauft hatte. Doch was, wenn die Zeit ablief, wenn sich Latif nicht mehr hinhalten ließ? Selbst der Einsatz des SEK war in dieser Lage keine Garantie dafür, dass alle unbeschadet und lebend aus dieser Sache herauskämen. Nein, er selbst war der Trumpf in diesem Spiel, mit ihm konnte Latif nicht rechnen. Doch um diese Karte auszuspielen, brauchte es den notwendigen Raum und eine günstige Gelegenheit.

Er hörte, wie die Bürotür geöffnet wurde, dann raunte die Männerstimme etwas in den Flur. Falk verstand lediglich das letzte Wort

»Komm!«, hatte Latif gesagt. Komm bedeutete, dass wohl noch jemand hier auf diesem Stockwerk hängen geblieben war und Latif nun über vier anstatt nur drei Geiseln verfügte. Falk überlegte, ob das die Spielregeln entscheidend beeinflusste, und kam zum Schluss, dass dieser Umstand eher unerheblich war, denn in seinem Gehirn formte sich ein Plan. Langsam und allmählich nahm er Konturen an. Und auch wenn er abenteuerlich war und wohl im Nachhinein sogar als leichtsinnig empfunden würde, so war es dennoch der einzige Rettungsanker, der aus seiner Sicht verblieb.

Doch dazu brauchte er noch ein Hilfsmittel. Vorsichtig öffnete er die Tür zum Flur und spähte hinaus. Die Bürotür, hinter der Latif seine Geiseln festhielt, war geschlossen. Falk nutzte die Gelegenheit, schob sich in den Flur und hastete möglichst geräuschlos in das Büro auf der gegenüberliegenden Seite, dort wo die Tür offen stand. Als er dort ankam, stolperte er beinahe über die braune Umhängetasche, die dort am Boden lag. Er seufzte, denn er erkannte sie sofort. Pias Tasche! Diese Frau brachte ihn noch um den Verstand. Was glaubte sie eigentlich, dachte sie, sie könne Latif einfach so mit schönen Worten stoppen?

Er schüttelte den Kopf. Dann suchte er aus einem der Regalschränke einen dicken Leitzordner aus, der zu seinem Vorhaben passte. Er hoffte inständig, dass Irma Wittgenstein trotz aller Anspannung die Nerven behielt und nach dem Gespräch mit dem Vormundschaftsgericht nicht sofort verkündete, dass man an die Akten nicht herankommen könne. Doch dieses Risiko musste er eingehen.

Falk überprüfte noch einmal seine Pistole, ehe er sie entsicherte und schließlich den Leitzordner in die Hand nahm, sodass die Waffe verdeckt wurde. Zum Glück war er links und rechts beinahe gleichermaßen geschickt, sodass er auch linkshändig ein ausgezeichneter Schütze war. Mehrfach probierte er den Anschlag, und als das Telefon im Büro gegenüber klingelte, wusste er, dass seine Chance gekommen war. Er warf einen Blick auf seine Armbanduhr. Dreißig Minuten waren vergangen, das SEK würde noch einige Minuten bis zum Einsatzort benötigen, aber zweifellos versuchte jemand, Kontakt zum Täter herzustellen. Falk kannte die übliche Praxis, die bei Geiselnahmen angewandt wurde. Er atmete noch einmal kräftig durch, nahm die Waffe in Anschlag, spannte den Hahn und deckte den Ordner darüber. Schließlich trat er hinaus in den Flur. Er ging erst leise ein paar Schritte in Richtung Etagentür, ehe er umkehrte und diesmal mit lauten Schritten auf das Büro mit den Geiseln zuging. Kurz blieb er stehen und klopfte, ehe er vorsichtig die Tür öffnete.

Latif stand etwa drei Meter von der Tür entfernt und hielt seine Waffe an die Schläfe der jungen Angestellten, die er mit aller Kraft umklammerte. Pia und die weitere Angestellte saßen an der gegenüberliegenden Wand auf dem Boden. Irma Wittgenstein saß am Schreibtisch und hielt den Telefonhörer in der Hand.

»Blaswig vom Gericht«, stellte sich Falk vor. »Ich soll die Akte von Hazem, dem Findelkind, hierherbringen. Unsere Computer sind ja ausgefallen, deswegen mit einem Boten. Ich bin doch richtig hier?«

Fassungslose Blicke; alle Augen waren auf Falk gerichtet. Auch Pia konnte ihre Verblüffung nicht verbergen, auch wenn sie Falks außergewöhnliches Improvisationstalent schon ein paar Mal hautnah erlebt hatte.

»Das Hazem Akte?«, fragte Latif und ging einen Schritt auf Falk zu. Dabei richtete er seine Waffe auf Falks Brust.

»Was ist denn hier los?«

Falk gab sich alle Mühe, überrascht zu wirken, doch innerlich lief es ihm eiskalt über den Rücken. Er hatte Hazem gesagt, doch davon konnte nur einer wissen, der das Schicksal des Jungen und der Familie kannte. Offenbar hatte Latif bei all seiner Anspannung diesen Fauxpas nicht bemerkt. Er war einen Augenblick unsicher und trat einen Schritt zur Seite, um einen Blick aus dem Fenster zu werfen und zu prüfen, ob dies nur ein Ablenkungsmanöver war. Dabei ließ er seine Geisel los und neigte seinen Oberkörper zur Seite, sodass er für einen Augenblick ein gutes Ziel bot. Das war Falks Chance, seine einzige wohl. Er ließ den Ordner fallen, riss die Waffe hoch und drückte ab. Ein ohrenbetäubender Knall erfüllte den Raum, und ein beißender Geruch breitete sich aus. Latif stand schwankend auf den Beinen, doch mitten zwischen seinen Augen war ein Loch, aus dem Blut sickerte. Der Arm mit der Waffe im Anschlag senkte sich zu Boden. Er ließ die Geisel los und geriet ins Wanken, bevor er vor Irma Wittgenstein über den Schreibtisch zu Boden stürzte. Sofort war Falk bei ihm, schob mit dem Fuß die Waffe zur Seite und drehte den Mann auf den Rücken, bevor er ihm Handfesseln anlegte.

»Raus hier, und die Hände hoch, wenn ihr nach draußen lauft, klar!«

Er musste es nicht zwei Mal sagen. Die Schockstarre der Frauen ließ sofort nach; kreischend stürmten sie aus dem Büro. Nur Pia blieb bei Falk zurück, der sich erst einmal auf einen Stuhl fallen ließ. Seine Beine fühlten sich an wie Gummi, und sein Herz raste.

»Du bist ja verrückt geworden«, schnauzte sie ihn an, bevor sie ihn umarmte und ihm die bleiche Wange tätschelte.

»Puh, das war knapp«, raunte Falk und ließ die Waffe sinken, die er noch immer auf Latif gerichtet hielt. »Außerdem bin nicht ich verrückt geworden, sondern du. Was wolltest du hier, ihn totquatschen?«

Pia betrachtete den leblosen Körper, der mit gefesselten Händen vor dem Schreibtisch lag. »Die Handschellen hättest du dir schenken können.«

»Vorschrift«, entgegnete Falk trocken. »Das ist Vorschrift!«

Epilog

An Latifs Schuld gab es keine Zweifel mehr. Die Projektile, mit denen die Morde verübt worden waren, stammten aus seiner Pistole, die er bei der Geiselnahme bei sich getragen hatte, und die allerletzten Zweifel waren beseitigt, als man den blauen Golf, mit dem Latif unterwegs gewesen war, auf dem Parkplatz eines Einkaufsmarkts ganz in der Nähe des Jugendamtes sicherstellte.

Im Wagen fand man Zeitungsausschnitte, die sich um das Findelkind drehten, und auch der Bericht des Yachtvereins über Swanbergs Segelerfolg lag ausgeschnitten im Fußraum. Videos von Helmichs Fernsehinterview und auch von Swanberg auf dem schwedischen Sender befanden sich auf dem billigen Tablet, das im Wagen lag, und der letzte und schlüssigste Beweis war eine alte Landkarte, auf der Latif die Wohnorte seiner Opfer markiert hatte.

Auch die polnischen und schwedischen Kollegen zeigten sich mit dem Schlussbericht sehr zufrieden.

Latif war bereits tot gewesen, als er über den Schreibtisch zu Boden fiel. Falks Projektil war in das Kleinhirn eingedrungen und hatte jegliche Bewegungsfähigkeit gelähmt. Zum Glück, nicht auszudenken, wenn er noch einmal abgedrückt hätte, bevor sein Leben erlosch. Doch darüber wollte Falk nicht nachdenken.

Seltsamerweise gab es nur ganz kurz den üblichen Aufschrei wegen Polizeigewalt und der angeblichen Schießwut deutscher Polizisten. Wahrscheinlich hatte Pias großer Bericht auf der Titelseite der RMZ die Dinge von Anfang an ins rechte Licht gerückt. Ihr Handy, das sie im Flur platziert hatte, war nutzlos. Zwar hatte es aufgezeichnet, doch war es umgefallen, sodass nicht mehr als ein paar undefinierbare Geräusche und die Schwärze des Teppichbodens darauf zu finden waren.

Dennoch blieb Falk die einstweilige Suspendierung nicht erspart. Er verbrachte die Zeit zusammen mit Steffi auf den Malediven, denn auch er musste auf andere Gedanken kommen. Er hatte einen Menschen erschossen – das ging nicht spurlos an ihm vorbei.

Vier Wochen später nahm er seinen Dienst in Leezen wieder auf, und der Erste, der ihm auf die Schulter klopfte, war Frieder Ehrlich.

Von Pauli hagelte es zunächst erst einmal Vorwürfe von wegen Selbstgefährdung und Gefährdung der Geiseln. Dann folgte der Ratschlag, das nächste Mal auf das SEK zu warten. Doch insgeheim gab sie ihm zu verstehen, dass sie wohl in seiner Lage ähnlich gehandelt hätte. Er hatte nichts anderes erwartet.

Die Einstellungsnachricht der Staatsanwaltschaft in seinem Verfahren wegen des tödlichen Schusses auf Latif beendete das Kapitel ein für alle Mal.

Sie hatten sich in einem kleinen Café verabredet. Pia hatte Falk eingeladen, und Falk war ihrer Einladung nach Wismar gern gefolgt. Draußen regnete es wie aus Kübeln, doch die Luft war überraschend mild.

Falk trank einen Caffè Latte, Pia hatte sich einen Pfefferminztee bestellt.

»Den trinke ich nur, wenn ich krank bin«, kommentierte Falk ihre Bestellung.

Sie schniefte und zog ein Taschentuch hervor. »Ich *bin* krank.«

»Dann steck mich bitte nicht an.«

»Ich gebe mir Mühe.«

Draußen auf der Straße, direkt vor dem Fenster, lief eine Kindergartengruppe in Begleitung der Erzieherinnen vorbei. Elf Jungs und Mädels, allesamt mit Gummistiefeln, dicken Anoraks und mit kleinen Schirmchen über ihren Köpfen. Die Knirpse mochten wohl so um die vier bis fünf Jahre alt sein. Einer der Jungs hatte einen dunklen Teint.

»Wir wissen noch immer nicht, wo der kleine Hazem abgeblieben ist«, bemerkte Pia nachdenklich. »Ob er wohl gerade an uns vorbeiläuft?«

Falk schüttelte den Kopf. »Er ist nicht hier im Norden«, antwortete er. »Er ist bei einer Pflegefamilie, die sich um ihn kümmert. Und er hat von all dem Trouble hier an der Küste überhaupt nichts mitbekommen. Seine Pflegeeltern übrigens auch nicht. Denn auch sie wissen nichts über seine Herkunft, außer, dass er Vollwaise ist.«

»Aber erst seit …«

»Und das ist gut so und soll auch so bleiben. Er soll behütet aufwachsen und muss nicht erfahren, was sein Vater in seiner Verzweiflung angerichtet hat.«

»Du weißt, wo er ist?«

»Nicht genau, aber ich weiß, dass er nicht mehr in Norddeutschland lebt. Mehr sage ich dir nicht, auch wenn du mich noch so löcherst.«

Pia lächelte. »Ich will es auch gar nicht wissen. Hauptsache, ihm geht es gut, und er hat eine schöne Kindheit.«

»Ja, das ist das Wichtigste«, entgegnete Falk und verstummte, als die Kellnerin die Getränke servierte.